T0002585

La estudiante de Historia

La estudiante de Historia

Cecilia Ekbäck

Traducción de Santiago del Rey

rocabolsillo

Título original en inglés: *The Historians*

© 2020, Cecilia Ekbäck

Primera edición en este formato: febrero de 2023

© de la traducción: 2022, Santiago del Rey
© de esta edición: 2023, Roca Editorial de Libros, S. L.
Av. Marquès de l'Argentera 17, pral.
08003 Barcelona
actualidad@rocaeditorial.com
www.rocabolsillo.com

Impreso por CPI BLACK PRINT
Sant Andreu de la Barca (Barcelona)
Printed in Spain – Impreso en España

ISBN: 978-84-18850-55-4
Depósito legal: B. 22943-2022

RB50554

A Silvia MHammarberg y Gabriella Wennblom
Мои любимые подружки

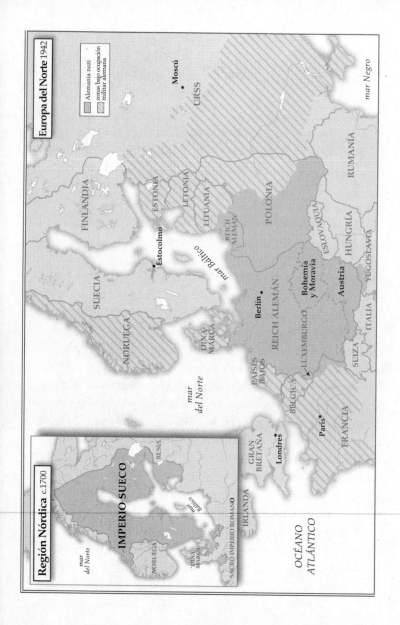

Europa del Norte 1942

- Alemania nazi
- zonas bajo ocupación militar alemana

Moscú
URSS

FINLANDIA
ESTONIA
LETONIA
LITUANIA
REICH ALEMÁN
POLONIA
ESLOVAQUIA
HUNGRIA
RUMANÍA

Estocolmo

mar Báltico

SUECIA
NORUEGA

Berlín
DINA-MARCA

REICH ALEMÁN

Bohemia y Moravia
Austria
YUGOSLAVIA
ITALIA
SUIZA

LUXEMBURGO
PAÍSES BAJOS
BÉLGICA

mar del Norte

París
Londres
GRAN BRETAÑA
FRANCIA

IRLANDA

OCÉANO ATLÁNTICO

mar Negro

Región Nórdica c.1700

IMPERIO SUECO

RUSIA

mar Báltico

NORUEGA

DINA-MARCA

SACRO IMPERIO ROMANO

mar del Norte

Prefacio

LOS PAÍSES NÓRDICOS DURANTE LA SEGUNDA GUERRA MUNDIAL

Suecia fue el único país nórdico que se mantuvo neutral durante la Segunda Guerra Mundial. El país, sin embargo, se acomodó al régimen nazi:

Los soldados alemanes fueron autorizados a pasar a través de Suecia. Entre 1940 y 1943, más de dos millones de soldados alemanes se desplazaron desde y hacia Noruega mediante los ferrocarriles suecos.

El hierro sueco era crucial para la producción bélica de acero y se siguió vendiendo a Alemania igual que durante el periodo anterior a la guerra, lo que, según los aliados, contribuyó a prolongar el conflicto. El hierro sueco se llamó el «talón de Aquiles de Hitler».

Los ferrocarriles suecos permitieron el transporte de la división de infantería 163 del ejército alemán, junto con cañones, tanques, armas y munición, desde Noruega hacia Finlandia.

A partir de 1944, Suecia compartió inteligencia militar con los aliados, ayudó al traslado de soldados en tren desde Dinamarca y Noruega, y permitió usar a los aliados sus bases aéreas.

Noruega fue ocupada por Alemania el 9 de abril de 1940. El rey Haakon VII huyó a Inglaterra y las fuerzas noruegas exiliadas continuaron luchando desde el exterior. Noruega resistió la invasión terrestre alemana durante sesenta y dos días, convirtiéndose así en el país que opuso una resistencia más duradera, después de la Unión Soviética.

Dinamarca fue ocupada sin oposición por Alemania el mismo día que comenzó la ocupación de Noruega. Hasta abril de 1943, el rey Christian X y el Gobierno funcionaron como en un protectorado. Hacia el final de la guerra se creó un eficaz movimiento de resistencia, y entonces Alemania situó al país bajo ocupación militar directa.

La ocupación de Noruega y Dinamarca se debió en gran parte al objetivo alemán de controlar las regiones mineras del norte de Suecia. Tras la invasión de ambos países, Suecia se encontró aislada y pasó a depender por completo de Alemania para sus importaciones.

Finlandia participó en la Segunda Guerra Mundial combatiendo durante dos periodos con la Unión Soviética y luego con la Alemania nazi. Al cambiar las relaciones con la Unión Soviética, cambió también la posición de Finlandia respecto a las fuerzas aliadas: primero a su favor, luego en contra y finalmente de nuevo a su favor.

Así pues, los cuatro países nórdicos, que desde el siglo XIII habían mantenido diversas uniones entre sí, se encontraron durante el curso de la guerra en situaciones distintas y, en ocasiones, incluso en lados diferentes del conflicto.

Índice de personajes

Ackerman, Oliver, inspector de policía de Upsala.

Anker, Erik, danés, estudiante de historia en Upsala 1936-1940; amigo de Laura.

Becker, Jim, antiguo agente de los Servicios de Seguridad.

Bolander, Kristina, prometida de Jens Regnell.

Cassel, Barbro, secretaria en la delegación comercial alemana de Estocolmo; amiga de Kristina.

Dahlgren, Bertil, abuelo de Laura; antiguo militar.

Dahlgren, John, padre de Laura; gobernador del Banco Central Sueco.

Dahlgren, Laura, estudiante de Historia en Upsala 1936-1940; trabaja para Jacob Wallenberg en el equipo que negocia el acceso de Alemania al hierro sueco.

Ek, Abraham, hijo de Georg; amigo de Gunnar.

Ek, Frida, esposa de Georg.

Ek, Georg, minero, Blackåsen.

Enander, señor, hombre de negocios; vecino de Jens.

Falk, Birger, profesor de historia en Upsala; archienemigo del profesor Lindahl.

Feldt, Magnus, padre de Sven; militar.

Feldt, Sven, secretario privado del ministro de Asuntos Sociales, Gustav Möller; amigo de Jens.

Günther, Christian, ministro de Asuntos Exteriores, Estocolmo.

Hallberg, Britta, estudiante de Historia en Upsala desde 1936, originaria de Blackåsen; amiga de Laura.

Hallberg, Fredrik, capataz de la mina de hierro de Blackåsen; padre de Britta.

Hallberg, Gunnar, hermano de doce años de Britta.

Hansson, Per Albin, primer ministro de Suecia.

Helsing, Artur, padrino de Kristina; hombre de negocios retirado.

Ingemarsson, Pierre, médico, Blackåsen.

Jonsson, Annika, hermana de Daniel Jonsson.

Jonsson, Daniel, archivero, Ministerio de Asuntos Exteriores, Estocolmo.

Karppinen, Matti, finlandés, estudiante de Historia en Upsala 1936-1940; actualmente trabaja para el Ministerio de Información finlandés; amigo de Laura.

Lagerheim, Harald, anteriormente encargado de relaciones con los huéspedes en el hotel Kramer de Malmö.

Lindholm, Sven Olov, líder del partido nazi sueco, el SSS (*Svensk Socialistisk Samling*).

Lundius Lappo, Andreas, lapón, estudiante de Teología en Upsala, originario de Blackåsen; amigo de infancia de Britta Hallberg.

Möller, Gustav, ministro de Asuntos Sociales.

Nihkko, anciano lapón.

Notholm, Lennart, propietario del hotel del pueblo, el Winter Palace, Blackåsen.

Öhrnberg, Ove, médico y científico, Blackåsen.

Olet, primo de Taneli.

Persson, Emil, periodista del *Svenska Dagbladet*; antinazi.

Profesor Lindahl, profesor de Historia en la Universidad de Upsala; asesor del Gobierno.

Regnell, Jens, secretario personal del ministro de Asuntos Exteriores, Estocolmo.

Rogstad, Karl-Henrik, noruego, estudiante de Historia en Upsala 1936-1940, luego combatiente de la resistencia en Noruega; amigo de Laura.

Sandler, Rolf, director de la mina de hierro de Blackåsen.

Schnurre, Karl, emisario alemán; mensajero de Hitler en Suecia.

Svensson, Emilia, archivera, Ministerio de Asuntos Exteriores, Estocolmo.

Ternberg, Helmuth, comandante, subdirector del C-Bureau.

Turi, Javanna, lapona, vive cerca de Blackåsen, trece años.

Turi, Taneli, lapón, hermano de Javanna, nueve años.

Wallenberg, Jacob, prestigioso hombre de negocios sueco y principal negociador con Alemania.

Laponia, enero de 1943

*E*l corazón de Javanna Turi palpita, lento y oscuro, en su pecho. Todo su cuerpo está tenso. Se ha sentido asustada otras veces; por ejemplo, viendo la tierra desnuda bajo las últimas provisiones, en el hoyo de la comida; o cuando oía ulular al búho de patas grises. Hay muchas cosas que temer en su vida. Mejor no pensar demasiado.

Pero esto… es distinto. En su mente se abre paso la idea de que debe prestar atención a este temor.

«Javanna, Janna, Jannanita, Javanna Turi, ven corriendo a casa», dice la voz cantarina de su madre, resonando en el interior de su cabeza.

Javanna Turi: lapona, trece años, esquiando por un bosque que conoce como la palma de su mano, tendiendo trampas como ha hecho desde que tenía siete.

Asustada.

Podría dejarlo correr. Ya ha tendido cuatro. Pero ha visto el rastro de una liebre en la colina, junto al río congelado, y tiene pensado tender una trampa de lazo con resorte. En el campamento cortó el lazo, talló los palos y cogió cebo. Se le hace la boca agua al pensar en la carne.

La noche está nublada, pero una fría luna asoma su rostro un momento. La ladera blanca resplandece, parece llamarla, decirle que se acerque. Ella emprende la marcha hacia la loma, acompañada por el siseo de los esquís sobre la nieve seca.

«Javanna, Janna, Jannanita, Javanna Turi, ven corriendo a casa.»

Se dice a sí misma que no tiene motivo para estar asustada. Esta es su tierra. Pero hace solo una luna, Ámmon no volvió a casa. Ámmon era viejo. Más viejo que las raíces de los árboles. Su tiempo ya había terminado. Solo que el frío convierte tu cuerpo en un témpano blanco; y allí donde las fieras salvajes han comido, quedan restos. Ámmon, en cambio, desapareció como si una mano gigantesca lo hubiera asido y arrancado de la superficie de la tierra. Y desde entonces Javanna lo percibe. Algo ha venido a visitarlos. Algo repugnante.

«Stallo», cuchichean los adultos por la noche. Stallo, el gigante que devora carne humana. Aunque en los cuentos Stallo es torpe. En todo caso, su presencia se percibe claramente. Está observándolos, aguardando un error.

La luna vuelve a esconderse, pero Javanna ya ha llegado a la colina. Junto a un grupo de árboles jóvenes, deja la mochila sobre la nieve y dedica un rato a buscar una rama bien flexible. Cuando encuentra una que le satisface, saca su cuchillo y recorta las hojas; luego ata en su extremo el lazo.

¿Eso ha sido un ruido? Intenta atisbar en la oscuridad.

No. Todo está en silencio. Tan silencioso como solo puede estarlo un bosque invernal por la noche. «Venga, rápido —se regaña a sí misma—, antes de que se te congelen los dedos.» La punta de su lengua asoma entre sus labios. Más que ver, tantea lo que hace en la oscuridad.

Saca de la mochila la rama con forma de horquilla y la clava en la nieve; ata el otro extremo de la cuerda al pasador que ha tallado y la desliza por debajo de la horquilla. Luego cava con los dedos.

Lo último de todo es poner el cebo en el palo del resorte.

Saca un poco de tocino. Hecho. Se acerca las manos a la boca, se echa el aliento sobre ellas, las retuerce para recuperar un poco de sensibilidad y se pone los mitones. El cuchillo vuelve a la funda, la mochila otra vez a su espalda. Se golpea los muslos con los puños varias veces para estimular la circulación de la sangre.

Entonces, bajo el gran abeto al pie de la ladera, detecta un movimiento. Muy fugaz, pero está segura; la oscuridad ha cambiado. Se ha desplazado. Ha oscilado. Ha sobresalido un momento y luego ha retrocedido.

—¿Hola?

Aguarda un momento.

No hay respuesta. Pero siente una opresión tan fuerte en el pecho que no puede respirar. Está segura. Hay algo ahí.

Estocolmo, 1 de febrero de 1943

*H*abían quedado en el café de los almacenes NK. Britta se miró en el espejo del ascensor. No se reconocía a sí misma: tenía los labios agrietados y esos cercos oscuros bajo los ojos de un tinte levemente azul. Y luego estaba el olor. Aunque se duchaba una y otra vez, seguía oliendo. Ese hedor que no se va con agua y jabón. El hedor del miedo.

Entró en el local vacío, miró en derredor y tomó asiento en uno de los sofás de cuero verde junto al atrio.

Un hombre y una mujer pasaron junto a ella. El hombre se rezagó un poco, dejando que la mujer caminara delante y, todavía con la mano en la curva de su espalda, le echó una mirada a Britta. Normalmente, ella habría respondido: le habría sostenido la mirada y lanzado un guiño. Normalmente.

En la entrada: una mujer alta y rubia, con un abrigo ligero, buscando con la mirada.

La inundó una sensación de alivio. Dejó el mechero sobre la mesa y se levantó. Al cabo de un momento estrechaba a su amiga entre sus brazos. Sus ojos se llenaron de lágrimas y sintió que nunca iba a soltarla. «Laura.»

—Hola —dijo Laura en voz baja. Luego dio un paso atrás para mirarla, con las manos en sus hombros y los ojos entornados.

—Mírame —dijo Britta, secándose los ojos y haciendo una mueca—. ¡Me estoy emocionando!

Laura le apretó los hombros.

Ambas se sentaron en el sofá. Laura se quitó el abrigo y lo dejó doblado a su lado. Tenía una expresión seria en la cara. Sus grandes ojos grises se mantenían firmes, decididos.

—Has perdido peso —dijo. Nunca se le escapaba nada.

—Estoy fumando demasiado —dijo Britta—. Incluso más que cuando me conociste.

—Todavía te conozco.

Britta trató de sonreír.

—Pues claro.

Cogió el encendedor y empezó a darle vueltas en la mano. No sabía cómo abordar el asunto para el que había venido. Quería a aquella mujer más que a nada en el mundo. ¿Cómo iba a ponerla también a ella en peligro? ¿Cómo podía contarle lo que había descubierto? Se frotó la frente con los nudillos y entornó los ojos para no volver a llorar.

—¿Cómo va el trabajo? —preguntó, para ganar tiempo.

—De maravilla. —Laura suspiró, encendió un cigarrillo y le hizo una seña al camarero para que trajera café, o sucedáneo.

Laura formaba parte de la delegación comercial sueca que negociaba con Alemania el acceso a la producción de hierro. Una guerra espantosa asolaba Europa y, sin embargo, Laura estaba pasando en cierto modo el mejor momento de su vida. Y Britta era la única persona con la que no necesitaba mentir. Ellas nunca se habían mentido. Nunca se habían guardado nada. Al menos hasta ahora.

—Estás hecha para eso, desde luego —dijo Britta.

—Este fin de semana hará diez años que los nazis llegaron al poder —dijo Laura—. Y las cosas están empeorando.

Suecia se hallaba en el filo de la navaja: cabía la posibilidad de una invasión aliada de Noruega que crearía un segundo frente con Suecia; corrían rumores de que las fuerzas alemanas apostadas en Noruega estaban agrupándose para invadir Suecia; y además la Unión Soviética avanzaba por el este… Sí, la guerra estaba rodeándolos por todas partes.

—¿Has tenido noticias de los demás? —preguntó Laura.

Britta entornó los ojos. Díselo, pensó. Pero no podía.

—No —dijo secamente.

Laura asintió. Hizo una pausa mientras el camarero depositaba dos tazas humeantes en la mesa. Luego se echó hacia delante y le puso a Britta la mano en el brazo.

—¿Cómo van las cosas realmente?

Había llegado el momento. «Díselo —pensó Britta—. ¡Díselo!» Pero se oyó a sí misma reír mientras se repantingaba en el sofá.

—Como siempre —dijo—. Ya me conoces. Creando problemas a diestro y siniestro.

Laura no insistió. Permanecieron todavía un rato sorbiendo sus cafés en silencio, pero ahora Britta deseaba que su amiga se fuera. El miedo la estaba consumiendo por dentro. No podía meter a Laura en esto.

Era hora de irse. Mientras Laura metía un brazo en el abrigo, ella la sujetó del otro brazo.

—Sabes que te quiero, ¿verdad? —le dijo. Debía decírselo una vez más.

—Sí —dijo Laura, escrutando su mirada.

Britta la soltó y sonrió un instante.

—Me quedo a terminar el café. Vete tú.

Y así fue como se separaron. La vida las llevaba en diferentes direcciones. Lo último que Britta vio de su amiga fue ese pelo rubio desapareciendo por la esquina del mostrador.

Monte Blackåsen, 31 de marzo de 1943

Georg soltó un hipido. Había bebido demasiado. De hecho, estaba borracho como una cuba. Pero ¿acaso se le podía culpar? Todo el día en la oscuridad; las vagonetas que había que levantar y colocar sobre las vías; los taladros de acero que se atascaban; la inestabilidad de los techos del túnel; el temor al pulmón negro por culpa del polvo…

No, la verdad: después de una semana en una mina infernal, uno merecía beber hasta desmayarse.

Soltó otro hipido y pensó en Frida y en los seis pequeños. Ya estarían dormidos ahora. Él iba de camino a casa cuando había sentido el impulso de dar un rodeo y subir a la mina.

Al volverse hacia el pueblo, había visto que ya estaba completamente oscuro. Había pasado a hurtadillas junto a los soldados suecos que vigilaban las vías del tren. De puntillas, como una bailarina. Como una bailarina borracha. Soltó una risita. Tampoco había resultado difícil. Cuando llegaba el viernes por la noche, ellos también se emborrachaban.

Se desplazó con sigilo. Tanteando con las manos, intentó encontrar asidero en la ladera del monte, pero no había nada de lo que agarrarse y se derrumbó sobre una rodilla. Santo cielo. Se levantó con cautela y dobló la rodilla varias veces. Estaba bien. Quizá debería dar media vuelta.

Eructó y sonó como un eco. Igual que un sapo. ¡Un sapo de montaña! Lo cual volvió a arrancarle una risita.

No. Solo tenía que conseguir no salirse del camino. Morirías congelado antes de que te encontraran.

Por Dios, cómo odiaba esta montaña; y aún más por la noche. No es que fuera supersticioso, pero era inevitable oír todas aquellas historias: hechiceros, brujas, maldiciones… Solo que Blackåsen ofrecía trabajo y uno necesitaba vivir.

El pueblo estaba prosperando gracias a la guerra. Y ese era en cierto sentido el motivo de que ahora estuviera subiendo por la ladera en mitad de la noche.

La culpa era de Manfred. «¡Deberíamos avergonzarnos!», había gemido, como cada viernes. «Nuestros hermanos están bajo su yugo, y nosotros… aquí estamos, trabajando para ellos como una pandilla de cobardes.»

Los demás le habían dado unas palmaditas en la espalda, tranquilizándolo y tratando de que cerrase la puta boca.

La política era la política, y un hombre corriente poco podía hacer. Los alemanes pasaban continuamente por Blackåsen y resultaba peligroso manifestar tus sentimientos. ¿Quién sabía cómo podían acabar las cosas?

Solo que Georg había visto algo. Algo que quizá demostrara que Manfred estaba equivocado. No todos ellos eran cobardes. Había un nuevo pozo en la cara oeste de la montaña. Los mineros no estaban autorizados a acercarse, «por motivos de seguridad». El anterior director había hecho poner unos carteles y una cadena, pero la necesidad no conocía ley, y Georg se había escabullido y lo había visto: un hombre entrando en el pozo. Enseguida había deducido de qué se trataba. Todo el mundo sabía que la resistencia noruega tenía bases aquí y que los suecos los estaban ayudando. Ahora solo iba a echar un vistazo. Estaba seguro de que encontraría el lugar donde se reunían. Quizá también él podría colaborar.

Había llegado al punto donde el camino descendía hacia la nueva galería. Qué oscuro estaba todo. No se veía ni una estrella. Tampoco la luna. Sentía un hormigueo en la espalda.

Pero ahí estaba: un agujero que se adentraba directamente en la montaña.

—¿Hola? —dijo.

Carraspeó.

—¿Hola? —cuchicheó—. No tenéis nada que temer. No le diré a nadie que estáis aquí.

No vio la silueta oscura que se acercaba. No vio la porra alzada. Solo sintió que caía a cuatro patas. No debería haber bebido tanto, pensó, antes de que todo se volviera negro.

ABRIL DE 1943

1

Laura

*T*ableteo de máquinas de escribir, murmullo de voces estridentes, timbres de teléfonos..., el bullicio en la oficina era constante. Cuando Laura salía del trabajo, el eco persistía en sus oídos y le producía la sensación de que se había quedado sorda. Jacob Wallenberg, su jefe, su mentor y el principal negociador de Suecia con Alemania, cruzó la oficina. Todos lo observaron para ver ante qué mesa se detenía y tratar de deducir cuál era la última novedad.

—Para ti —le dijo Dagmar desde la mesa de enfrente, sujetando el auricular de un teléfono.

Laura estaba hablando por otra línea, esperando la confirmación de unos planes de viaje, pero cogió el auricular.

—¿Sí?

—¿Laura Dahlgren?

—¿Sí?

—Soy Andreas Lundius. Andreas Lappo Lundius...

—¿Quién?

—El amigo de Britta.

Ahora recordó una cara de la universidad: un tipo lapón, callado. Él y Britta procedían del mismo pueblo de Laponia y se conocían desde niños. En la universidad de Upsala, Laura y los demás le habían dicho a Britta que ella no necesitaba a nadie más, aparte de ellos. Se lo habían dicho como en broma, cordialmente, pero hablaban en serio. Ser considerada amiga de un lapón no la favorecería. Pero Britta era una persona leal. Andreas estaba estudiando Teología y pensaba convertirse en sacerdote, recordó Laura. Claro que, por otro lado, ¿la gente como él no estudiaba siempre Teología? Los sacerdotes se aseguraban de que los pocos jóvenes lapones en los que veían posibilidades tuvieran una educación universitaria. ¿Por qué la llamaba? ¿Y cómo había conseguido su número?

—¿Sí? —repitió.

—Bueno, hmm…

Laura empezó a dar golpecitos con el pie por debajo del escritorio y miró a Dagmar con los ojos en blanco. No soportaba a la gente que hablaba despacio.

—Britta ha desaparecido.

Laura colgó el otro teléfono. Se volvió hacia la ventana, dando la espalda a la oficina, y se echó hacia delante para parapetarse contra todos los ruidos.

—¿Cómo que ha «desaparecido»? —La pregunta sonó irritada incluso en sus propios oídos.

—Se suponía que íbamos a cenar juntos anoche, pero no se presentó.

¿Anoche? Eso no era una desaparición. Laura dio un suspiro y se irguió en la silla.

—Probablemente fue a otro sitio —dijo, queriendo decir «con otra persona».

—He pasado por su residencia esta mañana y resulta que no volvió a casa.

—Britta no es demasiado cumplidora —dijo Laura—. Ya lo sabes. Debió de cambiar de planes.

—Eso es lo que yo habría pensado… —La voz de Andrea sonaba muy lejos, y el resto de la frase quedó distorsionado.

—¿Cómo?

—Ella me hizo prometerle que te llamaría si le pasaba algo.

Laura tomó el tren a Upsala. Su vagón estaba vacío, aparte de una madre con un bebé dormido en brazos. A través de su ventanilla: una sucesión emborronada de campos, carreteras desiertas y árboles anodinos. El cielo era de un gris insípido.

Se imaginó a Britta frente a ella: los ojos risueños, los dientes irregulares, el pelo rubio pulcramente enrollado en los lados y prendido en lo alto de la cabeza.

A Laura no le habría sorprendido en absoluto que Britta no se hubiera presentado a una cena porque se había encontrado a alguien en el camino de la residencia al restaurante y había decidido, así por las buenas, pasar la noche con esa otra persona. Había sucedido un montón de veces; sus amigos ya estaban acostumbrados. Pero Britta nunca se preocupaba por nada. Se creía invencible. Así que... ¿por qué demonios le había pedido a Andreas que la llamase a ella si le pasaba algo? Incluso había tomado la precaución de darle su número.

Y luego estaba el encuentro que habían mantenido en Estocolmo unos meses antes. Laura estaba segura de que Britta la había llamado por un motivo que, al final, no le había revelado. Se le encogió el corazón al pensarlo. Le fallé, se dijo. Vino a hablar conmigo y, al verme, decidió callar.

Cuando el tren se aproximó a Upsala, divisó las negras agujas gemelas de la catedral, que perforaban aquel cielo hosco. Era como si el mundo girase alrededor de ellas, como si por sí solas mantuvieran el planeta en su sitio. Sintió una punzada en el corazón. No había vuelto a Upsala desde que había dejado la universidad, hacía tres años. Demasiados recuerdos, se dijo. Cosas en las que no debería pensar.

Eran cinco, y habían sido inseparables hasta que la guerra provocó la ocupación de Dinamarca y Noruega. Siempre acababan en su apartamento, de madrugada. Borrachos. La única diferencia era el grado: ella, Matti y Karl-Henrik, en los sillones de terciopelo rojo; Erik y Britta, en el diván. Abrían una botella más, se repantigaban y contemplaban la pintura del techo, que Matti juraba que debía de ser un Julius Kronberg: arriba, un cielo azul claro surcado por delgadas nubes blancas sobre las que se encaramaban pequeños querubines de ricos dorados; abajo, unas mujeres desnudas tendidas sobre las rocas, alzando los brazos para tocar los cupidos. «Deseo fútil», había bautizado Erik la obra. Por el suelo del apartamento había numerosas pilas de libros, algunas también en los alféizares en precario equilibro y, a la luz de las velas, sus sombras formaban un paisaje de edificios en miniatura en la habitación en penumbra.

Laura recordó una noche en particular: una noche extraña, porque había constituido una premonición de lo que se avecinaba. Habían abierto una botella de champán, pero ella ya había bebido demasiado y su sabor le resultó amargo. Con la cabeza apoyada en el respaldo, había contemplado la pintura, que parecía cobrar vida bajo la luz atenuada, como si los mechones dorados de los cupidos ondearan bajo la brisa y las manos de las mujeres se agitaran en el aire.

—Bueno, esto ya está mejor —dijo Erik—. *For helvede*,[1] Britta, ese club era un asco. Una auténtica pocilga.

—Y lo mismo aquel tipo —dijo Matti.

Matti se sentía como el más joven de todos y siempre es-

---

1. Maldita sea, en danés.

taba bromeando y burlándose. Pero a veces, sin mala intención, iba demasiado lejos. Laura le lanzó una mirada a Erik, pero él estaba encendiendo un cigarrillo con cara inexpresiva.

—¿Tú qué sabes? —dijo Britta, aunque riendo. Cogió el cigarrillo de Erik, dio una calada, soltó el humo lentamente y se lo devolvió—. Sí, es cierto —asintió al fin. Se giró en el sofá, apoyando la cabeza en el regazo de Erik y las piernas en el reposabrazos—. Y ahora esto. Qué maravilla.

Erik pareció relajarse. Había un atisbo de sonrisa en sus delgados labios mientras posaba en ella sus ojos negros. La barba incipiente de sus mejillas destacaba bajo la luz tenue.

Ah, ¿por qué no estaban juntos?, se había preguntado Laura, como tantas otras veces. Eran perfectos el uno para el otro. Cualquiera podía darse cuenta. Pero hasta ahora Britta no había estado dispuesta y nunca se había ido con Erik, tal como podría haberse ido con otro.

Afuera había empezado a llover. Las gotas repiqueteaban en los cristales. Primero, suavemente; luego con más insistencia. Una sucesión de oleadas furiosas contra el cristal.

—Sí que es una maravilla —murmuró Karl-Henrik.

Laura había abierto los ojos. Karl-Henrik era el más distante de todos. La gente no le gustaba, y él andaba por el mundo como si hubiera llegado de la luna: siempre con movimientos precisos, con una permanente expresión ceñuda y un rictus despectivo apenas velado en las comisuras de la boca. Por la noche, ella dejaba sin cerrar la puerta del apartamento para él. Y un par de veces a la semana, lo oía entrar, cruzar el pasillo hasta la biblioteca y cerrar la puerta con sigilo. Por la mañana, encontraba en la mesa un vaso de whisky vacío y un cenicero atestado de colillas. Él necesitaba aquello: un sitio donde no se sintiera completamente solo cuando la noche resultaba demasiado oscura. Un cuerpo respirando en la puerta contigua. Calor. Vida. Lo que no recordaba Laura era cómo había deducido la primera vez que él vendría.

—Quiero decir, esto no sucede tan a menudo, ¿no? Este tipo de amistades… ¿O sí?

Dio unos golpes en suelo con el pie, miró el techo, volvió a golpear el suelo.

—¿Acaba de decir que le caemos bien? —preguntó Erik.

Karl-Henrik frunció el ceño.

—Yo no iría tan lejos. Hay algunos idiotas entre nosotros. —Le lanzó una mirada a Matti. Se habían pasado toda la noche discutiendo sobre el valor de Aristóteles.

Matti soltó un bufido. Llevaba el pelo demasiado largo, tan largo que le tapaba sus ojos verdes. Se apartó el flequillo con un gesto de impaciencia. Al captar la mirada de Laura, le hizo un guiño. Ella se sonrojó a su pesar.

—Estoy seguro de que los demás estudiantes también se han hecho amigos entre sí, como nosotros —dijo Erik.

—¿Tú crees? —preguntó Britta.

Laura nunca había tenido una relación tan estrecha con un grupo de gente. Ellos cinco se habían conocido y se habían enamorado entre sí. Se protegían celosamente unos a otros. No había nadie que pareciera ni de lejos tan interesante.

Erik se encogió de hombros.

—Pues entonces que todo siga así. —Dio una calada a su cigarrillo y echó la cabeza hacia atrás para que no se le metiera el humo en los ojos—. Y se mantuvieron siempre igual, sin cambiar. Nunca se pelearon, nunca se separaron, nunca crecieron y se marcharon.

La voz de Erik sonó como la de un sacerdote: solemne, melodiosa. Como si estuviera leyendo un hechizo.

—Tú sabes que las cosas cambian, ¿no? —dijo Britta, girando la cabeza y tratando de mirarlo a los ojos.

—No —dijo Erik—. Nosotros no.

—Quizá si le hiciéramos un sacrificio a tu Odín —dijo ella, sonriendo—, él nos dejaría seguir siempre igual. ¿Crees que nos dejaría? Nosotros buscamos la sabiduría, como hizo él.

La gran pasión de Erik era la antigua historia nórdica y *ásatrú*, la fe nórdica. A todos les había acabado fascinando el tema. ¡Cuántas tardes habían pasado en ese apartamento escuchando las historias que él contaba de la mitología nórdica!

Erik alzó la barbilla.

—El único sacrificio que complace a Odín consiste en colgar a las víctimas. Solían celebrar grandes banquetes en honor del dios una vez cada nueve años. Está escrito que sacrificaban a nueve machos de cada especie; los colgaban de los árboles. Hombres, perros, incluso caballos, colgados en aquellas arboledas sacrificiales; su sangre servía para apaciguar a los dioses.

—Bueno —dijo Britta a la ligera—, eso no sería demasiado difícil de organizar.

—Podríamos empezar por el tipo con el que estabas esta noche —dijo Erik.

Era un chiste, pero Laura se estremeció. La habitación ya no resultaba tan acogedora como oscura. Las velas parpadeantes hacían que temblaran las sombras de las pilas de libros, como si estuvieran a punto de desmoronarse.

Y así fue, en efecto. La conexión que los unía se había acabado desmoronando. Al final no habían sido capaces de mantener su amistad, cosa que aún resultaba imposible de asimilar.

La puerta no estaba cerrada con llave, aunque, por otro lado, Britta nunca la cerraba. Su habitación estaba tal como Laura la recordaba. Era uno de los alojamientos de estudiantes más nuevos: un espacio cuadrado con un estante de libros, una cama individual, un armario de una puerta, un escritorio con una silla y un sillón. Todo el mobiliario de madera clara, con patas estrechas y líneas rectas. Detrás de la puerta había un lavamanos y un espejo situado a demasiada altura, o sea, adecuado para chicos, no para chicas. En el suelo, había una esterilla de trapo de color azul claro. Todo de ese estilo pulcro y ordenado típicamente escandinavo. Solo que Britta no era pulcra ni ordenada. El escritorio estaba cubierto de montones de libros y de tazas de café usadas, con el fondo renegrido de posos. Los ceniceros se sostenían en equilibrio sobre las pilas de libros, repletos de colillas con el filtro manchado de carmín. Había un jarrón de cristal con un ramo de flores secas —eran rosas— y la zona de debajo estaba sembrada de pétalos marchitos. Un cubo de hielo, en el alféizar de la ventana, contenía un batiburrillo de conchas marinas, piedras redondas, palos blanqueados por la acción del sol y tapones y corchos de botella. La pared junto al estante estaba cubierta de postales —Laura reconoció un par que le había mandado ella misma— y recortes de periódico muy variados: sobre la guerra, sobre Laponia, sobre el equipo nacional de gimnasia. Había una foto: ella y Britta, con copas de champán en las manos. Britta como saliéndose de la imagen con su amplia sonrisa; Laura, situada un poco por detrás, también rubia —con un corte bob recto—, también sonriente, también guapa, pero con una expresión seria en sus grandes ojos grises. Era una buena fotografía, pensó. Las captaba a las dos. La había sacado Matti. «Vamos, Laura. ¡Sonríe! Sabes cómo se hace, ¿no?» En el suelo había montones de periódicos y más libros. El sillón estaba enterrado bajo ropas de todo tipo, con varios pares de medias sobre los reposabrazos. En el suelo, junto al sillón, había una montaña de zapatos de tacón de todos los colores, al parecer amontonados allí para que no estorbaran. Un zapato suelto de tacón alto había acabado bajo la puerta del armario. Del brazo de la lamparilla de noche colgaban collares: vidrios de colores, perlas, plata. La cama estaba deshecha. El aire de la habitación viciado; hacía falta ventilarla. Pese a todos los signos que indicaban lo contrario, daba la impresión de que no era una habitación que alguien estuviera utilizando. Laura no podría haber vivido de este modo. Ella necesitaba líneas claras para poder pensar.

Se preguntó adónde habría ido el gatito extraviado. Britta se lo había encontrado tras una noche de fiesta: una criatura pequeña, insignificante, más semejante a un ratón que a un gato. Lo había recogido, se había reído al ver cómo extendía hacia ella sus garras diminutas y se lo había metido en el bolsillo de su gabardina.

Erik: «No te lo vas a llevar a casa, ¿no?».

Laura: «No es buena idea».

Britta: «Pero él solo no sobrevivirá».

Britta solía llamarlos sus «animalitos extraviados».

La habitación estaba caldeada. Laura sujetó el cuello de su blusa con dos dedos y se la apartó del pecho.

Britta era Britta. Volvería en cualquier momento y se reiría de ellos por armar tal alboroto.

Andreas permanecía en el umbral, desplazando su peso de un pie a otro, como si estar allí le resultase incómodo. Bueno, si habían venido era por él.

—¿Cómo sabes que no ha dormido aquí? —preguntó Laura.

—Le había prometido a una amiga, la chica de la habitación de al lado, que le dejaría un libro que necesitaba para hoy; estuvo esperándola anoche y vino varias veces a ver si ya había llegado. Lo ha vuelto a intentar esta mañana antes de irse a clase.

Britta lo habría olvidado. Laura se acercó al escritorio

y miró entre los libros y las tazas de café, pero no encontró ningún papel, nada que pudiera indicar su paradero. Y sin embargo… Había algo en la habitación que no cuadraba, pensó. Se giró para mirar alrededor una vez más, pero no veía lo que era.

—Quizás haya ido directamente a la facultad después de pasar la noche fuera.

—Ya lo he comprobado —dijo Andreas—. No ha ido a clase.

Laura torció la nariz involuntariamente. A ella le habría molestado muchísimo que Andreas fuera por ahí preguntando por ella.

—También he ido a la biblioteca y he preguntado a sus amigos. —El pelo negro le caía sobre la frente.

—¿Qué amigos? —preguntó ella. «Ahora que nosotros ya no estamos», quería añadir.

—Un par de estudiantes de Historia.

Andreas tenía la frente brillante y la cara lívida.

—A ver, ¿qué ocurre aquí? —preguntó Laura con brusquedad.

—¿Qué quieres decir? —preguntó él.

Cogió un libro de la mesilla de noche, lo balanceó como sopesándolo y volvió a dejarlo.

—¿Por qué iba a decirte Britta que me llamaras si le pasaba algo?

Él se encogió de hombros.

—No lo sé.

—Tonterías.

—Ella difícilmente me haría confidencias a mí, ¿no?

Andreas estaba diciéndole que sabía muy bien que no le inspiraba simpatía, pero no la miraba a los ojos.

—Seguramente no sea nada —dijo Laura, una vez que estuvieron en la acera frente a la residencia, aunque la verdad era que la situación no le gustaba nada—. Tú ya has probado en la facultad, en la biblioteca, con sus amigos...

—También estaban los bares, pensó. Los restaurantes. Los clubs. Pero ahora era demasiado temprano. Estarían cerrados. En otra época, todos se habrían reunido en el apartamento de la propia Laura; pero ya hacía mucho que ella se había ido de allí—. Podríamos probar en la Sociedad de Historia —dijo—. A ver si ellos la han visto.

Andreas, con las manos hundidas en los bolsillos, asintió.

Cruzaron el césped hacia el edificio principal de la universidad. La primavera había llegado a Upsala. La hierba era de un intenso tono verde. En los parterres crecían jacintos azules. Los árboles rebosaban de pequeños y brillantes brotes. Flotaba en el aire una fragancia a tierra húmeda y hierba fresca. Algunos estudiantes leían tumbados sobre el césped pese al cielo gris. Habían desplegado sus chaquetas debajo, porque el suelo aún debía estar frío y húmedo. Muy pronto los restaurantes empezarían a poner mesas fuera. Se llenarían de un bullicio de risas y discusiones. Del salón de baile que todos llamaban Little Perdition saldrían ecos de percusión y de estridentes trompetas de jazz. Entonces apetecería quedarse, vivir allí. Pero en ese momento el viento todavía era demasiado frío. Laura se abrazó a sí misma y avivó el paso.

La pequeña plaza cuadrada que albergaba la enorme catedral de color rojo también contenía la iglesia de la Santísima Trinidad, la residencia del arzobispo, el antiguo edificio principal de la universidad, el Gustavianum, con su gran bola redonda sobre el tejado de cobre, y el Dekanhouse, donde tenía sus oficinas el Instituto Estatal de Biología Racial. Toda esa historia gravitando con su peso sobre un cuadrado de adoquines. Que la Sociedad de Historia tuviera aquí su sede resultaba lógico.

Recorrió con la mirada las agujas negras gemelas de la catedral. Echaba todo aquello de menos —a los cinco—, y sintió un escozor en los ojos. ¡Ah, poder disfrutar de nuevo de uno de aquellos días de estudiante, salir a cenar, beber más de la cuenta y regresar a casa por las calles cogidos del brazo, cantando absurdas canciones estudiantiles! Oír la risa ronca de Britta, las maldiciones de Erik. Coquetear con Matti. Chinchar a Karl-Henrik por ser tan serio y odiar a todo el mundo. Que todo resultara fácil, que cualquier separación fuera impensable. No debería estar aquí con Andreas; debería estar con ellos. Pero la universidad ya formaba parte del pasado. Desde que la guerra había empezado a acercarse, todos habían vuelto a casa.

El edificio amarillo de la Ekman's House que albergaba la Sociedad de Historia se hallaba frente a la iglesia de la Santísima Trinidad. Parecía más pequeño de lo que recordaba. Era por el tiempo gris. Como si el edificio se abrazase a sí mismo también para protegerse del frío. La sociedad mantenía sesiones regulares tanto de día como de noche: conferencias, debates. Ahí, bajo esas bóvedas, era donde el profesor Lindahl solía celebrar después de las sesiones sus *nachspiele*, ligeros refrigerios nocturnos con un grupo selecto de alumnos.

Subió las escaleras y tanteó el pomo, pero las puertas estaban cerradas. En el tablón plateado no había ningún cartel anunciando próximas reuniones. Se encogió de hombros y bajó un peldaño.

—Hay una cosa —dijo Andreas de repente.

Ella aguardó en silencio.

—Antes de los disturbios… Antes de Pascua. Britta se reunió con un hombre llamado Lindholm. Es el líder de la *Svensk socialistik samling*, el partido nazi sueco.

Laura sabía quién era a Sven Olov Lindholm. Recordaba su cara sonriente por los boletines de noticias de principios de aquella semana, en los cuales aparecía en el monte Upsala, haciendo el saludo nazi, mientras la policía reducía con sables a los manifestantes. Había salido en todas las noticias, tanto en Suecia como en el extranjero, y la prensa tildaba a la policía de «simpatizante nazi».

—¿A ella la apresaron en los disturbios?

—No, pasó la Pascua en Estocolmo. Volvió después. Esto que te digo sucedió antes de que se marchara.

Estocolmo. Britta había estado en Estocolmo sin ponerse en contacto con ella.

—¿Para qué se habría reunido con él?

—No lo sé. Pero yo los vi en el Kafé Centrum. Y no parecían en actitud hostil.

—Imposible —dijo Laura.

Britta no era una simpatizante nazi. Podían considerarla inmoral en su propia vida, pero cuando se trataba de la justicia y los derechos humanos era la persona más moral que conocía. ¡Si incluso había seguido siendo amiga de Andreas, por el amor de Dios!

Este la miraba con los ojos muy abiertos.

—Solo te digo lo que vi. Estaban tomando café. Después me dijo que se iba unos días a Estocolmo. Volvió el martes y me llamó para que fuéramos a cenar ayer. Yo pensaba preguntarle por Lindholm.

Antes de que pudiera sondearlo más, apareció el encargado de la Ekman's House.

Laura sacó su mejor sonrisa.

El hombre, flaco, de pelo gris, la miró con el ceño fruncido. ¿Acaso recordaba cómo tenía que limpiarlo todo después de que ella y sus amigos celebraran sus *nachspiele*?

—¿Podría dejarnos entrar? —preguntó Laura.

—¿Para qué?

Prefería no decir nada de Britta. Ahora, pensándolo bien, la idea le parecía absurda: ¿qué iba a hacer Britta sola en un edificio cerrado?

—Olvidé un libro aquí. En el gran salón de arriba. —Confiaba en que el hombre no estuviera al tanto de quién seguía siendo alumno y quién había dejado la universidad.

El hombre volvió a hacer una mueca, pero abrió las puertas. Con una mirada, Laura le indicó a Andreas que la siguiera. Se detuvo unos momentos en el pasillo. Olía a piedra fría. La cripta donde solían celebrar sus *nachspiele* estaba al final del corredor, casi en la parte trasera. Bastaban unos pasos más para llegar: las paredes de piedra blanca, una sola mesa de madera oscura. Las velas en soportes de hierro alineadas a lo largo de las paredes y la herrumbrosa araña suspendida sobre la mesa proporcionaban la claridad necesaria y arrojaban una cálida penumbra en el resto de la estancia. Estaba segura de que el eco de sus risas aún resonaba allí.

Sintió el viejo hormigueo de la excitación.

Ahora volvía a verlos a todos: el ambiente lleno de humo, los debates cada vez más acalorados a medida que avanzaba la noche. Las clases les enseñaban historia y métodos de estudio. Los *nachspiele* consistían más bien en jugar con el conocimiento, en debatir bajo la supervisión de la mente más brillante que Laura había conocido, que cualquiera de ellos había conocido. «La mayoría de los alumnos se contentan con las clases», había comentado el profesor Lindahl con su suave voz cuando los invitó por primera vez a sus refrigerios. «Yo veo a esos alumnos como artesanos eficientes. Necesitamos artesanos eficientes; no tiene nada de malo ser uno de ellos. Pero otros alumnos necesitan… más.»

¡Qué satisfacción formar parte de los que necesitaban más! El corazón todavía le dio un brinco al pensarlo.

Por supuesto, los otros profesores de Historia no veían con buenos ojos los *nachspiele*, los calificaban de «heterodoxos», incluso de «peligrosos». Y en especial uno de ellos: el profesor Falk que había tratado de que el rector los prohibiera. Pero el rector no había querido irritar al profesor Lindahl y se habían seguido celebrando.

¿Quiénes habrían ocupado su lugar en los *nachspiele*, ahora que ellos se habían ido? No se le había ocurrido preguntárselo a Britta.

El encargado le señaló las escaleras. Laura subió los peldaños de piedra hasta la sala donde se celebraban las reuniones de la Sociedad de Historia. Allí no había ventanas y el ambiente era sombrío. Aunque en aquel entonces nadie reparaba en ello. El profesor Lindahl se situaba en la parte delantera y su pelo rubio adquiría un resplandor blanco en la penumbra. Todos los ojos fijos en él; los alumnos llenos de una ardiente admiración. Las caras de los demás profesores, ceñudas. El profesor Lindahl era una leyenda viva. Se decía que él había sabido que el primer ministro mentía sobre el estado del programa de defensa sueco solo por el número de veces que había parpadeado durante su discurso. También decían que había sido llamado para asesorar al Gobierno sueco y que sus miembros lo temían tanto como lo veneraban. Él había sido el responsable de que más de un ministro fuese relevado de su cargo. Y había influido asimismo en el nombramiento de algunos. Sí, el profesor Lindahl era un personaje especial, lo que había provocado muchos celos entre los miembros de la facultad.

—¿Dónde se sentaba usted? —preguntó el encargado.

Ella arqueó las cejas. Ah, el libro.

—Justo aquí. —Señaló la silla que tenía al lado—. Supongo que debí dejármelo en la biblioteca, después de todo.

Volvieron a bajar al vestíbulo. Detrás de la escalera, en el pasillo que llevaba a la cripta, detectó un movimiento a ras de suelo. Algo pequeño, oscuro. ¿Una rata? Laura titubeó.

—Solo voy a echar un vistazo…

Había un póster en la pared del pasillo: «La causa finlandesa es nuestra causa», decía, mostrando a dos soldados de blanco, esquiando, uno con la bandera finlandesa y otro con la sueca. Era un póster viejo: aquella «causa» se había perdido y ahora, además, la causa finlandesa ya no era la misma que la sueca, pues los finlandeses habían unido fuerzas con los alemanes para combatir a la Unión Soviética. Pero al menos no se habían materializado los temores de que los comunistas entraran con todo en Suecia. De momento.

En el suelo había un rastro de manchas marrones. ¿Café? El encargado estaba perdiendo facultades.

Se acercó al arco de entrada y se detuvo.

Britta se hallaba sentada en una silla, junto a la mesa, en la penumbra. Llevaba una falda marrón y un suéter del mismo color. Tenía la cabeza inclinada y el cabello rubio le caía sobre la cara. No se lo había recogido como de costumbre, pero Laura habría reconocido esa cabellera en cualquier parte.

Conteniendo el aliento, musitó:

—¿Britta?

Notó, más que oyó, que Andreas y el encargado se acercaban. El corazón le martilleaba en el pecho. Avanzó dos pasos. Britta no se movió. ¿Era una cuerda lo que tenía alrededor del torso?

Su suéter estaba ensangrentado y hecho jirones, y a través de los cortes se atisbaba su pecho cubierto de heridas.

¿Le apartó el pelo para verle la cara? ¿Le puso la mano bajo la barbilla y se la alzó?

Seguramente debía haberlo hecho, porque después recordó que había un pequeño orificio negro en la sien derecha de su amiga. Tenía hinchado el lado izquierdo de la cara. El rímel se le había corrido y le había dejado regueros negros en la mejilla. Lo que había en el otro lado era difícil de decir. Estaba todo cubierto de sangre, pues le habían arrancado el ojo. Más tarde, Laura solo recordaría detalles: de un modo vívido, minucioso, con una claridad y un colorido atroces.

Por ejemplo, lo blanca y limpia que estaba la cuerda que mantenía a su amiga erguida. O cómo tenía los tobillos cruzados y con un zapato salido, lo que dejaba a la vista el talón de la media ennegrecido por el cuero. El débil gemido del encargado, a su espalda. Andreas apoyándose en la pared como si estuviera roto. Su propio grito, que pareció llenar la reducida estancia. O las lágrimas amargas en su garganta, mientras vomitaba en el suelo.

Un policía la había llevado arriba, a la sala gris y sin ventanas, donde ahora permanecía de pie abrazándose a sí misma. No podía respirar. Sus pulmones se habían colapsado. Cerró los ojos, pero lo que había visto estaba impreso en su mente. Siempre lo estaría. Sintió una oleada de náuseas y creyó que iba a vomitar de nuevo. «Ay, Dios mío, ay, Dios mío.» Aquello no podía estar pasando. Era imposible.

Entró un hombre cuarentón de duros rasgos faciales y tupido pelo negro. Tenía los ojos hundidos y oscuros.

—¿Laura Dahlgren?

¿Les había dicho su hombre? No lo recordaba.

—Soy el inspector de policía Ackerman. Tome asiento, por favor.

Laura se desplomó en la silla más cercana. Las rodillas le temblaban tanto que chocaban entre sí. Sus dedos tiraron de las mangas de la blusa, como dotados de vida propia. El policía la observó un momento, entornando sus ojos castaños, y luego abrió un cuaderno negro y sacó un bolígrafo.

—Usted la ha encontrado —dijo.

Los dientes le castañeaban. Respira, se dijo. Concéntrate. Se lo había enseñado su abuelo: cuando tengas pánico, concéntrate solo en respirar y en la siguiente tarea. Y luego en la siguiente. «No pienses. Hagas lo que hagas, no pienses.» Su padre habría dicho: «Contrólate». O sea, lo mismo.

—¿Cómo se llama la víctima?

—Britta Hallberg. —Tenía la mandíbula tensa y tuvo que hacer un esfuerzo para abrir la boca. Su voz le sonó lejana, como si no fuera suya.

—¿De dónde era?

—De Blackåsen.

—¿Cómo la conoció?

—Estudiamos juntas antes de que estallara la guerra.

—¿Y ella siguió estudiando?

Laura asintió.

—Estaba investigando para el doctorado.

—¿Qué?

—¿Cómo dice? —No le había entendido.

—¿Qué estudiaba?

—Historia.

—¿Y usted qué hace ahora?

—Trabajo en una delegación comercial en Estocolmo.

—Estocolmo. ¿Por qué ha venido hoy aquí?

—Andreas… El amigo de Britta estaba preocupado. No conseguía localizarla y me llamó. He venido y la hemos estado buscando juntos.

—¿Por qué estaba preocupado?

—Britta y él habían quedado anoche, y ella no apareció. Por eso empezó a preocuparse.

El inspector inspiró, aunque su inspiración sonó como un hipo. «No pienses ahora. Luego.»

—¿Era algo que había pasado otras veces? Que ella desapareciese y que él la llamase a usted.

—No.

—Ha dicho antes «el amigo de Britta». ¿Eso significa que no es amigo suyo?

—Sí.

—Entonces, ¿por qué la llamó a usted?

—Creo que ella debía estar asustada. —Un destello de la

cara manchada de Britta. Tuvo que tragar saliva. «Respira.»—. Le había dicho a él que, si le ocurría algo, tenía que llamarme. Y la última vez que yo la vi, tuve la sensación de que algo iba mal.

—¿Ella no le dijo lo que era?

Laura negó con la cabeza. ¡Ojalá hubiera insistido! Su cara se crispó en un sollozo, pero enseguida se obligó a reponerse. Si empezaba, ya no pararía.

El inspector Ackerman tamborileó con el bolígrafo sobre el cuaderno.

—¿Cómo sabía que la encontraría aquí? —preguntó.

—No lo sabía… —Sonaba desesperada—. Andreas ya la había buscado en otros sitios. Yo no esperaba encontrarla aquí.

Él garabateó en el cuaderno.

—¿Ese joven era su…?

—Eran amigos de la infancia, nada más. ¿Dónde está?

—Será interrogado en comisaría.

—¿Por qué?

—Es mejor así.

No quería que estuvieran juntos después de haber encontrado a Britta, pensó Laura. Quería poder formular sus preguntas sin que ellos hubieran comentado entre sí lo que habían visto. Quizás, además, por el hecho de que él fuese lapón.

«Andreas sabe —pensó de repente, con una certidumbre que la sorprendió a ella misma—. Él sabe quién ha sido.»

No. Imposible. Andreas sentía afecto por Britta, eso debía concedérselo. Si hubiera sabido algo más, lo habría dicho. Pero se había asustado demasiado… Tal vez solo estaba preocupado por Britta. Pero ¿tan preocupado por una ausencia de una noche? No era lógico.

—¿Ella tenía a alguien más?

—A nadie en particular. Al menos, que yo sepa.

Erik se quedaría destrozado. Y los demás... Tendría que encargarse de avisarlos. Britta, que se había mantenido al margen de la guerra, era la primera de los cinco que había muerto. Aquello no parecía real. Los dientes empezaron a castañearle de nuevo y sintió escalofríos. Se puso las manos entre los muslos, las apretó, intentó que su cuerpo se serenase.

El policía la estudió.

—¿Tenía enemigos?

—Ella es amiga de todo el mundo... Era... Todos la apreciaban.

Unas imágenes de su amiga destellaron en su mente: Britta riendo, con un cigarrillo entre los dedos y una copa de champán en la otra mano, volviendo la cabeza a uno y otro lado para saludar a la gente. Todos la seguían con la mirada.

Parpadeó enérgicamente, no quería ver aquello.

—¿Quién podría haber hecho algo así? —preguntó él.

—Nadie —respondió Laura.

El inspector la miró. Alguien lo había hecho.

—No lo sé. Todos la apreciaban —repitió.

«Todos la amaban», pensó.

—¿Alguna cosa más que le haya parecido extraña o insólita últimamente?

—Yo no la había visto desde febrero. No sé lo que sucedía en su vida ahora mismo. —Le dolía reconocer eso.

—¿Era activa políticamente?

—No. Tenía opiniones contundentes sobre lo que está bien y lo que está mal..., sobre la justicia. Pero no estaba metida en un partido ni nada parecido...

No le dijo nada del supuesto encuentro de Britta con Sven Olov Lindholm. Eso podía explicárselo el propio Andreas. Ella aún no acababa de creérselo.

—¿Por qué ha venido a este lugar para buscarla? —preguntó el inspector.

—Como le he dicho, era el único sitio que quedaba. Hemos ido a su residencia. Y Andreas había preguntado en clase.

—¿Quién viene aquí?

—Los estudiantes de Historia. Los profesores.

—¿Quién tiene la llave del edificio?

—Debería preguntar en el Departamento de Administración. El encargado la tiene, por supuesto. Y luego hay una llave en administración, colgada de la pared. Eso lo sabemos todos.

—¿Todos?

—Los alumnos, los profesores... Pero ¿por qué? —dijo Laura—. ¿Por qué demonios iba a hacer alguien una cosa así? Britta era... —Su voz se quebró. Encantadora. Maravillosa. Inofensiva.

En vez de responder, él preguntó:

—¿Hay algo más que se le ocurra que pudiera ser importante? ¿Discusiones, antiguos amantes...?

Ella negó con la cabeza. Había muchos antiguos amantes, desde luego, pero todo había sido inocente en ese terreno. Ellos, el grupo, se habían terminado peleando al final, pero aquello no tenía nada que ver con lo que acababa de ocurrir. Volvió a pensar en la habitación de Britta. Había algo allí que seguía inquietándola.

La imagen de su amiga destrozada flotó de nuevo ante ella.

—Su torso... —Se llevó la mano inconscientemente a su propia blusa—. El ojo... ¿Qué le sucedió?

Él cerró su cuaderno. Laura pensó por un momento que no iba a responder.

—Parece que la torturaron —dijo el inspector al fin.

Ella sofocó un grito. Oírlo así, en voz alta...

—¿Que la torturaron?

Él asintió. Laura se tapó la boca; luego apartó la mano.

—¿Y luego le pegaron un tiro? —preguntó, recordando el orificio en la sien.

Él volvió a asentir.

—Sabremos más después de la autopsia.

Laura se estremeció.

—Un disparo en la sien… Es algo… tan frío.

—No sé —dijo él, levantándose—. Las heridas infligidas más a sangre fría pueden revelar la mayor pasión, ¿no cree?

2

Jens

—*E*so no es razonable. —Daniel Jonsson, uno de los archiveros, siguió a Jens Regnell por los pasillos (no por primera vez) agitando un montón de papeles—. Tienes que decírselo a él.

—Ya se lo he dicho. —Jens subió los escalones de dos en dos hacia el segundo piso. No sabes cuántas veces, añadió para sus adentros.

Se hallaban en el Arvfurstens Palats, la sede del Ministerio de Asuntos Exteriores. La persona poco razonable de la que hablaban era el propio ministro, Christian Günther, cuyo secretario era Jens.

—Ha estado haciendo lo mismo desde el principio de su mandato. Tiene que haber archivos. Ahora, en especial, cuando estamos cambiando nuestras posiciones, debe quedar constancia de lo que decimos y hacemos.

El pelo rizado y gris del funcionario estaba erizado, como si se hubiera pasado por él los dedos con desesperación antes de salir a buscar a Jens. Las gafas se le habían deslizado por la nariz, y ahora, mientras caminaba de lado para captar la mirada del secretario, volvió a subírselas con un dedo.

—El ministro dirige las cosas según su propio criterio —le dijo Jens—. Y le va muy bien así.

Eso solo era cierto en parte. En el breve periodo que llevaba a sus órdenes, Jens había descubierto que Christian Günther era apreciado por el primer ministro, detestado por el pueblo sueco, mirado con desconfianza por la prensa y juzgado como proalemán.

El archivero se burló.

—No sigue las directrices del Gobierno, sino que inventa las suyas sobre la marcha.

Jens redujo el paso.

—Fingiré no haber oído eso —dijo.

El archivero le echó una mirada, como diciendo: «Sabes que tengo razón», y continuaron caminando en silencio.

Jens sabía que Daniel tenía razón. Aunque él fuera nuevo en el puesto, había oído los rumores sobre actividades alemanas aprobadas sin protocolos ni registros gubernamentales, en especial en el caso de Günther. Suecia podía ser neutral en teoría, pero ellos se habían visto obligados a transigir, incluso ahora que se hallaban bajo la presión de los aliados para «romper con los alemanes, o de lo contrario…». Era un ejercicio de equilibrismo. Suecia dependía por completo de las importaciones de Alemania y, aunque, después de Stalingrado, Günther había indicado a su personal que las políticas del ministerio debían contemplar la «posibilidad» de una derrota alemana, la verdad era que Alemania aún no había perdido la guerra. El comandante de las fuerzas armadas suecas, Törnell, seguía creyendo que vencerían ellos.

—Existen normas —dijo Daniel—. Si él no registra las actas de las reuniones, tendrás que hacerlo tú.

A Jens le daban ganas de reír. O de llorar. En la mayoría de las reuniones, Günther pedía a sus hombres que salieran de la sala, pese a que ellos rezongaran que iba contra el procedimiento reglamentario. Los alemanes, en sus comunicaciones, lo calificaban abiertamente de «amigo incuestionable de Alemania».

Jens se detuvo. En el espejo de marco dorado que había detrás de Daniel captó un atisbo de sí mismo: el pelo demasiado rubio, los ojos demasiado azules, el espíritu demasiado vehemente: un colegial a punto de cumplir los treinta y cinco metido en una fiesta de disfraces, con traje oscuro, camisa blanca y una corbata aún más oscura. ¿Qué demonios hacía él allí?

—Mira, haré lo que pueda —le dijo a Daniel—. ¿Qué es lo que te falta?

—Los registros muestran que ha habido varias llamadas entre nuestro ministro y el ministro danés de Asuntos Exteriores durante las últimas semanas. He hablado con mi homólogo en Dinamarca, y él me ha dicho que el ministro de Exteriores noruego en el exilio también había participado. Esos contactos no están registrados en nuestro ministerio. No hay notas de ninguna clase. Necesito que por lo menos se registren y se enumeren los temas tratados.

—Estoy seguro de que simplemente se estaban poniendo al día sobre los últimos acontecimientos.

—Aun así debería haber registros.

—¿No fueron escuchadas las conversaciones?

Desde el principio de la guerra, las llamadas habían sido supervisadas por los Servicios de Seguridad, es decir, escuchadas y grabadas. El correo era leído y censurado. Daniel debía haber obtenido sus informaciones de esos registros.

—Intenta sacar algún dato de los Servicios de Seguridad —dijo el archivero con un bufido.

—Y tus homólogos en Dinamarca… ¿no te contaron de qué iban las conversaciones?

—¡No se lo pregunté! ¿Cómo quedaríamos si se revelase que no sabemos absolutamente nada?

Daniel parecía abatido. Jens se ablandó.

—Ya lo averiguaré. Te lo prometo. —Antes de alejarse,

le puso la mano en el brazo—. Te lo prometo —repitió, volviéndose mientras caminaba, e intuyó más que vio que su colega hundía la cabeza entre los hombros.

Günther no le contaba nada a nadie. No era tanto por falta de confianza, pensaba Jens, como por la convicción de que él sabía mejor que nadie lo que convenía. Simplemente, se consideraba mejor que los demás miembros de su ministerio y, ya puestos, que los demás miembros del Gobierno.

Se abrió la puerta de la gran sala de reuniones y salió Staffan Söderblom, el jefe del Departamento Político de Asuntos Exteriores, seguido por Jon Olof Söderblom, el secretario del primer ministro Hansson.

Secretos. Secretos por todas partes.

—No sabía que hubiera programada una reunión entre nuestras oficinas —dijo Jens.

—No era más que una conversación fraternal —dijo Staffan—. Bueno —le hizo una seña a su hermano—, nos vemos luego. —Y dicho esto, se alejó hacia su oficina.

Jon Olov permaneció allí, con los talones afirmados en la alfombra roja y las manos entrelazadas detrás.

—Debe de ser duro —le dijo a Jens.

No se tenían ningún afecto. Jon Olov, hijo del arzobispo, era un esnob de clase alta que fingía ser amigo de los trabajadores. Un tipo de rizos rubios y ojos astutos bajo una expresión aparentemente despreocupada. Jens lo consideraba un embustero y un tramposo. En cuando a su hermano, Staffan, era la auténtica mano derecha del ministro, pese a que Jens fuera el secretario de Günther. El fuerte vínculo que los unía no era ningún secreto.

—¿Qué se supone que quiere decir eso? —respondió Jens.

Jon Olov sonrió con suficiencia.

—Bueno, están pasando muchas cosas ahora mismo en

el Ministerio de Asuntos Exteriores. Debe de ser duro estar al tanto de todo… y de todos, ¿no?

Jens se encogió de hombros.

—Yo lo veo de otro modo.

—Pensaba ir a mirar si Günther está en la oficina —dijo Jon Olov, como para demostrar su idea.

—Ha salido —dijo Jens—. No volverá hasta mañana. —La realidad era que no tenía ni idea de dónde estaba Günther.

Jon Olov sonrió.

—Ya veo. Creía que Staffan había dicho que estaba a punto de llegar. Bueno, joven efebo, nos vemos.

Al entrar en su oficina, Jens recibió una llamada de Kristina para recordarle la cena de esa noche.

—Es importante —le dijo ella, queriendo decir que era importante para su carrera, para él, para ellos.

—Allí estaré.

—No te retrases.

Tomó asiento para clasificar el correo, pero estaba intranquilo y volvió a levantarse.

Permaneció un rato junto a la ventana que daba a la plaza Gustav Adolf, ahora vacía, puesto que la circulación privada en coche había sido prohibida. Contempló el majestuoso edificio neoclásico de la Ópera Real, por detrás de la estatua ecuestre del rey Gustavo II Adolfo, y el puente de Norrbro, cuyos arcos de piedra se extendían sobre el estrecho Lilla Värtan. En el amplio cielo sobre Estocolmo, los pesados nubarrones estaban cobrando un tono morado oscuro. Quizá fuera a llover. Al menos este invierno no había sido tan frío como los anteriores. Le habría gustado abrir la ventana para oír la corriente del agua, y el viento, pero estaba prohibido por motivos de seguridad.

Jens había llegado al ministerio demasiado tarde para ejercer alguna influencia; demasiado tarde para gozar de una relación estrecha con Christian Günther. «Eso no lo podrás cambiar», le había advertido su padre, que era maestro, cuando él estaba sopesando la propuesta del ministro de convertirse en su secretario. «Staffan Söderblom y Christian Günther tienen todo un historial juntos. Tú siempre serás el segundón. ¿Te ves capaz de soportarlo?»

No, Jens era un triunfador y no podría soportarlo, pero había pensado que la situación cambiaría. Que él la cambiaría. Al fin y al cabo, era una persona formada, con experiencia, inteligente, y lo había conseguido todo por sí mismo, sin los antecedentes familiares idóneos. Él nunca había sido el segundón. Nunca. Y Christian Günther le había gustado. Se había imaginado que llegarían a intimar. Estaba convencido de que con el tiempo lo conseguiría.

Hasta ahora se había equivocado. Para asumir este puesto, él había dejado un trabajo muy bien remunerado en una empresa donde habrían deseado que se convirtiera en director, nada menos. Pero aquí parecía como estancado. Y lo peor era que cuanto más se esforzaba, más parecía ignorarlo Christian Günther con toda la intención.

Jens volvió a su escritorio. Había un cuadro al óleo en la pared opuesta: un viejo prócer de nariz aguileña, con una cadena dorada sobre su abultada panza y una expresión hosca y ceñuda en la cara. Parecía como si le mirase directamente cada vez que se sentaba. Juzgándolo. «No es suficiente. No es suficiente.» Detestaba aquel maldito cuadro. Seguramente era una obra maestra, pero habría preferido librarse de él. Preguntaría al personal administrativo si podían cambiárselo por un paisaje. Suspiró, puso la radio y empezó a clasificar las cartas. Su padre tal vez había acertado, a fin de cuentas. ¿Cuánto tiempo invertías en un nuevo reto antes de rendirte? Qué absurdo. No, él no se daría por vencido. Nunca lo había hecho.

El último sobre era muy abultado. Igual que todos los demás, lo habían abierto para examinar su contenido y lo habían vuelto a pegar. De un modo chapucero. Iba dirigido a Jens, no al ministro. La letra, apresurada, se extendía a lo largo del sobre. Lo abrió.

En su interior había un extenso documento mecanografiado.

Relaciones nórdicas a lo largo de los siglos: Dinamarca, Noruega y Suecia en un nuevo camino, por Britta Hallberg. Jens vaciló un momento, pensando que le sonaba el nombre de la autora, aunque no sabía de qué.

Hojeó el documento, leyó títulos diversos como «Objetivos», «Introducción», «Fuentes». Una tesis. ¿Acaso se la habían enviado por error? Pero iba dirigida a su nombre. Buscó la página del índice.

I. Introducción

II. Objetivos y demarcaciones

1. Historia: las uniones escandinavas

2. El Reich

3. El siglo XIX: un nuevo camino

4. El siglo XX: una nueva amenaza

5. Visión entre bastidores del encuentro de los tres reyes en 1914

6. Desenlace del encuentro de los tres reyes en 1939

Los tres reyes… El danés, el noruego y el sueco. A Jens le gustó el título y el índice. Parecía interesante. El tipo de obra que en otra época habría devorado con avidez, deseando descubrir tal vez una nueva forma de pensar. Pero actualmente ya no tenía tiempo para leer. Además, el documento estaba inacabado: no había conclusión. Así pues, lo tiró a la papelera que había bajo su escritorio.

En la radio debatían si el *Ulven*, el submarino sueco que se había hundido durante unas maniobras a mediados del mes de abril, debería ser rescatado, suponiendo que lo encontraran. No se hablaba de otra cosa desde que se había producido el accidente. La voz uniforme y mesurada del locutor, Sven Jerring, iba resumiendo lo pros y los contras. Ahora la tripulación ya estaba muerta. Mientras intentaban localizar el submarino, habían encontrado varias minas… Minas alemanas en territorio sueco. Era probable que la nave hubiera chocado con una de ellas. Todavía no habían logrado precisar su posición. Pobre gente, pensó Jens: esperaban en el fondo del mar un rescate que no había llegado…

El viejo del cuadro lo miró ceñudo, con una expresión llena de desagrado. Jens suspiró.

Movido por un vago sentimiento de tristeza por la pérdida de esos hombres y la futilidad de todo, cambió de idea, retrocedió con la silla y se agachó para recoger la tesis de la papelera. La metió en el cajón del escritorio y luego lo cerró violentamente.

3

Monte Blackåsen

—¿*D*ónde estabas? —le preguntó su madre.

Tenía manchas rojas en las mejillas. Desde que la hermana mayor de Taneli había desaparecido, su madre se había vuelto más flaca y más huesuda. Ya habían pasado cien días desde su desaparición. Hacía cien días que ella lloraba y que él mismo andaba con un abismo en el pecho. Cada día se tambaleaba al borde de ese abismo, haciendo lo posible para no caer. Durante las dos primeras lunas no habían parado de buscar; habían salido todos cada día, rastreando, llamando, ampliando los círculos más y más. A la tercera luna ya solo siguió buscando él. Los demás bajaban la mirada a su alrededor, convencidos de que su hermana estaba muerta. No lo estaba. No podía estarlo.

Su madre lo sujetó del brazo y lo arrastró consigo. Raija, la perra de Taneli, los siguió de cerca.

Había dos hombres junto a la hoguera. Vestían chaquetas y pantalones grises. Llevaban sombrero y chaleco. Los botones de sus camisas relucían. Los demás niños ya estaban poniéndose en fila. Uno de los hombres, pelirrojo y barbado, los medía uno a uno; su compañero tomaba notas en un libro. El hombre que se encargaba de medirlos les abría la boca, miraba dentro, les palpaba los huesos. Luego les ponía unas tenazas en la cabeza y le dictaba el número a su colega. No era la primera vez que los medían así, como al ganado que comprarías en un día de mercado.

Taneli se puso en la fila. Raija se apretaba contra su tobillo. Era un pastor lapón con una carita entusiasta y unas orejitas de oso. Tenía el pelaje largo y mullido, beis en las patas y la gorguera, y negro en el resto. Su suave cola se le curvaba sobre el lomo y Taneli solía agarrarla con la mano. Era una buena perra. Valiente y dispuesta a trabajar duro. Y era suya.

Los adultos permanecían junto a sus chozas, observando la escena en silencio.

Todos decían que había sido el gigante Stallo quien se había llevado a Javanna. Pero Taneli no lo creía. Habían encontrado su trampa en una loma junto al río; la presa que había quedado atrapada relucía de escarcha con un fulgor azul. De Javanna no habían encontrado ni rastro: su mochila había desaparecido; sus esquís también. Pero Stallo no era tan limpio. No, algo le había sucedido a su hermana.

La madre le había contado a Taneli lo excitada que se había sentido Javanna cuando él iba a nacer. Cada vez que ella se lo permitía, la niña le ponía las manos en el vientre y susurraba verdades con los labios pegados a la piel combada. Verdades destinadas solo a él. Tal vez por eso Taneli podía sentirla y los demás no. Ellos estaban unidos a través de ese ombligo, como si el cordón umbilical los hubiese conectado a ellos dos, en vez de extenderse entre la madre y el bebé. «Fue ella la que escogió tu nombre —le contaba siempre su madre—. Javanna dijo que tenías que llamarte Taneli.»

Nihkko, uno de los ancianos, había hablado con él.

—Tienes que dejarlo —le había dicho—. Debes aceptarlo.

—Ella no está muerta.

—¿Cómo lo sabes?

—Lo sé, simplemente.

—Que la oigas no quiere decir que no esté muerta —le había respondido Nihkko—. Los muertos hablan.

Taneli se encogió de hombros. Él sabía lo que sabía.

Nihkko se había quedado callado, con expresión pensativa. Luego había añadido:

—Yo también desearía que estuviera viva. Se habían formulado profecías sobre su vida. Se suponía que ella me reemplazaría. Pero ahora sería mejor que no lo estuviera.

El tono con el que lo dijo le provocó un escalofrío a lo largo de la columna. Él no se había parado a pensarlo: no se le había ocurrido lo que podría estar pasándole a su hermana si la habían atrapado y la tenían cautiva.

—¡Tú!

El hombre barbudo lo señaló con su bolígrafo. Era su turno. Cuando se acercó, lo situó junto a los demás. Taneli se concentró en su barba. Roja y pulcra, con cada pelo en su sitio. Quizá se la peinaba de algún modo. Primero, el hombre le recorrió la cabeza con los dedos, presionando para captar bien su forma. No era una sensación desagradable. Luego le colocó las tenazas en la cabeza. Leyó el número en voz alta y su compañero lo anotó en su libro. A continuación le metió los dedos entre los dientes y le abrió la mandíbula para mirar dentro. Sus dedos tenían un sabor amargo y le dejaron una sensación aceitosa en la boca.

El hombre le puso los nudillos bajo la barbilla y se la levantó. Lo miraba, pero no lo veía.

—No parece como los demás —dijo.

Su compañero se acercó.

—No es un tipo racial puro —añadió.

El otro también tenía barba, pero la suya era rala y desaliñada. Sus ojos eran de color azul claro, como el chorro de agua vertido de un cuenco. Cuando le miró fijamente, Taneli sintió que se le encogía el pecho. No había nada en esa mirada; ni emoción ni brillo: solo una superficie plana. Ese era el aspecto del mal, pensó. El vello del brazo se le erizó.

Ese segundo hombre tenía en su libro unos dibujos de cabezas humanas y los fue cotejando con la suya. Sus ojos iban y venían de los dibujos a su cabeza.

—Tienes razón —dijo al fin—. Es un híbrido.

—Sí —dijo el primero, y examinó a Taneli con los ojos entornados—. Y más sueco que lapón.

Taneli se volvió hacia él, lleno de rabia.

—Yo no quiero parecer un sueco —dijo.

Vio que su madre, que estaba junto a la tienda, contenía el aliento y se apretaba el pecho con el puño. Sabía que su padre estaría restregándose la frente con los nudillos y haciendo una mueca, como si le doliera la cabeza.

El hombre que lo había medido no le hizo caso. Pero el otro, el de los ojos azules, le sostuvo la mirada y sonrió. Taneli sintió que le flaqueaban las piernas. Había algo completamente terrorífico en aquel hombre.

Antes de que los dos se marcharan finalmente, el de los ojos azules le dio una patada en el costado a Raija. Pero no estaba mirando a la perra. Lo miraba a él.

4

Laura

$\mathcal{L}$a estación central de Estocolmo estaba llena de gente que se apresuraba hacia los trenes. Era la hora punta. Laura caminaba en la dirección contraria y la gente le daba empujones. Se sentía mareada. No paraba de ver el cuerpo de Britta frente a ella. Igual le entraban náuseas otra vez. Le había fallado a su mejor amiga, a la persona que más quería en este mundo. Durante su época de estudiantes, Laura se había imaginado que ella y sus amigos seguirían juntos al terminar sus estudios y vivirían en una gran casa como bohemios. Debía haberle contado su fantasía a Britta, porque recordaba que ella había replicado secamente: «No eres realista. Ahora es ahora. ¿Quién sabe lo que sucederá en el futuro?». Y Britta había acertado. Matti se había vuelto a Finlandia y se había alistado en el ejército; Karl-Henrik estaba en Noruega y, por lo que ella sabía, se había unido a la resistencia. Dinamarca, como Noruega, estaba ocupada, así que Erik se había quedado en Estocolmo. Ella misma había cogido un trabajo también en Estocolmo, y Britta...

En el vestíbulo principal, bajo el techo curvado de cristal, había una gran cola para acceder a los andenes.

—Disculpe —iba diciendo Laura—. Disculpe.

Quería pedir a gritos a la gente que se moviera, pero vio que un policía la miraba, con su uniforme negro y su gorra blanca.

Concéntrate en tu respiración, pensó. Mírate los pies. Un paso. Otro más.

El trayecto de vuelta en tren había sido horrible. Había sentido náuseas todo el rato. La hierba amarillenta del año anterior aún se aferraba a los campos que desfilaban tras la ventanilla, más allá del reflejo de su cara pálida; los abedules parecían trazos sucios frente a los bosques grises de píceas. Todo parecía hablar a gritos de la pérdida y la muerte. La constatación de que Britta estaba muerta la golpeaba en oleadas sucesivas, y cada oleada la dejaba destrozada.

Había planeado ir a casa, pero ahora no soportaba la idea de estar sola. También podía ir a la casa de su padre en Djursholm, aunque él ahora estaba en el trabajo. Salió de la estación, tomó por Vasagatan hasta el borde del agua y luego siguió andando junto al estrecho Värtan hacia donde se encontraban el Kungsträdgården y su oficina. Solo ahora reparó en el cielo cargado. Se avecinaba una tormenta. ¿Cómo era posible que Britta estuviera muerta y que el mundo continuara normalmente? Ya nada podría volver a ser normal.

Abrió la pesada puerta de madera de su lugar de trabajo. Sus zapatos resonaron huecamente sobre el suelo de mármol de la zona de recepción. Al llegar a la oficina, el ruido y la luz la asaltaron de golpe. Se quedó parada frente a la puerta.

—Ah, aquí estás —dijo Jacob Wallenberg—. Hemos recibido un mensaje de los alemanes. ¿Puedes echarle un vistazo? —Se interrumpió y entornó los ojos—. Estás pálida.

Ese era su fuerte. No se le escapaba nada, nunca olvidaba una cara, jamás dejaba de comprobar las cosas, siempre tenía tiempo para una conversación. Eso sin hablar de su capacidad para conservarlo todo en la memoria: cada frase de un diálogo, cada palabra, cada cifra.

—Ha muerto una amiga de la universidad —dijo Laura. Mi mejor amiga, quería decir. Mi única amiga.

—Lo siento. ¿Qué ha ocurrido?

—La asesinaron. De un tiro en la sien.

—¿De veras? ¿Saben quién ha sido?

Ella meneó la cabeza.

—¿Aún seguía estudiando en Upsala?

Laura asintió.

—Haciendo el doctorado.

—¿Estuvo implicada en los disturbios?

—No.

—¿Tenía relación con algún grupo estudiantil? ¿O con gente de otros países?

Ella alzó la mirada. Wallenberg la estudiaba con una expresión ceñuda por encima de sus ojos hundidos. ¿Acaso creía que aquello estaba relacionado con la guerra?

—No, que yo sepa —dijo.

—¿Cómo se llamaba? —preguntó él.

—Britta Hallberg.

—Esperemos que tengan tiempo de investigarlo. Con la guerra en marcha, todas las prioridades han quedado alteradas.

Permaneció en su escritorio hasta media tarde sin resolver nada. Al ver que sus compañeros se ponían la chaqueta y recogían sus cosas, se sobresaltó. Ella también se levantó y se puso el abrigo. Se iría en tranvía a casa de su padre. Cualquier cosa salvo el apartamento vacío. El cielo seguía oscuro. La atmósfera estaba pesada porque no había descargado aún.

—Vaya. Mira quién está aquí. —Los ojos de su padre se iluminaron de alegría al verla.

—Vaya que sí —dijo su abuelo, sonriendo.

Siempre habían sido solo ellos tres, además de un ejército de sirvientes y de un ama de llaves. Su madre se había ido cuando aún era pequeña. No conservaba ningún recuerdo. Ni una cara ni un olor. Nada. Su padre se negaba a hablar de ella.

Britta, en el interior de su mente, preguntaba: «¿Por qué no has intentado encontrarla?». Con la boca entreabierta, mirándola fijamente, aguardando su respuesta con interés.

«Es una mujer descocada», había respondido Laura, empleando un término que debía haberle oído a alguien. Incluso ella se dio cuenta en ese momento de lo estrecha de miras que sonaba y se sintió furiosa consigo misma. Como siempre, notó un nudo en el pecho: las lágrimas contenidas haciendo sentir su presencia.

Britta se echó a reír. «¿Y qué? Yo seguramente también lo habría sido de haber nacido diez años antes.»

«Ella nos abandonó», la cortó Laura secamente. Ese era el único tema del que no quería hablar con su amiga.

Mientras crecía, había deseado más que ninguna otra cosa tener una madre. Observaba a las madres de sus amigas y envidiaba aquellas manos suaves, aquellos ojos cariñosos. Daba por supuesto que su madre debía parecérsele. Con su cabello rubio liso, sus ojos grises, la expresión serena de su rostro y la protuberancia en la nariz que, según su padre, le confería un aire aristocrático, Laura no tenía los rasgos más bien mediterráneos de lado paterno. A menudo se imaginaba que andaba por ahí y se encontraba frente a frente con su madre: ambas comprendían en el acto quién era la otra. Pero eso no había sucedido nunca y tampoco había habido ningún intento de ponerse en contacto. No, su madre los había abandonado. Ella no tenía madre.

«Nos abandonó», había repetido Britta, subrayando el «nos». «Si no lo intentas, es por ellos. Por tu padre y por tu abuelo.»

Era cierto que lo habrían considerado una traición. «¿Por qué habrías de pensar en ella siquiera?», le había preguntado su padre años atrás, con expresión ceñuda. «Tú no la conociste. ¿Por qué debería importarte?»

Ahora su padre se levantó del sillón y le ofreció el brazo.

—Me alegro mucho de verte —dijo, dándole unas palmadas en la mano.

En el comedor había tres cubiertos. Cada noche dejaban el suyo preparado, aunque ya pocas veces se presentara. Ella tenía una pizca de mala conciencia al imaginarse a los dos hombres sentados allí todas las noches, en silencio, mientras su silla permanecía vacía. Aspiró los olores familiares que presidían sus comidas: una fragancia a cera, a puros, a libros y periódicos viejos. A pan recién hecho.

—Bueno, ¿cómo estás? —Su padre le sirvió una copa de Riesling.

—Bien.

—¿Cómo va el trabajo?

—Bien.

—¿Wallenberg sigue en forma?

—Sí.

—Debe de ser duro para él, con tantos elementos en juego y tantos cambios de dirección, negociar ahora para sacarnos de donde él mismo se esforzó en su momento para meternos. —Su padre parecía sentir curiosidad.

Laura se limitó a encogerse de hombros y tomo un sorbo de vino. Ella prefería mucho más los licores.

—¿Tienes previsto algún viaje?

—No.

No quería hablar de Wallenberg ni del trabajo.

Su padre frunció el ceño ante su sequedad, pero lo dejó pasar.

—La guerra aún no ha terminado, sin embargo. Sea cual sea el desenlace, después habrá un nuevo orden mundial.

Solo cabe esperar que Suecia consiga mantener sus ejercicios de equilibrismo hasta el final.

Laura no estaba del todo segura de los sentimientos de su padre hacia Alemania. Se había formado en Berlín. Al principio había admirado abiertamente a Hitler, así como el orden y la visión que había aportado; aunque, por otro lado, ¿quién no? Todo el mundo se había dejado encandilar: ¡la grandeza, las posibilidades que se abrían! En una ocasión, él había presenciado en persona un discurso de Hitler. «Es magnético», había comentado. Incluso ahora, cuando las tornas parecían estar cambiando, se mostraba más bien moderado al juzgarlo.

—No entiendo a los alemanes —murmuró Laura—. Mira lo de Stalingrado. Hitler exigió que se sacrificaran a sí mismos, sin reparar en los individuos. Y ellos le obedecieron igualmente.

—Ay, hija —dijo su padre—. Entonces es que nunca has sentido la fuerza de una causa. Los alemanes estarían dispuestos a morir por él en cualquier momento. Desean morir por él. Son afortunados por tener una vocación genuina.

Laura quería hablarle de Britta, pero no sabía cómo abordar la cuestión. Una vez la había llevado a casa, aun sabiendo que su padre no la vería con buenos ojos. Cuando ella era pequeña, él solía catalogar a cada una de sus amigas, señalando si era o no era una buena amiga, como quien separa las manzanas buenas de las podridas. «Hay gente que está destinada para cosas distintas», solía decir. O bien, citando la Biblia: «El hierro se afila con el hierro» (o sea, las amigas debían ser de calidad para poder mejorar). Britta no había resultado ser una «buena amiga» según él. Aunque tampoco la había tratado con descortesía, solo con sequedad.

Después, Laura había querido disculparse, pero no había sabido muy bien cómo hacerlo sin sentirse desleal.

—Tienes suerte de tener un padre que te adora y que quiere protegerte —le había dicho Britta—. El mío siempre pensó que yo era una zorra.

Laura debió hacer una mueca, porque su amiga añadió:

—No te apures. No es que me destrozara exactamente. Pero me habría gustado…

No había concluido la frase, pero había tal anhelo en su voz que resultaba doloroso escucharlo. Laura la había abrazado.

—Gracias —había dicho Britta rápidamente, y no había vuelto a hablarle nunca más de su padre.

Su padre y su abuelo continuaron comentando los últimos acontecimientos. Su padre era gobernador del Banco Central Sueco y ahora estaba hablando de los otros jefes de los bancos centrales con los que se había reunido en su último viaje —la gran incógnita para todos era cómo preservar el oro de sus respectivos países— y de sus puntos de vista sobre la guerra. En circunstancias normales, Laura se habría sumado a la conversación —así era como la habían educado: conversando, debatiendo, argumentando—, pero hoy no tenía nada que decir.

La comida era su preferida: róbalo con mantequilla y patatas nuevas. El pescado era poco común en esos momentos. Estaba racionado. Debía comer, pero no tenía hambre. Abrió el bolso para sacar sus cigarrillos, pero no los encontró: dedujo que se los había olvidado en el tren.

—Tengo que volver a casa —dijo.

Su padre la miró con cara inexpresiva.

—Me gustaría que te quedaras.

Ella meneó la cabeza.

—Tu habitación sigue aquí.

—Mañana he de levantarme temprano, papá —dijo ella,

aunque lo que quería en realidad era localizar a Erik. Tenía que compartir la pérdida con alguien que, como ella, hubiera conocido y querido a Britta.

Su padre siguió mirándola, pero asintió.

—Está bien. Le diré a mi chófer que te lleve.

La circulación privada podía estar prohibida desde que había empezado la guerra, pero su padre estaba exento de cumplir esa norma. Laura se levantó y lo besó en la frente. Él le dio una palmadita en la espalda.

—Vuelve pronto, hija.

—Sí, te lo prometo.

—Te acompaño a la puerta —dijo su abuelo.

Había caído la oscuridad mientras cenaban. La casa resultaba triste y gris con esas cortinas opacas. El pavimento de la entrada tenía un brillo negro a la tenue luz del porche, como si hubiera llovido mientras estaba dentro.

—¿Qué sucede? —le preguntó su abuelo cuando se detuvieron en el porche. Naturalmente, se había dado cuenta.

—Mi amiga de universidad, Britta, ha muerto. La han asesinado. Yo misma he encontrado su cuerpo hoy.

Su abuelo le puso una mano en el brazo. Laura aún recordaba lo alto que le parecía cuando era niña y se alzaba frente a ella. Su voz tonante la asustaba. Había sido general del ejército; estaba acostumbrado a mandar. También había dirigido la casa hasta que un día quedó claro que ya no lo hacía, que era su padre quien había asumido ese papel. Ahora era más bajo que ella, tenía el pelo blanco y alborotado, y sus ojos azules la observaban desde debajo de unas tupidas cejas canosas.

—La habían torturado —añadió—. Y luego le dispararon.

—¿Torturado? ¿Alguna conexión militar?

Laura se encogió de hombros. Su abuelo veía el ejército por todas partes.

—Era estudiante de Historia. No estaba involucrada en la guerra.

—La mayoría de las veces la gente es asesinada por personas a las que conocen y quieren —dijo su abuelo frunciendo el ceño—. Solo que no todo el mundo sabe cómo conseguir un arma.

El coche se detuvo ante las escaleras. Laura le dio un beso en la mejilla.

—No olvides apagar la luz del porche.

—Y tú ve con cuidado —dijo él, dándole un apretón en el brazo.

—Su muerte no ha tenido nada que ver conmigo.

Él meneó la cabeza.

—Solo conozco tres motivos para torturar a una persona.

—¿Cuáles?

—El más obvio, desde luego, es que el asesino quisiera averiguar algo. ¿Ella sabía algo que no debería saber? ¿Tenía alguna conexión poco apropiada?

Laura pensó en el encuentro que, según decía Andreas, había mantenido Britta con el líder de la SSS.

—O tal vez era algo personal: alguien que quería desquitarse... ¿Un amante despechado?

Resultaba extraño oírle esa expresión a su abuelo.

—O si no...

—O si no, es la clase de persona que disfruta torturando.

Circular de noche por Estocolmo resultaba inquietante. Todas las ventanas estaban oscuras; los rótulos, apagados; las farolas, pintadas de negro. Los escaparates estaban tapiados o protegidos con sacos de arena. Se cruzaron una vez con otro coche con los faros parcialmente cubiertos. Un diplomático tal vez, o un político. Enseguida las luces se desviaron y volvió a quedar todo oscuro. Avanzaron por calles mojadas, atravesaron puentes bajo los cuales fluía una corriente negra. Cobijados en el interior del coche, daba la sensación de que estaban solos en una ciudad de fantasmas, normalmente habitada por cientos de miles de personas. Cuando el chófer de su padre la dejó frente a su edificio, Laura entró y aguardó detrás de la puerta hasta que las luces se alejaron y desaparecieron. Se le estaba saliendo la suela del zapato. Su padre podía conseguirle fácilmente un nuevo par, pero, en cierto modo, ella disfrutaba echándole la culpa a Alemania por el estado de sus zapatos. Esto es culpa tuya, pensaba. Obra tuya. Tampoco es que a los alemanes fuera a importarles lo que ella pensara. La suela se le desprendería en cualquier momento, y ella no podía andar por ahí con los pies mojados.

Erik se había quedado en Estocolmo. Laura pensaba que si hubiera sido su país el que hubiera estado ocupado, ella habría querido volver. No para combatir, sino para vivir lo que los demás estaban viviendo. De todos modos, lo había visto en compañía de funcionarios tanto daneses como suecos; así que tal vez estuviera sirviendo a su país secretamente. Todo el mundo tenía sus secretos. Se habían cruzado alguna que otra vez en el Grand Hotel. Ambos iban acompañados y solo se habían saludado con una seña. Pero era allí a donde se dirigía ahora, pensando que valía la pena probar.

No habían vuelto a hablar desde la universidad. Así era como habían dejado las cosas, los cinco, tres años atrás. Habían tenido una pelea terrible, todos insultándose, gritando y acusándose mutuamente. Laura no estaba segura de que fuera posible arreglarlo. Se habían dicho demasiadas cosas. Y luego, antes de que pudieran tratar de hacer las paces, Matti había sido reclutado, Alemania había invadido Noruega y Dinamarca, y Karl-Henrik se había ido también. La única con la que ella se había mantenido en contacto había sido Britta.

ϒ

El bar estaba lleno; bajo el techo de color merengue flotaba una densa nube de humo. La gente se guardaba los cigarrillos para disfrutarlos cuando saliera por la noche. A ella le encantaba ese olor. Vio a Erik antes de que él la viera. Llevaba un traje oscuro con un chaleco gris. También una corbata. Le parecía que nunca lo había visto trajeado: lo suyo eran los pantalones y las camisas arrugadas. Estaba bajo los arcos del bar, apoyado en el mostrador de mármol, dando caladas a un cigarrillo. Sus mejillas enjutas y sin rasurar parecían más huecas. Tenía la nariz chata, la mandíbula cuadrada y unos ojos castaños casi negros. A ella siempre le hacía pensar en un detective en plena investigación, con la cara pálida y cansada y bolsas bajo los ojos. Y, no obstante, pese a ese aspecto desaliñado, resultaba extrañamente atractivo. La impresión de que era una especie de sabueso se veía reforzada por su complexión delgada —como si nunca durmiera o comiera— y por su agitación: sus dedos tamborileaban, su cabeza se sacudía rítmicamente.

Erik se había criado en Copenhague, con sus padres y sus cinco hermanos, pero, por lo que le había contado él mismo, se había pasado la mayor parte de su adolescencia merodeando por el puerto para robar alguna mercancía, o suplicando un cigarrillo a los marineros…, y luego recibiendo palizas cuando su padre se enteraba. Era un par de años mayor que el resto del grupo y había pasado un breve periodo en el ejército («¡Malditos brutos!».) Que hubiera llegado a estudiar en la universidad constituía todo un logro; aunque, por otro lado, él era el único fascinado por la historia; los demás habían acabado cursando la carrera por otros motivos.

Erik no había sido invitado al primer *nachspiel*, pero se había presentado igualmente.

El profesor Lindahl no se había inmutado. «El señor

Anker, según creo», había dicho cuando Erik apareció en la entrada de la cripta y se negó a retirarse, pese a que el director había dicho que la cena era estrictamente con invitación. «¿Por qué no se une a nosotros? Parece apropiado. Con Laura y Britta de Suecia, Matti de Finlandia y Karl-Henrik de Noruega, ahora tendremos representados aquí a todos los países nórdicos.»

Más adelante, Erik se había convertido en el favorito. El profesor Lindahl solía dirigirse a él para conocer su opinión.

Laura observó ahora que había una mujer sentada al lado de Erik, una rubia. Él estaba intentando seducirla. No paraba de mirarla mientras bebía su cerveza…, incluso le dijo algo. La mujer le dio la espalda, lo que le arrancó a Laura una carcajada. Un ronco ladrido que se le atascó en la garganta.

Fue entonces cuando Erik la vio. Primero miró más allá, como para comprobar con quién estaba; luego, al ver que había venido sola, toda su cara se iluminó.

—¡Laura! —gritó. No, no era ningún detective, sino un amigo. La rubia se volvió a mirar, pero ahora él no lo advirtió—. ¡Aquí!

Ella se acercó a la barra.

—*For helvede*, señorita Dahlgren —exclamó—. Ha pasado demasiado tiempo. ¡Años!

La rodeó con el brazo, la estrechó contra su pecho (con tal fuerza que ella creyó que se le soltaba un pendiente) y la besó en la mejilla. Olía a tabaco y alcohol.

Igual que antes, pensó ella, tocándose el pendiente. Aún seguía allí.

—¿Qué quieres tomar? —preguntó él.

—Lo mismo que tú.

La cerveza estaba helada y el vaso desprendía vapor. La rubia le echó una mirada a Erik. Tenía los pechos grandes y llevaba los labios demasiado rojos. Una pobre copia de Britta, pensó Laura.

Para su horror, se le llenaron los ojos de lágrimas. Empezó a parpadear. Erik la miró y apagó el cigarrillo. La cogió del brazo, sujetando su vaso con la otra mano, y la llevó a una mesa del rincón, lejos de la barra. Una vez sentados en los sillones, él se inclinó hacia delante, apoyando las manos en las rodillas. Ahora tenía una expresión seria.

—¿Qué sucede? —preguntó.

—Britta ha muerto —dijo Laura.

—No. —Sus manos se crisparon.

Ella asintió.

Erik la miró fijamente, como para asegurarse de que era cierto; luego suspiró y se arrellanó en el sillón. Torciendo la boca, se restregó las mejillas, la barbilla y finalmente la cabeza: primero con una mano, después con las dos. Daba la impresión de que quizá fuera a llorar. Interrumpió de golpe sus movimientos y se obligó a quedarse quieto.

—¿Qué ha pasado?

—La mataron. Yo la encontré.

—¿La encontraste?

Laura volvió a asentir.

—La habían torturado y luego le pegaron un tiro.

—¿Torturado? —dijo él, con voz ronca—. ¿Estás segura?

Ella asintió.

—¡Joder! —exclamó. Tenía los ojos muy abiertos y el pelo erizado. Si hubiera estado solo, habría arrojado su vaso con furia, pensó Laura; lo habría destrozado. Se imaginó un millar de esquirlas rebotando desde la pared.

Erik desvió la mirada, parpadeó, cogió su cerveza y dio un largo trago.

Aún había algo más: algo que ella no se había atrevido siquiera a pensar por sí misma, pero que ahora debía explicar…, algo que él entendería. Se echó hacia delante y le puso la mano en el brazo.

—Escucha, Erik. Le habían sacado un ojo.

Él contuvo el aliento. Un sonido rasposo.

—¿Qué quieres decir?

—Solo un ojo —dijo Laura.

Vio que él se ponía a pensar, que estaba pensando lo mismo que ella.

—Es una coincidencia —dijo.

Tenía que serlo, claro.

—Andreas me ha explicado que había visto a Britta con Sven Olov Lindholm, el jefe de los nazis suecos, antes de los disturbios —prosiguió Laura, ahora hablando a borbotones, deseando contarlo todo.

Erik soltó un bufido.

—¿Britta con los nazis? ¡Jamás!

—Es lo que yo he pensado —dijo ella.

—¿Por qué estabas allí tú?

—Andreas me llamó y me dijo que Britta había desaparecido. Erik, ¿sabes en qué líos andaba metida?

—¿Cómo… «en qué líos»?

—La torturaron —repitió Laura, subrayando cada sílaba—. Yo la vi… Tenía cortes por todo el torso. —Tuvo que tragar saliva—. Y luego le pegaron un tiro en la sien. La ejecutaron. Tiene que haber algún motivo.

—Yo no la había visto desde que dejé la universidad. No tengo ni idea de lo que pasaba en su vida. Si es que alguna vez la tuve. —Encendió un cigarrillo, aún con la cara pálida—. ¿Qué dice la policía? —preguntó, con el cigarrillo en la comisura de los labios.

—Ellos no saben nada. Pero Britta vino a verme a principios de primavera.

—¿Ah, sí?

—Y creo que estaba asustada.

—¿De qué? —Erik la miró a los ojos a través del humo.

—No me lo contó.

—Eso no parece propio de ella.

Laura se encogió de hombros. Estaba segura.

—¿Cómo es el policía que está investigando? —preguntó Erik.

—Parece un tipo concienzudo.

Ella seguía pensando en el ojo que le faltaba a Britta y en el dios Odín. Odín había sacrificado un ojo para que se le permitiera beber de la fuente del conocimiento cósmico. Se lo había arrancado él mismo y lo había arrojado al agua.

—Ningún sacrificio es excesivo para lograr la sabiduría —había dicho Britta aquella tarde, cuando Erik había terminado de contarles la historia—. Yo lo haría. Un ojo a cambio de la sabiduría. Es una decisión sencilla.

—Interesante. —Matti se había echado hacia delante—. Tradicionalmente, el ojo representa el conocimiento. Así pues, Odín cambió un tipo de conocimiento por otro.

—Mimir era el guardián de la fuente —había dicho Erik—; su nombre significa «el recordador». Su sabiduría era la sabiduría de las tradiciones, la memoria acumulada a lo largo de los siglos. Odín cambió una forma normal de mirar las cosas por otra distinta: la de la historia.

Pero Britta estaba muerta. Y la nueva sabiduría que hubiese adquirido, fuese cual fuese, había desaparecido con ella.

5

Jens

*E*n el vestíbulo:

—Llegas tarde.

Kristina llevaba una blusa de seda negra, pantalones holgados también de seda, el cabello oscuro recogido detrás con una sencilla cinta y unos pendientes de perlas.

—Solo un poquito.

Jens la besó cuando ella ya volvía la cabeza y acabó besándole la oreja, que le dejó un regusto amargo a laca o perfume en la boca. Ella siguió adelante con una gran sonrisa en la cara, cosa que Jens dedujo a pesar de que solo veía la negra espalda de su reluciente blusa.

En el umbral del comedor, Kristina se giró de nuevo para indicarle que entrara. Jens inspiró hondo e irguió la espalda. La estancia iluminada con velas parecía flotar en una nube de sedas y humo de tabaco. Sonaba música: una melodía suave y elegante de jazz. Aquel era el apartamento del padre de Kristina, pero él y su esposa estaban destinados en el extranjero.

—¡Ah, el joven rebelde! —dijo Artur—. Ya podemos cenar.

Artur era amigo del padre de Kristina y el padrino de esta. Hombre de negocios retirado, de buenos modales y excelente conversación, figuraba entre los invitados en todas las cenas que organizaba Kristina. Era todo un caballero: accesible, generoso, siempre dispuesto a reír. Entre Kristina y él formaban un tándem imbatible. Conseguían que las personas más reservadas se relajaran y salieran de allí sintiéndose como si fueran amigos de toda la vida.

Después de darle una palmada en el hombro a Jens, que sonrió cordialmente, Artur se ocupó de las presentaciones. De entrada, un coronel treinta años mayor que Jens: un hombre muy bien vestido, con el pelo oscuro teñido, grandes orejas y ojos soñadores (aunque poco había en él de soñador, dirigiendo como dirigía las fuerzas expedicionarias del ejército de tierra que trabajaban para el ministro). Su esposa era una mujer gruesa de mejillas rollizas y pelo blanco. Otra pareja: él, alto y enjuto, de rostro serio, un director de la Volvo; ella, de pelo oscuro, con la misma cara seria y alargada del marido, empleada en el Banco Escandinavo. Había también una encantadora y sonriente joven morena, vestida con un traje elegante, que se hacía llamar Barbro Cassel; y un secretario de la delegación comercial alemana, de mirada indolente, fumando.

Kristina le tocó el brazo a Jens discretamente.

Se oyó en la cocina un acento alemán, seguido de la voz del chef respondiendo a una pregunta. Y enseguida apareció en el comedor el emisario de la delegación comercial alemana, Karl Schnurre, el hombre que se presentaba en Estocolmo siempre que Hitler tenía algún mensaje para los suecos. Sujetaba con dos dedos un trozo de jamón.

—¡*Köstlich!* —exclamó—. Delicioso. —Alzó la mano por encima de la cabeza y dejó caer el jamón en su boca. Como una serpiente tragándose un ratón—. ¡Ah, Jens! —dijo, restregándose las manos para secarse los dedos grasientos—. Hace tiempo que no le veía. ¿Van bien las cosas con Günther?

—Ay, es verdad. —Barbro Cassel había aparecido al lado de Schnurre, con una copa de champán en la mano—. Usted es el secretario de Günther, ¿no?

Jens no se atrevió a mirar a Kristina. Schnurre. ¿Qué demonios…? Acertó a sonreír y estrechó la mano que había sujetado el jamón hacía solo un momento.

—Sí —dijo, asintiendo.

—Es un buen hombre —comentó el alemán.

Ya sé que el ministro le cae bien, pensó Jens. Ambos se reunían regularmente, bien cuando Schnurre tenía algún mensaje de sus superiores, bien cuando Günther quería transmitir uno por su parte. Aun así, las relaciones se habían deteriorado ahora que Suecia permitía la libre entrada de los judíos, lo que había provocado que los alemanes protestaran. Decían que los suecos estaban saboteando su política con los judíos alemanes.

—Vamos a sentarnos —dijo Kristina.

Schnurre le ofreció el brazo a Barbro Cassel.

Jens buscó la mirada de Artur, al otro lado de la mesa. «¿Tú estabas al tanto de esto?» Él negó con la cabeza, preguntando con la mirada: «¿Vas a montar una escena?». No, por supuesto que no.

¿Y Kristina? Como hija de diplomático, ejercía la diplomacia. Aunque era un combate desigual. Hablaban de todo excepto de la guerra: del invierno y la primavera, que parecía rezagarse; del inminente estreno de la obra *¡Nosotros tenemos nuestra libertad!* Por el amor de Dios, ¿quién había sacado ese tema? El alemán le encendió el cigarrillo a *fräulein* Cassel. Enseguida se apresuraron a hablar de viajes, aunque nadie se movía demasiado actualmente por razones obvias, así que se encontraron otra vez frente a la cuestión de la guerra. Pasaron a hablar de comida… y acabaron tropezándose con la carestía y el racionamiento; se detuvieron justo antes de que alguien se refiriese al bloqueo alemán de los barcos que iban o venían de Suecia. Hablaron del primer ministro y terminaron lamentando la debilidad del Gobierno, bordeando peligrosamente la posibilidad de incurrir una vez más en la discusión sobre el fracaso de la democracia. ¿Las últimas noticias? Uy, no, cambiaron de tema de inmediato. Por suerte, Schnurre estaba concentrado en Barbro Cassel y no parecía escuchar gran cosa. Cada vez que la conversación desembocaba en un asunto espinoso, Jens le lanzaba una mirada a Schnurre y suspiraba aliviado al ver que no reaccionaba. Y cada una de las veces, Barbro lo miraba a los ojos con aire divertido, como si estuviera pasándoselo de maravilla.

Había que admirar a Kristina, pensó Jens. Nada la alteraba. Allí donde los llevara la conversación, ella encontraba el modo de desviarla en otra dirección. Quizá se preparaba una lista de asuntos aceptables antes de una cena. Se la imaginaba sentada ante su escritorio —el de caoba con tablero de cuero— estudiando las ramificaciones de conversaciones diversas, tachando temas, añadiendo otros, planeando hábiles transiciones.

Jens pensó en la tesis que había recibido: *Relaciones nórdicas a lo largo de los siglos: Dinamarca, Noruega y Suecia en un nuevo camino*. Estaba seguro de que los alemanes tendrían su propia visión del asunto. Al fin y al cabo, ellos estaban intentando diseñar ese camino.

Notó que estaba divagando. Artur dijo algo, los demás se rieron. Kristina le tocó el muslo —«No te distraigas»— y se inclinó hacia delante. Por el cuello de su blusa se atisbaba un sostén rojo de encaje.

Las cosas mejoraron al llegar el café y el pastel. Karl Schnurre, con el ánimo aligerado por la excelente comida y bebida, los entretuvo con osadas historias sobre las reuniones con Hitler, aunque ellos no sabían si atreverse a reír o no.

Jens se preguntaba a qué se dedicaría en realidad la amiga de Kristina, la tal Barbro.

Había dos servicios de información en Suecia: el C-Bureau y los Servicios de Seguridad. Todo el mundo conocía la existencia de los Servicios de Seguridad, pero no la del C-Bureau; incluso la gente que debería haberlo sabido. Jens no habría estado enterado de no haber sido por su amigo íntimo Sven. Y Sven lo sabía porque su padre había contribuido a la financiación de la agencia antes de que llegara a existir oficialmente: la habían creado personas que consideraban que el Gobierno no estaba haciendo lo suficiente para proteger el país. Estocolmo era así. Los secretos flotaban justo por debajo de la superficie. Tal vez porque el país no estaba en guerra y los riesgos personales parecían mínimos, la gente hablaba. La mayoría sabía cosas que no debería saber. Muchos estaban involucrados de un modo u otro: activistas, espías, agentes dobles.

¿Era Barbro miembro del C-Bureau? ¿Una de las llamadas «golondrina»? La agencia reclutaba a mujeres jóvenes y las colocaba en situaciones adecuadas para recabar información.

Si no lo era aún, no tardarían en reclutarla, pensó.

Pronto llegó la hora de retirarse y todo el mundo empezó a moverse deprisa. A Jens le habría gustado escuchar lo que los maridos y las esposas comentarían de la cena una vez que hubieran salido y estuvieran seguros de que nadie les oía. Artur le dio un abrazo a Jens y puso los ojos en blanco. «Misión cumplida.» Jens carraspeó. Hubo un montón de «gracias» y de «tenemos que volver a hacerlo», y una breve conversación en el vestíbulo entre él y Schnurre.

—Hable con su jefe —dijo este—. Dígale que deje de preguntar por los judíos. Está irritando a personas del más alto nivel.

Sin duda se refería a Hitler. Suecia había declarado finalmente que ofrecería ayuda a cualquier judío que llegara a sus fronteras. Y también había empezado a buscar a los judíos con algún vínculo sueco y a preguntar por su paradero.

—El destino de los judíos es importante para nosotros —se aventuró a decir Jens—. Mire cómo reaccionaron los suecos cuando los judíos de Noruega fueron deportados.

—Pero ¿por qué? —Schnurre parecía realmente interesado.

Ahora Jens no pudo contenerse.

—Porque son humanos. Sabemos lo que les están haciendo. Los vagones de transporte, los campos de concentración…

El alemán lo estudiaba atentamente con un puro colgado de los labios.

—Suecia debería estar agradecida a Alemania por nuestros sacrificios al combatir a nuestro enemigo común del este —dijo, con una dura mirada—. ¿Cree que los suecos están limpios? Deberían haber mirado en sus propios armarios.

Schnurre le puso un dedo en el pecho y lo miró a los ojos, como para dejarle impresas sus palabras, o para poner punto final a la conversación.

—Ah, eso no lo han hecho —dijo, asintiendo para sí, aunque sonaba como: «A ver si se atreven».

Jens lo miró perplejo.

Una vez que el apartamento se quedó en silencio, suspiró, exhausto, y entró en la sala. ¿Qué había querido decir Schnurre? Kristina estaba apagando las lámparas, así que se quedaron los dos de pie a oscuras. Ella se acercó y le besó.

—¿Enfadado? —Le puso un dedo en la corbata y se la aflojó. Jens apoyó las manos en sus caderas. Notó cómo se movían contra él bajo la seda.

Ella se apartó para mirarlo. Jens estaba demasiado cansado para enfadarse.

—Es importante mantener una buena relación con ellos —le dijo Kristina—. Aún no es seguro cómo acabarán las cosas.

—Ahora suenas como Günther.

Ella se encogió de hombros.

—Pues tiene razón. Aún no lo sabemos.

Jens no respondió.

—Además, no ha sido culpa mía —añadió Kristina—. Invité a Barbro y ella me ha llamado esta tarde para preguntar si podía traer a Karl.

Ya se trataban por el nombre de pila, pensó él.

—Deberías haber dicho que no.

—Barbro es una buena amiga. Y es solo una cena —dijo ella.

Esta observación lo sacó de sus casillas.

—No es «solo una cena» —dijo Jens—. Tú sabes lo que le hacen a la gente en su país. Sabes lo que hacen con la gente de los países que invaden. Nunca es «solo una cena».

Ella no respondió de inmediato. Volvió a besarle, ahora en la mejilla y en el cuello.

—Pero resulta que están aquí —le susurró al oído—. Te guste o no te guste. Tal vez ganen esta guerra y tengamos que aprender a llevarnos bien con ellos.

Jens se apartó.

—Llevarnos bien con ellos —repitió—. Jamás.

Ella le puso un dedo en los labios.

—El Gobierno necesita gente como tú. Pero tú debes aprender a servir al Gobierno y no a tus propios sentimientos.

—No quiero volver a recibirlos a cenar nunca más. —Se refería a los alemanes. A todos los alemanes sin excepción—. No te vayas a equivocar, Kristina, si esto vuelve a suceder, yo me iré —la amenazó, aunque ambos sabían que no lo haría. Podría haber graves consecuencias, lo cual le asustaba. Todos estaban asustados, ese era el maldito problema.

Kristina sonrió y lo besó en la boca.

Él se separó.

—¿El coronel lo sabía?

—¿El qué?

—Que Schnurre iba a venir. ¿O ha sido una sorpresa para él?

—He tenido el tiempo justo para avisarle por anticipado —dijo ella—. Solo lo sabía él.

—¿No le ha molestado?

Ella movió suavemente la cabeza y volvió a besarle.

—Me ha dicho que habían coincidido otras veces.

—¿Has oído lo que ha dicho Schnurre? ¿Que los suecos deberían mirar en sus propios armarios?

Ella no respondió. Lo empujó suavemente hasta sentarlo en el sofá. Se montó sobre él a horcajadas, mirándolo a los ojos; se aflojó la blusa, que tenía el cierre en la espalda, y se la abrió. Su pecho blanco relució en la penumbra de la sala de estar; el sujetador rojo que él había entrevisto durante la cena parecía un vino muy oscuro. Imposible seguir enfadado. Al diablo con los alemanes, pensó. Al diablo con la guerra también. Deslizó un dedo por el cuello de Kristina y siguió descendiendo. Ella se estremeció; arqueó la espalda y deslizó las caderas hacia delante y luego hacia atrás. Haciéndole sitio, pensó él, que encontró irresistible la idea.

Le rodeó la cintura con el brazo, la tumbó boca arriba sobre el sofá y le colocó un cojín con borlas bajo la cabeza. Luego le besó la piel blanca del pecho, la del vientre.

Ella dejó escapar un suspiro. Sus caderas empezaron a balancearse. Arriba, abajo. Arriba, abajo. Hundió los dedos en el pelo de Jens, atrayéndolo hacia sí, con la boca contra la suya, y le abrió la cremallera, sin poder aguantar más. Él le bajó los pantalones, tanteó con la mano y la encontró húmeda, deliciosa. Kristina se retorció para librarse de las bragas, las empujó con un pie, luego con el otro; se alzó para recibirlo y Jens enseguida estuvo dentro.

Imposible pensar en otra cosa, salvo en esto.

Esto.

Sintió los brazos de Kristina rodeándole la espalda, su lengua en la boca y el olor de su melena, mientras se deslizaba primero lentamente y luego más deprisa, embistiendo. Podría seguir y seguir así eternamente.

Ella gritó, con el cuerpo en tensión, y se estremeció. Él trató de esperar —podría seguir así eternamente—, pero fue en vano.

Se abrazaron con fuerza.

—Otra vez —dijo ella, cuando la respiración de ambos se hubo serenado.

Sí, otra vez.

6

Monte Blackåsen

*R*olf Sandler no llevaba en su puesto mucho tiempo, pero ya veía con toda claridad que había subestimado las dificultades. «Director de la mina de Blackåsen.» Le encantaba cómo sonaba. El cargo de director de minería le había parecido una combinación ideal: importante para la nación y un gran paso para alguien tan joven y ambicioso como él.

El primer ministro en persona le había llamado al producirse el nombramiento. «No se hace una idea de lo importante que es su papel —le había dicho—. La mina es lo que mantiene a Suecia al margen de la guerra. Encárguese de cumplir los objetivos de producción a toda costa y, por el amor de Dios, asegúrese de que permanece en nuestras manos.»

A su llegada, le había sorprendido lo desarrollado que estaba Blackåsen. Un pueblo modélico. Los trabajadores vivían en casas de madera pintadas de rojo, amarillo y verde, con espacio para dos familias en la planta baja y para dos solteros arriba. En conjunto, le daban al lugar un aspecto pulcro y colorido. La enorme escuela blanca era magnífica; la iglesia de madera roja, con sus gabletes puntiagudos en los lados y su singular forma cuadrada también resultaba admirable. Era un pueblo pequeño, pero contaban con todas las comodidades necesarias. Alcantarillado, espacios abiertos, parques. Su propia villa, amplia y con grandes ventanales, estaba a la altura de cualquier casa de Estocolmo.

Existían los problemas que ya había previsto de antemano: los trabajadores eran pobres, pese a la modernidad del pueblo. La mayoría lo miraban con una mezcla de temor y veneración. Los lapones lo observaban con algo parecido al odio. Los que él había conocido eran trabajadores forzados. Sandler no entendía lo suficiente los movimientos itinerantes de sus tribus por el bosque, lo cual le causaba inquietud.

Las tensiones entre la población y los alemanes eran palpables. Cada vez que pasaba un tren cargado de soldados alemanes, ordenaba que se reforzaran las medidas de seguridad. Había noruegos que atravesaban el pueblo en su huida y que él procuraba no ver… Sí, todos estos problemas los había previsto. Otras cosas, en cambio, no las había contemplado.

El invierno, por ejemplo, le había desconcertado. La oscuridad no se retiraba. Durante seis meses vivían en una noche interminable. Era como estar metido en un sueño continuo. Él se sentía siempre cansado, pensaba con lentitud y dificultad. ¡Y el frío, por Dios! Nunca habría imaginado que se pudiera vivir bajo un frío tan extremo.

A medida que avanzaba el invierno, observó al lavarse por las mañanas que su pulcra barba oscura se encrespaba pese a sus cuidados; su piel, normalmente de un cálido tono oliváceo, estaba pálida; y bajo sus ojos azules, ahora inyectados en sangre, se habían formado sombras oscuras. Muy pronto empezó a aparentar más años de los treinta y ocho que tenía.

Luego estaba su relación con Hallberg, el capataz. A pesar de los ocho meses transcurridos, no conseguían entenderse. Eran personas distintas, claro. El uno, instruido; el otro, un antiguo trabajador. El uno era un recién llegado; el otro llevaba allí cuatro décadas. Sandler tenía la sensación de que

Hallberg aún no lo consideraba su jefe. Pero él necesitaba tenerlo de su lado. Si la cosa seguía así, debería reemplazarlo.

La segunda cuestión, y quizá la más preocupante, era que no había previsto que pudiera haber zonas allí, en su propia montaña, sobre las que apenas tenía control.

Lennart Notholm, el propietario del hotel local, el Winter Palace, había ido a verle al segundo día de su llegada.

El hombre le había causado un inmediato desagrado. Eran sus ojos, pensaba. Con la mayoría de las personas, cuando las mirabas a los ojos sentías una conexión. Con ese hombre, no sentías absolutamente nada. Llevaba las ropas adecuadas, pero aun así se le veía desaliñado. Su terno estaba manchado y raído. No iba afeitado. Tenía mugre bajo las uñas. Todo ello pese a ser lo bastante adinerado como para poseer un hotel.

—Solo he venido para asegurarme de que todo seguirá como de costumbre —le había dicho Notholm.

—No sé a qué se refiere —había respondido Sandler—. ¿Cuál es la costumbre?

—Nosotros arrendamos unas tierras a la compañía minera.

—¿Quiénes son «nosotros»?

Notholm cogió una foto enmarcada del escritorio de Sandler —un retrato de sus sobrinos— y la examinó.

—Algunos hombres de negocios de la zona.

Él notó que empezaba a irritarse.

—¿Dónde están esas tierras? ¿En las afueras del pueblo…?

—No, en la propia montaña.

Aquello era sumamente irregular. Él no quería en la montaña a nadie que no trabajase en la mina. Los riesgos eran demasiado grandes.

—Entonces no. Eso no podrá continuar así —dijo Sandler.

Lennart Notholm dejó la foto sobre el escritorio y le dirigió una sonrisa torcida. Su mirada seguía siendo gélida.

—Le sugiero que haga averiguaciones antes de hablar. Pregunte a sus superiores, «director». —Su voz rebosaba desdén.

Sandler lo sacó de allí sin contemplaciones.

El caso es que cuando había hecho una llamada para consultar, su jefe le había dicho que dejara las cosas como estaban. Sandler lo conocía desde hacía años. Había trabajado para él de un modo u otro desde que se había licenciado como ingeniero. Pero esta vez, cuando protestó, su jefe no quiso escucharle. Por el contrario, alzó la voz y le dijo:

—Déjelos en paz. Esto sobrepasa sus competencias. Espero enterarme de que les ha brindado toda su colaboración.

—Pero es peligroso —había insistido Sandler—. Estamos colocando explosivos en la mina todos los días. Podrían resultar heridos. O peor.

—Esa cuestión ya se ha estudiado. Usted no llegará a acercarse a ellos siquiera durante bastante tiempo.

—Pero…

—Se lo voy a decir por última vez. Déjelo. Déjelos tranquilos. Su acceso ha sido autorizado al más alto nivel. Si usted les molesta de algún modo, no volverá a trabajar en la industria.

Y había colgado.

Sandler no daba crédito a sus oídos. ¿Que aquello rebasaba sus competencias? ¿Que no volvería a trabajar en la industria?

Notholm había sonreído cuando él le había dicho que todo seguiría como de costumbre.

—Estamos trabajando en un proyecto secreto —había respondido—. Nadie puede acercarse. Y quiero decir nadie.

Así pues, había zonas de su propia montaña que ni siquiera él, el director, podía pisar, lo que no le gustaba nada.

ϒ

Afuera, el pueblo se había quedado en silencio. Sandler se levantó de su escritorio. En una población minera siempre había ruido: las explosiones de la dinamita, el estruendo del hierro al ser descargado, el zumbido de la cinta transportadora, los chirridos de la gran trituradora. El silencio era mala señal.

Cogió su chaqueta y salió al porche. Ya venían por el camino a buscarle: el capataz y un par de hombres más.

—Ha aparecido un cuerpo —dijo Hallberg con aire sombrío.

—¿Una explosión que ha fallado?

—No exactamente.

Sandler aguardó.

—Lo hemos encontrado al pie de la montaña.

—¿Quién es?

—George Ek.

Le vino a la cabeza una vaga imagen: un hombre bajo, fornido, de tez oscura. Con acento sureño quizá, no estaba seguro.

—¿Qué ha ocurrido?

Hallberg miraba hacia la montaña.

—No lo sé —reconoció—. Había desaparecido desde el viernes por la noche. Su esposa informó de su desaparición el sábado por la mañana.

El director sabía perfectamente cómo eran los viernes por la noche para los mineros, aunque nadie lo habría reconocido jamás ante él.

—¿Por qué no se me informó?

El capataz se encogió de hombros.

—Creímos que quizá se había perdido. Lo hemos estado buscando por el bosque.

—Lléveme al lugar —dijo él.

El doctor Ingemarsson ya estaba allí cuando ellos llegaron. Estaba de pie sobre la nieve, inclinado sobre algo parecido a una alfombra enrollada. Su maletín estaba cerrado. No sería necesario esta vez. Sandler avanzó a grandes zancadas por la nieve para llegar a su altura. Al acercarse más, vio que el bulto enrollado era un hombre.

—¿Qué le ha pasado?

El médico se irguió y estiró la espalda. Señaló la montaña.

—Supongo que estaba allí arriba y se cayó… Me da la impresión de que fue hace unos días. El cuerpo está completamente congelado.

Había desaparecido el viernes por la noche, pensó Sandler.

—¿Qué demonios estaría haciendo allá arriba un viernes por la noche? —preguntó.

El capataz negó con la cabeza.

—No tengo ni idea.

—¿Y los del turno de noche? ¿Nadie lo vio?

—El turno de noche terminó temprano el viernes. Necesitaban hacer una voladura en la mina y decidieron esperar hasta que se hiciera de día. Además, nadie pasa ya por esta zona.

Sandler se inclinó sobre el hombre tendido en el suelo. Tenía la cabeza abierta. Los bordes de la herida parecían hundidos, redondeados. Sintió una ligera náusea. También se veían las magulladuras y arañazos previsibles.

—No tiene el cuello roto —apuntó tímidamente.

—No es necesario que lo tenga. Si tienes la mala suerte de caer así… —El doctor Ingemarsson se encogió de hombros.

—¿Y esta herida? —Sandler señaló la cabeza abierta.

—Supongo que se golpeó la cabeza mientras caía.

El capataz arrugó la frente. El director suspiró y se irguió.

Se acercaron dos lapones con una camilla. Debían de haberles ordenado que se encargaran de llevarse el cuerpo, supuso Sandler. No eran jóvenes y, sin embargo, andaban con pasos ligeros y sus cuerpos parecían ágiles. Era como si la nieve y el hielo no significaran nada para ellos. Los dos se detuvieron a una distancia prudencial y bajaron la cabeza. No por respeto, pensó Sandler. Más bien como manteniéndose aparte.

El sol se había alzado sobre el horizonte y teñía el paisaje de un frío tono gris. Él tendría que informar a la viuda. Soltó otro suspiro. Creía recordar que tenían hijos pequeños.

Mientras se marchaba, echó una última mirada atrás. Los lapones se hallaban ahora junto al cuerpo. Uno de ellos miró la montaña y luego se tocó la frente y el corazón.

Como santiguándose.

7

Laura

Laura se hallaba ante su escritorio examinando documentos sin entenderlos, revolviéndolos, pasándolos de un montón a otro y vuelta a empezar.

En la radio estaban hablando de las fosas comunes encontradas en Polonia. Decenas de miles de oficiales polacos ejecutados al parecer por los soviéticos. Laura escuchaba con el corazón encogido. Nadie quería que ganara Alemania, pero la alternativa era horrorosa. Se decía que en los países bálticos, durante el año en que los rusos estuvieron al mando, habían desaparecido ochenta mil personas. El mundo estaba en una situación espantosa. Realmente...

Se sorprendió removiendo otra vez los papeles por su escritorio y se obligó a mantener las manos quietas. Para, se dijo. Para de una vez. ¿De qué servía verse atrapada en las miserias del mundo?

Tras separarse de Erik el jueves por la noche, no había podido dormir y luego no había podido levantarse, así que el viernes había llamado por primera vez en su vida para decir que estaba enferma. Se había pasado el fin de semana en la cama. Poco a poco, las paredes se habían ido estrechando a su alrededor. La habitación se volvió fría. Temblaba, pero no era capaz de levantarse a buscar otra manta. No lograba llorar..., no se atrevía a llorar. No se atrevía a moverse. Al final no se atrevía a tragar saliva siquiera. Había permanecido tendida en silencio, con los ojos completamente abiertos, la boca seca y el corazón palpitante, desgarrado…, pues era así como se sentía el dolor de la pérdida: como si la hubiesen abierto con un bisturí y la hubieran dejado así, para no cerrarla jamás.

Tal vez estaba enferma, pensó ahora: todavía tenía dolor de cabeza y un regusto amargo en la boca. No debería haber venido a la oficina. Aún no estaba preparada. Nada parecía importante hoy. De hecho, quizá nada volvería a parecerle importante nunca. Lo único importante era que Britta, la mejor amiga que había tenido jamás, estaba muerta. ¿Qué habría pasado, pensó, si Britta le hubiera explicado aquel día lo que le inquietaba? Seguro que habrían encontrado juntas una solución, y ahora Britta aún estaría entre ellos, viva, y no torturada y muerta. Torturada… Se estremeció al pensarlo. Ojalá la hubiera obligado a hablar.

Recordó una ocasión en la que ella se sentía muy abatida. Curiosamente, el motivo ya se le había borrado de la memoria, pero sí recordaba que entonces le parecía algo muy grave para su propia vida. Estaban en un bar y ella había procurado poner buena cara, y creía haberlo conseguido. «No muestres tu debilidad. La gente se te come si eres débil.» Las palabras de su padre resonaban en su mente. Britta y su acompañante se estaban marchando. Britta se acercó a despedirse y captó en su cara la tristeza que sentía. La estrechó entre sus brazos. «Hemos de marcharnos ya», había dicho el acompañante de Britta, inclinándose sobre ella. «O nos perderemos la obra.» Se trataba de una obra de teatro para la que se habían agotado las entradas hacía meses. Britta estaba deseando verla. Y, sin embargo, en aquel momento, pese a las protestas de Laura, se había revuelto contra él: «Esta es mi mejor amiga», había dicho. «Y mi mejor amiga lo está pasando mal. Si no entiendes que debo quedarme aquí con ella, es que eres más idiota de lo que pensaba.» Y lo había mandado a paseo. Más tarde, Britta se había burlado de las palabras del padre de Laura: «¿No mostrar la debilidad? ¡Menuda idiotez! Lo débil es fuerte. Lo difícil es fuerte. Compartir es fuerte. Y tu padre… —había añadido riendo— es un hombre mayor completamente equivocado». Y le había dado un beso en los labios.

Aunque no lo había dicho, Laura pensaba que su padre tenía razón. Cómo le habría gustado ser más dura. Ella hacía todo lo posible para ser fuerte, y para demostrárselo a él, pero le faltaba algo para eso; no estaba en su naturaleza. Britta, sin embargo, la quería sin condiciones. Y se había quedado a su lado.

¿Por qué, se preguntó, no había hecho ella lo mismo por Britta? ¿Qué clase de persona, salvo una muy egoísta, prefería no insistir a sus amigos para que le contaran lo que les pasaba? ¿Por qué no había querido saber cuál era el problema? ¿En qué se estaba convirtiendo?

—El jefe quiere verte —le dijo Dagmar.

Laura suspiró. De poco le servirían hoy sus servicios. Cogió un cuaderno y un bolígrafo. Cuando entró en su oficina, Wallenberg le indicó con una seña que se sentara.

—Tu amiga —dijo—, la que fue asesinada…

¿Britta? ¿Por qué le preguntaba por ella? Se le encogió el estómago.

—¿Sí?

—Es de Blackåsen.

—Sí.

—Y su padre es el capataz de la mina…

—Sí.

¿Eso lo sabía? No estaba del todo segura. Britta había dicho que su padre la consideraba una zorra.

—Su muerte podría no ser una coincidencia —dijo Wallenberg.

Ella sacudió la cabeza. No entendía a qué venía aquello. Y de repente lo entendió.

—Yo no le hablé de mi trabajo —dijo—. Nunca.

Nunca hablo de nuestro trabajo con nadie, pensó. Sabía lo delicado y confidencial que era, con todos sus complejos equilibrios: el hierro sueco que iba a Alemania, el carbón alemán que llegaba a Suecia. Y luego estaban las conexiones de Wallenberg con la oposición secreta alemana; ella incluso estaba al tanto de esas reuniones. En resumen, contaba con la confianza de su jefe y no iba a traicionarla. Él tenía que saberlo.

—He hablado con la policía esta mañana. Por lo visto, la torturaron.

Wallenberg cogió un papel de su escritorio y lo estudió. ¿Había obtenido una copia del informe policial? A Laura no le sorprendería, de hecho. Los Wallenberg eran una destacada familia sueca. Los dos hermanos, Jacob y Marcus, participaban en las negociaciones con Alemania y con los aliados. Si Wallenberg quería algo, no tenía problemas para conseguirlo.

—Quizás el asesino confiaba en que tú le hubieras hablado de las negociaciones —añadió.

Laura se encogió de hombros. Ella no podía saberlo.

—La pistola con la que le disparon era una Walter HP. Un arma alemana.

—¿Alemana?

—Tampoco es un dato que nos diga mucho —añadió él—. Esas pistolas han sido importadas en grandes cantidades. Sería previsible encontrarlas entre la policía y los militares.

La policía. Los militares. Nada de aquello tenía sentido.

Wallenberg volvió a mirar los papeles.

—Un montón de cortes, magulladuras, un ojo saltado y luego el disparo… El cuerpo fue trasladado posteriormente y colocado en la Sociedad de Historia de Upsala.

—¿Trasladado?

—Sí. No la mataron en el lugar donde fue encontrada.

Ella arrugó el ceño.

—¿Cómo es posible? ¡Apareció en medio de la ciudad!

Él meneó la cabeza.

—No lo sé. Pero más importante aún es por qué. ¿Por qué dejaron su cuerpo en la Sociedad de Historia? ¿Qué pretendían conseguir o decir con eso? Tiene que haber un motivo.

Era cierto: ¿por qué demonios iban a querer que la encontraran en la Sociedad de Historia? Si el asesino había asumido el riesgo de trasladar hasta allí su cuerpo, eso debía significar algo. ¿Por qué precisamente allí?

Wallenberg dejó los papeles sobre el escritorio.

—Parece demasiada coincidencia que tú estés implicada en este proyecto. Nosotros estamos tratando de reducir sustancialmente el comercio con Alemania, y ahora matan a tu mejor amiga con un arma alemana y, además, de semejante manera. Y resulta que su padre es el capataz de la mina. Hay que averiguar más.

—La policía…

Él negó con la cabeza.

—La policía puede ver la conexión o no verla. ¿Tú conoces al padre de Britta?

—Nunca nos hemos visto.

—Quiero que hables con él. Y que preguntes entre sus amigos también…, a ver si había recibido amenazas, si tenía miedo de alguien. Necesito saber con certeza que su asesinato no está relacionado con nosotros. Necesito saber si esto tiene algo que ver con Alemania.

Laura asintió. No le quedaba otro remedio.

Él la miró fijamente a los ojos.

—Quizá te estoy poniendo en peligro si existe una conexión. Soy consciente de ello. Pero no hay nadie que se halle en mejor posición para averiguarlo. Tú la conocías, eres inteligente. Y sabes lo importante que es nuestra misión.

—Por supuesto, iré a averiguar —dijo Laura. Titubeó un instante, pero tenía que saberlo—. ¿Ella estaba viva...? ¿Estuvo viva todo el tiempo mientras el asesino la torturaba?

Wallenberg la miró muy serio y asintió.

—Lo siento —dijo.

De vuelta en su escritorio, Laura se desplomó en la silla. Le flaqueaban las piernas. Trató de imaginarse los hechos, pero era más de lo que podía soportar. No debía intentarlo.

Entendía perfectamente la inquietud de Wallenberg. Si ella hubiera hablado con alguien de su trabajo habría sido con Britta. Sin embargo, no creía que ese fuera el motivo del asesinato de su amiga. En ese caso, habrían ido a por ella directamente. Quien hubiera matado a Britta —suponiendo que la hubiera estado siguiendo primero— debía haber averiguado que ellas dos ya no se veían con frecuencia.

Y luego estaba la pistola, una pistola alemana... Aunque, por otra parte, estaban en guerra. Una persona decidida a matar podía conseguir un arma sin demasiados problemas.

Pensó en la tortura. ¿Le había dicho Britta al asesino lo que quería saber? ¿Había sido capaz? ¿O era consciente de que no serviría de nada lo que hiciera? Se estremeció de nuevo.

En ese momento sonó su teléfono. Se apresuró a levantar el auricular.

—¿Cómo estás?

Erik.

Ella suspiró con alivio.

—Podría estar mejor —dijo con tono cálido.

—Lo que te hace falta es una copa. A mí también me vendría bien.

—Hoy no puedo. En otro momento me encantaría. —Lo decía en serio—. Mi jefe quiere que vuelva a Upsala y haga averiguaciones sobre Britta.

Nada más decirlo, se maldijo a sí misma. No debería habérselo contado.

Erik reflexionó un momento.

—No puede pedirte una cosa así. Eso es trabajo de la policía. Además, ¿para qué quiere que lo hagas? La muerte de Britta no tiene nada que ver con él. Ni contigo.

—Le preocupa que pueda haber alguna relación con nuestra delegación comercial. Cree que el asesino pensaba que yo le había contado cosas de mi trabajo.

—Esto no tiene nada que ver contigo —repitió Erik—. Precisamente tú tienes que darte cuenta. Ya sabes cómo era Britta. Siempre había gente herida a su alrededor.

Y tú eras uno de ellos, pensó Laura. Ella había sentido celos de la evidente atracción que existía entre Britta y Erik, del hecho de ser deseada de esa forma, con un deseo persistente, nunca consumado. Del dolor y el goce de desear. Pero aquello había dejado herido a Erik, estaba segura.

—Tú prefieres no recordar —dijo él, y ahora hablaba con tristeza—. Entonces no creías que sus aventuras importaran, pero tal vez los que se enamoraron de ella no estuvieran de acuerdo.

«Ella le caía bien a todo el mundo», le había dicho Laura al policía. Y era cierto. En términos generales. Pero había habido desengaños. Parejas que no aceptaban que todo hubiera terminado. Hombres que se presentaban en sitios insospechados, a horas intempestivas, con súplicas, exigencias o amenazas. Britta era irresistible, y se aprovechaba de ello. Raramente salía dos veces con el mismo hombre. Sus amigos se lo habían advertido en una ocasión, pero Britta había restado importancia a sus inquietudes y ellos lo dejaron correr. Estaban en la universidad, donde se suponía que la gente podía desmadrarse. Pero era bastante posible que alguno de sus amantes no hubiera sido capaz de superarlo.

—Lo recuerdo todo —dijo—, pero hay algo extraño, Erik. Trasladaron el cuerpo después de su muerte y lo dejaron en la Sociedad de Historia… ¿Por qué allí?

—¿Por qué no? —respondió él, y Laura casi percibió cómo se encogía de hombros—. Casi nunca hay nadie allí. Quizás el asesino lo sabía.

Sí, tal vez, pensó ella.

—Pero era un sitio especial para nosotros —dijo.

—Era especial para un montón de gente.

Eso era cierto.

—¿Sigues decidida a ir allí? —le preguntó Erik.

—Debo hacerlo.

Él suspiró.

—Como quieras. Pero ten cuidado. Tú no sabes lo que hay detrás.

—Lo tendré —prometió—. Solo voy a ver si hay alguna relación con el equipo de negociación de Wallenberg. Nada más.

Se despidieron y colgaron.

Había habido amantes despechados, era cierto. Ahora bien, las puertas de la Sociedad de Historia no habían sido forzadas. El asesino había usado una llave. Llevar encima una llave implicaba un plan previo. Y luego había cerrado al salir. Ella suponía —tal vez equivocadamente— que un amante despechado habría actuado más bien de forma impulsiva. Con torpeza, desordenadamente.

Aquello, en cambio, había sido a sangre fría.

Erik parecía muy convencido de su teoría, y sabía lo que era sentirse herido por amor. Pero, por otro lado, él no había visto el cuerpo.

Ella y Erik deberían haberse visto antes, teniendo en cuenta que ambos estaban en Estocolmo. La relación entre él y Britta había sido especial, desde luego, pero ella también era amiga de Erik. En una ocasión, recordaba, tras una larga noche de fiesta, él se había presentado en su apartamento ataviado con un sombrero de plumas negras que era suyo.

—Te has olvidado una cosa —le había dicho.

—¿Qué? —había preguntado Laura—. ¿La pajarita?

Erik se había echado a reír y le había dado el sombrero.

—Seguro que una persona como tú tendrá una copa para un caminante sediento, ¿no?

Laura había abierto una botella de champán y ambos se habían quedado de pie junto a la ventana, bebiendo directamente de la botella y pasándosela el uno al otro, mientras miraban cómo los estudiantes volvían a casa de madrugada.

—Jodidos mocosos de clase alta —había dicho Erik, balanceándose ligeramente. Había algo parecido al odio en su voz.

—Yo también lo soy —le había recordado ella con delicadeza.

Erik se había vuelto para mirarla, había sonreído y había alzado la botella como brindando.

—Tú eres una mocosa de clase alta especialmente encantadora —había dicho—. Una preciosa y deliciosa mocosa de clase alta. Una auténtica diosa incluso…

Por un instante, ella había creído que iban a besarse, pero entonces había sonado afuera un bocinazo, ambos habían levantado la vista y el momento había pasado.

Quizá no habían quedado antes, pensó ahora, porque tenían que ser los cinco a la vez para que realmente tuviera sentido, o al menos para que lo tuviera para ellos. Ella habría quedado con Britta por su cuenta, desde luego, pero con los otros… Y ahora la guerra los había llevado en direcciones muy diferentes. A ella la había llevado a hoteles, restaurantes y salas de negociación. No quería ni pensar adónde habría llevado a Matti y a Karl-Henrik.

Todavía le dolía la cabeza. Suspiró, notó que tenía el aliento agrio y sintió náuseas de nuevo.

«Pregunta por ahí», había dicho Wallenberg. Bueno, el primero con el que quería volver a hablar era Andreas. Él estaba allí cuando había empezado todo, y sabía más de lo que había dicho, estaba segura. Debía averiguar quiénes eran ahora los amigos de Britta. También tenía que ver al profesor Lindahl.

El teléfono volvió a sonar. Esta vez era Ackerman, el policía.

—Quiero que venga a hablar con nosotros de nuevo —dijo.

¿Era él quien le había dado a Wallenberg la copia del informe?

—Ya le he contado lo que sé —dijo Laura.

—Ha habido novedades. Hemos de hacerle más preguntas.

Aunque no tenía de que preocuparse, Laura se inquietó. Quizás era así como te sentías cuando tenías que hablar con la policía. No lo sabía, no tenía experiencia al respecto. Quedaron en verse al día siguiente.

Al colgar, se dio cuenta de que se sentía mejor. Qué curioso. Era por el hecho de pasar a la acción, de hacer algo, en vez de quedarse sentada pensando. Por contar con un plan. Para poner los puntos sobre las íes ante Wallenberg y, al mismo tiempo, para ayudar a Britta. Ella descubriría si había en su vida alguna conexión alemana, u otras personas indagando sobre las minas. No debería resultarle tan difícil. Upsala era una ciudad pequeña: la gente tendría que haberse dado cuenta. Se levantó. Prepararía la maleta para quedarse una noche.

8

Jens

El ministro de Asuntos Exteriores, Christian Günther, deambulaba por la oficina a la que había convocado a Jens, pasando junto a su inmenso escritorio y luego frente al gigantesco espejo dorado y la estatuilla que este no acertaba a identificar.

Staffan Söderblom había salido en cuanto él había llegado. Le habría gustado saber de qué habían estado hablando.

—Es inadmisible —dijo Günther, subrayando con energía cada sílaba. «In-ad-mi-si-ble.»

Tenía el rostro demacrado, pero la mirada bajo sus gafas redondas era intensa. Hablaba de las minas alemanas encontradas en aguas suecas; de los hombres del *Ulven* muertos en el fondo del mar.

Jens pensó en la respuesta alemana a la protesta del ministerio, en la que invocaban sencillamente una orden sueca de 1940, según la cual los submarinos suecos debían abstenerse de realizar ejercicios de inmersión cuando hubiera navíos alemanes en las inmediaciones. La orden existía, en efecto. La habían buscado y la habían encontrado. El ministro había rezongado con indignación al ver su propia firma.

—Quiero que redacte una respuesta —dijo Günther—,

para declarar que las naves suecas pueden hacer lo que quieran en aguas suecas, y que las minas alemanas en territorio sueco son completamente inadmisibles.

Jens tomó nota.

—Envíela a la delegación sueca en Alemania —dijo Günther—, que ellos se encarguen de transmitir el mensaje.

Jens asintió.

—Tampoco hará falta que celebren ninguna reunión —gruñó el ministro.

Todo el mundo sabía que cualquier mensaje enviado a la delegación sueca en Berlín llegaba sin falta a manos de la Gestapo y de las SS.

—¿Algo más?

—Hable con el embajador norteamericano. Averigüe qué pretenden hacer en Finlandia con los rusos. Si es que van a hacer algo —añadió—. ¿Quién está dispuesto a escucharnos a nosotros?

Las advertencias de Günther a los aliados sobre la Unión Soviética se habían convertido en una constante desde Stalingrado. Estaba preocupado; todos los estaban. Pero Jens no había visto hasta el momento la menor señal de que las advertencias hubieran sido tenidas en cuenta.

Günther se sentó tras el escritorio.

—Nada más por ahora.

Jens titubeó.

—¿Sí? —Günther alzó la vista.

—Estuve anoche en una cena. —Jens esperaba no tener que explicar que había sido su prometida, Kristina, quien la había organizado—. Karl Schnurre asistió.

—¿Así que el emisario de Hitler está aquí otra vez? —Günther se arrellanó en su silla y juntó las yemas de los dedos, con expresión pensativa.

—Me pidió que le dijera que no pregunte por el destino de los judíos. Dijo que eso está «irritando a personas del más alto nivel». Yo le respondí que a los suecos nos importa el destino de los judíos. Dije que no había más que mirar la reacción sueca a la deportación de los judíos noruegos para darse cuenta.

Günther soltó un suspiro.

—Y ahora nos vamos a esforzar más que nunca —prometió— para salvar a todos los que podamos.

—Sin embargo, Schnurre respondió de un modo extraño. Dijo: «¿Cree que los suecos están limpios?». Y añadió que deberíamos mirar en nuestros propios armarios.

Günther se encogió de hombros.

—Ellos nunca reconocerán que han cometido un error —dijo, refiriéndose a los alemanes—. En mi opinión, ni siquiera si el mundo entero los juzgara, serían capaces de reconocerlo. ¿Algo más?

Jens titubeó.

—El archivero, Daniel Jonsson, ha hablado conmigo.

Günther frunció el cejo.

—¿Qué quiere esta vez?

—Ha pedido las notas de las últimas conversaciones telefónicas que hemos mantenido con el ministro de Exteriores danés y el ministro de Exteriores noruego en el exilio para incluirlas en los archivos.

—Está equivocado. —Günther bajó la mirada hacia su agenda.

—¿Qué quiere decir?

—No ha habido recientemente conversaciones telefónicas entre ellos y yo.

—Daniel ha dicho…

Günther levantó la voz.

—Me tiene sin cuidado lo que haya dicho. Se equivoca.

Daniel era metódico. Había detectado las llamadas en el registro de los Servicios de Seguridad. ¿Y no había añadido que se había cerciorado con sus homólogos?

Vio que el ministro lo estudiaba con la mirada.

—¿Cuánto tiempo lleva conmigo, Jens?

—Seis meses.

Günther asintió.

—Me gustaría que hablara con Daniel y le pidiera que dejara de solicitar los registros de mis llamadas: supongo que es eso lo que ha hecho. Solo que esta vez se ha equivocado. Los errores pueden desatar toda clase de rumores.

—Él suele ser diligente —dijo Jens—. Y no veo cómo puedo pedirle que deje de solicitar información. —Ese era el trabajo del archivero. Documentarlo todo. Saber lo que estaba pasando.

Günther lo silenció con una mirada agria.

—Dígale que deje de hacerlo —repitió en voz baja—. ¿Sabe por qué lo escogí a usted como secretario?

—No.

—Lo hice porque no era uno de esos funcionarios de carrera enredados en sus propias rutinas y sus nimias preocupaciones. Usted está aquí exclusivamente por decisión mía. Y puede salir con la misma facilidad.

Jens se sorprendió jugueteando con su bolígrafo y se obligó a quedarse inmóvil.

—¿Está claro? —preguntó Günther.

—Perfectamente.

De vuelta en su oficina, Jens se sentó pesadamente, todavía sin estar seguro de lo que acababa de pasar. Cuando un colega le enfurecía por algún motivo, Günther solía exhibir una actitud despreocupada e ignoraba a la persona en cuestión. Jens nunca le había visto amenazar a nadie. Porque era eso lo que había hecho: amenazarle. Desde su punto de vista, Daniel era una persona eficiente, concienzuda, meticulosa. Pero quizá lo que le había dicho esta vez era incorrecto y lo había puesto a él en un aprieto. No obstante, pedir que el archivero dejara de solicitar los registros del ministro parecía una reacción excesiva ante un error. Documentar era la misión del archivero según la ley, Jens estaba seguro de ello. O al menos según las normas de cómo debía dirigirse un ministerio.

Se levantó y recorrió el pasillo hasta la oficina de Daniel. Lo encontró encorvado sobre un montón de papeles que tenía sobre el escritorio, junto a varias tazas de café vacías.

—Ah, Jens —dijo el archivero, subiéndose las gafas con un dedo—. ¿Has podido averiguar algo sobre esas llamadas?

Jens vaciló y procedió primero a cerrar la puerta.

—He hablado esta mañana con el ministro.

—¿Ah, sí?

—Dice que él no ha hablado con los ministros danés y noruego desde hace mucho.

Daniel se quedó boquiabierto.

—Pero sí lo ha hecho —dijo al fin.

Jens arqueó las cejas.

El archivero se levantó, fue a otra mesa y revolvió entre los papeles.

—Un momento. —Se volvió hacia la estantería—. Lo tenía justo aquí —murmuró.

—Me has puesto en un aprieto con Günther.

—Espera, Jens. Te juro que estaba por aquí.

Él aguardó.

Tras un rato, Daniel se detuvo y lo miró, abriendo los brazos.

—Conseguí las copias a través de un contacto en los Servicios de Seguridad. Se las pedí porque me consta que al ministro se le olvida de vez en cuando explicarnos lo que pasa.

Era un eufemismo. Günther no olvidaba nada.

—Estaba en el último registro. Ahora no aparece, pero lo encontraré y te lo enseñaré. Antes de dirigirme a ti, además, hablé con mi homólogo, que verificó el dato. De no haber estado completamente seguro, no habría hablado contigo.

Jens no respondió. Asintió y abrió la puerta.

—Ya lo verás —dijo el archivero a su espalda.

No sabía qué sería peor: que Daniel tuviera razón, o que estuviera equivocado.

9

Monte Blackåsen

*G*eorg estaba muerto. Frida aún no podía creerlo. ¿Qué sería de ellos ahora?

Frida estaba recogiendo la colada. Sus manos se movían de modo automático, doblando, alisando, presionando. Pero su mente estaba en otra parte. ¿Acaso no había sabido siempre que ocurriría algo parecido si se mudaban a este lugar?

El pequeño estaba berreando. A los mayores los había mandado afuera.

—¿Para hacer qué, mami? —había preguntado su hija.

—Para limpiar —había mascullado ella.

—¿Limpiar… el qué?

Ella había perdido la paciencia.

—¡Cualquier cosa! ¡Buscad algo útil que hacer!

Los niños se habían escabullido a toda prisa, y ella se había desplomado en la silla, tapándose la cara con las manos.

Solo durante un minuto. Luego había ido a buscar la cesta de la colada. Siempre había mucho que hacer. Si te parases aunque fuese un momento, no podrías arreglártelas. Oyó al mayor, Abraham, cortando leña; el ritmo del hacha no era tan regular ni tan enérgico como el de Georg, pero no andaba muy lejos.

El pequeño seguía berreando.

—Chist, chist —siseó, pero no lo cogió en brazos.

Ay, Dios mío, pensó. ¿Qué iban a hacer?

El director Sandler había venido a decírselo en persona, acompañado por el capataz. Se había sentado en el borde de la silla que ella ocupaba un momento antes y se había estirado los pantalones mientras cruzaba las piernas. Era un hombre apuesto, eso lo había pensado siempre. De otra clase, claro. No tenía ni idea de lo que era vivir como ellos.

Frida estaba esperando su visita. Georg estaba desaparecido desde el viernes, y él jamás se habría ido sin decírselo. Era un hombre apegado a sus planes, a sus rutinas. No, en el fondo ya sabía lo que había pasado.

—No ha sido un accidente de trabajo —había dicho el director.

—Entonces... ¿qué ha sido?

—Una caída.

Frida había mirado al capataz, que permanecía detrás del director con el sombrero en las manos.

—Lo encontraron en la zona excavada a cielo abierto —dijo Hallberg—. Creemos que estuvo en la montaña el viernes por la noche. ¿Usted tiene idea del motivo?

—No... Él estaba en el trabajo. Y luego con los demás —dijo, y volvió a mirar al capataz. Bebiendo, quería decir, pero no llegó a decirlo—. Y no volvió a casa. El sábado por la mañana sus compañeros me dijeron que se había ido más temprano.

A la mina. Frida no lograba que le entrara en la cabeza. En mitad de la noche. ¿En qué habría estado pensando?

—Lo siento mucho —dijo Sandler. Recorrió con la vista la casita desvencijada, miró a los niños y suspiró.

—Supongo que ahora necesitará que nos vayamos —dijo la mujer, aunque le costó pronunciar las palabras.

—Sí —reconoció él.

—A menos… —empezó el capataz. El director se volvió a mirarlo—. ¿Cuántos años tiene el mayor?

La mirada de Abraham se ensombreció. No digas nada, le suplicó Frida mentalmente.

—Trece —respondió Abraham, con la voz quebrada por un gallo. Se apresuró a carraspear, frunciendo el ceño. Odiaba que le pasara aquello: una señal de que aún no era un hombre.

—A menos que tú quieras ocupar el lugar de tu padre —dijo Hallberg, terminando la frase.

—Lo pensaremos —dijo Frida rápidamente, sin mirar a su hijo. Cuando le habían dicho que su padre había desaparecido, él había gritado que odiaba la mina, que nunca pondría un pie allí dentro. Pero había que pensar en el dinero. En aquella casa…

El director se levantó y el capataz volvió a ponerse el sombrero.

—No te preocupes, madre —dijo Abraham cuando ellos se hubieron ido—. Ya encontraremos un modo de salir adelante.

Ella lo había mirado. No lo había criado para que fuera un ingenuo.

El pequeño soltaba ahora unos berridos desgarradores.

—¡Cállate ya! —chilló Frida, y enseguida se llevó la mano a la boca—. Lo siento —gimió. Se secó los ojos con la manga, cogió al bebé y lo meció en sus brazos—. Lo siento —repitió.

El bebé se revolvió, buscándole el pecho, y ella se lo ofreció, aunque no estaba segura de que tuviera nada que darle.

Otra cosa de la que preocuparse.

¿Qué podía estar haciendo Georg en la montaña en mitad de la noche? ¿Por qué había ido allí? No lo entendía. ¿Se le había olvidado algo? No veía qué podía ser tan importante como para que hubiera vuelto él solo a aquel lugar.

Se acercó a la ventana para mirarlo: la negra y roma silueta, que se divisaba desde cualquier punto del pueblo, y la enorme excavación de delante, de la que habían extraído el mineral a cielo abierto antes de empezar a abrir túneles. El motivo principal, la única razón por la que estaban aquí. Ella le había dicho a Georg que no debían venir; que si lo hacían, ya nunca podrían marcharse. El odio que sintió de repente por su difunto marido la sorprendió a ella misma.

Su abuela le había contado historias del monte Blackåsen y del efecto que producía en la gente. «Es el hierro», le había dicho, mascando un trozo de pan. Había partido otro en silencio, se lo había puesto en la boca y sus mandíbulas habían empezado a moverse. «Es magnético. Tira de ti y te mantiene ahí pegado. Algunas cosas son neutras —había dicho la mujer—, ni malas ni buenas. Pero Blackåsen no es así. Blackåsen tiene poderes y, que yo sepa, solo los ha usado para hacer el mal.»

10

Laura

Laura consiguió la dirección de Andreas en el Departamento de Teología alegando que se trataba de una emergencia familiar. Lamentó mentir, pero el funcionario no le daba otra opción. Andreas tenía una habitación en una residencia de estudiantes dirigida por los Amigos de la Sobriedad que quedaba a diez minutos a pie de la residencia de Britta. La placa de su timbre, escrita a mano, decía: «A. Lundius». No respondió nadie cuando llamó. A ella le sorprendió que viviera en una residencia de estudiantes, aunque no sabía bien qué había esperado. Ignoraba qué distinción hacía la universidad entre los alumnos lapones y los suecos.

En ese momento se abrió la puerta principal y salió un joven, con el pelo húmedo repeinado y una cartera bajo el brazo.

—Disculpa —dijo Laura.

El joven se detuvo con irritación. Un alumno de primero, supuso ella, mojigato y estresado.

—Estoy buscando a Andreas Lundius.

—No está aquí —dijo el chico con brusquedad.

—¿Dónde está?

—No lo sé. No es que nos relacionemos mucho precisamente. Vi que se iba la semana pasada con muchas prisas.

¿La semana pasada?

—¿Adónde fue?

El chico se encogió de hombros.

—De viaje, supongo. Llevaba una maleta grande.

Andreas no podía irse. ¿Estaría enterada la policía?

—¿Adónde?

—Ni idea. ¿Por qué, de repente, todo el mundo quiere hablar con él?

—¿Cómo que todo el mundo? ¿Quién más ha preguntado por él?

—Un hombre. Esta mañana, a primera hora.

—¿Ha dicho quién era?

El chico negó con la cabeza.

—¿Qué aspecto tenía?

—No sé. Pelo oscuro.

—¿Edad?

—Cuarenta y tantos…

—¿Tenía algún acento? —preguntó.

Acento alemán, pensó.

—En absoluto.

—¿Podría haber sido un profesor?

—Quizás. Iba con traje. Pero no parecía un profesor; más bien un abogado o un banquero.

—¿O un policía?

—Sí. —La cara del chico se iluminó—. Seguro que era policía.

Por la tarde, cuando iba de camino para ver al profesor Lindahl, Laura se detuvo un rato en la plaza, frente a la catedral. Britta no había sido asesinada en el lugar donde la habían encontrado. Trató de imaginárselo: una persona cargando con su cuerpo por el adoquinado de la plaza y pasando por delante de la catedral. O bien por el otro lado, bajando la cuesta del edificio principal de la universidad. O bien subiendo por las callejuelas desde el río. Britta era alta. No habría sido fácil llevarla. ¿Acaso el asesino la había envuelto en una alfombra? ¿O habían sido varios? Tal vez habían trasladado el cuerpo en coche. Pero, en ese caso, ¿nadie había visto ese coche?

Por la cuesta subían tres mujeres con la chaqueta y la falda marrón de los voluntarios del ejército. La placa que llevaban en la gorra indicaba a qué organización pertenecían, aunque Laura no sabía lo suficiente para distinguir una de otra. Muchas mujeres se habían alistado, pero ella nunca había contemplado esa posibilidad. Sentía que ya estaba cumpliendo con su deber en el puesto que ocupaba.

«Yo lo haría.»

Un fragmento de discusión de otra época. Britta. El primer ministro inglés Chamberlain acababa de entregar los Sudetes a Hitler. La guerra parecía inevitable.

—Yo sería soldado. Mataría por nuestro país. —Britta se puso de pie con aire sombrío e hizo un saludo militar.

—Tú no serías capaz de matar una mosca —había dicho Erik suavemente—. Encontrarías un motivo para apiadarte de todos y cada uno, sin importar lo que hubieran hecho.

—Sería capaz si tuviera que hacerlo —insistió Britta.

—Imagínate lo que es acabar con una vida —dijo Matti.

—Si se trata de tu vida o la suya… —dijo Britta. Y volviéndose hacía Erik, añadió—: Tú has sido soldado.

—En tiempos de paz, por el amor de Dios —dijo él, poniendo los ojos en blanco.

—La cuestión es dónde trazas esa línea —dijo Karl-Henrik—. Yo creo que la mayoría descubriríamos que la línea está mucho más lejos de lo que habíamos creído inicialmente.

Britta se desplomó en un sillón.

—La única de nosotros que probablemente sería capaz de matar es Laura —dijo, alzando su copa para brindar por ella—. Tú tienes esa férrea resolución… Lo harías si tuvieras que hacerlo.

—¿Yo? Estás de broma.

Britta la miró ladeando la cabeza.

—Jamás —dijo Laura.

Erik se había echado a reír.

—Bueno —había dicho—, al menos tú eres amiga nuestra. Seguramente es mejor que te mate alguien conocido.

Habría sido más probable que se hubiera alistado Britta que ella, pensó Laura ahora. Su amiga tenía un criterio moral más estricto. Pero, por lo que sabía, no lo había hecho.

El profesor Lindahl se retrasaba, así que Laura se sentó en una silla frente al aula donde habían quedado.

Él quizá se había sentido decepcionado al ver que solo Britta decidía continuar sus estudios. Laura no le había comunicado en persona su decisión de marcharse cuando Jacob Wallenberg le propuso entrar en el comité de comercio con Alemania. Le había enviado una carta que no había respondido. Ahora lo lamentaba. Se había dejado llevar por las prisas, halagada por el hecho de que Wallenberg la reclamara, deseosa de volver a la vida real para contribuir al esfuerzo bélico.

Debería haber ido a verle. Él los había acogido bajo su ala. Y fue en los *nachspiele* donde ella conoció a los demás, Britta incluida. En ese sentido, había sido el profesor quien había escogido a sus amigos.

Evocó su aspecto físico. Imposible determinar su edad; tanto podía tener treinta como cincuenta. Un hombre bajo y delgado, vestido con jerséis de cuello alto negros y pantalones negros; la cara pálida, con una piel suave de niño y unos rasgos femeninos entre los que destacaba una boca ancha y sensible; el pelo rubio, áspero y tupido, con la raya a la izquierda, más bien aplanado que peinado, crecido por encima de las orejas. Sus ojos también eran insólitos: uno verde y otro marrón.

Él siempre iba por delante de ellos. A veces sus comentarios eran tan poco convencionales que resultaba difícil seguir el hilo de su pensamiento. Pero si intentabas rastrearlo, descubrías que su cerebro parecía dar dos o tres pasos a la vez, saltándose los intermedios. Laura nunca olvidaría la primera vez que le había oído hablar.

—Han venido ustedes a estudiar Historia —había dicho en voz baja, cruzando los brazos sobre el pecho—. Bienvenidos.

Sobre el estrado, parecía una diminuta figura oscura. O un bailarín.

—Vivimos en un periodo de lo más interesante, y ustedes han escogido perder el tiempo en el pasado. Me pregunto por qué.

»Entre las personas que conozco, la impresión que percibo es que la historia no es importante. Desde luego, no produce nada que podamos comprar y llevarnos a casa. No está en primer plano ni tampoco dirige el mundo. Aparte de saber quién invadió a quién en tal año para responder a las preguntas de los juegos de mesa, el estudio de la historia no tiene por lo visto nada que ofrecer.

»Pero yo creo que esas personas no podrían estar más equivocadas.

»La historia trata del pasado, sin duda, pero es mucho más que eso. La historia es conocimiento. Conocimiento en el sentido más bello y profundo de la palabra. La historia nos permite comprender lo que vino antes de nosotros, pero también vislumbrar el futuro, pues en nuestro pasado están las semillas del porvenir. Al llegar el futuro, ustedes podrán volver atrás y vislumbrar las raíces de cada conflicto, sus auténticos motivos, y sabrán con claridad por qué se produce el cambio o, lo que es quizá más importante, por qué no se produce. La historia puede marcarnos el camino a seguir. Y eso, queridos amigos, es pura sabiduría. Y, por supuesto, es precisamente en estos tiempos cuando debemos estudiar nuestra historia.

Laura oyó unos pasos en la escalera y se puso de pie. Su respiración se aceleró. Se secó las manos en la falda.

El pelo claro del profesor pareció refulgir en la penumbra de la escalera. Iba vestido con su habitual atuendo negro.

—Laura —dijo en voz baja—. ¡Qué agradable sorpresa!

Ella titubeó. Él tenía que estar enterado de la muerte de Britta y suponer que ese era el motivo de su presencia allí.

Mientras el profesor tomaba la mano que le tendía, Laura observó aquellos ojos extraños: uno verde, otro marrón.

Luego él se volvió para abrir la puerta del aula. No llevaba nada encima: ni cuaderno, ni papeles ni bolígrafos. Todo lo tenía en la cabeza, pensó ella con una oleada de admiración.

El profesor le indicó una silla, cogió otra y tomó asiento frente a ella. Se echó hacia delante, con los brazos cruzados. A Laura se le había olvidado lo bajito que era.

—He venido a verle por lo de Britta —dijo.

—Ah, sí. Britta.

El profesor frunció los labios con aire impasible, aunque él raramente mostraba ninguna emoción. Con frecuencia los miraba como si estudiara un animal peculiar o una planta con la que no había tropezado hasta entonces; la cabeza ladeada, los ojos entornados, los labios pálidos fruncidos.

—No sé qué decir —reconoció Laura.

—Ha sido un hecho terrible.

—¿Ella seguía siendo alumna suya?

—Sí.

—¿Asistía a los *nachspiele*?

—Sí… ¿Por qué lo pregunta?

No podía decirle que era Wallenberg quien la había enviado.

—Era mi mejor amiga —dijo—. Supongo que estoy tratando de asimilar su muerte.

Él asintió.

—No lo entiendo. ¿Por qué tiene que haberle sucedido algo así? ¿Y por qué dejaron el cuerpo en la Sociedad de Historia?

—La muerte es siempre repentina para los que se quedan —dijo el profesor Lindahl—. Ya sabe, Laura: nunca estamos preparados. Siempre nos deja con interrogantes…, como debe ser. Es una interrupción de la vida tal como la conocemos.

—¿La gente no habla de ello? Quiero decir…, ¿no especulan?

—La verdad es que yo rara vez presto oídos a los chismorreos —respondió él, arrellanándose en la silla y mirando para otro lado.

Afligido, pensó ella. ¿O tal vez aburrido?

Laura se mordió el labio. Britta era su alumna, deseaba decir. Todos lo éramos. Éramos especiales. Britta era especial. Desde luego, él podía actuar de un modo frío y distante, incluso mecánico, al relacionarse con ellos. De repente se dio cuenta de que quizás el brillo que aparecía en sus ojos cuando decían algo brillante no era un signo de afecto, como había supuesto. Aunque, por otro lado, ella se había limitado a enviarle una carta para comunicarle que dejaba los estudios, en lugar de tomarse la molestia de ir a verlo. ¿Acaso lo había entristecido o irritado? ¿De ahí que se mostrara insensible?

—¿En qué estaba trabajando ahora? —preguntó. Mientras hacía la pregunta, cayó en la cuenta de lo que había echado en falta en la habitación de Britta: sus notas y papeles de trabajo.

—Estaba investigando para su tesis doctoral.

—¿Sobre qué tema?

—Los países escandinavos y sus relaciones con otras naciones a lo largo de los siglos, creo. —Al ver cómo lo miraba Laura, añadió—: Con Britta era difícil saber exactamente en qué estaba trabajando. Era poco estructurada. Había venido a verme para comentar su trabajo, y volvió a empezar de cero en varias ocasiones, cambiando de idea sobre el aspecto en el que quería centrarse. Reconozco que yo no albergaba muchas esperanzas de que llegara a terminar la tesis.

—¿Dónde debería estar su investigación?

Él se encogió de hombros.

—Supongo que la tendría ella.

Britta usaba una cartera de cuero marrón donde guardaba sus materiales de estudio y sus cuadernos de notas. La llevaba siempre colgada del hombro. Pero Laura no recordaba haberla visto en su habitación, ni tampoco junto a su cuerpo cuando la habían encontrado.

—¿Quién viene actualmente al *nachspiele*?

—Ah, eso varía.

Antes no variaba, pensó ella. El profesor Lindahl siempre invitaba a los mismos alumnos. Supuso que no quería decírselo. Ella ya no era una de sus *protégés*, no formaba parte del círculo íntimo.

—Tal vez podría darme algún nombre —aventuró—. Me gustaría hablar con un alumno que haya tratado a Britta durante estos últimos meses.

Él la miró inexpresivo, sin parpadear.

—Me parece que prefiero que no se les moleste. Esto ha sido difícil para ellos. Tienen mucho trabajo que hacer.

Como seguro que usted también. Hay que tener cuidado con estas cosas, Laura. Te pueden acabar arrastrando. Seguro que su padre debe habérselo enseñado.

Había un deje extraño en su voz. ¿Su padre? El comentario estaba tan fuera de lugar que le resultó absurdo. Ella no era una niña.

Lindahl se levantó y le tendió la mano. Al salir, Laura trató de sacudirse el sentimiento que la atenazaba, pero se sentía triste por haber perdido la relación que los había unido. En su día, él la había comprendido mejor que nadie.

Mientras bajaba las escaleras hacia la planta baja, vio a un hombre que subía a toda prisa, casi corriendo. La cabeza gris, las gafas de montura metálica, el traje austero. Era el profesor Birger Falk, el archienemigo del profesor Lindahl. Ella no deseaba verle. Falk se había dedicado siempre a acosarlos, a fisgonear. Quería saber en qué trabajaban y qué les enseñaba Lindahl, con el fin de crearle problemas a este. Cuando estaban trabajando en su proyecto especial —el que los había acabado separando—, se había mostrado tan insistente que habían dejado de estudiar en la biblioteca y se habían refugiado en el apartamento de Laura. «Lo que deben estudiar no es psicología —les había gritado una vez a ella y a Britta—. ¡Es historia!»

Laura titubeó, pero no podía dar media vuelta ni escabullirse por otro lado. Y justo entonces él la vio.

—Señorita Dahlgren —dijo—. ¿A qué debemos este honor?

Se detuvo en seco, obligándola a hacer lo mismo.

—He venido a ver al profesor Lindahl.

El profesor Falk la estudió.

—Ah, ya veo —dijo al fin, como si pudiera descifrar en su rostro cómo había ido el encuentro.

Laura sintió que le ardían las mejillas. De vergüenza o de rabia; tal vez de ambas cosas.

Recordó que Falk la había acorralado en otra ocasión.

«Ratas de laboratorio», había dicho, acercándose demasiado. Ella había intentado apartarse. «Eso es lo que son para él todos ustedes. Él lanza cosas ahí, a ver cómo reaccionan; hace que compitan por su aprobación. Y los estudia atentamente. Es algo nocivo. Más aún, peligroso.»

Ahora Laura tragó saliva y preguntó:

—¿Usted no sabrá por casualidad quiénes asisten actualmente a su *nachspiele*?

—Después del grupo que formaban ustedes, la cosa parece haber cambiado en cierta medida —dijo el profesor Falk—. Tal vez los alumnos son menos sugestionables. En todo caso, me consta que Henrik Kallur suele participar.

Ella le dio las gracias con una inclinación y siguió bajando las escaleras, no sin notar que él se había quedado en su sitio y la seguía con la mirada.

Empujó la puerta, salió afuera y sintió el viento alborotándole el pelo. Solo entonces dejó escapar el aire.

Henrik Kallur resultó ser un joven de mejillas rollizas y gafas redondas. Llevaba la corbata torcida y tenía una mancha amarilla en la pechera de la camisa.

—Soy una amiga de Britta —le dijo, a modo de presentación.

—Dios mío, ¿qué le ocurrió?

Henrik echó hacia atrás su silla de la biblioteca, arrancándole un chirrido. Los estudiantes de alrededor se volvieron y lo miraron con expresión de reproche. Él no pareció notarlo.

A Laura le sorprendió que ese fuera uno de los alumnos escogidos por el profesor Lindahl. No era en absoluto como ellos cinco, pensó. Aunque, por otro lado, ¿cómo eran ellos?

Elegantes, pensó. Inteligentes, divertidos... Soltó un suspiro. Qué fácil era idealizar el pasado.

La expresión «ratas de laboratorio» aún resonaba en sus oídos. Trató de sacudirse el sentimiento asociado a las palabras de Falk.

—Dicen que la dejaron hecha polvo —prosiguió el chico.

Ella se lo imaginó rondando por la universidad, cotilleando sin parar: «Dicen que la dejaron hecha polvo». Sintió tal furia que le entraron ganas de darle un puñetazo en la cara.

—¿La conocías bien? —preguntó.

—No. Yo no era amigo suyo. A diferencia de muchos otros, si sabes a qué me refiero. —Le hizo un guiño.

A ella se le revolvió el estómago. Se clavó las uñas en las palmas de las manos.

—Además, estamos todos muy ocupados trabajando en nuestras tesis —añadió él.

—¿Sabes de qué iba la suya?

—No, la verdad —dijo, encogiéndose de hombros.

«Qué desesperante.»

—¿Quién más asiste al *nachspiele* del profesor Lindahl?

Él le recitó el nombre de otros cuatro alumnos. Ella los anotó y se despidió rápidamente. Bueno, no parecía que Henrik estuviera impactado por la muerte de Britta. En realidad, no podía imaginarse a nadie con menos probabilidades de ser su amigo. Ella debía haberlo encontrado insoportable. ¿Por qué lo habría incluido el profesor Lindahl en su selecto grupo? Lindahl no soportaba a los idiotas. Llegó a la conclusión de que Henrik Kallur debía de ser más capaz de lo que aparentaba.

En el tablón de anuncios, junto a la entrada, había una fotografía de Britta sonriendo. Laura dejó escapar el aire lentamente. «¿Sabes algo sobre ella?», decía al pie, junto a un número de teléfono. Debía de ser el de la policía. Estuvo mirando la foto hasta que la cara de su amiga se disolvió en un borrón de puntitos blancos y negros.

Fue a hablar con los otros alumnos que asistían al *nachspiele* y cuyos nombres le había dado Henrik Kallur. Lo que más le sorprendió fue lo poco que conocían a Britta. Parecía como si su amiga se hubiera convertido en un simple vestigio del pasado, en una estudiante que les llevaba varios años, que los intimidaba y era objeto de sus chismorreos, pero que nadie conocía realmente. Cuando Laura vivía en Upsala, era imposible ir a cualquier parte con Britta sin que ella se detuviera a hablar con la gente. Entablaba conversación con el hombre que le vendía cigarrillos, con la camarera que les traía el café, con cualquier persona con la que se tropezara. Y después recordaba sus nombres.

Laura no entendía, además, cómo era posible que los estudiantes asistieran juntos al *nachspiele* sin formar ningún vínculo. Debía de ser parte del proceso, dedujo; del método del profesor Lindahl, que consistía en enfrentarlos primero y unirlos después. «Él lanza cosas ahí, a ver cómo reaccionan, y hace que compitan entre sí por su aprobación», había dicho el profesor Falk. Algo así. Pero no para diversión del profesor Lindahl, pensó, sino para sacar a la luz la brillantez de sus alumnos, individual y conjuntamente. Ellos habían acabado confiando en la inteligencia de los demás para impulsarse e ir más allá. Por eso se habían vuelto inseparables. Había sido una experiencia tremendamente fascinante. Juntos, se habían convertido en una versión mejor de sí mismos. Se habían vuelto más inteligentes. Más perspicaces.

—¿Y en los debates? —había preguntado Laura—. Seguro que entonces hablabas con ella, ¿no?

—No mucho —le respondió una alumna—. Debatíamos, pero no hablábamos, si entiendes lo que quiero decir.

Rehuía mirarla a los ojos. Era como si estuviera asustada, pensó Laura, cosa comprensible, por otra parte, teniendo en cuenta que habían asesinado a una compañera.

—Distante —afirmó un chico—. Desdeñosa. Se sentaba en un rincón, fumaba y te miraba como juzgándote. Lo lamento —dijo, meneando la cabeza, probablemente por hablar mal de una persona muerta—, pero esa es la verdad.

—Estaba trabajando en su tesis —dijo otro chico— y no quería compartir sus ideas con nosotros. Como si fuéramos a robarle el material.

Eso no era nada propio de Britta. A Laura le daban ganas de mofarse, de convencerlos de lo contrario, pero no tenía sentido. Lo importante era hasta qué punto debía haber cambiado Britta durante el último año. ¿Qué habría tenido que pasar para que ella se quedara al margen? ¿Y dónde estaba su tesis?

—Yo no la conocía bien —le dijo otra alumna.

Laura la había encontrado en la sala de lectura y habían salido a hablar al pasillo del segundo piso, frente a las pesadas puertas de madera. La chica se había llevado el libro con el que estaba trabajando, como si temiera que pudiera quitárselo otro estudiante, y lo abrazaba sobre su pecho. Gruesa, con gafitas redondas, flequillo y el pelo corto. No el tipo de Britta, pero amable.

—Pero yo creo que tenía el corazón destrozado —añadió, asintiendo para sí misma.

«¿El corazón destrozado?»

—En otoño hubo un momento en el que salió de su caparazón. Parecía mucho más relajada. Pensé que estaba enamorada. Tenía un aire soñador. Se lo pregunté. Le dije que estaba preciosa, que debía de estar enamorada…

Un chico pasó corriendo junto a ellas; sus suelas rechinaban en el suelo de mármol.

—¿Qué respondió?

—Dijo que lo estaba. Parecía feliz.

—¿Y después?

—La cosa no duró. Me imaginé que su aventura se había terminado. Se la veía triste. Ya no cuidaba su apariencia como antes.

Laura recordó a Britta en el café de NK: la cara pálida, las uñas mordisqueadas. Sintió una punzada de dolor. Quizás estuviera equivocada. Quizás había sido un examante.

—¿Cuándo te pareció que había terminado?

La estudiante frunció los labios.

—Antes de Navidades. Recuerdo que pensé que era una pena, que no podría pasar las vacaciones con él, aunque no sé quién era.

—¿Sabes si Britta tenía amigos alemanes?

—¿Alemanes? —Alzó las cejas—. No. Bueno, yo tampoco lo sabría, de todos modos.

—¿La viste con algún hombre de negocios o…? —apuntó Laura.

—Nunca la veía fuera del *nachspiele*. Ella no salía.

—¿Cómo que no salía?

Laura no daba crédito a sus oídos. Britta estaba siempre de fiesta. No soportaba quedarse en casa.

—No. Nunca venía a las fiestas ni a los bares.

Con una corazonada, Laura preguntó:

—Los alumnos que asistís al *nachspiele*… —«¿Vais juntos a todas partes?, ¿os pasáis todas las horas del día pegados?», quería decir; pero finalmente dijo—: ¿sois amigos?

La chica se encogió de hombros.

—Hacemos proyectos juntos.

Así que el profesor Lindahl había cambiado, pensó Laura. Si ya no se aseguraba de que se enamorasen unos de otros en la misma medida en la que estaban encandilados con él, quería decir que había cambiado mucho.

Υ

Había decidido pasar la noche en el hotel Gillet. El aire era gélido; el cielo de media tarde, de un nítido azul oscuro. Dio un rodeo por la Ekman's House y se detuvo delante. La plaza estaba vacía. Intentó otra vez imaginarse a una persona cruzándola con el cuerpo de Britta a cuestas, buscando la cerradura a tientas para abrir... Pero no logró visualizarlo.

Un joven bajó la cuesta desde el edificio principal de la universidad. Al verla, se detuvo.

—No deberías estar aquí —dijo.

—¿Por qué?

—¿No te has enterado de lo del asesinato? Ocurrió justo aquí, una noche de estas. No deberías andar sola por la zona.

—¿Quién dicen que fue? —preguntó ella.

—Los alemanes.

—¿Los alemanes? —dijo Laura, prestando atención.

El chico se encogió de hombros.

—¿Quién iba a ser, si no? —El chico se acercó un poco más y bajó la voz—. Hay divisiones alemanas ocultas en Suecia, ¿sabes?, preparándose para combatir con los aliados en nuestra propia tierra. —Asintió, convencido—. Ellos van a asumir la vigilancia de las minas suecas.

Rumores. Por Dios, a veces parecía que todo el país se sostenía con pinzas. Ella sabía que aquello no era cierto y, sin embargo, la asustó la mera idea de los soldados alemanes ocultos en el norte de Suecia.

—No me pasará nada —le dijo al chico—. Sigue tu camino. Ya no me quedaré mucho más.

Él asintió y, tras un momento de vacilación, se alejó, como si hubiera decidido que su destino estaba en sus propias manos.

Frente al hotel, las aguas del río se estaban poniendo de color negro. El crepúsculo ahondaba las sombras y pintaba de gris las fachadas de los edificios de la universidad y del hotel. Al subir a su habitación, echó un vistazo al comedor, profusamente iluminado. Las mesas estaban abarrotadas de estudiantes que charlaban, reían y gritaban. Eran hermosos, pensó. Sin signos de cansancio o temor. Parecían... limpios. Intactos. Como nosotros, pensó. Como nosotros no hace tanto.

Una vez tendida en la cama, pensó en qué triste había sido la forma de despedirla del profesor. Ella lo había decepcionado. Aunque, por otra parte, Lindahl siempre había cuestionado su compromiso, así que quizá tampoco lo había cogido por sorpresa esa decepción. Como profesor, él tenía una capacidad especial para encontrar el punto débil de cada cual, para señalarlo con el dedo, para hurgar con sus preguntas, para lograr que se dieran la vuelta como un guante bajo su mirada escrutadora y encontraran respuestas que ellos mismos ignoraban que tuvieran. Lanzaba anzuelos para que picaran, era verdad. Pero lo hacía para ayudarlos a mejorar. Las preguntas que él les planteaba individualmente los dejaban reflexionando durante semanas, cuestionándose a sí mismos, modificando fronteras que ellos habían creído inamovibles.

—Así es como vive usted, ¿no? —le había dicho Lindahl una vez, cuando habían salido a dar un paseo, que era como él prefería celebrar las reuniones con cada alumno, paseando junto al río o por uno de los parques. Él, fumando; el alumno, adaptando el paso al suyo, señalando los obstáculos, cuidándolo—. O sea, sin comprometerse nunca con nada.

—No —había protestado Laura, aunque luego había vacilado... ¿Era así?—. Me gusta mantener las opciones abiertas.

—Me pregunto por qué. Usted es apasionada, tiene convicciones. ¿Por qué no actúa de acuerdo con ellas?

—Comprometerse es una tontería. —La vehemencia de su voz la sorprendió a sí misma—. Es algo meramente ideológico. Nosotros cambiamos. Nos adaptamos. Somos oportunistas.

—«Nosotros» —había observado él—. ¿Quién hubo en su vida que no se comprometió, Laura?

Una imagen fugaz pasó ante sus ojos: una mujer, un fantasma que se parecía mucho a ella.

El profesor Lindahl asintió.

—Su madre —dijo.

Ella apenas pudo contener un grito. ¿Cómo lo había adivinado? No había espacio para familiares o amigos cuando estabas con el profesor Lindahl: solo para él y los otros alumnos.

—No —había mentido.

No les había hablado a los demás del cariz que había tomado el interrogatorio del profesor Lindahl. Aquello era demasiado. Demasiado íntimo.

11

Jens

*D*aniel Jonsson estaba esperándole. Antes de que Jens dejara su maletín, cerró la puerta de la oficina en silencio.

—Ha desaparecido.

—¿El qué?

—La copia del registro de las llamadas entre Günther y los ministros de Asuntos Exteriores danés y noruego. Ha desaparecido de mi oficina. He buscado por todas partes. He llamado a mi amigo de la oficina del registro. Las llamadas también han desaparecido de los archivos de los Servicios de Seguridad. Y mi amigo se niega a confirmar lo que estaba registrado previamente. Dice que no lo recuerda.

—Quizá te equivocaste.

El archivero negó con la cabeza.

—Yo nunca te habría mencionado el asunto si no hubiera tenido la prueba en las manos. Y todavía hay más...

Sonó un chasquido junto a la puerta. Ambos se quedaron callados y aguardaron, pero la puerta permaneció cerrada. Jens suspiró, dándose cuenta de que había contenido el aliento.

—He llamado a mi homólogo en Dinamarca —dijo Daniel, bajando la voz—. Y ya no quería hablar del asunto. Ha dicho que debo haberme confundido. Que no ha habido ninguna llamada.

—¿Confundido?

Daniel asintió. Jens reflexionó unos momentos.

—¿Te das cuenta de lo que estás insinuando? —preguntó.

Daniel lo miró con expresión compungida.

—Sí.

Ahora sonaban voces en el pasillo. Ambos se volvieron hacia la puerta de nuevo, pero las voces pasaron de largo.

—¿Cómo podría alguien borrar unas llamadas de los registros de los Servicios de Seguridad? —preguntó Jens.

Daniel se subió más las gafas.

—Él es el ministro, ¿no?

Lo era, pero ¿cómo lo había hecho? Los registros eran algo muy serio. Sospechosos de espionaje, ideologías extremistas, tendencias comunistas. Todos esos datos se conocían y se conservaban para la eventualidad de una guerra. Parecía improbable que el poder de Günther se extendiera hasta allí.

—No hables del asunto con nadie —dijo Jens.

—Esto no me gusta nada.

—Ni a mí.

—¿Qué piensas hacer?

Jens meneó la cabeza.

—He de pensarlo. Pero no hables aún con nadie —repitió.

Daniel asintió y salió con sigilo.

Jens volvió a suspirar. ¿Qué era lo que había impulsado al ministro a actuar de ese modo? ¿Qué tenían de especial aquellos contactos para que hubieran de permanecer en secreto? Había comunicaciones con esos países continuamente. ¿De qué podían haber hablado? ¿Del destino de los judíos? No. Günther hablaba de ese tema incluso con él. Ambos preparaban juntos los planes y las comunicaciones. ¿Una operación militar, entonces? No. Suecia era neutral;

Dinamarca y Noruega estaban ocupadas. Una intervención o una operación de apoyo militar tendrían que ser aprobadas por el Gobierno y por el Parlamento. Jens sintió un escalofrío. ¿Qué podía hacer?

Él no tenía amigos en el ministerio. Cogió el teléfono y llamó a Sven.

Jens lo había conocido en la universidad, donde estaban en el mismo curso de Económicas, y desde entonces eran amigos íntimos. La primera vez que vio a Sven en clase —un joven de cara sensible y hablar pausado, con un traje de *tweed* y una camisa almidonada— lo había descartado sin más. Sus amigos eran más impetuosos, más vocingleros. Pero ambos habían acabado trabajando juntos en un proyecto, y él había descubierto que disfrutaba de su compañía. Con el tiempo, llegó a valorar su opinión. Jens era un joven ambicioso y no creía que Sven tuviera las mismas aspiraciones. Se había quedado sorprendido al ver que su amigo acababa trabajando para Möller, el ministro de Asuntos Sociales, en el mismo puesto que él ocupaba para Christian Günther. «No te quise contar que había presentado la solicitud —le había dicho Sven—. No creía que fuera a conseguirlo.» Jens había pensado que el afortunado era el ministro por tenerlo a su lado.

—Sven Feldt.

—Soy yo, Jens.

—Ah, hola. —Sven parecía contento.

Jens ya ni recordaba cuándo había sido la última vez que habían hablado. Ambos habían estado muy ocupados.

—Me gustaría que fuéramos a cenar —dijo Jens—. ¿Qué tal esta noche?

—Perfecto, pero tendría que ser tarde. Las repercusiones de los disturbios en Upsala nos tienen muy liados.

Quedaron en el restaurante Norma, en la ciudad vieja.

—¿Todo bien? —preguntó Sven antes de colgar.

—De maravilla. —Jens pensó en el mecanógrafo que estaría escuchando y registrando su respuesta ahora mismo—. ¿Tú?

—Igual —dijo su amigo.

La guerra obligaba a todos a adoptar un tono positivo.

Jens permaneció sentado ante su escritorio. Tal vez, como había apuntado Kristina, el ministro sabía lo que era mejor y él debía dejar las cosas como estaban. Pero alterar los registros… Jens sentía que debía contárselo a alguien. Günther difícilmente podía planear una operación militar por sí solo. Pero ahora recordó un rumor… Según decían, Günther alentaba a Alemania a apoyar una operación para derribar al Gobierno sueco y poner a Suecia del lado de los nazis.

Era primera hora de la mañana y ya estaba cansado. Cogió su maletín, lo abrió y soltó una maldición. Se había dejado el cuaderno de notas en casa. Volvió a maldecir.

Lo necesitaba. Podía volver a su pequeño piso de la ciudad vieja, donde había dormido esa noche con Kristina, recoger el cuaderno y regresar antes de que nadie lo notara. Cogió la chaqueta y dejó lo demás tal como estaba.

Cruzó el puente Norrbro. El suave rumor del agua que fluía por debajo resultaba algo inquietante en medio de aquel silencio. Jens echaba de menos el bullicio de los coches. Al principio, había disfrutado de aquella paz. Ahora tenía la sensación de que Estocolmo, sin el tráfico bombeando por sus venas, era solo una sombra. Siguió adelante, dejando atrás el castillo de las Tres Coronas y la catedral con su estatua de san Jorge y el dragón, y se adentró en las callejuelas de la ciudad vieja.

No sabía qué hacer sobre los registros desaparecidos del archivero, pero hablaría con Sven. Él le aconsejaría.

Siguió por Österlånggatan, atisbando las oscuras travesías laterales que daban al agua, muchas de ellas bloqueadas ahora con pilas de leña. En esas calles solía haber puestos que vendían todo tipo de cosas, pero actualmente estaban renovando la ciudad vieja y los vendedores ya no eran bienvenidos.

Más adelante, vio que se abría la puerta de su edificio y salía un hombre. Jens se detuvo en seco. ¿Karl Schnurre? Su figura corpulenta era inconfundible. ¿Qué estaba haciendo allí?

Schnurre echó a andar en su dirección. Jens retrocedió y se metió en una travesía lateral, pegándose a la pared. El alemán pasó tan cerca por la acera que, si hubiera mirado en su dirección, lo habría visto.

Jens se puso a pensar en las demás personas que vivían en su edificio y no se le ocurrió a quién podría haber ido a visitar Schnurre. Desde luego no al señor Bellman, del principal: tenía cien años. Las señoras del segundo estaban jubiladas y vivían solas. Una había sido maestra; la otra, dependienta. Hasta donde él sabía, ninguna tenía conexiones alemanas. Solo quedaba su apartamento y el de enfrente, que solía estar vacío. Al propietario, un tal señor Enander, nunca lo había visto. De vez en cuando, a altas horas de la noche, había oído ruidos procedentes de allí. Decían que Enander era un hombre de negocios que siempre estaba de viaje y que solo usaba el apartamento como apeadero provisional.

Cuando Schnurre dobló la esquina, Jens caminó hasta el edificio, abrió el portal y subió corriendo las escaleras. Esperaba equivocarse y que Kristina se hubiera ido hacía rato, pero al abrir la puerta del apartamento vio que aún seguía allí.

—¿Jens? —dijo ella, saliendo de la cocina con un delantal y un trapo en las manos—. ¿Qué haces aquí?

—Se me ha olvidado mi cuaderno de notas —dijo él.

Ella se echó a reír, aunque sin quitarle la vista de encima.

—Ay, eres la monda. No te muevas. ¡Ya te lo traigo! —Fue al escritorio a coger el cuaderno y se lo puso en las manos—. Aquí lo tienes —dijo, y se quedó plantada en la entrada de la cocina.

¿Debía contarle lo que había visto? ¿Debía preguntarle si se le ocurría qué podía estar haciendo Schnurre en el edificio?

Sonó un golpe en la puerta.

—¿Señora Bolander?

—Ah, debe de ser el servicio de lavandería que he pedido.

Kristina pasó junto a él para abrir la puerta. Rápidamente, Jens se asomó a la cocina. Sobre la encimera, recién lavadas, había dos tazas de café con sus platitos.

Se volvió a mirarla y vio que estaba contando las monedas para el chico de la lavandería.

—Bueno, me voy —le dijo—. Nos vemos luego.

—Hasta la noche —dijo ella, besándole en la mejilla.

A Jens no le gustaba aquello. Ni una pizca. Kristina no conocía a Schnurre…, ¿no? Dejando aparte la cena del otro día, cuando Barbro le había preguntado si podía llevar un acompañante, no creía que se hubieran visto nunca.

Se dirigió al trabajo lleno de inquietud. Kristina jamás se reuniría con ese hombre por su propia cuenta. Él era un funcionario alemán de alto rango. No, no podía hacer eso. Sería tremendamente peligroso en más de un sentido. Y además, ¿para qué? ¿Por qué razón habrían de reunirse?

Salió de la ciudad vieja junto a la estatua de san Jorge.

En el puente Norrbro vio a tres hombres con sombrero y con largos abrigos oscuros: su propio ministro, Christian Günther, el de Asuntos Sociales, Möller, y el primer ministro Hansson. El Gobierno sueco, básicamente, en un puente de Estocolmo a plena luz del día. ¿Qué demonios hacían allí?

Günther fue el primero en verle y frunció el ceño. Hansson alzó sus tupidas cejas.

—Caballeros —dijo Jens, con una inclinación.

—Un día magnífico para tropezarse con viejos amigos —dijo Günther.

—Sí, en efecto —dijo Jens, pasando junto a ellos.

Era imposible que los tres se hubieran «tropezado» por casualidad. Tenían sus agendas repletas de compromisos. Y no había ninguna reunión programada entre ellos.

Sea lo que sea lo que estén hablando, pensó, es algo urgente y no quieren que nadie lo oiga. Él no recordaba que hubieran tomado nunca semejantes precauciones. Notó que se le había quedado seca la boca. Esperaba que no se tratara de un nuevo giro de la guerra. Sea lo que sea, se dijo, es importante.

12

Monte Blackåsen

Taneli se despertó en mitad de la noche jadeando. Un sueño, pensó. Era solo un sueño. Pero el olor que percibía en las narices era tan intenso que se le revolvió el estómago. Pensó que quizás acabaría vomitando.

En el otro lado de la tienda yacían su madre y su padre, respirando de un modo rítmico y pesado. Por encima de su cabeza, a través del agujero central de la tela, vio un cielo azul oscuro que indicaba que aún era de noche. El tordo, que había tenido que trasladar su nido a otro árbol cuando ellos llegaron y que desde entonces había cantado todas las noches, emitía una y otra vez su monótono trino.

Taneli se deslizó a rastras hacia la abertura de la tienda y salió afuera. Inspiró el aire fresco como si se lo bebiera. El pulso aún le palpitaba aceleradamente en el cuello. Raija se acercó dando saltos. Bailó a su alrededor, le mordisqueó la mano y apoyó sus patas sobre él, casi derribándolo. Él le acarició la cabeza y luego caminó hacia el río, con la perra en los talones.

No era un sueño normal, pensó, mientras se acuclillaba junto al agua helada, ahuecaba las manos y bebía. De hecho, no era un sueño. Solo un olor. El olor que le quedaba en la mano después de tocar una olla o una piedra roja del suelo. Frío, húmedo. Penetrante. ¡Hierro! Exacto. Hierro. Normalmente no era un mal olor, pero esta vez había resultado apabullante. En el sueño, le habían entrado arcadas. Y había sentido un miedo tremendo. El corazón se le había disparado, los ojos se le habían humedecido y aquel tufo absorbente se le había metido dentro, a través de la garganta, hasta llegarle a la barriga…

Se incorporó y trató de sacudirse aquella sensación. Estaba asustado. Fue al hoyo de la hoguera y se sentó junto al suelo carbonizado, echándose hacia delante y apoyando los brazos en las rodillas. Raija se desplomó a su lado, con el cuerpo cálido pegado al suyo. Él cerró los ojos. Aún se sentía cansado. Quizá se dormiría, pensó. Pero cada vez que su cuerpo se relajaba, el recuerdo del sueño lo despertaba con un sobresalto. Raija no se movía. Se había quedado como un tronco.

Como siempre, Nihkko fue el primero en levantarse. Apartó la abertura de su tienda y salió a gatas. Aún era un hombre ágil, a pesar de que ya tenía el pelo blanco, la cara morena surcada de arrugas y unos andares patizambos, como si su centro se viera fuertemente atraído hacia la tierra.

Nihkko se acercó y empezó a armar una hoguera. Pronto aparecieron chispas anaranjadas entre las ramitas secas. Taneli se irguió. Solo entonces se dio cuenta del frío que tenía. Estaba deseando que las llamas cobraran fuerza. Nihkko fue al río a llenar la olla, volvió y la colgó del soporte para que hirviera el agua. Luego se sentó con las piernas cruzadas y aguardó.

—No podía dormir —dijo Taneli.

Nihkko atizó el fuego con un palo, recolocando las ramas. Con él resultaba fácil hablar. Algunos de los ancianos eran así. Se tomaban su tiempo para escuchar y tenían la sabiduría de permanecer callados cuando la gente se trabucaba al intentar expresar lo que sentía. No todos los ancianos eran tan callados, sin embargo. La esposa de Nihkko, sin ir más lejos, no paraba de hablar. Taneli no entendía cómo Nihkko la soportaba. Él se volvería loco si tuviera a una mujer cotorreando continuamente a su lado.

Le habló de su sueño al anciano. Intentó describir aquel olor: lo poderoso, lo violento que era.

Durante largo rato, Nihkko no dijo nada. Permanecía inmóvil. Taneli aguardó.

—Tu hermana —dijo por fin.

Taneli no lo entendió en el primer momento; luego sí que lo hizo.

—Sí.

—¿Aún crees que está viva?

Él asintió.

—¿Ha intentado alguna vez... ponerse en contacto contigo?

Taneli arrugó el ceño. No exactamente. Él solo sabía que no estaba muerta.

Nihkko suspiró.

—¿Cuántos años tienes, Taneli?

—Nueve.

—Eres joven —dijo el anciano—, pero estás creciendo. A medida que crezcas, adquirirás nuevas habilidades, nuevas destrezas. Nuevas sensibilidades —añadió, subrayando esta última palabra—. Los dos estáis conectados, eso está claro. Quizás es ella la que te está enviando ese olor.

—Una pista —dijo Taneli. De entrada, se sintió eufórico. Luego se inquietó—. ¿Habrá más? —preguntó.

—No creo que vaya a parar ahora, ¿no te parece?

Taneli meneó la cabeza.

—Quiero que estés atento y tengas cuidado —le dijo Nihkko—. No dejes que se te suba a la cabeza. No permitas, bajo ninguna circunstancia, que ella guíe tus pasos. Los muertos quizá tuvieran buenas intenciones, pero la muerte puede cambiarlos. Ya no saben lo que está bien y lo que está mal. Pueden volverse muy egoístas.

Taneli negó otra vez con la cabeza: su hermana no estaba muerta.

Nihkko alzó un dedo. En eso no estamos de acuerdo, parecía decir.

—Ella no es la única que ha desaparecido —añadió—. Ha habido muchos.

¿Muchos? ¿Quiénes? Taneli inspiró de golpe, impresionado.

—Muchos de los nuestros. —El anciano asintió—. ¿Te acuerdas de Ámmon?

—Sí.

—Él fue uno de ellos.

Taneli creía que Ámmon había muerto por causas naturales. ¿Cómo era posible que él no se hubiera enterado? ¿Cómo era posible que no se hablara de ello?

Pero el propio Taneli sabía la respuesta. De acuerdo con sus tradiciones, ellos creían que si ponías palabras a las cosas, las volvías reales. Una persona no estaba enferma, solo cansada. El rebaño no estaba asustado, solo alerta.

Las aberturas de las tiendas se fueron abriendo, una a una. La gente salía bostezando, estirándose.

—¿Nihkko? —Era la voz aguda de su esposa.

El anciano pareció encogerse. Luego alzó la mano y le hizo una seña a la mujer.

—Ándate con mucho cuidado —le repitió a Taneli en voz baja.

—Estaba pensando en el rebaño… —empezó a decir ella antes de llegar a su lado.

Taneli se levantó.

Υ

Durante todo el día, Taneli esperó a que su padre volviera de la mina. Cuando llegó por fin y se fue directo al río a lavarse, él lo siguió. Se sentó en la orilla y observó cómo se lavaba: primero un brazo, luego el otro, el pecho, las axilas, el estómago… Sus pantalones de cuero se oscurecían al mojarse. Vio que cogía agua con ambas manos y se rociaba la cara, una vez, y otra, y otra, como si hubiera algo más que limpiar aparte de la tierra y el hollín. El agua debía de estar helada, pero a su padre no le importaba. Está lavándose hasta los últimos restos, pensó. Los restos de la montaña.

Olet, el primo de Taneli, y algunos otros chicos de su edad, estaban en contra de los hombres que trabajaban para la compañía minera. «Nuestra tierra es lo primero», decían con duras miradas. «Nunca se debería haber permitido que vinieran aquí los colonos. Deberíamos haber luchado con ellos.»

Nihkko no toleraba ese lenguaje. «Los lapones no somos luchadores», decía. Él les hacía callar.

Sin embargo, Olet y sus amigos seguían hablando. Se juntaban en la zona del bosque más próxima a la mina y discutían. Sus voces eran airadas, se oían desde lejos.

Pero Taneli comprendía que su padre y los demás no habían tenido otra opción.

Cuando terminó de lavarse, fue a sentarse a su lado.

Taneli alzó la mirada hacia él. Su rostro se estaba desmoronando, se le veía cada vez más calvo; con la mugre de la mina, su piel había adquirido un tono gris que nunca podría limpiarse. Con el tiempo, pensó, su padre se volvería como una de aquellas rocas. Nadie sería capaz de distinguir la diferencia.

—Quería preguntarte una cosa —dijo Taneli.

La roca que tenía a su lado parpadeó, como si la mera idea de que le hiciera preguntas resultara dolorosa.

—¿Puedes contarme la historia de Blackåsen? —dijo.

Taneli notó que su padre se ponía rígido, pero al menos no se negó de inmediato.

—¿Qué quieres saber? —preguntó.

—Todo —dijo él.

Su padre se quedó callado. Taneli no sabía si iba a responder, pero luego vio que inspiraba hondo y empezaba a hablar.

—Nuestra gente solía decir que el monte Blackåsen tenía el espíritu más poderoso de todos. Un espíritu lo bastante poderoso como para desafiar al dios cristiano. Era un espíritu voluble, injusto en el castigo, fácil de enfurecer, difícil de complacer. En los viejos tiempos, nuestra tribu solía atravesar Blackåsen dos veces al año: en el camino de ida y vuelta a los pastos de invierno. Eso era cuando pasábamos los veranos en el otro lado, antes de que nos lo prohibieran. Cada pasaje iba acompañado de rituales. Hacíamos sacrificios; nos cuidábamos mucho de no tomar nada de la montaña sin preguntar antes. Y ella nos permitía pasar. La montaña hechizaba a aquellos que se establecían cerca, pero nunca a nosotros. Y entonces los colonos encontraron el hierro. Cuando empezaron a extraerlo, me temí lo peor. Estaba esperando que la montaña reaccionara, que los castigara y masacrara. Pero no pasó nada. Nada. Mírala ahora. La han reducido a la mitad, la han aplanado hasta convertirla en este monte mediocre —soltó un bufido—, y todavía no ha habido reacción. Pero espera…

Taneli contuvo el aliento.

—Dicen que hay más hierro bajo la montaña que en la montaña misma. Que las vetas continúan hacia abajo, hasta llegar al centro de la tierra. Como si hubiera mucho más ahí debajo que en la superficie. Será entonces cuando llegue la hora.

Su padre había bajado la voz; Taneli se estremeció.

—Una vez que hayan alcanzado el terreno llano y empiecen a hurgar en las profundidades, ahondando todavía más, llegará el momento. Entonces se alzará el espíritu y los aplastará. Su venganza será de unas proporciones nunca vistas, y nosotros haremos bien en estar lo más lejos posible.

Sonaba como si estuviera hablando del fin del mundo.

—A mí me gustaría no tener nada que ver con la mina, pero... —Se encogió de hombros—. Y yo ya he sido castigado. —Asintió para sí—. Severamente castigado.

Javanna, pensó Taneli.

—¿Hay algo... —dijo, titubeando— que viva en la montaña?

Su padre se echó hacia atrás y lo miró.

—¿Qué quieres decir? —Meneó un momento la cabeza—. Ahora no. En los viejos tiempos había vida salvaje por todas partes. Todos los animales y los pájaros querían establecer allí su hogar. Pero ahora, con las máquinas y las explosiones..., ahí no puede subsistir nada.

Y, sin embargo..., pensó Taneli. Un olor a hierro lo bastante intenso como para hacerle vomitar. Javanna estaba diciéndole algo sobre la montaña.

13

Laura

$\mathcal{L}$aura permaneció en la cama mirando el leve resplandor gris que se colaba entre las cortinas hasta que hubo suficiente luz en la habitación. Había dormido mal, despertándose repetidamente y dando vueltas y vueltas. La decoración del hotel había cambiado. Una vez había estado aquí con un amante. Él era un estudiante con mucha confianza en sí mismo por el hecho de ser el hijo de un político influyente. Lo que había sido amor a primera vista, no obstante, se había disipado al amanecer. Ella había permanecido tendida bajo esta misma luz, observando al chico que yacía a su lado, mirando su pelo rubio ceniza, la barba incipiente de sus mejillas y una boca que parecía volverlo más vulnerable mientras dormía. A su padre no le gustaría. No era un «buen amigo», pese a proceder de una familia influyente, recordaba haber pensado, aunque, por supuesto, a ella le tenía sin cuidado lo que su padre dijera. Antes de que el chico despertara, se había vestido y se había ido.

Britta también había estado una vez en este hotel. Después compararon sus impresiones sobre la decoración de las habitaciones. «Aunque a mí en ningún momento me pasó por la cabeza que aquello pudiera ser amor», le había dicho Britta, y ella se había tronchado de risa.

Laura suponía que si su amiga no había querido enamorarse era para seguir siendo libre, para no atarse. Pero al final sí se había enamorado. Le habría gustado saber de quién.

Desayunó en el restaurante del hotel y no reconoció a ninguno de los camareros, aunque antes los conocía a todos. Quizá porque los conocidos ya no estaban. O quizá porque ella solía frecuentar el restaurante por las noches, y no por las mañanas. Fuese como fuese, ese detalle hizo que se sintiera mayor.

El inspector Ackerman estaba ante su escritorio, en la comisaría, fumando un cigarrillo. El despacho era pequeño y frío, con unas paredes blancas que amarilleaban por culpa del humo.

Él alzó los ojos al verla, se pasó el cigarrillo a la otra mano y se levantó para saludarla. Laura se dio cuenta de que se parecía a Humphrey Bogart. La idea la hizo sonreír. A Britta le habría encantado la coincidencia. Ella también se habría fijado, aunque hubiesen asesinado a su mejor amiga. Humphrey Bogart está investigando tu asesinato, pensó, y de pronto sintió que su boca se contraía en una especie de sollozo.

El inspector Ackerman estudiaba su rostro en silencio. La columna de ceniza de su cigarrillo era muy larga y cayó sobre la mesa. Él la sacudió de los papeles, acercó el cenicero y apagó la colilla.

—Tengo entendido que, cuando usted estudiaba aquí, formaron un grupo de amigos —dijo, yendo directamente al grano y señalándole una silla.

—¿Y? —Laura la apartó del escritorio y tomó asiento.

—Otros estudiantes dicen que actuaban como una sociedad secreta.

Eso la sorprendió. Ellos cinco no sentían interés por los otros alumnos. Le resultaba extraño pensar que los demás hubieran hecho comentarios sobre ellos.

—Al parecer había mucho resentimiento contra su grupo —dijo el inspector.

—No tenía ni idea —respondió ella—. Es verdad que éramos amigos. Quizá lo de la «sociedad secreta» fuera la impresión que causábamos a los demás.

—¿Vivían juntos?

—No. Cada uno tenía su propia residencia. Pero estudiábamos en mi apartamento.

—Por lo que nos han contado, Britta no hizo nuevos amigos cuando ustedes se fueron.

—Tal vez le haya costado… integrarse, después de nuestra marcha. Desde luego a mí me habría costado.

Aunque si alguien habría sido capaz de integrarse era Britta. Evidentemente había preferido no hacerlo.

—Y, sin embargo, ustedes no se han mantenido en contacto desde entonces. ¿No le parece extraño?

Laura se encogió de hombros.

—La guerra, claro —dijo él—. Pero me pregunto si sucedió algo que les indujo a no seguir en contacto.

Laura se puso tensa. Todo volvía de golpe a su memoria: los ojos asustados de Matti; Karl-Henrik repitiendo una y otra vez las mismas cosas, como presa de una obsesión; Erik arrojando un vaso contra la pared.

—No —dijo.

En realidad, podía contárselo, pensó. Era irrelevante. Pero aquello se había alejado en su memoria como algo censurable. Ella se avergonzaba del papel que había jugado.

El inspector miraba sus papeles.

—¿No cree que hay algo que debería haberme dicho después de ver el cuerpo de Britta?

Laura negó con la cabeza.

—¿El qué?

—Le habían sacado un ojo.

—Sí.

—Solo uno —dijo él.

—¿Y? —Sintió una opresión en el pecho.

Ackerman dio un golpe sobre la mesa, sobresaltándola.

—¡No me tome por idiota! —le soltó—. La gente con la que hemos hablado dice que su grupo estaba obsesionado con los antiguos mitos nórdicos. Si no me equivoco, Odín perdió un ojo. Seguro que usted debió pensarlo cuando la vio.

Laura se quedó sorprendida, pues nadie conocía el interés que sentían por los mitos nórdicos. Nadie podía saber aquello. Eran solamente ellos cinco, y no hablaban con nadie de sus cosas ni tampoco tenían otros amigos. Entonces comprendió adónde quería ir a parar el inspector.

—Usted cree que ha sido uno de nosotros.

—Estoy explorando todas las posibilidades.

Ella bajó la cabeza. No podía creerlo.

—Esto no tiene nada que ver con nosotros —dijo.

Él no respondió.

—Y, en tal caso, solo podríamos haber sido Erik o yo —añadió—. Los demás se marcharon.

Ackerman bajó la vista a sus papeles.

—Matti Karppinen trabaja para el Ministerio de Información en Finlandia. Ha venido a Suecia con el ministro de Exteriores finlandés en numerosas ocasiones. Karl-Henrik Rogstad resultó herido en un bombardeo en Oslo a principios de enero. Desde entonces se ha estado recuperando en un apartamento de Estocolmo. La noche en la que Britta fue asesinada, todos estaban en Estocolmo. Podría haber sido cualquiera de ustedes.

¿Los demás estaban en Estocolmo? Primera noticia.

—Alguien nos ha dicho que se acabaron peleando todos.

«¿Quién habría sido?»

—¿Quién?

—¿Me está diciendo que es cierto?

—No. —Laura rehuyó su mirada—. Simplemente me gustaría saber quién puede creer que nos conocía tan bien. Nosotros éramos muy reservados.

—¿Había alguien entre ustedes que tuviera motivos para querer verla muerta?

—No. —Aquello era absurdo.

—Britta murió la noche antes de que usted la encontrara. ¿Dónde estaba el día que la mataron?

Laura ladeó la cabeza, pero vio que la mirada del inspector se mantenía firme. Carraspeó antes de responder.

—Estaba trabajando en la delegación de comercio. —Hizo una pausa para pensar—. Ese día teníamos muchos documentos que traducir. Me quedé hasta tarde. Terminé a las diez y volví a casa. A la mañana siguiente me llamó Andreas.

—¿Alguien la vio aquella noche a última hora?

—Vivo sola.

—O sea, que no —dijo él, tomando notas.

—¿Piensa interrogar a los demás?

—Por supuesto.

—Yo he hablado con una alumna que me ha dicho que creía que Britta había estado enamorada —dijo Laura.

El inspector frunció el ceño. No le gustaba que se dedicara a hacer preguntas.

—Nosotros también lo hemos oído, pero nadie parece saber quién era él.

—Cuando fui a su habitación a buscarla, no estaba su cartera marrón de cuero. ¿Ustedes la han encontrado?

—No.

—Guardaba allí sus cuadernos, todo su trabajo de investigación.

—No hemos encontrado ninguna cartera.

—Quizá Britta había anotado algo. Su billetera tal vez estaba allí también.

—Lo tendremos en cuenta —dijo Ackerman.

Le daba igual, pensó Laura, aunque el inspector no parecía una persona indiferente. Le vino una imagen a la cabeza: la sombra del asesino, alta, oscura, arrojando la cartera al río.

Había una cosa más que tenía que saber.

—¿Se ha tropezado en su investigación… con algún alemán?

—¿Un alemán? —dijo él, mofándose—. Señorita Dahlgren, esto no es una novela de espías. ¿Por qué tendría que haber algún alemán implicado?

—Es solo una idea que se me ha ocurrido —murmuró Laura—. Con la guerra y demás…

El inspector meneó la cabeza.

—No hemos tropezado con ningún alemán durante nuestras averiguaciones. —Apartó la silla e hizo ademán de levantarse.

—Andreas Lundius ha desaparecido —se apresuró a decir ella.

—¿Qué quiere decir?

—Un chico de su residencia dice que salió de allí con una maleta grande.

Él alzó las cejas.

—¿No lo sabía?

Ackerman negó con la cabeza.

—Le pedimos que no se moviera de aquí. Hizo todo lo contrario.

—Además, parecía asustado. ¿Le explicó alguna cosa de interés cuando lo interrogó?

—Nada.

—Pero…

—Basta. —El inspector alzó la mano—. ¿Es que anda haciendo preguntas por ahí?

Su silencio fue suficiente respuesta.

—Eso se ha acabado —dijo él—. Si hay novedades se lo comunicaré. Mientras tanto, puede volver a casa, señorita Dahlgren. Tenga la seguridad de que volveremos a hablar.

—Una última pregunta —dijo Laura con tono suplicante.

Ackerman frunció el ceño.

—¿Ha hablado con el profesor Lindahl?

A ella seguía intrigándole la actitud que este había mostrado. Le había importado demasiado poco la muerte de una mujer que había sido su alumna durante ocho años. Pero quizás él mantuviera frente a sus alumnos más distancia de lo que cabía suponer. O quizá lo que ocurría simplemente era que a ella no le había gustado cómo el profesor la había despachado sin echarle una mano.

—Naturalmente —dijo el inspector.

Laura asintió, pensativa. «Vale.»

—¿Necesitan ayuda para recoger sus cosas? Me gustaría hacerlo yo misma.

Él titubeó.

—Su familia tal vez quiera recuperarlas.

—Nosotros ya hemos registrado su habitación... Sí, puede encargarse de recogerlo todo.

Al ponerse en pie, ella notó que le flaqueaban las rodillas. Tenía la blusa sudada. Bajó las escaleras pensando en el hecho de que el inspector supiera lo de Odín. Eso la había sorprendido. Nunca se le habría ocurrido que pudiera ser el tipo de persona familiarizada con la mitología nórdica. ¿Por qué? ¿Por qué era un policía? Cuántos prejuicios tenía.

Él sospechaba del grupo. Eso era completamente increíble. Ninguno de ellos podría haberle hecho daño a Britta. Ella había sido el centro de todo, el corazón de los cinco.

Υ

Laura dejó en el suelo las cajas que había conseguido en la administración de la residencia y se sentó sobre la cama de Britta. La habitación olía a cerrado, a cigarrillo revenido. Las sábanas tenían un tacto suave, aunque no se habían lavado desde hacía tiempo. Se permitió derramar unas lágrimas, sentir que se fundía por dentro.

Entonces sonó un golpe en la puerta. Se secó a toda prisa las mejillas y abrió la puerta. Había un agente de policía en el umbral. Con uniforme. Tenía la cara pálida y sombría.

—El inspector Ackerman me ha dicho que venga a ayudarla.

Claro, pensó ella. No pensaba dejarla allí sola. Soltó una maldición por lo bajo.

—Fantástico —dijo—. Yo he empezado con el escritorio. ¿Le importa doblar las ropas?

El agente fue al armario y empezó a sacarlo todo rápidamente. A Laura le habría gustado hacerlo con calma, tocar cada prenda, recordar cuándo se la había visto puesta. Y, además, ¿no deberían palpar los bolsillos? Quizá ya lo habían hecho.

Se volvió hacia el escritorio, ahora dándose más prisa para evitar que él viniera a ayudarla. Tiró las botellas y las flores secas a la bolsa de basura. La foto en la que salía ella con Britta la puso aparte. Esa se la llevaría. Con las postales tuvo dudas. ¿Las querrían los padres de Britta? ¿Les gustaría ver que su hija había sido popular y querida, o solo serviría para abrir viejas heridas? Fue leyendo cada postal. En una de ellas no había texto, solo un corazón enorme dibujado con tinta azul. Le dio la vuelta. Era una imagen del edificio del Parlamento, con las ventanas iluminadas, gente caminando por el puente y un coche cruzando por delante: una foto tomada antes de la guerra. «Recuerdo de Estocolmo», decía un rótulo blanco. Era la típica postal turística que podía comprarse en cualquier tienda. El matasellos, de Estocolmo, decía que había sido enviada el pasado mes de noviembre. ¿Se la había mandado él?, ¿su amante? ¿Una postal del Parlamento? ¿Y qué clase de persona envía solamente un corazón? Alguien que está seguro de que el destinatario sabrá de quién procede. Alguien a quien no se le dan bien las palabras. Echó un vistazo atrás —el agente estaba de espaldas—, dobló la postal y se la metió en el bolsillo.

En una página arrancada de un cuaderno había una nota garabateada: «Peor es ese mal que podría parecer normal». Britta había tachado «normal» y había escrito encima «bueno».

—¿Ha encontrado algo?

Ella dio un respingo.

—Un montón de basura.

—¿Esa caja ya está llena? —dijo él, señalando la que había junto al escritorio.

Laura asintió. Mientras él iba hacia la puerta, se guardó la nota en el bolsillo junto con la postal.

La habitación parecía desnuda y más pequeña sin todas sus cosas. Otro estudiante vivirá aquí, pensó con una punzada de dolor. Otro estudiante con sus propios sueños y esperanzas, con sus amores y desengaños.

—¿Ya está lista? —preguntó el agente.

Tanto como era posible, sí.

14

Jens

¿*Q*ué sabía él de Kristina?

Jens miró una hoja en blanco que tenía sobre su escritorio.

Él la conocía, protestó una parte de su mente. Pero otra parte, más pequeña, le susurró que si era sincero consigo mismo, no la conocía tan bien. Se habían visto por vez primera en una fiesta del Departamento de Exteriores, poco antes de que Jens fuese nombrado secretario de Günther; él ya volaba alto, sonreía con aplomo, sabía que el puesto estaba al alcance de su mano. Una sonrisa traviesa y los ojos de Kristina se demoraron en los suyos un segundo más de la cuenta. «¿Te crees muy especial?» Ella era una mujer inteligente, vivaz, de larga melena oscura y ojos azules, y llevaba su esbelta figura envuelta en un vestido verde esmeralda. Habían vuelto a verse un par de días más tarde —esta vez, solos— y habían acabado en el piso de Kristina. Dos meses después se habían prometido.

Ella trabajaba para su padre. Administraba sus bienes en Estocolmo, transmitiendo mensajes, redactando cartas, revisando cuentas… Una labor de secretaria, básicamente. Eso era lo que él había entendido.

Jens no conocía a sus futuros suegros. El padre era diplomático, estaba destinado en Sudamérica —¿Río?, ¿Buenos Aires?— y ni él ni su esposa habían vuelto desde que ellos se habían conocido. Jens había considerado que debía contar con su consentimiento antes de pedirle a Kristina que se casara con él, pero ella le había hecho comprender que a su padre, dadas las circunstancias, no le importaría y que podían seguir adelante y empezar a hacer planes. Jens se la había presentado a su padre, claro. Había sido un encuentro extraño. Tanto Kristina como el padre de Jens habían parecido incómodos, aunque se habían esforzado en disimularlo. «Yo siempre confío en tus decisiones», le había dicho luego el hombre a su hijo.

Jens pensó ahora que estaba muy bien que un padre confiara en las decisiones de sus hijos, aun cuando él estaba bastante seguro de que Kristina no era la mujer que su padre había imaginado como nuera.

¿Por qué?

Su padre era maestro. Obviamente, tenían diferentes puntos de vista sobre lo que era una «buena esposa». Ya hacía un par de semanas que no hablaba con él. Tengo que acordarme de llamarle, pensó.

No, Jens no conocía a los padres de Kristina, y ella no tenía hermanos. Pero sí había visto muchas veces a Artur, su padrino. Artur no toleraría nada inapropiado con los alemanes.

¿O sí?

No podías estar seguro, esa era la cuestión. Muchos suecos habrían acogido con los brazos abiertos una ocupación alemana. Hitler era considerado el salvador de Europa; el reorganizador de una zona geográfica ingobernable. No se trataba solo del temor a Rusia. Era también simple admiración lo que generaba ese fenómeno.

Aun suponiendo que Kristina se hubiera reunido con Schnurre, eso no quería decir que fuese proalemana. Quizás estaba trabajando para Suecia. La otra noche él había considerado la posibilidad de que Barbro Casel fuese una «golondrina» del C-Bureau. ¿Acaso también lo era Kristina?

La idea resultaba absurda. Le arrancó un sonoro bufido. ¿Su novia, una espía? ¡Él se habría dado cuenta!

Desde luego, podía haber una explicación perfectamente razonable. Debería habérselo preguntado de inmediato, en lugar de estar aquí inventando historias.

Estoy asustado, pensó. Estoy dejando que mis inseguridades en el trabajo inunden otras áreas de mi vida.

Eso era preocupante. Y no le gustaba en absoluto.

Intentó recordar lo que Kristina le había explicado de su relación con Barbro Cassell después de la cena con Schnurre. Habían ido juntas al colegio. Y ahora resultaba que Barbro estaba trabajando en la delegación comercial alemana y era amiga de Karl Schnurre. No sabía nada más.

Kristina no tenía muchos amigos. Conocía a todo el mundo y, al mismo tiempo, a nadie en particular. No había ninguna amiga que la llamara a cualquier hora del día, o con quien saliera a tomar café a menudo. Nunca le había presentado a nadie como su «mejor amiga». Al contrario, siempre estaba disponible para él, lo cual, debía reconocer ante sí mismo, más bien le gustaba. Disponible, pero no pegajosa. Servicial, pero independiente. Sí, le gustaba, no podía negarlo.

Basta, decidió. Él la conocía. Le había pedido que fuera su esposa. Que lo amara y apoyara... Además, Kristina se sentía tan disgustada por la guerra como él; y era imposible que estuviera del lado de los alemanes o que fuese una espía.

Al llegar a casa, se lo preguntaría. Sin hacer grandes aspavientos. «Por cierto, ¿a que no adivinas a quién he visto salir esta mañana del edificio...?»

Volvió a tamborilear con el bolígrafo sobre la hoja que

tenía delante. Debía redactar el borrador de un memorando para el ministro, con sugerencias prácticas para conseguir que llegasen más judíos a Suecia sanos y salvos. Pero estaba disperso.

Se preguntó una vez más por aquellas llamadas telefónicas entre los ministros de los países nórdicos.

Dejó el bolígrafo, se levantó y recorrió el pasillo hasta el despacho del archivero. Llamó a la puerta y la abrió. Al ver a una mujer sentada ante el escritorio, pensó por un momento que se había equivocado.

—Disculpe... —empezó.

Ella levantó la vista. Era una cincuentona de pelo gris y labios pintados de rosa. Y estaba sentada frente al escritorio de Daniel Jonsson. El despacho no estaba igual que la última vez que había entrado allí; ahora se veía limpio y ordenado. Las numerosas tazas de café usadas habían desaparecido. Sobre el escritorio había una maceta con una planta y un par de fotos enmarcadas: dos niños sonrientes y esa mujer con veinte años menos. ¿La alfombra también era nueva?

—Soy Jens Regnell, secretario de Christian Günther —dijo.

Ella se levantó e hizo una inclinación.

—Estaba buscando a Daniel Jonsson.

—¿Quién es? —preguntó la mujer.

—Un archivero. Normalmente se sienta aquí.

Ella lo miró con sorpresa.

—¿Dónde está Daniel? —insistió él.

—No lo sé. A mí me dijeron que viniera aquí.

—Pero... ¿se ha puesto enfermo, o algo así? —apuntó Jens.

—No lo sé —repitió ella.

—¿Sabe cuánto tiempo la tendrán aquí? ¿Es algo temporal?

—No, yo trabajo aquí ahora. Es lo que me dijeron. Me llamaron anoche.

«¿Quién la llamó?», deseaba preguntar Jens, pero lo más probable era que hubiera sido el departamento de personal.

—Bienvenida —acertó a decir.

—Gracias. ¿Puedo ayudarle en algo? —preguntó.

—No, acabe de instalarse. No es nada urgente.

Jens se detuvo en la oficina de administración y se sentó en el borde de la mesa de una de las secretarias. Ella dejó de teclear y levantó la vista: ojos azules serviciales, cara risueña.

—¿Sí, señor Regnell?

Él notó la mirada de las demás mujeres en su espalda.

—A ver si usted puede ayudarme —dijo, bajando la voz—. Daniel Jonsson, el archivero, no está en su despacho y hay una mujer nueva en su sitio. ¿Podría averiguar, por favor, adónde ha ido y cómo puedo localizarlo?

—Por supuesto, señor Regnell.

—Es que le presté un libro que me gustaría recuperar —añadió Jens—. Probablemente se le ha olvidado. No hace falta armar mucho alboroto, no quisiera avergonzarlo, pero sería estupendo si pudiera averiguar dónde está.

—Por supuesto.

—Ah, y si consigue averiguar quién es esa mujer nueva sería perfecto. Me ha dicho su nombre, pero ya se me ha olvidado.

Ella sonrió. Jens le devolvió la sonrisa, se levantó y volvió a su oficina.

Se sentó otra vez ante su escritorio. ¿Adónde demonios había ido Daniel? Estaba seguro de que si el archivero hubiera sabido que no iba a volver, habría ido a despedirse. ¿Qué le había ocurrido? ¿Un traslado, tal vez?

Suspiró. Abrió el cajón para coger un abrecartas y volvió a ver aquella tesis: *Relaciones nórdicas a lo largo de los siglos:*

Dinamarca, Noruega y Suecia en un nuevo camino, por Britta Hallberg. ¿Por qué la había conservado? No es que fuera a tener tiempo para leerla. La cogió y la tiró a la papelera.

Se sentiría mejor después de hablar con Sven esa noche. Su amigo tenía un don para ver las cosas con claridad y simplificar lo que parecía complicado.

15

Monte Blackåsen

—*E*ste maldito lugar —masculló Abraham, lanzando una piedra al riachuelo—. Yo nunca pienso trabajar en ese agujero infernal, joder. —Escupió en el suelo.

Gunnar permanecía en silencio. Su amigo estaba afligido. La montaña acaba de llevarse a su padre. Gunnar sabía lo que se sentía; él mismo había perdido a una hermana. Todos los padres iban a trabajar a la mina y volvían derrengados a casa. Y mientras, aunque no lo dijeran nunca, sus esposas y sus hijos vivían en una angustia permanente, sabiendo que había cosas peores que volver derrengado. Era un peso del que no se libraban nunca. ¿Pasaría algo hoy? ¿Tal vez mañana?

Gunnar tampoco quería trabajar en la mina. Pero era donde se ganaba más. Y siempre había trabajo. Abraham era un año mayor que él; acababa de cumplir trece y solo le faltaba uno para graduarse. Y ahora que su padre había muerto, debería decidir pronto qué hacer. Gunnar se sentía culpable. Su padre era el capataz de la mina. No es que él decidiera nada o que lo tuviera mucho más fácil que los demás. Pero Gunnar sabía por propia experiencia que era un hombre duro.

Era la hora del recreo. Estaban detrás de la escuela, junto al riachuelo. Había sido su padre quien le había contado el día anterior por la mañana que habían encontrado muerto a Georg, el padre de Abraham. Pero él mismo ya había deducido que algo pasaba, porque la mina estaba en silencio. Sin el estruendo habitual, se oían el canto de los pájaros y el silbido del viento. Y entonces la angustia lo había asaltado de golpe, como si lo envolviera y amarrase con cuerdas. Después, al ver a su padre, había sentido un gran alivio; menos mal, no era él. Pero había resultado que era el padre de Abraham.

Gunnar estaba sentado sobre la hierba. Su amigo seguía de pie, con la vista fija en el agua. Por detrás de ellos, la trituradora traqueteaba y soltaba de vez en cuando un chirrido.

—En cuanto termine la escuela, me iré —dijo Abraham con voz ahogada.

—¿Adónde? —preguntó Gunnar.

—A cualquier parte. —Abraham volvió a escupir—. Al sur.

Al sur. Más cerca de la guerra, pensó Gunnar. No es que Suecia estuviera implicada, pero aun así... Él también se marcharía, decidió. Aunque su hermana se había ido a Upsala para huir de allí y había muerto igualmente. En su momento, Gunnar se había sentido orgulloso de ella. Pensaba que ella lo había conseguido, que se las había arreglado para encontrar una salida. Después de todas las peleas con su padre, le había demostrado que estaba equivocado. ¡La universidad! No es que Gunnar hubiera dudado nunca. Su hermana era muy inteligente. Pero al final todo había sido para nada.

Sonó el crujido de una rama y los dos chicos se volvieron.

Era el señor Notholm, el dueño del hotel, el Winter Palace. Tenía el pelo rubio grasiento peinado hacia atrás.

A Gunnar no le gustaba ese hombre. Su padre le había

contado que el señor Notholm había llegado cuando el hotel ya estaba construido y que había forzado al señor Olson, el dueño original, a vendérselo.

—¿Forzado? —había preguntado Gunnar.

Su padre frunció el ceño, como temiendo haber hablado más de la cuenta.

—Dicen que sabía algo del señor Olson —dijo—. Algo que él no quería que se supiera.

La mayoría de la gente de aquí tenía algo que ocultar, de eso Gunnar estaba seguro. Si no, ¿por qué habían venido? En aquel momento, había mirado a su padre y se había preguntado por qué estaba aquí, quién sabía cosas sobre él.

—¿Qué hacéis aquí, muchachos? —dijo Notholm.

—Nada —dijo Abraham.

—Yo más bien me habría imaginado que no os dejaban salir del patio durante el recreo.

Abraham se encogió de hombros.

—Un hombre debe hacer lo que debe hacer —dijo con osadía.

Gunnar lo miró.

—¿Un hombre?

Notholm se echó a reír.

—Eso me gusta —dijo—. A mí no me vendría mal la ayuda de algunos… hombres. Hombres jóvenes que no teman hacer cosas que impliquen romper alguna que otra norma. Necesito ayuda para encontrar algo. Os pagaré.

Abraham se irguió.

—Nosotros no tenemos miedo.

Gunnar sintió un hormigueo en la espalda y se estremeció. Como si alguien estuviera caminando sobre su tumba, decía siempre su madre. Él deseaba responder que no quería trabajar…, al menos para él. Pero parecería que tenía miedo.

—Bien —dijo Notholm—. Os avisaré pronto.

—¿Abraham? ¿Gunnar? —Era la maestra. Una mujer joven, en su primer destino. Todos estaban colados por ella.

—Hemos de irnos —dijo Abraham con tono vacilante—. Si no, sospecharán.

Notholm sonrió. ¿Burlonamente?

—Claro —dijo con una seriedad exagerada—. No nos conviene que sospechen.

16

Laura

*L*aura volvió a reunirse con Erik en el Grand Hotel a media tarde. Al verlo en el bar, sintió una sacudida por dentro, lo que le recordó cómo era sentirse enamorada.

Meneó la cabeza para sí, sonriendo ante sus pensamientos. Erik no era su tipo; ni ella el suyo. Verse con él garantizaba una velada de copas y risas, nada más. Desde que había comenzado la guerra, Laura nunca había salido a divertirse. Después de la universidad, sus amigos y ella habían tenido que hacerse mayores de la noche a la mañana. Una parte de sí misma debía haber decidido que ese aspecto de la vida se había terminado para siempre. Ahora era una persona adulta con responsabilidades. Con Erik, sin embargo, volvía a sentirse joven. ¿No era un poco patético?

En la barra, junto a él, había un grupo de soldados alemanes bebiendo. Llevaban el uniforme negro de las SS. Qué audacia. Al principio de la guerra era más frecuente ver soldados alemanes de paso por Suecia tomándose una copa. Ahora, raramente se los veía de uniforme. Ellos sabían que la opinión pública había cambiado. Le sorprendía que aquellos se atrevieran a exhibirse así.

Erik ya le había pedido una copa. Laura se sentó en el taburete de cuero que había a su lado.

—Me alegro de verte —dijo él, mirándola a los ojos por encima de las gafas.

Los suyos, de color castaño, parecían negros en contraste con su tez pálida. Ella volvió a sentir la misma sacudida por dentro. No era su tipo, se repitió.

—Yo también —dijo, alzando su vaso. .

Los soldados que estaban detrás de Erik reían ruidosamente; Laura sintió cierta inquietud. Él había provocado peleas más de una vez. Pero ahora solo parecía divertido. «Cerdos», dijo solo con los labios. E inclinándose hacia ella, añadió:

—No había otro hueco libre. Aunque ahora estoy pensando que tal vez habría sido mejor quedarse de pie.

Laura sonrió.

—Bueno, ¿fuiste a Upsala?

Ella asintió.

Erik negó con la cabeza; quizás ante la idea de que hubiera ido; quizá pensando en el destino de Britta; quizás por ambas cosas.

—Hablé con el policía —dijo Laura—. ¿Se ha puesto en contacto contigo?

—No. ¿Piensa hacerlo?

—Dice que quiere hablar con todos nosotros.

Erik dio un sorbo a su bebida.

Laura giró su vaso, contemplando las gotas de condensación que descendían hacia el líquido.

—Me dijo que ahora mismo estamos todos en Estocolmo.

—¿A quién te refieres con «todos»?

—A Matti, a Karl-Henrik, a ti y a mí… —dijo ella, encogiéndose de hombros—. ¿Tú sabías que estaban aquí?

—En absoluto.

—No puedo creer que no nos hayan llamado.

—Nos separamos de un modo bastante abrupto. —Eric rehuyó su mirada, tal vez recordando el papel que él mismo había jugado.

Cierto, se habían separado abruptamente.

—Tú dijiste una cosa entonces —recordó Laura.

—¿Cuándo?

—En la universidad. Dijiste que nos vigilaban.

—¿Eso dije?

—Sí. Dijiste que Loki nos seguía.

Loki, el dios astuto y embaucador que se dedicaba a maquinar y solo se preocupaba de sí mismo. Una mancha en ese mundo por lo demás perfecto de los dioses nórdicos.

Él se mofó.

—¿Estaba borracho?

—Probablemente —reconoció Laura.

Sin embargo, mientras lo decía, pensó en el inspector Ackerman. Alguien sabía cosas sobre el grupo y sobre su interés en las leyendas nórdicas. Se imaginó una sombra que los seguía, una silueta cambiante. Loki.

—La guerra estaba empezando. —Erik carraspeó—. Todos lo presentíamos, ¿no? Las cosas giraban sin control. Se creaban y se rompían lazos. Las personas que conocías defendían diferentes bandos. No sabías en quién confiar. Era muy fácil ponerse paranoico.

—Ese policía sabía que nosotros nos habíamos peleado. Alguien se lo había contado.

—Lo más probable es que haya sido Matti o Karl-Henrik, teniendo en cuenta que ambos están aquí.

—¿Y si había un Loki? ¿Y si fue él quien mató a Britta?

Erik meneó la cabeza.

—Nadie se nos llegó a acercar tanto, Laura. Nosotros éramos muy reservados.

«Una sociedad secreta.» La expresión del inspector resonó en los oídos de Laura.

—Entonces —preguntó Erik—, ¿había alguna conexión alemana? ¿Un vínculo con tu proyecto secreto?

Se estaba burlando, pensó Laura para sus adentros.

—Ella había cambiado —dijo.

—¿Quién?

—Britta.

—¿En qué sentido?

—Se mantenía aparte.

Erik dio un sorbo a su bebida.

—Todos hemos cambiado.

—Al parecer, ya no tenía amigos. No pude averiguar nada. Solo una cosa. Una alumna me dijo que Britta había estado enamorada. Una relación que salió mal y la dejó destrozada.

Erik bajó la cabeza.

—¿Tú estabas enamorado de ella? —le preguntó Laura.

—¿De Britta? —dijo él, sonriendo.

Ella asintió. Recordó su cara cuando miraba a Britta. Era el único momento en que sus ojos se ablandaban.

—¿No lo estábamos todos?

A ella le vino una imagen de Britta riendo, alzando su vaso para brindar. Miró a Erik, suspirando.

—Solo un poco —dijo él. Se había acercado más, pegando un brazo cálido al suyo, y le brillaban los ojos—. Un poquito.

Antes de que Laura pudiera reaccionar, el barman se plantó frente a ellos.

—¿Señor Anker?

Erik frunció el ceño.

—Hay una llamada para usted. En el vestíbulo.

Él cruzó el bar y salió al vestíbulo adyacente: la figura delgada, el paso decidido. Un sabueso de caza, volvió a pensar Laura. La bebida le estaba nublando la mente. Cuando Erik regresara, le propondría que fueran a cenar.

Vio a Erik en el vestíbulo, hablando por el teléfono de la pared junto al mostrador de recepción. Gesticulaba como si estuviera enfadado. Tiempos de tensión.

En el bar tocaban jazz americano: *I cried for you*, de Billie Holiday. El local estaba lleno. En muchos sentidos, Estocolmo era como un pueblo pequeño. No había tantos hoteles y restaurantes. Todo el mundo acababa en los mismos lugares. El hotel era la sede del centro internacional de prensa, y siempre bullía de noticias y rumores. Había personas en el bar a las que conocía por su reputación o porque se las habían señalado: miembros de los servicios de inteligencia británicos o de la Gestapo; finlandeses y noruegos en el exilio; integrantes suecos de los Servicios de Seguridad; fascistas italianos; «viajantes» de Europa del Este; «hombres de negocios»; todos espiándose unos a otros. A Laura la habían prevenido sobre esa gente. Le habían mostrado fotos, le habían dicho que tratarían de hacerse amigos suyos, de tirarle de la lengua, y que luego la utilizarían para llegar a Wallenberg e indagar sobre las negociaciones... Ella rehuía la mirada de todos, pues muchos debían de saber quién era y también habrían visto fotos suyas.

«Una isla verde y neutral en una Europa por lo demás oscura y alemana», había dicho uno de los diplomáticos británicos para describir Suecia.

Laura pensó que sus averiguaciones habían concluido. Le explicaría a Wallenberg que no había encontrado pruebas de ningún vínculo alemán, o de alguna persona relacionada con ellos. Haría caso al inspector, que le había dicho que no hiciera más preguntas y le dejara a él hacer su trabajo.

Entre el gentío, volvió a ver a Erik colgando el auricular con tal fuerza que parecía que quisiera derribar el teléfono entero. Durante unos momentos, permaneció con la frente apoyada en la pared; luego giró en redondo y volvió hacia ella. Laura sintió por dentro la misma sacudida. Ella no quería que le gustara. No le gustaba..., no en ese sentido. Lo que pasaba simplemente era que ahora él representaba el pasado.

—¿Vamos a cenar? —le propuso Erik.

Υ

—Disfrutemos de la noche primaveral —había dicho él cuando salieron del restaurante, aunque Estocolmo estaba en completa oscuridad, más allá de las ocasionales luces atenuadas de un taxi o de un tranvía que pasaba traqueteando. No es que fuera tan tarde, pero había un punto gélido en el aire; cuando llegaron a casa de Laura, ambos estaban temblando.

Erik se empeñó en que tomaran una copa más en el pequeño bar que había enfrente.

—La última —dijo.

Ella habría podido invitarle a subir a su casa, pero temía lo que eso pudiera implicar. No era idiota; la muerte de Britta la había dejado muy frágil. A él también, probablemente.

—No me has contado aún en qué trabajas ahora —le dijo Laura cuando se sentaron a una mesita junto a la ventana.

El bar estaba caldeado y olía a comida. Alzó el borde de la cortina opaca que cubría la ventana y atisbó por la rendija. Erik hizo otro tanto por su lado. Ella casi esperaba que el camarero los riñera. Afuera había empezado a llover. Una lluvia de primavera. Impredecible.

Al otro lado de la calle, se abrió la puerta de su edificio y se dibujó una breve ranura de luz. Un hombre con las manos en los bolsillos y la cabeza gacha salió a la lluvia sin mirar alrededor. Laura soltó la cortina al mismo tiempo que Erik.

—Cosas diversas —dijo este—. Escribo artículos sobre la ocupación de Dinamarca, intento que la gente se involucre.

—¿Cómo está tu familia?

Él se encogió de hombros.

—Las últimas noticias eran que estaban bien. No hablamos a menudo. Mi padre es policía. Los actos de sabotaje han ido aumentando…, son pequeños actos de resistencia, y los alemanes quieren que los detenidos sean castigados severamente. Él tiene que lidiar con eso. Los alemanes son unos brutos.

Al principio, el Gobierno danés había tratado de prever las directrices alemanas y las implementaba antes de que fueran promulgadas. Pero, según los rumores, ahora la resistencia por fin estaba empezando a organizarse.

Permanecieron en silencio, sumidos en sus pensamientos.

—Al profesor Lindahl no parecía importarle que ella se hubiera muerto —dijo Laura.

—¿Cómo?

—Cuando le vi, me pareció como si no le importara que Britta hubiera muerto.

—Tiene muchos alumnos, Laura.

—Pero ¿tú no pensabas que nosotros… éramos especiales para él?

—No, la verdad es que no. Me gustaba estudiar bajo su tutela, pero para mí era solo un profesor.

Laura no daba crédito a sus oídos. Erik estaba fascinado en su momento con el profesor Lindahl. Todos lo estaban, pero él el que más.

—Tú siempre quieres garantías, Laura. Que seguiremos juntos para siempre. Que somos los mejores que ha habido nunca. Los más apreciados, los más brillantes. La vida no es así. Las cosas cambian. La gente acaba resultando del montón.

Ella bajó la cabeza. Sus palabras le escocían. Pero era verdad: las cosas cambiaban. Y la gente pasaba página más rápidamente que ella.

Erik jugueteó con el vaso; luego bostezó, haciéndola bostezar también.

—Hora de irse —dijo ella, aunque no eran ni las nueve según el reloj de detrás de la barra.

—Tomemos una más —dijo él, a pesar de que todavía tenía el vaso medio lleno.

—Deberíamos marcharnos.

—Podríamos ir a bailar. O al *show* de variedades chino…

Ella titubeó. Era tentador, pero estaba exhausta, así que negó con la cabeza.

—Vamos, señorita Dahlgren. Por los viejos tiempos.

—Otro día. Estoy cansada.

Laura se puso de pie.

Cuando salieron, llovía con fuerza y el agua le mojó el pelo y empezó a deslizarse por su rostro. Erik se subió el cuello de la chaqueta, la cogió de la mano y ambos cruzaron corriendo. Al llegar a la puerta de su edificio, ella se entretuvo porque no encontraba las llaves. Erik empujó la puerta. Estaba abierta.

El pasillo se hallaba iluminado, pero parecía distinto.

Erik caminó tras ella, como captando su inquietud.

—No entiendo… —dijo Laura, y empezó a subir por la escalera al segundo piso, donde estaba su apartamento.

Todo parecía igual, y sin embargo…

La puerta del apartamento estaba completamente abierta y el interior oscuro parecía un enorme agujero.

Inspiró hondo.

Erik extendió el brazo para cerrarle el paso.

—Podrían estar ahí todavía. Vámonos, Laura. ¡Venga!

Ella se agachó bajo su brazo, caminó hasta la puerta, metió la mano en la oscuridad y pulsó el interruptor. A la luz del pasillo, de un intenso color amarillo, vio que la silla de la entrada estaba volcada y con el asiento rajado. Esa silla se la había regalado su padre; era la que tenían en el vestíbulo. «Así podrás sentarte, recordar a tu viejo padre y a tu abuelo, y pensar en todo lo que te han dado», le había dicho en broma.

Habían vaciado en el suelo los cajones de la cómoda; habían arrojado sus ropas fuera del vestidor. ¿Quién habría hecho aquello? Siguió recorriendo el apartamento. Todo estaba igual. Todas sus pertenencias esparcidas por el suelo: fotografías, libros, joyas, prendas... Procuró no pisarlas y mirar por donde andaba. Se percibía un olor acre. ¿Plástico quemado?

Tenía que llamar a la policía, pero en la sala de estar vio que el teléfono estaba arrancado de la pared y que el cable colgaba suelto.

El olor se intensificó. ¿Sulfuro?

Sonaron unos pasos rápidos tras ella. Erik, con ojos desorbitados.

—¡Salgamos de aquí! ¡Rápido!

La sujetó del brazo y la arrastró por el pasillo. Laura lo siguió a trompicones. Bajaron corriendo las escaleras, saltaron los últimos peldaños y, al llegar abajo, Erik se arrojó sobre ella: ambos cayeron al suelo justo cuando explotaba el apartamento, sacudiendo todo el edificio y mandando por la escalera una nube de polvo blanco.

Unos momentos de silencio. Luego el pánico. Empezaron a sonar las puertas de los vecinos, que huían despavoridos, que bajaban corriendo y daban gritos mientras pasaban por el segundo piso, que había quedado destrozado.

Sirenas. La policía estaba en camino.

Laura estaba envuelta en una manta que un agente le había echado sobre los hombros. La lluvia había cesado. La calle era como una cinta oscura de humedad. El cielo tenía un tono azul marino. Las ventanas de su apartamento, al otro lado de la calle, habían explotado y ahora parecían agujeros abiertos en la noche. Se había desatado un incendio breve y violento que los bomberos ya habían apagado, pero los marcos de las ventanas estaban carbonizados y las llamas habían alcanzado incluso los ladrillos de alrededor. No quedaría gran cosa dentro. Todo parecía irreal. Si Erik no la hubiera sacado de allí…

—El hombre —le dijo Laura.

—¿Qué?

—Cuando estábamos tomando la última copa, ha salido un hombre del edificio.

—Yo no lo he visto. —Erik le tocó la mejilla—. Tienes sangre.

Ella sacudió la cabeza.

—¿Cómo lo has sabido? ¿Cómo sabías que teníamos que salir corriendo?

—He entrado en la cocina. La bomba estaba en el suelo, junto al horno.

—¿Una bomba? —Un agente de policía se había acercado.

—Sí —dijo Erik—. Al menos eso creo.

—¿Qué aspecto tenía?

—Como un trozo de tubo. Con unos cables que iban a un reloj. Yo he pensado… —Se encogió de hombros—. A mí me ha parecido un artefacto explosivo.

—Había un olor también —dijo Laura—. A sulfuro.

—Una bomba casera quizá —dijo el policía.

—Habían desvalijado el apartamento.

—¿Faltaba alguna cosa?

Laura pensó en las joyas tiradas por el suelo, en el televisor del rincón. En todas sus pertenencias sacadas de los cajones y los armarios.

—No lo sé. Parecía más bien que hubieran estado buscando algo.

—¿Y qué podía ser? —preguntó el policía.

—No tengo ni idea. Yo trabajo para el comité comercial que negocia con los alemanes, pero nunca me llevo trabajo a casa.

Tenía que llamar a Wallenberg, avisarle.

—Un hombre ha salido del edificio unos quince minutos antes de que nosotros entráramos —le dijo al agente.

—¿Qué aspecto tenía?

—No sabría decir, en realidad. Iba con la cabeza gacha.

—Necesitaremos volver a hablar con usted —dijo el policía—. Esta misma noche, o bien mañana. El equipo forense está ahí dentro ahora. ¿Adónde piensa ir?

—A casa de mi padre. —Le dio la dirección.

—Quizá no seamos nosotros quienes vayamos a verla.

No, pensó Laura. Se trataba de una bomba. Sería la «Hestapo» la que iría a verla (así era como solía llamar la gente a los Servicios de Seguridad suecos).

—¡Señorita Dahlgren! ¡Señorita Dahlgren!

Un hombre con gabardina y sombrero le hacía señas desde el exterior de la zona acordonada. Emil Persson, un periodista del *Svenska Dagbladet*, o del «Diario Inglés», como lo llamaban los alemanes. Emil había publicado no hacía mucho un artículo sobre su padre: «El gobernador del Banco Central que mantiene estable el país». A su padre le había gustado. «¡Qué vanidoso eres!», se había burlado Laura, pero él se había limitado a reírse.

—¿Qué ha ocurrido? —le preguntó el periodista cuando ella se acercó.

—No lo sé.

—¿Una bomba? ¿Era en su apartamento?

—No va a responder ninguna pregunta. —El policía la había seguido—. Ahora la señorita Dahlgren se irá a casa. Les informaremos cuando tengamos algo que comunicar.

Laura le hizo una seña a Emil Persson. «En otra ocasión.»

—Pero ¿por qué en su apartamento, Laura? —gritó él mientras se alejaba—. ¿Tiene algo que ver con su padre, o con Wallenberg?

Se ofrecieron a llevarla en un coche de policía. Erik se empeñó en acompañarla hasta la casa de su padre.

—Ha ido por los pelos —comentó cuando ocuparon el asiento trasero. Él la había cogido de la mano; o ella a él. Su piel era cálida; su mano, vigorosa.

—Tiene que estar relacionado con Britta —dijo Laura.

Erik meneó la cabeza.

—No. Seguramente tiene que ver con tu trabajo. Una bomba… A mucha gente no le gusta la postura que Suecia ha adoptado con los alemanes.

Eran colaboracionistas, no neutrales, y contribuían a prolongar la guerra. Laura ya había oído todos esos comentarios. Los finlandeses y los noruegos pensaban que Suecia se había vendido. En muchos sentidos, era cierto.

—Y ahora habrá otros a los que no les gustará que Suecia se esté volviendo proaliada —añadió Erik.

Le sorprendió que supiera aquello. Aunque quizás era algo evidente para todo el mundo.

—En ese caso no empezarían por mí —dijo—. Yo solo soy una funcionaria de bajo nivel.

Y además no habría sido así, pensó. Habría habido antes algún contacto, una advertencia, un intento de que colaborase. No, era otra cosa.

—Tú viajas con Wallenberg. La gente dice que eres su mano derecha.

¿Eso decían? ¿Lo era? A él le gustaba tenerla cerca, eso no podía negarse. Decía que le proporcionaba un punto de vista diferente sobre las negociaciones.

Se acercaron a la casa de su padre. Laura la vio como debía verla Erik: la avenida flanqueada de olmos, la majestuosa mansión blanca. Por lo que ella sabía, Erik se había criado en condiciones muy distintas. Pero él no pareció darse cuenta.

—Es demasiada coincidencia —musitó—. Primero Britta. Y ahora esto.

—Sea lo que sea, no me gusta nada —dijo él—. Esta noche te has salvado por muy poco. Eres consciente, ¿no?

Lo era. Pero todo aquello no tenía sentido.

Llamó al número que Jacob Wallenberg le había dado para casos de urgencia.

Él la interrumpió enseguida.

—¿Dónde estás?

—En casa de mi padre.

—Llegaré dentro de media hora —dijo, y colgó.

Laura y su padre esperaron en el estudio. Él deambulaba de aquí para allá; se volvía a mirarla, se sentaba de nuevo.

—¿Por qué no me habías contado que había muerto?

—No sé —dijo Laura—. Supongo que aún estaba en *shock*.

—¿Y luego volviste allí? —Su padre se pasó las manos por el pelo y volvió a levantarse—. ¿Por qué, Laura? ¿Por qué?

—¿Por qué estás enfadado conmigo?

—No estoy enfadado. Pero esa muerte no tenía nada que ver contigo. Deberías haber tenido la sensatez de dejar las cosas como estaban.

Laura recordó al profesor Lindahl diciendo que uno debía «tener cuidado con estas cosas».

Pero, a fin de cuentas, ¿ella qué había hecho? ¿Preguntar un poco por ahí? No había averiguado nada, de todas formas; pero que los dos hechos estaban relacionados le parecía indiscutible. Le vino la imagen de su apartamento patas arriba. Estaban buscando algo, volvió a pensar. ¿Y si no se había tratado en ningún momento de lo que ella pudiera haberle contado a Britta, sino de lo que Britta pudiera haberle contado a ella? Pero ¿para qué poner una bomba en el apartamento? ¿Para matarla? Y suponiendo que lo que buscaran estuviera allí y que no lo hubieran encontrado…, ¿pretendían destruirlo?

Cuando Wallenberg llegó, los dos hombres se estrecharon la mano y luego se volvieron a mirarla con el ceño fruncido. Tenían un aspecto tan parecido que, en otras circunstancias, se habría echado a reír. Pero lo que hizo fue levantarse y servirse un whisky, pensando que tal vez lo necesitaría. Dio un sorbo. Sintió que le quemaba la garganta.

—Cuéntamelo todo —dijo Wallenberg, que se sentó en un diván junto al escritorio de su padre.

Cuando ella terminó, frunció los labios y se dio unos golpecitos en la barbilla con las gafas. Laura notaba que el ambiente estaba cargado por la tensión entre los dos hombres.

—Yo le pedí a Laura que se cerciorara de que la muerte de su amiga no tenía nada que ver con nosotros —le explicó Wallenberg a su padre.

—¿Cómo pudiste pedirle tal cosa? —explotó este—. Se comete un asesinato, ¿y la envías a hacer averiguaciones?

Laura se encogió. Era como si aquello fuera un asunto entre ambos, como si ella ni siquiera estuviera presente.

Wallenberg suspiró.

—Tú eres su padre. Entiendo lo que debe parecerte.

—Entonces, ¿todo esto tiene que ver con vuestro trabajo?

Él negó con la cabeza.

—No lo creo. Nuestro grupo no ha recibido amenazas, aparte de las habituales. Las negociaciones son complicadas. Estamos atrapados entre Alemania y los aliados. —Wallenberg y su padre se miraron un momento; ambos eran conscientes de la gravedad de la situación—. Pero si hubiera tenido que ver con nosotros, no creo que le hubieran puesto una bomba a Laura. Me parece mucho más probable que hubieran intentado hacerla hablar. Como al parecer hicieron con su amiga.

Laura estaba de acuerdo.

—A menos que hayan pasado otras cosas que no me estás contando… —le dijo Wallenberg.

—No. —Ella negó con la cabeza—. ¡He dicho que no! —repitió al ver que los dos seguían mirándola.

—Los Servicios de Seguridad vendrán a verte mañana —dijo Wallenberg—. Todo lo que les digas llegará a Alemania; a las instancias políticas alemanas.

Se refería a la Gestapo y las SS, pensó ella. Los Servicios de Seguridad aún mantenían un estrechísimo contacto con ellos. Actuaban casi como una quinta columna. El país tenía tantas filtraciones como un colador.

—No debes mentir, has de contárselo todo. Pero quiero que sepas que ellos no se guardarán la información.

Su padre suspiró.

—Mis llamadas son escuchadas —dijo Wallenberg—. Tengo intervenido el teléfono desde el comienzo de la guerra. Y estoy seguro de que tú también. Dime, ¿cómo te sientes?

¿Cómo se sentía? Confusa. No tan asustada o triste como vacía. Ella estaba orgullosa de su apartamento. Había sido su hogar durante cinco años.

—Bien —dijo.

—No quiero que vengas a la oficina —dijo Wallenberg.

—¡Puedo trabajar! —protestó Laura—. Estoy bien.

—Quizá —dijo él—, pero no puedo tenerte allí hasta que sepamos de qué se trata exactamente.

No pensaba en ella, estaba protegiendo las negociaciones. Sus negociaciones.

Laura soltó un largo suspiro.

—Fuiste tú quien me pidió que hiciera preguntas.

—Sí, pero ahora creo que acertabas: esto no tiene nada que ver con nosotros. Tiene que ver contigo. Y con tu amiga.

Ella se sintió como si estuviera manchada, a pesar de que no había hecho nada malo.

Su padre no pareció sorprendido. Ya sabía que Wallenberg haría aquello. Ya se lo esperaba. Esto es lo que ocurre cuando eres una mujer, pensó. Si sucedía algo que te afectaba, fuese tu culpa o no, se libraban de ti como si fueras contagiosa.

—Bueno —dijo su padre para concluir la conversación—, ahora estás en casa. Aquí estarás a salvo.

Y sin más ni más, también había perdido su trabajo.

17

Jens

La asistente administrativa fue a ver a Jens cuando él estaba ya a punto de irse.

—Ha costado mucho —dijo, alzando sus finas cejas, como si el hecho la hubiera sorprendido—. En el departamento de personal alegan que no pueden dar detalles.

—Supongo que tienen sus normas —respondió él.

—Normalmente no es tan difícil.

Jens aguardó.

—Daniel Jonsson está enfermo. La mujer que ha ocupado su puesto se llama Emilia Svensson. Antes trabajaba en el Ministerio de Defensa y seguirá aquí hasta nueva orden.

—Ah —dijo él—, gracias. ¿Enfermo… de qué?

La joven se encogió de hombros.

—No creen que vaya a volver.

No habían necesitado más que una noche para encontrarle sustituta. Normalmente, cuando un empleado estaba enfermo, su puesto permanecía vacante hasta que se confirmaba que no iba a regresar. ¿Tal vez había sufrido un accidente?

—Lo que sí he conseguido es su dirección —dijo ella, pasándole un papel—. Ya sabe, por si quiere recuperar su libro.

Ϋ

Jens esperó a Sven en el interior del restaurante Norma, pero, cuando quedó claro que su amigo iba a llegar tarde, pidió su comida. Permaneció en la mesa y volvió a leer los periódicos del día. La camarera que había detrás de cristal del mostrador era una morena de ojos verdes. Llevaba un vestido de cuadros y una gorra. Tenía una cara delgada y triangular de rasgos angulosos y una piel de un tono blanco azulado que parecía especialmente vulnerable allí donde la mandíbula se unía a la oreja. La chica advirtió su mirada; apartó la vista un momento, pero después volvió a mirarle y sonrió.

Esta vez fue Jens quien apartó la mirada. Ahora él estaba con Kristina. Aunque ella no tenía ninguna zona vulnerable bajo la oreja. Frunció el ceño ante la idea de interrogarla sobre la visita de Schnurre. Soltó un suspiro. «Ah, por cierto, ¿a que no adivinas a quién he visto…?»

Jens esperó más de una hora, pero Sven no se presentó. Al meterse la mano en el bolsillo para sacar la cartera, rozó con los dedos la nota de la administrativa con la dirección de Daniel Jonsson. Tal vez era solo una excusa para postergar el momento de hablar con Kristina de Schnurre.

Daniel Jonsson vivía en un apartamento en Folkungagatan, en Södermalm, a poca distancia a pie de la ciudad vieja. Mientras cruzaba las aguas hacia Södermalm se detuvo y echó un vistazo atrás, arrobado como siempre por la panorámica. No había ninguna ciudad tan hermosa como Estocolmo. El mar internándose sinuosamente a través de la ciudad, los puentes, las casas de colores pastel, las numerosas agujas de las iglesias. Él no podría vivir en otra parte. Pero la ciudad estaba transformándose de tal modo que a veces le daba la sensación de que podía oír cómo se tensaban y desgarraban sus costuras. La industrialización y el aumento de la población habían traído unos cambios enormes. Ahora había una nueva clase alta; gente que procedía del comercio y la industria. Y la democracia parlamentaria existía desde hacía poco más de veinte años. La gente esperaba mucho de un sistema que aún estaba configurándose. El país tenía que volverse más igualitario, con derechos para todos, y Jens quería participar en ese proceso.

Las ventanas del edificio donde vivía Daniel estaban oscurecidas, como la mayoría de las ventanas de Estocolmo. En el aire flotaba una cálida fragancia a tierra y vegetación.

Llamó al timbre de su piso, pero nadie respondió. Probó un par de veces más y retrocedió, pero las ventanas seguían opacas. Cuando ya se disponía a marcharse, un hombre con un sombrero calado hasta las cejas abrió el portal desde dentro. Jens sujetó la puerta que el otro le sostenía y entró. Daniel Jonsson vivía en el tercero. Subió los peldaños de dos en dos.

Llamó a la puerta. Nadie respondía. ¿Podía ser que estuviera tan enfermo que hubiera acabado en el hospital? Volvió a llamar y luego se agachó para atisbar por la ranura del buzón. El piso estaba oscuro, en completo silencio. Sin embargo, Jens tenía la sensación de que había alguien ahí dentro. Permaneció inmóvil, conteniendo el aliento.

—¿Daniel? —dijo, escrutando la oscuridad.

No hubo respuesta.

—Daniel. —Ahora había empezado a susurrar, aunque no sabía muy bien por qué—. Soy Jens, del ministerio. He de hablar contigo.

Ninguna respuesta. Jens se incorporó, sacó de su maletín el cuaderno y arrancó una página. Escribió en ella su nombre y su número. Pensó un momento y añadió su dirección. «Ponte en contacto conmigo, por favor —escribió—. Yo te creo.»

Al llegar a su apartamento, vio que también estaba a oscuras. En la mesa de la cocina había una nota de Kristina: «Me ha llamado mi padre. He de trabajar esta noche, así que dormiré en mi casa. ¿Nos vemos mañana?».

Era una mañana ajetreada. Los alemanes habían levantado la prohibición de paso a los barcos que transportaban mercancías a Suecia. Ahora volverían a tener café y pescado, pensó Jens. Y zapatos nuevos. Suecia, además, había sido invitada a participar en unas negociaciones comerciales formales con el Reino Unido y los Estados Unidos. Günther le había pedido que hiciera unos trabajos preparatorios.

—¿Usted cree que los aliados podrían bombardearnos si las negociaciones no salen bien? —había preguntado Jens.

—Creo que podrían hacerlo —le había respondido el ministro con expresión sombría.

Sonó un golpe en la puerta del despacho; Sven entró con su habitual traje de *tweed* y el pelo peinado hacia atrás. Su rostro, que ya tenía un aspecto frágil normalmente, con sus grandes ojos de párpados caídos, su nariz aguileña y sus labios delgados, aún lo parecía más hoy.

—Perdona por dejarte plantado anoche —dijo suavemente.

Jens le quitó importancia.

—No te preocupes.

—Nos retrasamos en la preparación del presupuesto. —Sven hizo una mueca—. Y luego, a última hora, hubo una explosión en un apartamento del centro de Estocolmo y la policía avisó al ministro cuando ya estábamos saliendo.

—¿Una explosión? No me había enterado.

—La propietaria del apartamento trabaja para Wallenberg en el comité comercial que negocia con los alemanes.

Están investigando el caso como un ataque terrorista. —Sven se encogió de hombros—. Pero no se dirá nada oficialmente ni se comunicará a la prensa.

—¿Dices que trabaja para Wallenberg? Entonces nos debemos conocer. ¿Quién es?

—Se llama Laura Dahlgren.

Sí, se habían visto una vez, en el ministerio. Jens recordó a una mujer joven con el pelo rubio hasta los hombros y unos grandes ojos grises. Guapa, aunque algo distante y reservada. Inteligente. Intensa. Sus ojos no habían dejado de mirarle, sin parpadear ni una vez, mientras él hablaba del papel del ministerio en las negociaciones. Se sentía superior, había pensado. Privilegiada.

—¿Hay muchas cosas de este tipo de las que no nos enteramos? —preguntó Jens.

Sven se encogió de hombros.

—No tantas.

—Pero… —apuntó él.

—Últimamente ha habido dos: la bomba y un asesinato.

—¿Un asesinato?

Sven asintió.

—Verás —dijo, bajando la voz y echando un vistazo hacia la puerta—, la mujer asesinada y la propietaria del apartamento que voló por los aires eran amigas. Fueron juntas a la universidad. Menuda coincidencia, ¿no? Se rumorea que la asesinada era una «golondrina».

Jens pensó en Barbro Cassel y Karl Schnurre. ¡A qué clase vida se condenaban esas jóvenes! Pensó en Kristina durante un instante, pero se apresuró a apartar esa idea de su mente. No quería ni pensarlo. De todos modos, no acababa de imaginarse a Laura Dahlgren como agente secreta. Era demasiado intensa. ¿Quién querría salir con ella?

—¿Qué está haciendo el C-Bureau sobre el asesinato de su agente? —preguntó.

Sven adoptó un aire burlón. A diferencia de su padre, sentía poco respeto por el C-Bureau. Los consideraba unos brutos a los que no habría que haber dado alas de entrada.

—Seguramente están tratando de mantenerse al margen todo lo posible, cubriendo cualquier rastro que pueda conducir a ellos y sembrando pistas en la dirección equivocada. Pero los Servicios de Seguridad han tomado cartas en el asunto, así que debe haber una amenaza potencial de algún tipo.

Jens se preguntó si Sven le habría hablado del C-Bureau al ministro. Era una situación imposible, desgarrado como estaba entre dos lealtades; una hacia su padre, que había contribuido a crear el C-Bureau, y la otra hacia su jefe, que en último término estaba al frente de la agencia rival.

—¿Quién era ella?

—Una estudiante. Una chica fiestera. Una de tantas. Pero inteligente y muy apreciada. Una buena fuente para el Bureau también, por lo que me han dicho.

Muy apreciada, pensó Jens. Debería haber tenido montones de «clientes». Volvió a pensar en Barbro Cassel, aunque la mujer asesinada no podía ser ella, obviamente, porque Barbro había asistido la otra noche a su cena.

—¿Cómo se llamaba? —preguntó, solo para asegurarse.

—Britta Hallberg.

No era Barbro. Pero el nombre le resultaba familiar.

—Tienes que averiguar más —dijo Jens—. Esto no suena bien.

Sven se encogió de hombros.

—Se están encargando los Servicios de Seguridad.

—Que se hallan a las órdenes de tu jefe. Seguro que él querrá saber más, ¿no? Estamos hablando de actividades en suelo sueco. Y si tiene algo que ver con fuerzas extranjeras, entonces también Günther debería saberlo.

Sven apartó la mirada.

—Perdona —dijo Jens. Se había excedido. Alzó la mano en señal de disculpa—. Yo estoy absorto en mis propios problemas. Hace unos días, un archivero del ministerio me pidió que averiguara para qué había hablado Günther con los ministros de Exteriores de Dinamarca y Noruega, porque debía incluir las conversaciones en el registro. Hablé con el ministro y él negó que esas conversaciones se hubieran producido. No se limitó a negarlo, sino que yo diría que me amenazó. O más que a mí, a mi puesto. Volví a hablar con el archivero, pero resulta que sus papeles han desaparecido, así como los documentos del registro. Y ahora el propio archivero está de «baja por enfermedad». —Dibujó unas comillas en el aire con los dedos—. Por eso quería verte ayer. Quería pedirte consejo.

—¿Confías más en el archivero que en Günther? —preguntó Sven.

Hablaban susurrando.

—El archivero es conocido por su diligencia y meticulosidad.

Sven asintió. Era suficiente como respuesta. Él también había oído rumores sobre el ministro de Exteriores.

—¿Cómo podría arreglárselas uno para hacer que cambiaran los registros? —preguntó Jens.

—No tengo ni idea. Möller debería aprobarlo, supongo. Günther no podría entrar simplemente y pedir que los cambiaran. Y si mi ministro lo supiera, creo que yo también lo sabría.

—Quizá conoce a alguien —apuntó Jens.

—A alguien que conoce a alguien. Tal vez.

—No sé qué hacer.

Sven frunció los labios.

—Déjalo correr. Son solo unas llamadas.

—No suena nada bien. Si no fuesen importantes, no las habrían hecho borrar.

Sven se encogió de hombros.

—Debes confiar en tu ministro.

Para él era fácil decirlo. Sven era la mano derecha de Möller. Creía sinceramente en su ministro.

—Hay más aún —dijo Jens.

Le habló de la presencia de Karl Schnurre en la cena y luego en su apartamento.

Sven se mordió el labio. Jens notó que estaba cuidándose de no decir nada que pudiera tomarse como una crítica a Kristina. Ellos dos se habían conocido, pero Sven, al igual que su padre, no había simpatizado con Kristina, ni tampoco ella con él.

—Vete con cuidado —dijo al fin—. Schnurre es peligroso. Tanto por sus conexiones en el extranjero como aquí, en Estocolmo.

—Seguro que no es nada. Se lo preguntaré a Kristina.

Sven frunció el ceño.

—Quizá fuera mejor que no —sugirió.

Eso supondría mantener una relación basada en una mentira. Vivir vigilando a la persona con la que estabas, buscando incoherencias, sospechando…

Sven se encogió de hombros.

—Quiero decir simplemente que es la mujer con la que te vas a casar, y podría parecer una acusación muy seria. Tú no sabes nada a ciencia cierta.

Sven no se fiaba del todo de Kristina, pensó Jens. ¿Y él? Por el amor de Dios, ya no lo sabía.

De pronto se dio cuenta de lo que le había llamado antes la atención.

—¿Cómo has dicho que se llamaba esa joven asesinada?

—Britta Hallberg.

Britta Hallberg. Era la persona que…

Apartó la silla y miró la papelera, aunque ya sabía que estaría vacía. Soltó una maldición para sus adentros. Se levantó.

—Debo irme.

—¿Estás bien? —preguntó Sven—. No tienes buen aspecto.

—Estoy bien —dijo él, sin fiarse de su propia voz—. Es solo una reunión que había olvidado.

Cruzó el pasillo a toda prisa, mirando en cada oficina, pero no vio a las mujeres de la limpieza. Bajó corriendo las escaleras y alcanzó a una de las limpiadoras en el vestíbulo.

La sujetó del brazo.

—Ayer tiré por error un documento.

Ella se miró el brazo. Él la soltó, alzó las manos en señal de disculpa y sonrió.

—Lo tiré a la papelera. ¿Sería posible recuperarlo?

La mujer negó con la cabeza.

—La basura se incinera cada noche —dijo.

Él ya lo sabía, pero había conservado la esperanza.

Maldita sea.

Regresó a su oficina con la desagradable sensación de que el trayecto era más largo que nunca. Sven ya se había ido. Jens se desplomó en su silla frente al escritorio.

Así que una mujer, una «golondrina», es asesinada en unas circunstancias que hacen que los Servicios de Seguridad intervengan, pero antes de morir le enviaba a él… ¿una tesis?

Sven había dicho que era una estudiante.

Pero ¿por qué le había enviado esa tesis a él?

Jens había sido invitado a Upsala en una ocasión. Un tal profesor Lindahl le había pedido que asistiera a un *nachspiel* para hablar de la política exterior sueca ante un reducido grupo de alumnos. El profesor tenía fama de poseer una extraordinaria inteligencia —el Gobierno recurría a él continuamente—, pero había conseguido que él se sintiera incómodo. Era uno de esos personajes andróginos con cara de poeta. Se creía un genio. Jens trató de recordar a las mujeres presentes en la sala. La única que destacaba era una rubia de acento norteño, que resultaba guapa en un sentido ligeramente vulgar. Por favor, que no sea ella, pensó; esa chica estaba llena de vida, de entusiasmo. Pero claro que debía serlo. Estaba seguro. Ella había formulado varias preguntas, recordó Jens; preguntas inteligentes acerca de la historia y la verdad, acerca de lo que se sabía en un momento dado y de cuánto de todo eso se perdía más tarde, o se ocultaba, o se «reformulaba». Él le había dicho que todo el mundo interpretaba los hechos de acuerdo con lo que veía y oía, que cada cual modelaba con sus filtros su propio pasado, lo que era una referencia a las gafas verdes del filósofo Immanuel Kant. Sin embargo, había argumentado, existía una verdad universal, una historia fidedigna, y una buena persona intentaría acercarse a ella lo máximo posible, tratando de tomar conciencia de sus propios filtros y de mirar más allá.

—Una buena persona…

Sí, eso era lo que había dicho. Y esa chica le había enviado un documento antes de morir.

18

Monte Blackåsen

*E*l director Sandler deambulaba por su sala de estar. Estaba agitado. Aquel era un pueblo pequeño. A veces parecía incluso demasiado pequeño. Le daba la impresión de que el bosque se cernía sobre ellos, avanzando lentamente para engullirlos. Había ido a ver a la viuda de Georg Ek y ahora le costaba olvidar esa visita. Siempre resultaba difícil echar a una familia, y el capataz, en vez de apoyarle, le había contradicho. Era imposible que el chico pudiera cumplir los requisitos. Era demasiado joven, demasiado flacucho. Ni siquiera tenía vello facial aún.

—Ese chico… —le había dicho a Hallberg después.

—¿Sí? —El capataz echó la mandíbula hacia delante.

—No está preparado.

—Nosotros cuidamos de los nuestros. Los demás se harán cargo de él hasta que lo esté.

—No estamos aquí para hacernos cargo de nadie. Esto es un negocio.

Hallberg entornó los ojos.

—No creo que tenga ningún motivo para quejarse hasta ahora, ¿no? Nuestros hombres trabajan como esclavos para usted día y noche por un salario mísero.

Sandler había reculado e incluso había alzado las manos

como rindiéndose. No quería entrar en una discusión sobre los salarios. Pero ahora se sentía inquieto. Él no mandaba en la mina, era evidente. Las cosas funcionaban bastante bien sin él, lo cual no le gustaba.

Sandler ensilló su caballo. Nada como una cabalgada por el bosque para aclarar la mente. Y él necesitaba aclarársela.

Cogió las riendas con la mano izquierda, puso el pie en el estribo y montó. El caballo dio un par de pasos hacia un lado, acomodándose bajo su peso. Sandler presionó con los muslos, notando cómo palpitaban sus músculos calientes.

Guio fuera del jardín a su montura, que dio una sacudida. A ese animal le encantaba galopar; lo necesitaba tanto como él. Solo estaba esperando la orden. Una vez en la calle, lo espoleó con los talones y salieron disparados.

Galoparon por la calle principal de Blackåsen. La gente se apartaba. Su caballo. Sus tierras. Su gente. «Ahí va otra vez el director. Un hombre loco montado en un caballo loco.» Que así sea, pensó él. Aquello era su válvula de escape.

Necesitaba un capataz en el que pudiera confiar. Reemplazaría a Hallberg. El segundo del capataz no daba aún la talla para el puesto, pero tenía que haber algún otro.

Al final del pueblo, dejaron el camino y tomaron un sendero que se adentraba en el bosque y que al fin estaba despejado de nieve. El purasangre alargó sus zancadas y Sandler se irguió en los estribos y se agachó sobre su cuello.

Más rápido, le ordenó mentalmente. Más rápido.

El mundo se volvió borroso, pero él confiaba plenamente en su montura. Ese animal sabía lo que se hacía. Sandler notaba bajo las manos cómo se movían sus músculos. Y empezó a notar que la ansiedad lo abandonaba y se alejaba.

Cabalgó como un poseso internándose en el bosque.

Solo al llegar al río redujo la marcha. El caballo jadeaba, igual que él. Inspiró hondo, sintió que le dolían los pulmones.

Se detuvo junto al agua. El caballo inclinó la cabeza para beber. El bosque estaba en silencio. Se había alejado lo suficiente como para no oír el estrépito constante de la mina. Qué paz, pensó.

Cerró los ojos, escuchando el rumor del agua.

El semental sacudió la cabeza, como si conociera su estado de ánimo. De pronto se puso rígido y se volvió. Un ruido. Sandler también lo había oído. Alguien se acercaba, también a caballo… No, más de un caballo. Al menos dos.

Él no quería ver a nadie. Se bajó de su montura y la llevó al bosque que tenía a su espalda. Permaneció de pie a su lado, junto a su cuello, sujetándole el bocado, ordenándole mentalmente que no hiciera ruido.

Tras un momento, aparecieron dos caballos. Notholm. Sandler se encogió nada más verlo. Y junto a él, el doctor Öhrnberg, lo que le sorprendió. Öhrnberg era un hombre respetado en la comunidad. Un científico. Un hombre apacible, reflexivo. A él siempre le había parecido muy culto; un sabio incluso. Desde luego nunca había visto a aquellos dos hombres juntos, y no se le ocurría qué clase de asunto podía haber entre ambos.

Sus caballos bebieron en el río, tal como había hecho el suyo unos momentos antes. El semental se removió a su lado. Tal vez al ver los otros caballos. Sandler le acarició el cuello.

—Se hará todo según lo previsto —dijo Notholm.

—Nunca lo he dudado. —Öhrnberg contemplaba el río. Notholm asintió.

—Una cosa, de todos modos.

—¿Sí?

—Uno de ellos, uno en particular, es para mí.

—¿Para usted? —Öhrnberg se volvió a mirar a su compañero.

Notholm se encogió de hombros.

—Solo para mí.

Öhrnberg suspiró.

—Aquí se trata de otra cosa. No de lo que nosotros queramos.

—Es la condición que pongo: ese tiene que ser para mí.

—De acuerdo —dijo Öhrnberg—. Pero sin estropicios.

—Sin estropicios.

Los dos hombres se irguieron y guiaron sus caballos hacia el camino. Sandler esperó hasta estar seguro de que se habían ido. Algo estaban tramando. «No es asunto tuyo», se dijo. Pero tenía que ver con Notholm. Y aunque le habían ordenado que dejara las cosas como estaban, Notholm era asunto suyo.

19

Laura

*L*aura aún seguía acostada. Estaba en la habitación de su infancia, en la casa de su padre, y a nadie le importaría si se quedaba en la cama todo el día. Ya no recordaba la última vez que se había levantado tan tarde. A ella no le gustaba dormir demasiado. Era una pérdida de tiempo: el día que tenías por delante quedaba reducido. Prefería, con mucho, estar cansada que dormir más de la cuenta. A Britta, en cambio, le encantaba quedarse durmiendo hasta muy tarde.

Su padre había salido a primera hora. Habría querido quedarse y estar presente durante la entrevista con la policía, pero ella se había negado en redondo. Ya era una adulta, aunque Wallenberg y él no la tratasen como tal. Él había asentido a regañadientes.

—Ahora estás en casa —le había dicho la noche anterior—. Aquí estarás a salvo.

A ella no se le ocurría nada peor. Volver a donde estaba hacía ocho años, antes de empezar la universidad. Como una niña en la casa de su padre. Como si hubiera desaparecido todo aquello por lo que había luchado y su independencia se hubiera desvanecido. Ella siempre había tenido planeada una salida: si no le hubiera gustado la carrera de Historia en la universidad, se habría pasado a Económicas; incluso se

había asegurado de saber quién era el profesor. Si las negociaciones con los alemanes llegaban a su fin, continuaría trabajando para Wallenberg con otras atribuciones. Pero nunca
se le había pasado por la cabeza que Wallenberg pudiera
echarla. Él la apreciaba.

Una vez, en un viaje de trabajo a Alemania, los dos se
habían quedado en el bar cuando los demás ya se habían
retirado.

—Tú identificas pautas donde los otros no ven nada
—había dicho—. No eres consciente tú misma, pero, durante las negociaciones, das grandes saltos mentales para sacar
conclusiones. Y siempre aciertas. Una mirada, una cara, un
modo de formular una frase… Inmediatamente pareces saber lo que significa. No sé si es intuición o inteligencia, pero
es algo realmente extraordinario.

Ella no había sabido qué decir.

—Estoy deseando ver qué pasará cuando te atrevas a actuar siguiendo esos impulsos en vez de limitarte a comuni-
cárselos a otros —había añadido él—. Ese día empezarás a
confiar en ti misma.

Wallenberg tenía razón al observar que no creía en sí
misma, aunque ella no había pensado que fuera obvio para
los demás.

—Eres tan inteligente como tu padre —había comentado
convencido.

Laura era consciente de que ese era un gran elogio; conocía la admiración que él sentía por su padre.

—Y estoy empezando a pensar que quizá lo seas incluso
más —había dicho.

Ahora, sin embargo, se había convertido en una carga,
en un riesgo de seguridad, y él la había dejado caer. Ese era
otro de los motivos por los que Wallenberg era bueno en su
trabajo: no mezclaba sus sentimientos personales con la tarea que tuviera entre manos.

Alguien había destruido su vida por completo. Había perdido a su mejor amiga, su apartamento y su trabajo. Le ardían los ojos y los cerró. No le quedaba nada. Habían matado a su amiga y luego habían intentado quitarle también la vida a ella. Podría haber muerto, si no hubiera sido por... ¿Erik no había insistido en tomar la última?

No, pensó. Ella conocía a Erik.

«Tiene que ver contigo. Y con tu amiga», había dicho Wallenberg. ¿Era así?

Debía reconocer que todo aquello era muy extraño. El ojo saltado, el cadáver en la Sociedad de Historia... podían interpretarse como un mensaje para ellos. Pero ¿por qué? No había nada en su historia conjunta que mereciera un asesinato. Y una bomba.

Se incorporó en la cama, bajó las piernas y se puso de pie. Seguiré adelante, se dijo a sí misma. Eso era lo que le habían enseñado los dos hombres que constituían su modelo: seguir adelante. «Algo acabará surgiendo.»

Cuando estuvo vestida, sonó un ligero golpe en la puerta.

—Tiene una llamada —dijo la doncella.

Bajó al primer piso y cogió el auricular.

—¿Sí?

—Hola, Laura. Soy Emil Persson del *Svenska Dagbladet*. ¿Cómo está?

—No tengo nada que contarle —respondió—. De veras.

—¿Era su apartamento?

—Sí.

—Pero ¿por qué?

—No tengo ni idea.

—¿Le importa que indague por ahí?

—Como quiera. —Ella titubeó—. Avíseme si descubre algo.

Su abuelo apareció en el umbral.

—Laura, ha llegado la policía para hablar contigo.

ϒ

Eran dos. Su abuelo preguntó si quería que se quedase, pero ella negó con la cabeza. Uno de los policías era mayor, de la edad de su padre, con el pelo plateado, aunque con una cara llena de bultos, como un boxeador. El otro era más joven, casi de su edad. Tenía el pelo oscuro y un rostro franco. Wallenberg le había dicho que lo explicara todo, y eso hizo. Les explicó todo lo que había ocurrido, empezando por la muerte de Britta.

—¿Ha recibido algún tipo de amenaza? —preguntó el más viejo.

Ella negó con la cabeza.

—¿Qué me dice del trabajo que está haciendo con Wallenberg? ¿Ha habido amenazas allí?

—No dirigidas a mí. Creo que todo esto tiene que ver con la muerte de Britta.

El policía bajó la cabeza.

—Ha dicho que eran amigas íntimas. Si ella estaba asustada, seguro que se lo habría dicho, ¿no?

Recordó su encuentro en NK.

—Me imagino que lo habría hecho si nos hubiéramos visto más a menudo —dijo, con pesar—. Pero raramente nos veíamos después de que yo me fuera de Upsala.

—Yo creía que las amigas se lo contaban todo —insistió el policía—. ¿Está segura de que no le insinuó nada?

Laura se encogió de hombros. Era culpa suya que Britta no le hubiera explicado de qué estaba asustaba aquel día que había ido a Estocolmo. Aunque ella nunca lo había sabido todo de Britta. Siempre daba por supuesto que en su vida había aventuras, hombres, citas, pero raramente sabía de quién se trataba. No creía que su amiga le ocultara nada; era más bien como si esos detalles no tuvieran mucha importancia para ella. Asimismo, Laura sabía muy poco de su pasado.

Britta no hablaba de su familia o su infancia…, posiblemente por la misma razón.

¿Y ella? ¿Se lo había contado todo a Britta? Sí, pensó. No siempre voluntariamente, pero Britta parecía haber comprendido por su cuenta las cosas que ella no había dicho.

—Se lo repito —dijo—, si yo hubiera estado allí, creo que me lo habría contado. ¿No han descubierto nada todavía?

El policía viejo frunció el ceño.

—La explosión se produjo ayer.

—Sí, pero el otro policía, el de Upsala, está investigando el caso desde que mataron a Britta.

—Ah. —Él consultó sus notas—. El inspector Ackerman… A nosotros no nos consta aún que los dos hechos estén relacionados. De momento, los estamos tratando como incidentes separados, aunque pueda haber algún vínculo. El asesinato también podría estar relacionado con la vida personal de su amiga.

El policía cerró su cuaderno. El otro, el más joven, se levantó y preguntó:

—¿Podría usar el baño antes de que nos vayamos?

—Sí —dijo ella—. Está en el pasillo.

Él asintió y salió. El viejo seguía observándola.

—Yo, en su lugar, procuraría volverme invisible por el momento.

Laura asintió. Sí, claro.

El policía se echó hacia delante. Los bultos rojos de su frente empezaban a pelarse. Tenía los ojos pequeños y una mirada dura.

—No. —Meneó la cabeza—. Quiero decir invisible de verdad. No hablaría con nadie ni vería a nadie. Qué diablos, probablemente ni siquiera saldría de casa.

A Laura se le erizó el vello de los brazos, pese a que aquellos hombres eran de la policía y se suponía que debía sentirse a salvo con ellos.

Se abrió la puerta del pasillo: el joven saliendo del baño. El viejo se puso de pie.

—Ya encontraremos nosotros la salida.

Su abuelo estaba sentado en un sillón de la sala de estar. No se levantó, como solía hacer cuando ella entraba; solo alzó la mano a modo de saludo. Parecía más pequeño.

—¿Todo bien? —preguntó.

—Sí —dijo ella—. ¿Tienes frío? ¿Quieres que encienda el fuego?

—Estamos en primavera. Ya no hace falta encenderlo.

—Bueno, si tienes frío, tienes frío.

—No, no. —Aún conservaba su férrea educación militar—. No hace falta.

Laura cogió una manta y se la puso sobre las rodillas, aunque él se mofara de sus cuidados; luego se sentó en una silla a su lado, todavía con la mente zumbando.

El policía viejo había tratado de asustarla. ¿Por qué? Habían intentado asesinarla y ahora la policía pretendía meterle miedo.

Un momento, pensó, echando el freno. ¿De veras habían intentado asesinarla?

La bomba estaba provista de un temporizador. Recordó al hombre saliendo del edificio. Eso había sido quizá quince minutos antes de la explosión. Tiempo sobrado para que él desapareciera. Esa gente no sabía cuándo llegaría, y ella había vuelto a casa más temprano de lo acostumbrado. Pero si hubieran querido asegurarse de asesinarla, la bomba habría contado con un mecanismo para activarse con el movimiento, de modo que detonara cuando ella entrara en el apartamento…

No. A Britta la habían ejecutado, pero a ella solo habían tratado de asustarla…, además de procurar destruir cualquier objeto comprometedor que Britta pudiera haberle dado.

—¿En qué estás pensando? —preguntó su abuelo.

—En todo esto —le confesó Laura—. Mi amiga, mi apartamento… Son muchas cosas que asimilar.

—Sería mucho para cualquiera. —Tenía entrelazados sus dedos pálidos y huesudos sobre la manta, pero ahora los desenlazó y pellizcó la lana distraídamente—. ¿Qué piensas hacer?

Ella suspiró.

—Reorganizarme. He de encontrar un nuevo trabajo, otro lugar donde vivir…

Él asintió, pero sus dedos habían vuelto a quedarse inmóviles en su regazo. Laura se dio cuenta de que en realidad le había preguntado qué pensaba hacer sobre Britta. Pero no voy a hacer nada, pensó, confusa. Ya estaban investigando la policía y los Servicios de Seguridad… Se preguntó cómo se habría tomado la familia la noticia de la muerte de su hija. Pero no: ella ya no tenía un encargo oficial para investigar.

Aun así, pensó que su abuelo estaba decepcionado.

20

Jens

Jens le dejó varios mensajes al profesor Lindahl en la universidad de Upsala, pero no tuvo noticias suyas. Anotó de memoria el índice de materias de la tesis y lo repasó una y otra vez, pero no le decía nada. Estaba seguro de que no había ninguna nota entre las páginas del trabajo, porque lo había hojeado de cabo a rabo. Así pues, la propia tesis era el mensaje. Un mensaje que no había leído.

Apoyó la cabeza en las manos. «No es problema mío», pensó. Él tenía otros asuntos de los que preocuparse: las llamadas del ministro que no habían sido registradas, el posible encuentro de Kristina con Schnurre, la desaparición del archivero... ¡Y su trabajo habitual!

Pero una joven había sido asesinada. Y otra había escapado por poco del mismo destino. ¿Cómo no iba a preocuparse y a dejarlo correr?

Parecía probable que la primera hubiera sido asesinada por su vinculación con el C-Bureau. Pero, en tal caso, ¿por qué le había enviado ella la tesis? Y si en esas páginas había algo relacionado con su asesinato, ¿por qué enviárselas a él y no a su enlace en el Bureau?

Sin embargo, Laura Dalhgren estaba viva. Decidió hablar con ella. Llamó a Wallenberg, quien le dijo que, en vista de lo ocurrido, estaba de baja y se encontraba en la casa de su padre en Djursholm. Jens captó cierto malestar en el tono de Wallenberg. ¿Malestar? Christian Günther iba a pasar todo el día en una reunión del parlamento. Así pues, Jens tomó un tranvía hacia la dirección de Djursholm.

Los Dahlgren vivían una mansión blanca situada junto al reluciente mar. Una amplia avenida de olmos llevaba hasta el edificio, construido al estilo romántico autóctono, con dos plantas, paneles de madera y tejado brillante. La sección central sobresalía hacia el agua y estaba rematada con una torre. Jens se imaginó que si uno se sentaba en esa parte debía sentirse prácticamente junto a la orilla. Con razón tenía Laura ese aire de persona privilegiada. Contemplando los viejos árboles del jardín, ahora cargados de flores, no le cupo duda de que estarían cargados de manzanas al llegar el verano.

Llamó al timbre.

Fue la propia Laura quien abrió la puerta. Frunció el ceño al verle, reconociendo su cara, pero quizá sin acabar de situarla. Sus grandes ojos grises lo escrutaron sin alterarse. Tenía la nariz estrecha, con una diminuta protuberancia. Una belleza distante, volvió a concluir él.

—Me llamo Jens Regnell —dijo—. Trabajo en el Ministerio de Asuntos Exteriores. Soy el secretario de Christian Günther. Nos hemos visto en el ministerio.

Se dibujó una arruga entre sus finas cejas.

—Sí, lo sé.

—¿Podría dedicarme un momento?

Ella se hizo a un lado para que pasara y le indicó que la siguiera a la sala. Era tal como Jens se lo había imaginado. Si mirabas por las ventanas, el agua parecía estar ahí mismo. Tenías exactamente la misma impresión que si estuvieras sentado en un muelle. Laura tomó asiento y le señaló un sillón.

—Esto va a sonarle extraño... —empezó Jens.

—¿Lo han enviado ellos? —lo interrumpió ella—. ¿Los Servicios de Seguridad?

—No. Nadie sabe que he venido... De hecho, quizá sea mejor que lo mantengamos así.

Laura no dijo nada. Tenía una expresión seria... ¿o suspicaz?

—Hace un par de días recibí un paquete —dijo él—. Contenía una tesis doctoral.

Ella se echó hacia delante, con la boca abierta.

—No.

—Pero la tiré —se apresuró a añadir Jens.

—¿Era de Britta? ¿De Britta Hallberg?

Él asintió

—¿La leyó?

Jens negó con la cabeza.

—Oh, Dios —dijo Laura.

Ahora Jens sintió una oleada de irritación.

—Me la enviaron por las buenas, sin una nota —dijo con aspereza—. Yo no tenía ni idea de lo que era. Tengo otras cosas que hacer aparte de leer disertaciones de estudiantes. —Inspiró hondo, tratando de calmarse—. Solo cuando me enteré de que había sido asesinada me di cuenta...

—¡La tiró! —dijo ella—. No puedo creerlo.

Era una mujer obstinada, advirtió él ahora. El tipo de persona que no deja pasar las cosas, que no perdona.

Ambos se quedaron callados un momento.

—Me he enterado de lo que le ha ocurrido —dijo Jens al fin— y de que ustedes dos eran amigas. He pensado que debía venir a verla... y preguntarle qué está pasando.

Ella negó con la cabeza.

—No lo sé. Fui yo la que encontró... su cuerpo. Wallenberg me pidió que averiguara si había alguna relación con nuestras negociaciones, y luego pusieron una bomba en mi apartamento… Yo sabía que su tesis había desaparecido. La clave debía estar ahí, ¿no cree? ¿Por qué se la habría enviado, si no? —Arrugó la frente—. ¿Y por qué se la envió a usted, de todos modos?

Él meneó la cabeza.

—No sé. Yo había dado una charla en una cena ofrecida por su profesor, pero, por lo demás, no tengo ni idea. —Vaciló un momento—. Ella me hizo una pregunta sobre historia y verdad…

—¿Qué le preguntó?

Jens se encogió de hombros.

—Intente recordar —insistió Laura.

Él se tragó su irritación.

—Bueno, era como si ella quisiera calibrar hasta qué punto se podía ocultar el pasado…, averiguar si era posible «reformular» la historia *a posteriori*.

—Nosotras solíamos discutir sobre esta cuestión: en qué medida la historia estaba escrita por los poderosos de acuerdo con sus conveniencias… ¿Usted tenía una aventura con ella?

—¡No, por Dios! —Jens alzó las manos—. Aquella fue la única vez que la vi.

—En el *nachspiel* —puntualizó Laura.

Jens carraspeó. Titubeó un instante, pero aquella mujer gozaba de la confianza del mismísimo Wallenberg. Estaba en el comité de negociación con Alemania. Había sido investigada.

—Lo que voy a decirle es confidencial —respondió—. No debe contárselo a nadie bajo ninguna circunstancia. —Aguardó a que ella asintiera antes de continuar—. Aquí en Suecia existe una segunda agencia de inteligencia llamada C-Bureau. Cuentan con muchas mujeres jóvenes que trabajan para ellos. Las llaman «golondrinas». Son mujeres que se relacionan con personajes de interés. Van con ellos a fiestas, los acompañan, toman nota de todo lo que ven y oyen, y luego informan a la agencia. Muy poca gente conoce la existencia del Bureau. Pues bien, me dicen que su amiga era una de ellas.

—¿Una espía?

Él se encogió de hombros. Más o menos.

—Britta —murmuró Laura. Cerró los ojos un momento y volvió a abrirlos—. Britta habría sido brillante en un trabajo como ese. Nadie habría sospechado que fuera más que una chica fiestera. Pero ella aguantaba la bebida. Y era inteligente. Y, además, le habría encantado hacer algo por Suecia.

Tras una pausa, prosiguió.

—Sus compañeros en Upsala dicen que últimamente había dejado de salir, pero quizá frecuentaba otros lugares… ¿Usted cree que descubrió algo que provocó que la mataran?

—No lo sé. Pero, en ese caso, el asesino debe pensar que usted también lo sabe.

—Yo no la había visto desde hacía meses. Si todo tiene que ver con algo que descubrió como… golondrina, podría haber una relación con los alemanes, a fin de cuentas.

—O con los aliados. —Jens se encogió de hombros—. Pero, entonces, ¿por qué me envió la tesis?

Laura se mordió el labio.

—¿Recuerda el título?

Él asintió.

—«Relaciones nórdicas a lo largo de los siglos: Dinamarca, Noruega y Suecia en un nuevo camino.»

—¿Finlandia no?

—Supongo que no.

—¿Tampoco Alemania?

Él volvió a negar con la cabeza.

Laura suspiró, al parecer aliviada.

Jens prosiguió:

—El índice de materias era el siguiente:

I. Introducción

II. Objetivos y demarcaciones

1. Historia: las uniones escandinavas

2. El Reich

3. El siglo XIX: un nuevo camino

4. El siglo XX: una nueva amenaza

5. Visión entre bastidores del encuentro de los tres reyes en 1914

6. Desenlace del encuentro de los tres reyes en 1939

—¡Espere! —Laura se levantó para coger un papel y un bolígrafo del escritorio.

Él volvió a recitarle el índice.

—¿Lo recuerda todo?

—Sí.

Ella lo escrutó con suspicacia

—Tengo muy buena memoria.

—Lástima que no leyera la tesis —murmuró.

Jens soltó un suspiro.

—Ella debió enviársela por algún motivo. Su asesinato podría estar relacionado con la agencia de la que usted me ha hablado. Britta había estado enamorada. Había cambiado. Había dejado de salir con amigos. Me consta que estaba asustada. Pero el hecho de que le enviara la tesis tiene que significar que había algo en sus páginas que creyó que usted debía saber.

—Yo he pensado lo mismo —reconoció él.

—¿Usted sabe lo que ocurrió en aquellos encuentros de los tres reyes?

—Sí..., pero no si sucedió algo «entre bastidores».

—Britta empieza por la historia de las uniones escandinavas… ¿Cree que estaban planeando crear una nueva?

—Que yo sepa, no. Los encuentros se celebraron solo para reafirmar la neutralidad de los tres países en caso de guerra.

Jens no le contó que Ryti, el presidente finlandés, se había dirigido recientemente a Günther con la idea de una unión entre Finlandia y Suecia. Günther había rechazado la propuesta *ipso facto*; Finlandia se había aliado con Alemania. No habría ninguna unión.

—¿Qué piensa hacer? —preguntó Laura.

Él levantó los hombros.

—La policía está investigando… —Jens pensó en Sven. La investigación se llevaba a cabo bajo las órdenes de su jefe—. Les hablaré de la tesis, por supuesto.

Ella frunció el ceño.

—La policía… —dijo.

Él aguardó.

—Es extraño, pero los Servicios de Seguridad estuvieron aquí ayer, haciendo preguntas sobre la bomba, y yo tuve la sensación… de que querían asustarme.

Ahora Jens detectó una fragilidad en su boca, una leve línea vertical en el arco de Cupido: una cicatriz en la que no había reparado antes. Ella acababa de sobrevivir a un atentado con una bomba. Se sintió mal por no tenerlo presente.

—Deben de estar preocupados, simplemente —dijo con cautela—. Es un ataque en suelo sueco. Están cuidándola, tratando de evitar que sufra algún daño.

«O que la maten», pensó.

Laura no respondió.

Él se puso de pie.

—Gracias por recibirme.

Cuando Jens se acercaba esa noche a su edificio, una persona surgió de repente de las sombras. Él sofocó un grito y dio un paso atrás.

—Chist… Soy yo.

—¿Sven? Menudo susto me has dado —dijo Jens.

—Perdona. No era mi intención —dijo Sven, con la cara velada por las sombras.

—¿Qué ocurre? —preguntó él, acercándose a su amigo.

—¿Recuerdas lo que te conté ayer sobre el asesinato y la explosión?

—Claro.

Sven lo miró con fijeza.

—Yo hice que sonara como si fuera un asunto de Estado, pero ha resultado ser algo completamente distinto.

Jens vaciló.

—¿Qué quieres decir?

—Fue algo personal. La policía tiene pruebas de que la mujer de Upsala fue asesinada por un amante celoso.

—¿Estás seguro?

—Completamente —dijo Sven, asintiendo—. Saben quién es.

—¿Y la bomba?

—Creen que la puso el mismo hombre. Al parecer estaba obsesionado con la señorita Hallberg. Quizá creyó que la señorita Dahlgren había animado a su amiga a dejarlo.

Laura decía que Britta había estado enamorada. Que había dejado de salir, de quedar con amigos. Que estaba asustada. Eso encajaba con lo de tener un amante obsesivo. Y Jens tenía claro que Laura se habría involucrado si su amiga hubiera estado en peligro. Se habría plantado resueltamente frente a ese hombre. Pero, por otro lado, estaba la tesis…

—¿Y lo de que Britta Hallberg era una golondrina?

Sven se encogió de hombros.

—Supongo que esas mujeres son ideales porque saben moverse en las fiestas y establecer relaciones, pero, por otro lado, presentan el riesgo de que su vida privada acabe persiguiéndolas.

—Ella me envió su tesis antes de morir.

—¿De veras? —Los dientes de Sven relucieron a la tenue luz de la calle—. ¿Y?

—No la leí. La tiré a la papelera.

Se abrió una puerta al fondo de la calle y ambos se volvieron.

—Quizás esperaba que le ofrecieras un trabajo —dijo Sven, encogiéndose de hombros—. Solo en este mes, yo he recibido dos documentos similares.

Pero en la tesis no había ninguna carta de Britta presentándose o solicitando un trabajo, pensó Jens. Aunque quizá sí la había habido. Recordó con qué poco cuidado habían vuelto a pegar el sobre después de examinarlo. Una verdadera chapuza, había pensado en ese momento. Quizá la carta se había caído, o el censor había olvidado volver a meterla en el sobre.

—He hablado de parte de Möller con el agente a cargo de la investigación —dijo Sven—. Están a punto de detener a ese tipo. —Su labio se torció en un rictus de repugnancia—. Al parecer, tiene todo un historial de abusos… Siento haber hecho que sonara todo como una amenaza de seguridad.

—No te preocupes —dijo Jens—. Es una buena noticia, aunque triste para Britta.

Sven asintió.

—También me he tomado la libertad de investigar las llamadas que mencionaste.

—¿Ah, sí?

—Eran alto secreto. Conversaciones sobre los judíos de Noruega y Dinamarca, y sobre la creación secreta de un corredor hasta Suecia. Por eso las borraron de los libros de registro. Nuestros líderes no quieren que se entere Alemania.

—Ah.

Jens suspiró. Ahora comprendía el motivo. Una cosa era franquear el paso a los judíos que llegaban a la frontera o indagar sobre los que tenían vínculos suecos, y otra muy distinta rescatar a judíos de los territorios ocupados por Alemania. Eso podría ser considerado una declaración de guerra.

—Así que no hay de qué preocuparse. Günther está haciendo lo correcto, aunque no te lo cuente.

—Ya veo. Gracias.

—Ah, y también he preguntado por tu archivero.

—¿En serio?

—Te conozco. Sé que te preocupas por las cosas y he querido asegurarme… Está de baja por enfermedad, Jens. Según los rumores, sufría un trastorno delirante. Se imaginaba cosas, creía que le seguían y demás.

Daniel le había parecido a Jens completamente lúcido. Pero, por otra parte, ¿qué sabe uno de cualquier persona? Quizás el hecho de que hubiera ido a hablar con él de las llamadas ya formaba parte de su trastorno: de los delirios, de la paranoia…

Un asunto extraño para hablarlo en la calle, pensó Jens.

—¿Quieres subir? —preguntó.

Sven negó con la cabeza.

—Otro día.

—Gracias, Sven —dijo Jens—. Todo esto estaba empezando a agobiarme.

—No hay de qué, amigo mío. —Sven le dio una palmadita en el hombro—. Vayamos a cenar un día de estos.

21

Monte Blackåsen

*T*aneli estaba al pie del monte Blackåsen. Había un grupo de árboles desde donde se podía ver la vía férrea y la montaña. Intentó imaginársela tal como debía haber sido en tiempos, una eminencia alta y soberbia, cubierta de bosques, exuberante, pletórica de vida. Ahora no era más que un bulto negro. Había sido importante para otros miembros de su tribu, pero no había jugado ningún papel en su vida. El monte estaba lleno de hombres, como hormigas en un hormiguero. Había un montón de soldados suecos desfilando en el andén. Sus siluetas grises se alineaban también en la zona excavada a cielo abierto, bajo la montaña, y en los túneles en los que trabajaban los mineros. Se acercaba un tren. La enorme locomotora negra entró resoplando en la estación. A bordo, había soldados alemanes que se asomaban por las ventanillas con cigarrillos en los labios. De pronto, un hombre cruzó corriendo el andén. Había aparecido entre el edificio de la estación y el hotel del ferrocarril. «¡Por Noruega!», gritó.

Un rápido movimiento por el aire. El hombre había lanzado algo. Sonó un estampido y se levantó algo de humo, pero al tren no le pasó nada. Los alemanes de las ventanillas se rieron mientras los soldados suecos forcejeaban con el hombre y lo derribaban. Luego se lo llevaron sujetándolo por los brazos. La cabeza caída, los pies arrastrándose por detrás. A los soldados suecos no podía hacerles ninguna gracia aquella labor de vigilancia. Pero el Gobierno se había comprometido a dejar paso a esos trenes llenos de alemanes que se dirigían al oeste. «Un precio pequeño que pagar a cambio de la paz», decían.

El cielo, por encima de ellos, tenía un tono levemente azulado, más propio del agua que del aireo.

Taneli oyó el crujido de una rama a su espalda y se volvió, sobresaltado. Era un hombre al que no conocía: delgado, enjuto, con el pelo negro y rasgos característicos. Lapón, sin duda.

—Así que Taneli Turi viene hoy a visitarnos —dijo el hombre—. En busca de respuestas.

Él se puso rígido.

—¿Cómo sabes mi nombre?

—Yo sé muchas cosas —dijo el hombre, sonriendo de oreja a oreja. Tenía los ojos grandes, con la parte blanca muy visible.

Un loco, pensó Taneli. Raija, a su lado, empezó a gruñir.

—Vamos, vamos. —El hombre miró a la perra y ella se calló de inmediato y se tumbó en suelo, bajando los ojos.

Normalmente solo obedecía a Taneli.

—¿Quién eres? —preguntó.

—Soy Áslat —dijo el hombre, inclinándose—. Tu guía —añadió.

—Yo no necesito un guía.

—Ah, yo creo que sí. Tú tienes que encontrar a alguien. Y yo sé dónde encontrar a alguien.

—¿Cómo? —preguntó Taneli.

¿Cómo sabía eso el hombre?

—Yo sé muchas cosas.

—Pero ¿sabes a quién tengo que encontrar?

—A tu hermana —dijo él—. Quizá también a los demás.

Taneli sintió que le palpitaba el corazón en los oídos.

—Dime cómo —dijo con voz ronca.

—Te costará dinero.

A Taneli se le cayó el alma a los pies. Ya debería haberse imaginado que ese hombre era un timador. Nadie podía cobrarle dinero a otra persona por ayudarla.

—Doscientas coronas suecas —dijo Áslat.

—No te creo —dijo Taneli.

Él podía ser un niño, pero no era idiota.

—Ella escogió tu nombre —dijo el hombre.

Aquello no lo sabía nadie. Nadie, aparte de Taneli, su hermana y su madre. «No se lo digas a tu padre —le decía siempre su madre—. Él quería ponerte otro nombre. No le cuentes que se lo dejé escoger a tu hermana.»

Taneli se abalanzó sobre el hombre, dándole golpes en el pecho y tratando de agarrarlo del cuello.

—¡Tú la tienes! ¡Eres tú!

Áslat se limitó a mantenerlo a raya. Primero se rio. Dientes negros, aliento agrio. Luego lo sujetó de los hombros y susurró:

—No soy yo, tonto. Pero yo sé quién la tiene.

Taneli se quedó quieto y el hombre lo soltó.

—¿Dónde podría conseguir ese dinero?

—Eso es cosa tuya —dijo Áslat—. Yo te diré lo que necesitas saber. Mañana por la noche, Taneli. Nos veremos aquí mañana por la noche.

Y se alejó sin más.

Doscientas coronas. Era una cantidad imposible de conseguir. Aunque vendieran el reno, no sacarían ese dinero. Sin contar con que los demás jamás accederían a venderlo.

Aún era demasiado joven. Lo sentía en cada fibra de su cuerpo. Era un niño. No sabía cómo manejar aquello.

Su primo Olet le había dicho en una ocasión: «Solo has de seguir por el bosque a gente de la que te fíes». Y ese Áslat no era de fiar. Debía haber un motivo para que estuviera dispuesto a ayudarle: un motivo y un precio que pagar. Y luego estaba el asunto de cómo le había obedecido Raija. Cuando él le daba órdenes, los ojos de la perra brillaban de contento y todo su cuerpo se aprestaba a pasar a la acción. Cuando Áslat le había hablado, en cambio, se había tumbado como si se hubiera dado por vencida. Como si estuviera muerta.

De todos modos, ¡había encontrado una pista!

Esa constatación lo dejó anonadado. Ahí había alguien que realmente sabía algo. ¡Javanna estaba viva! El hombre había dicho que alguien la tenía presa.

Para volver a casa siguió el camino largo, rodeando el pueblo. No tenía prisa por llegar. No caminó por las calles, sino por detrás, por los senderos del bosque. Dejó atrás las casas de los mineros, la escuela a la que no asistían los lapones, los parques. Llegó a la soberbia villa del director de la mina. Esa casa no tenía otra misión en el mundo que ser bonita. Y enorme. Sus ventanas, pequeñas y decorativas, destellaban al sol. Taneli no tenía dinero. Pero el hombre que dirigía la mina sí.

Esperó frente a la villa del director durante todo el día, atisbando por las ventanas. Cuando Sandler llegó al fin tras su cabalgada, el mozo del establo se llevó al animal, cubierto de sudor. El ama de llaves recorría las habitaciones, limpiando los objetos con algo parecido a unas plumas de ave y frotando las superficies con un paño. Le sirvió la cena al director y luego se marchó. La casa se quedó en silencio. Sandler no parecía tener familia. Taneli se sentó bajo una ventana de la parte trasera. Debía de hacer calor dentro, porque la habían dejado abierta. El director tenía un perro, pero Taneli ya le había dado un trozo de carne seca y ahora eran amigos. Era un perro temible, pero tenía mucha hambre.

Pensó un momento en Raija, a la que había dejado atada en el bosque. No había tenido otro remedio que hacerlo; si no, le habría seguido. La perra se había puesto a llorar cuando él se había alejado. Le inquietada que alguien la encontrase y la soltara, porque vendría corriendo a buscarlo, cosa que no creía que le gustara a su nuevo amigo canino.

Había en el aire un olor a humo. Taneli se incorporó a medias. Los músculos de los muslos le temblaban. El director estaba sentado en un sillón junto a su librería, fumándose una pipa y con un libro abierto en el regazo. ¿Dónde guardaría el dinero un hombre como ese? Ojalá no lo llevara encima. Cuando se quedara dormido, entraría en la casa y buscaría. Pero el director no parecía tener intención de acostarse. Taneli le comprendía. Después del oscuro invierno, cuando llegaba por fin la primavera, tenías ganas de disfrutar cada minuto de luz. Ahora ya atardecía. El cielo había adquirido un tono más oscuro. Los pájaros cantaban, pero sus trinos eran más suaves. Si no habías nacido aquí, seguramente no notarías la diferencia.

Sandler bostezó y se tapó la boca con la mano. Al fin, pensó Taneli.

En ese momento sonó un golpe y se abrió la puerta principal. Taneli se agachó, pero así no podía oír. Aguardó un segundo y volvió a levantarse. Era un hombre: el que había ido a medirles el cráneo. No el que hacía las mediciones, sino el otro, el que tomaba notas. El de los ojos vacíos. El que le había dado una patada a su perra.

—¿El alquiler otra vez? —dijo el director. No sonaba complacido. Taneli observó que le sacaba una cabeza a su visitante.

—Sí —rezongó el hombre—. El alquiler.

—El problema es que no sé para qué es ese alquiler —dijo Sandler.

—Mejor déjelo así —gruñó el hombre, y le pasó un paquete.

¿Qué era?

El director le dio la vuelta y echó un vistazo pasando el pulgar por los bordes. El papel del fajo tenía un color terroso y letras impresas. ¡Era dinero!

—No me vaya a subestimar —dijo Sandler—. Se lo advierto. No crea que esto va a quedar así.

El hombre se echó a reír.

—Usted, como el resto de nosotros, haga lo que le han dicho —respondió con una reverencia, aunque no era un gesto sincero, sino más bien burlón. Luego salió, cerrando la puerta.

Taneli estaba completamente pasmado. ¿Cómo se atrevía ese hombre a hablarle así al director de la mina? ¡Él era la persona más importante que había allí! ¡Menudo descaro!

Sandler se quedó un rato inmóvil; luego fue a la cómoda del fondo de la habitación. La tocó por un lado, sonó un clic y apareció una bandeja. Tiró el fajo dentro y la cerró. Acto seguido, apagó la lámpara que había junto al sillón y salió sin molestarse en cerrar la ventana; quizá se le había olvidado. Se oyó un crujido en la escalera y, al cabo de un momento, se abrió otra ventana por encima de la cabeza de Taneli.

El niño esperó. Esperó un poco más. Aunque el perro ahora era su amigo, le dio otro pedazo de carne seca para mantenerlo ocupado. Luego se dio prisa para entrar en la casa. Fue muy fácil. Se aupó con las manos, puso un pie en el alféizar y saltó dentro. Se incorporó y aguzó el oído, pero la casa estaba en silencio. Aunque Taneli era muy ligero, las planchas de madera crujieron cuando dio unos pasos, pero era de esperar que el director ya estuviera dormido como un tronco. No quería ni imaginar el castigo que recibiría si lo pillaban. Una paliza, la cárcel. Peor aún. El rechazo de su gente.

Al llegar junto a la cómoda, se detuvo. Suplicó el perdón de ese hombre alto que dormía arriba; también el de los espíritus y el de su tribu. Yo no soy un ladrón, pensó. Es para un buen fin, añadió, aunque llegado a este punto ya no estaba seguro. Deslizó la mano por el lado del mueble; encontró una depresión en la madera y apretó. Ahí estaba, el clic. Metió la mano en la bandeja y sacó el dinero. Había muchísimo. Todos los billetes llevaban impreso el número 100. No sacaría más de lo necesario. Solo dos billetes. Dejó el resto y cerró la bandeja.

Al girarse, lo vio ahí mismo. El director. No lo había oído bajar. Sofocó un grito. Sandler lo miraba fijamente, con esos ojos azules enmarcados por la barba. «¡Corre, Taneli! —gritó una voz en su interior—. ¡Deja el dinero y corre!» Pero él no podía moverse. Se había quedado de piedra. El director seguía mirándolo. Durante un instante, Taneli se vio a sí mismo a través de los ojos de aquel hombre: un niño bajito, flaco, de brazos endebles, pelo negro y enormes ojos aterrorizados; indudablemente un lapón, con su gorro y su *kolt* azul. Un niño lapón, cuyo cráneo era más sueco que lapón, con unos billetes en la mano.

—He bajado a cerrar la ventana. Por los insectos —dijo lentamente el director, como si fuera él quien tuviera que dar explicaciones; y luego dio media vuelta y se fue… dejando allí a Taneli, en su propia casa, con el dinero robado.

Las escaleras volvieron a crujir mientras subía de nuevo.

22

Laura

*C*uando Jens Regnell se fue, Laura tuvo que sentarse. Britta le había enviado su tesis a él. ¿Por qué? ¿Simplemente después de una charla en el *nachspiel*?

Recordó la primera vez que había visto a Jens en una cena a la que había asistido con su padre. No hacía mucho tiempo. Christian Günther había pronunciado un discurso, seguido de una sesión de preguntas. Había algunos periodistas invitados. Al final, uno de ellos le había preguntado al ministro de Exteriores si podían oír unas palabras de su nuevo secretario. Günther había abandonado el atril —¿de mala gana?—, y aquel joven se había puesto de pie. Con una sonrisa juvenil y un rostro sincero, relajado, imperturbable. Se había presentado y había dicho que era un honor trabajar para el ministro. Un periodista le había preguntado qué aspiraba a conseguir y él había respondido que su misión era asegurarse de que la política del ministerio se llevara a cabo con éxito. Pero ¿y él, personalmente? Jens había dicho que este era un periodo tremendamente excitante para participar en política, tanto en Asuntos Exteriores como en cualquier otro departamento: «Tal vez se nos presenta por primera vez la oportunidad de lograr que cada ciudadano sueco disfrute del derecho a una vivienda digna, una atención sanitaria de calidad, una buena educación y una situación segura en su vejez. Me encanta poder formar parte de este proyecto, librar una guerra por estos derechos. Para mí, es la única razón justa para librar una guerra».

A medida que él seguía hablando de la visión que tenía sobre Suecia, Laura recordó que la sala había ido enmudeciendo. Estaban presenciando algo extraordinario. Él es el siguiente, había pensado. Un socialdemócrata, obviamente. Ella le habría votado sin dudarlo. Como siempre, observó la reacción de su padre, que estaba sentado a su lado. Su rostro reflejaba los mismos sentimientos. Jens Regnell era especial.

Había vuelto a verlo un par de meses después, junto con Wallenberg. Entonces ya parecía abrumado por el peso de sus responsabilidades ministeriales. Estaba estresado, concentrado. Ya no quedaba nada de la pasión que ella había percibido la primera vez, y más bien se había llevado una sensación de decepción. Pero ¿cuántos hombres eran capaces de conservar viva su visión cuando se tropezaban con la realidad?

Britta le había enviado su tesis a Jens. Aunque no lo conocía, había creído que él quizá seguiría indagando.

A ella no se la había mandado. No confiaba en ella lo suficiente. Como durante la conversación que habían mantenido en el NK. Britta había preferido no hacerle ninguna confidencia.

«¿Quién hubo en su vida que no se comprometió, Laura?» La voz del profesor Lindahl resonó en su interior. Sintió que el corazón le palpitaba con fuerza.

Debía reconocer que había experimentado un sentimiento de alivio al oír el tema de la tesis de su amiga: *Relaciones nórdicas a lo largo de los siglos: Dinamarca, Noruega y Suecia en un nuevo camino*. En un primer momento, cuando Jens le había hablado de la tesis, ella había sentido una oleada de temor, pensando que quizá Britta había continuado el proyecto en el que los miembros del grupo habían estado trabajando durante sus años en la universidad —el proyecto que finalmente había acabado separándolos— y que su asesinato tenía algo que ver con ellos cinco, al fin y al cabo. Pero la tesis de Britta no contenía nada sobre ásatrú, sobre la fe nórdica.

El arzobispo había sido invitado por el profesor Lindahl a uno de los *nachspiele* y había hablado de la Iglesia y el Estado, de sus vínculos, del papel de la Iglesia en la nueva Suecia.

—Increíble —había comentado Erik, cuando el arzobispo ya se había retirado.

—¿El qué? —había preguntado Karl-Henrik.

—Ese hombre, quiero decir, el arzobispo, parece lúcido. Un hombre bastante inteligente. Culto. Otra cosa es la creencia mística en ese tipo de arriba que todo lo ve y todo lo sabe, que dirige el cotarro a su antojo: o sea, rezarle a alguien que no puedes ver, creer en alguien a quien no puedes conocer.

—Hay millones de personas en todo el mundo que creen cosas similares —dijo Karl-Henrik.

—Pero la mayoría no son personas educadas —adujo Erik.

¿Eso era cierto?, se había preguntado Laura. La mayoría de la gente no recibía educación, era verdad. Pero que la mayoría de las personas religiosas fuesen personas instruidas o no, ya no lo tenía tan claro. ¿Acaso la religión no era, en algunos sentidos, solo para personas educadas?

—Es una forma perfecta de mantener sometida a la gente.

El profesor se echó hacia delante para tirar la ceniza de su cigarrillo en el cenicero. Parecía sonreír para sí.

—¿Y qué hay de ásatrú, la fe nórdica, con la que nos machacas continuamente? —preguntó Matti.

—Eso solo son sagas, leyendas. Es nuestra tradición. No algo en lo que creemos.

—¿Me he perdido algo? —dijo Britta, volviendo del baño.

—Erik está pensando en hacerse religioso —dijo Laura.

Él soltó un gruñido.

—Muy graciosa. Solo estaba diciendo que es totalmente improbable que un hombre inteligente crea en...

—Bueno, el objetivo de esta clase consiste en ampliar nuestra perspectiva y en ocuparnos de lo improbable —dijo el profesor Lindahl—. Y en mi calidad de guía, señor Anker, considero mi deber retarle de inmediato a encontrar una fe por sí mismo.

Britta rompió a reír.

Erik se volvió y le lanzó una mirada furiosa.

—¡Solo estoy tratando de imaginármelo! —dijo ella, secándose los ojos.

—¡Yo soy ateo!

El profesor se levantó.

—No, ya no lo es, señor Anker. Busque algo en lo que creer. De hecho —hizo una pausa—, extiendo el reto a todos ustedes. ¿Qué haría falta para que se convirtieran en ardientes defensores de una fe, como el arzobispo? ¿Qué creen que les podría convencer?

Se hizo un silencio.

—Bien, ya es hora de que me vaya a casa, queridos. Ustedes, por supuesto, pueden quedarse todo el tiempo que quieran.

Y dicho esto, se retiró.

Todos esperaron a que sonara el gran portón de madera del edificio al cerrarse.

—¡Mierda, joder! —exclamó Erik.

—Has caído de lleno en la trampa —le dijo Laura—. Y nos has arrastrado a todos los demás.

Erik volvió a soltar una larga ristra de palabrotas.

—En realidad, es una cuestión muy interesante —dijo Karl-Henrik—. ¿Qué haría falta para convertirnos?

—Yo ya creo en Dios —dijo Matti con los ojos brillantes.

Quiere provocar, pensó Laura.

—No, qué coño, tú no crees —dijo Erik.

Matti se rio a carcajadas.

—Todo este asunto de la fe es absurdo —masculló Erik.

—Pues es algo que vemos a todas horas —dijo Karl-Henrik—. Personas perfectamente racionales que tienen una fe. ¿Qué es lo que las convence?

—Quizá no hablaba en serio, ¿no? —apuntó Erik, esperanzado—. Quizá no sea un encargo estrictamente.

—¿No? Yo creo que sí lo es —dijo Britta.

Aquella noche, Matti se había quedado en el apartamento de Laura, como hacía a veces, y al final habían acabado haciendo el amor. Ella se había sorprendido de sí misma, pero creyó saber cuál era el motivo: no había nada serio entre ellos, ni tampoco la posibilidad de que llegara a haberlo.

Después, Matti la besó en el hombro y preguntó.

—¿En qué estás pensando?

—En Erik —dijo ella.

Él le clavó un dedo en el costado con fuerza.

—Acabo de hacerte el amor y tú estás pensando en Erik.

Laura se rio.

—En realidad, estaba pensando en la pregunta que el profesor le ha hecho a él y a todos nosotros —le aclaró.

—No es una pregunta de historia precisamente.

—Pero hay una lección implícita en ella. Si no, el profesor no la hubiera planteado. ¿Sobre qué cuestión suele pincharte a ti?

Matti se volvió para coger su tabaco.

—No te lo voy a contar —dijo—. ¿Y a ti?

—Tampoco voy a contártelo.

No, según qué cosas era mejor guardarlas.

Matti encendió un cigarrillo, dio una calada y se lo pasó.

—Pero conmigo se ha equivocado —dijo—. En la cuestión con la que quiere pincharme.

—¿De veras?

Matti levantó la cabeza. Ahora se había puesto serio.

—No siempre tiene razón, ¿sabes?

Sí, claro, el profesor también era humano, pensó. Pero no lo sentía realmente.

La despertó el ruido de la puerta principal al abrirse. Karl-Henrik, pensó. Sonaron unos pasos por el pasillo más allá de su dormitorio. La puerta de la biblioteca se cerró con un chasquido. Ella miró a Matti; no quería que se despertara y se preguntara quién había entrado. Tampoco quería que Karl-Henrik supiera que Matti se había quedado a dormir.

Pero Matti respiraba silenciosamente. Parecía tan apacible como un niño, lo que la hizo sonreír. Se acurrucó a su lado, puso la cabeza junto a la suya y empezó a respirar al mismo ritmo. Cuando volvió a despertarse, hacía mucho que Karl-Henrik se había ido y Matti se estaba vistiendo.

Laura no se había comprometido con nada en toda su vida. No realmente. Nunca se había arriesgado. Pero sus pensamientos acerca de Britta no la dejarían en paz hasta que averiguase lo que había sucedido.

¡Ya estaba bien! Ella no iba a ser así en la vida.

Se puso de pie con energía.

Υ

Wallenberg la hizo esperar. En el pasado, él jamás la había hecho esperar. Su padre podría haberle dado lo que estaba a punto de pedirle a Wallenberg, pero no creía que hubiera accedido. Estaba demasiado preocupado por ella. «Ahora estás en casa…» La frase seguía resonando en sus oídos. Aguardó de pie en el pasillo de la oficina. Sus antiguos compañeros rehuían su mirada…, ¡como si hubiera hecho algo malo! ¿Qué excusa habría dado Wallenberg para justificar su ausencia? Le ardían las mejillas. Prefirió no mirar hacia su escritorio por si ya había otra persona sentada allí. Mantuvo la cabeza alta y miró por una de las ventanas. El cielo era de un intenso color azul. Y el rechazo no iba a doblegarla. Al contrario, dejó que la encardeciera, que la llenase de vigor.

—Creía que me había expresado con claridad —dijo Wallenberg, cuando finalmente la recibió.

Ese rostro que normalmente se ablandaba cuando hablaba con ella tenía ahora un aire desabrido, incluso frío.

Habían trabajado juntos tres años y él la había dejado caer como si fuera un peso muerto.

—Sí, hablaste muy claro —asintió Laura, y se obligó a sonreír. Apoyó las manos sobre el escritorio y se inclinó sobre él con firmeza—. Durante tres años he trabajado para ti. Te he dedicado toda mi energía. Así que creo que estás en deuda conmigo —dijo—. Y esto es lo que quiero…

23

Jens

—*H*ola.

Kristina salió al pasillo a recibirle. Sonrió, le rodeó el cuello con los brazos y le besó en la boca. Llevaba un vestido azul marino y el pelo recogido en una cola. No se había puesto mucho maquillaje. Había adoptado el papel de la típica chica que podría vivir en la puerta de al lado, pensó él, aunque enseguida se avergonzó de sí mismo.

—Te he echado de menos —dijo ella.

—Yo también a ti. —Era cierto.

—He preparado la cena. He pensado que estaría bien cenar en casa esta noche.

—Suena perfecto.

Jens tiró el maletín sobre la silla del vestíbulo y colgó la chaqueta. Al notar el aroma de la comida que estaba preparando, el estómago le rugió. Al entrar en la cocina, se aflojó la corbata y se arremangó la camisa. Fue a la ventana y alzó la cortina opaca para atisbar la calleja oscura de abajo. El piso no daba a un muelle junto al agua, pero, de todos modos, era su hogar.

—¿Qué tal el trabajo? —preguntó Kristina.

Jens pensó en su apresurado encuentro con Sven en la calle.

—Bien —dijo—. De hecho, muy bien. Tenía varias cosas en la cabeza, pero hoy se han aclarado definitivamente.

Sí, todos sus temores eran infundados. Solo ahora cayó en la cuenta de lo preocupado que había estado. Sí, se había imaginado lo peor, una intriga en la que estaba implicado el ministro de Exteriores y el ministerio mismo, pero —gracias a Dios— había resultado ser todo falso. Tendría que volver a ver a Laura para que lo supiera. Aunque lo más probable era que la propia policía la informase, una vez que hubieran detenido al asesino.

—¿Una copa? —preguntó Kristina.

—Sí, por favor. —Se sentó a la mesa y ella le sirvió una copa de vino tinto.

Dio un sorbo y notó una sensación cálida en la boca. Se arrellanó en la silla y estiró las piernas.

—¿Y qué tal tu día? —preguntó.

—Bien. —Ella puso una cazuela sobre la mesa—. He hecho algunas gestiones para mi padre: llamadas, cartas... —Se quitó las manoplas para el horno, se desató el delantal y lo colgó del respaldo de la silla antes de sentarse frente a él—. Nada importante —dijo, sirviéndole el estofado—. No como tú.

—El trabajo de todos es importante —dijo Jens.

Dio un bocado. Un pollo suave y cremoso.

—Está muy bueno, Kristina.

—Me alegro de que te guste.

Ella inclinó la cabeza mientras comía y la cola de caballo le cayó más abajo del hombro, hasta la altura de la clavícula.

—¿Sabes qué? —dijo él—. El otro día, cuando volví a buscar mi cuaderno, vi a Karl Schnurre saliendo del edificio. ¿Vino a verte a ti?

—No. —Ella frunció el ceño—. Claro que no. —Luego su rostro se iluminó—. Ah, ya sé lo que debe de ser —dijo con energía—. Se supone que no puedo contártelo, pero te lo voy a contar de todos modos. Apuesto a que Schnurre le hizo una visita al caballero que vive en el piso de enfrente.

—¿Al señor Enander? Pero si él nunca está aquí.

—Bueno, debe venir de vez en cuando. Al parecer, va y viene de Alemania. A veces le trae cosas a Schnurre.

—Vaya —dijo Jens.

—Me consta que es así.

—¿Y cómo demonios lo sabes?

—Ah. Aquí viene lo que se supone que no puedo explicarte. Barbro tiene más de un jefe, si entiendes lo que quiero decir. Me dijo que quizá viéramos a un equipo de vigilancia y que no nos preocupáramos, que tenía que ver con el señor Enander.

Así que había adivinado lo que hacía Barbro, pensó él.

—Me sorprende que tú estés enterada de esto. De su doble vida, quiero decir.

—Estoy segura de que ella no me lo habría contado si yo no lo hubiera deducido. Nos conocemos desde hace mucho. Con el tiempo, resultó obvio y se lo acabé preguntando.

Kristina se levantó para recoger los platos de la mesa. Abrió el grifo para llenar el fregadero. La cola de caballo oscilaba a su espalda. Volvió a ponerse el delantal por encima de la cabeza y se lo ató en torno a su estrecha cintura.

—¿Cuál era ese asunto que se ha terminado de aclarar hoy? —preguntó, mientras metía los platos en el fregadero y empezaba a lavarlos—. Si es que puedes contármelo, claro.

Él no vio ningún motivo para no hacerlo. No era material sensible, a fin de cuentas.

—La semana pasada fue asesinada una mujer en Upsala y, unos días más tarde, pusieron una bomba en el apartamento de una amiga suya aquí en Estocolmo. Antes de ser asesinada esa mujer me había enviado su tesis doctoral, y a mí me inquietaba que todo el asunto estuviera relacionado de algún modo conmigo o con el ministro. Pero al parecer se trató de un asunto personal: un amante despechado.

—¿Cómo lo has averiguado? —preguntó ella.

—Sven ha venido a contármelo.

Kristina se volvió a mirarlo con el ceño fruncido. Se secó las manos en el delantal.

—No me vayas a malinterpretar, Jens, pero ¿por qué crees que Sven te cuenta estas cosas?

—¿Qué quieres decir?

—Ya sé que sois amigos, pero ¿te fías de él realmente?

Jens no acababa de creer lo que oía.

—Lo conozco desde hace años. Sí, me fío de él.

Ella asintió.

—Vale. Es solo que lo encuentro un poco demasiado ansioso por darte información. Me pregunto si lo hace para que veas las cosas como él las ve.

Kristina se le acercó, le puso la mano en el hombro y le dio un beso en la coronilla.

—Solo pretendo protegerte.

—Lo sé —dijo él, cogiéndola por la cintura.

Jens se resistía a reconocerlo ante sí mismo, pero había algo que le chirriaba en el modo que Sven había ido a buscarlo esa noche para contarle no solo lo del examante, sino también lo de las llamadas que no constaban en el registro y lo de la enfermedad del archivero. ¿Por qué apostarse frente a su puerta hasta que volviera a casa? ¿Por qué no aguardar hasta el día siguiente? Tampoco era tan urgente, ¿no? ¿Y por qué había llegado hasta el extremo de averiguar lo que le había ocurrido a Daniel Jonsson? Parecía un poco desmesurado.

Pero Sven era un tipo concienzudo. Se habría sentido fatal si le hubiera contado algo que no fuera correcto al cien por cien. En ese caso habría querido corregir su error de inmediato.

Esa noche, tendido en la cama, con Kristina en sus brazos, le resultó difícil conciliar el sueño. Ahora resultaba que Daniel Jonsson había sufrido delirios… Ojalá él lo hubiera sabido, aunque no tenía claro qué podría haber hecho. El archivero le había parecido un personaje solitario, extraño, pero no delirante.

Bostezó. Se le estaba durmiendo el brazo; con mucho cuidado, lo sacó de debajo del cuello de Kristina. Ella se removió y se apartó para ponerse de lado. Él se giró para colocarse boca arriba y cerró los ojos. Había algo más que se suponía que debía recordar, pero ya no sabía qué era.

24

Monte Blackåsen

Los chicos habían quedado con Notholm junto al río. Gunnar le había dicho a su madre que se quedaría en el colegio para hacer los deberes. Ahora más bien se arrepentía. Habría sido mejor mentir y decir que su madre lo necesitaba en casa. Pero le había dado miedo que el señor Notholm fuera a buscarlo. Intentó zafarse de sus temores con un encogimiento de hombros: el señor Notholm era solo un hombre; y un hombre respetable, además. El dueño del hotel del pueblo. Aunque eso no le tranquilizaba del todo. Pero Abraham tenía las mejillas encendidas. Estaba deseando hacer aquello. Y él era el mayor.

Sonó un redoble de cascos y el señor Notholm apareció en el claro montado en un caballo negro.

—Aquí estáis —dijo, sonriendo, aunque no desmontó—. Tengo una misión para vosotros.

Abraham alzó la barbilla, con los ojos brillantes.

—Quiero que atrapéis una liebre —dijo Notholm.

—Bah —respondió Abraham—. Eso no es difícil.

—Cierto —dijo Notholm—. Solo hace falta un buen cebo.

Atrapar una liebre era bastante difícil, de hecho, pensó Gunnar. Las liebres podían correr tanto como un caballo.

Pero había algunos trucos para atraparlas. Aunque él estaba seguro de que el señor Notholm debía conocerlos.

—Vendré por la tarde —dijo Notholm—. Atrapad una liebre y os pagaré. —Volvió grupas como para irse, pero después cambió de idea y tiró de las riendas—. Ah, y la quiero viva.

Viva. Eso ya era más complicado.

Los dos chicos estudiaron el asunto cuando Notholm se hubo ido. Necesitaban una trampa que no matara a la liebre.

—Una trampa con lazo —apuntó Gunnar.

—Pero hemos de poder accionarla —dijo Abraham—. Y tratar de atrapar a la liebre por las patas, no por el cuello.

Él llevaba un trozo de alambre. Las liebres tenían sus hábitos; eso lo sabían. Aún quedaba nieve suficiente para encontrar huellas. Transcurrió una buena hora hasta que Abraham gritó que había localizado un rastro.

Siguieron las huellas del animal hasta llegar a una especie de túnel entre la maleza. Un par de palos y varias piedras formaban un canal por donde la liebre debía de haber pasado muchas veces. Ahí fue donde armaron la trampa, utilizando como cebo brotes y arándanos.

Luego esperaron. Se fueron turnando para permanecer tumbados cerca del lazo. El otro se quedaba en el claro para no estorbar. La espera se fue haciendo cada vez más tediosa, pero procuraron mantenerse alerta para oír cómo se acercaba la liebre y tirar del alambre en el momento justo.

—No lo vamos a conseguir —dijo Abraham a primera hora de la tarde, cuando volvieron a cambiar sus puestos.

Gunnar se encogió de hombros. No podías forzar este tipo de cosas; tenías que ser paciente.

—¿Y si intentamos encontrar su madriguera? —propuso Abraham.

—No funcionará —dijo Gunnar—. Nos oirá mucho antes de que la encontremos.

Abraham le dio una patada a una piedra.

Gunnar fue a tumbarse. Hacía un tiempo cálido y el sol aún estaba alto. Observó cómo la nieve que quedaba se iba fundiendo y se volvía de un azul translúcido. A veces caían grandes trozos de las ramas con un leve crujido.

Sintió que se estaba adormilando y sacudió la cabeza para mantenerse despierto.

Entonces la vio. La liebre. Venía dando saltos por el camino, tal como habían imaginado. Un animal blanco, fibroso, con largas patas y largas orejas. Se detuvo a cosa de un metro, con el hocico tembloroso. Quizás había percibido su presencia. Venga, vamos, pensó. Vamos.

La liebre titubeó, pero después siguió adelante, dando saltos tranquilamente. Un salto, dos, tres...

Gunnar tiró del lazo.

—¡Sí! ¡La tengo!

Abraham llegó corriendo. La liebre estaba en el suelo, con las patas traseras atrapadas en el lazo de alambre, y se agitaba para liberarse. Gunnar le puso un pie en el cuello para inmovilizarla. El alambre se le había clavado en la piel y había sangre en su pelaje blanco, pero no tenía las patas rotas.

—Buen trabajo —dijo Abraham.

Gunnar sonrió satisfecho.

Ambos se relajaron. Una vez atada la liebre, volvieron a sentarse en el claro y pasaron el rato charlando y haciendo el tonto, como de costumbre.

A última hora de la tarde sonó de nuevo un sonido de cascos acercándose. Se pusieron de pie y se prepararon.

Cuando Notholm entró en el claro, Abraham alzó la liebre. Como si fuera una ofrenda, pensó Gunnar. La sujetaba por las patas delanteras con la mano izquierda y por las traseras con la derecha. El animal daba sacudidas, tratando de soltarse.

—Lo habéis conseguido —dijo Notholm—. Bien hecho. Y viva, además. Bueno, ¿ahora puedes matarla?

—Claro.

Con un rápido movimiento, Abraham puso al animal en el suelo, cogió un palo que ya tenía preparado y se lo colocó en el cuello. Pisó un extremo del palo y luego el otro, y tiró del cuerpo de la liebre por las patas traseras.

Ahora sonaría un leve chasquido, Gunnar lo sabía. Uno podía notar en la mano cómo cedían los huesos del cuello. Pero era un sistema rápido, relativamente indoloro para el animal y no dañaba el pelaje. Sus padres se lo habían enseñado.

El animal se estremecía. En realidad, ya estaba muerto; eso solo eran los últimos estertores.

Alzaron la mirada y vieron que Notholm fruncía el ceño.

—Vaya, ¿eso qué tiene de divertido? —dijo.

Abraham, al lado de Gunnar, entreabrió la boca.

—No —dijo Notholm—, es así como se hace.

Se giró sobre el caballo y abrió su morral. Dentro, había otra libre; con la patas atadas, pero viva. Todavía viva.

Gunnar contuvo el aliento. El estómago se le encogió.

Notholm sacó su cuchillo. Sujetó al animal en alto y le hizo una incisión en un lado. Un corte pequeño que sonó como el desgarro de una tela. La liebre empezó a sangrar. Notholm la seguía sujetando en alto. La sangre manaba sobre su brazo y goteaba en el suelo. El animal se retorcía de dolor. Daba sacudidas. Notholm se rio. Luego bajó la libre y, sujetándole la cara con una mano, le cortó el hocico.

A Gunnar le fallaron las rodillas. Iba a desmayarse.

El animal gritaba con un chillido penetrante, tan fuerte y tan humano como el de un bebé. Gunnar quería taparse los oídos. No podía soportarlo. Nunca hubiera imaginado que las liebres fueran capaces de chillar.

25

Laura

*H*abía tres direcciones en el papel que Wallenberg le había dado y que ahora tenía en la mano junto con el informe policial.

—Me ocuparé primero de la más difícil —se prometió a sí misma. Pero todas eran difíciles, en realidad—. Bueno, de la más repugnante —decidió.

A Sven Olov Lindholm, el jefe de la SSS, se le podía localizar actualmente en Estocolmo, en un apartamento de Fleminggatan, le había dicho Wallenberg.

Desde la visita de Jens, Laura había estado intentando armar el rompecabezas. Si Britta había sido una golondrina, su encuentro con Sven Olov Lindholm podría haber formado parte de su trabajo para el C-Bureau. La idea de que Britta hubiera estado espiándole le gustaba. A lo mejor estaba intentando indagar sobre los planes de su partido para la reunión de Pascua. Quizá Sven Olov lo había descubierto. Quizás era él quien la había asesinado.

Se le ocurrió que debería dejar esa tarea en manos de quienes sabían investigar. Pero luego pensó en la visita de los Servicios de Seguridad y en la idea del compromiso.

Encontró la casa, un viejo bloque de apartamentos, y llamó al timbre.

—¿Sí? —dijo una voz femenina.

—Me gustaría hablar con Sven Olov Lindholm —dijo Laura.

—¿Quién le busca?

—Britta Hallberg —dijo ella.

La puerta se abrió con un clic. A Laura se le encogió el corazón. Con mucho, habría preferido que la mujer hubiera dicho: «¿Quién?». Empezó a subir las escaleras y la puerta de un apartamento en uno de los pisos superiores se abrió.

—Aquí arriba —dijo un hombre.

Dobló la esquina. Sven Olov. Pelo rubio, ojos azules. Totalmente ario. Ella se burló para sus adentros. Podría haber resultado guapo si no hubiera sido porque tenía la nariz ligeramente torcida hacia un lado y la boca ligeramente torcida hacia el otro; y si no hubiera sido por la arrogancia que desprendía su mentón prominente, sus cejas arqueadas e incluso su forma de apoyarse en el marco de la puerta con el brazo alzado. No parecía alguien que acabara de oír que una persona conocida había vuelto de entre los muertos.

—Usted no es Britta —dijo.

—No. Britta está muerta.

Él cambió de posición.

—¿Muerta?

Ella asintió.

—¿Cómo?

—La asesinaron.

Sven Olov permaneció erguido. Miró detrás de ella, como si pensara que tal vez la hubieran seguido.

—No tengo nada que decirle —murmuró, dando media vuelta.

—Soy Laura Dahlgren. Trabajo con Wallenberg —dijo ella, alzando la voz—. Negocio con los alemanes. Tengo conexiones con la misma gente que usted.

Él se había detenido.

—¿Cómo me ha encontrado?

—El propio Wallenberg me ha dado la dirección.

Sven Olov frunció los labios.

—Nadie más la conoce —añadió Laura—. Y nada de lo que me diga saldrá de aquí.

Se sentaron en la cocina, que tenía un aspecto destartalado. En su día, las puertas laminadas de los armarios habían sido de un verde reluciente, pero ahora había bultos y muescas que resquebrajaban la pintura. Las paredes eran de piedra marrón. La lámpara que colgaba del techo tenía una pantalla tejida con borlas. Debía de haber sido blanca, pero ahora era de un tono gris claro. Sven Olov sacó un cenicero y ambos encendieron cigarrillos. Ella oyó que hablaban en voz baja en alguna parte del apartamento. La mujer. Otras personas también.

—¿Para qué ha venido? —preguntó él.

—Britta era mi mejor amiga. Alguien me dijo que fueron a tomar un café no mucho antes de que muriera.

—¿Quién?

—Ella le contó a un amigo que iba a reunirse con usted —dijo Laura, tratando de sonreír. Pensó por un momento en Andreas y en el hecho de que hubiera desaparecido.

Él fruncía el ceño.

—¿Cómo murió?

¿Lo sabía ya? No lo creía. Su reacción en la escalera había parecido auténtica.

—Le pegaron un tiro —dijo Laura.

Sven Olov soltó un largo y lento suspiro.

—Comunistas —dijo al fin, mirando más allá de ella. En contraste con su primera reacción, esta no parecía auténtica.

—¿Por qué dice eso?

—Upsala está infestada de ellos. De comunistas, de judíos, de criminales noruegos.

Sus labios se torcieron con desprecio. A Laura, aunque procuró no reaccionar, se le encogió el estómago.

—¿Para qué se reunieron?

Él se volvió a mirarla. Estaba sopesando si contestar o no, supuso ella. Pero el nombre de Wallenberg había abierto muchas puertas.

—Fue una conversación bastante interesante —dijo—. Por eso me acuerdo de ella. De lo contrario, me resultaría difícil, porque veo a muchas mujeres jóvenes.

Laura esbozó otra sonrisa forzada.

—Ella quería saber cuáles eran nuestros vínculos con el Instituto Estatal de Biología Racial de Upsala. Si alguna vez habíamos hecho algún trabajo juntos.

Aquello era lo último que Laura esperaba.

—¿Un trabajo? —preguntó—. ¿De qué clase?

—Eso le pregunté yo. Estoy al tanto, claro, de los estudios raciales que llevan a cabo; ya sabe, medición de cráneos y demás. Ella me preguntó si nosotros participábamos en ello activamente, o en cualquier proyecto similar, y yo le dije que no. Nuestra lucha es política. Los datos científicos ya están claros.

—¿Qué dijo ella?

—Insistió. Dijo que había una organización que trabajaba con el Instituto Estatal y me preguntó cómo podía no saberlo si era el jefe del partido nazi. —Soltó un bufido burlón al recordarlo.

—¿Y qué pasó entonces?

—Nada. —Se encogió de hombros, pero su mirada vaciló.

—Usted le dio una pista, ¿no?

Él permaneció callado.

—La torturaron antes de matarla —dijo Laura—. Sea lo que sea lo que sepa, tiene que contármelo.

Sven Olov se echó hacia delante.

—No sabe dónde se está metiendo —dijo en voz baja.

—Dígamelo —insistió ella—. Nadie sabrá nunca que ha salido de usted.

—Quiero que se vaya ahora mismo —dijo él, levantándose.

—Pero…

—¡Váyase! —gritó.

Sonaron pasos procedentes de una habitación y otro hombre apareció en la cocina.

—Acompáñala a la puerta, por favor —le dijo Sven Olov.

—Me llamo Laura Dahlgren —gritó ella, mientras la sacaban a empujones—. ¡Puede localizarme cuando se decida a decírmelo!

Necesitaba pensar. Caminó por Fleminggatan, se sentó en el primer café que encontró y pidió un té. Había otra mujer sola en una mesa; los ojos de ambas se encontraron durante un momento, como reconociéndose mutuamente. No muchas mujeres se sentaban solas en un café.

El Instituto Estatal de Biología Racial… ¿Por qué se habría interesado Britta por él? ¿Y sobre qué clase de «trabajo» estaba preguntando? Aquello no sonaba como un acción de espionaje a los alemanes. Se trataba de una institución sueca.

Pensó un poco más en Sven Olov Lindholm. En su momento, los partidos nazis habían sido tomados en serio. La biología racial era el camino que seguir. Un pueblo fuerte, una nación poderosa, los experimentos de eugenesia… Freud, Nietzsche, Darwin, incluso una eminencia nacional como Carl von Linné, habían reflexionado sobre la cuestión.

Su grupo de amigos también se había sentido seducido por este tipo de ideas. Recordó un *nachspiel* en el que trataron sobre «la élite». Todos habían coincidido en que la gente bien situada tenía el derecho y la responsabilidad de asumir el liderazgo; la mayoría era ignorante, y la capacidad no estaba repartida equitativamente. En cambio, habían disentido en lo que significaba «bien situada». La discusión se había ido acalorando. Laura recordaba a Erik y Matti gritando: Erik rechazando de plano la idea de que la ascendencia tuviera la menor relevancia en ese sentido, y Matti afirmando que un linaje distinguido garantizaba un elevado intelecto y unas dotes especiales.

—Mejores personas, mejores ideas —había dicho el profesor Lindahl—. ¿Y en el caso de las naciones?

Y habían acabado desembocando en el asunto de la raza, recordó Laura.

—¿Por qué habría de importar dónde has nacido? —preguntó Britta.

—Pero ¿no es eso lo que se está discutiendo? ¿Que sí importa dónde y en qué familia has nacido? ¿Que todo el mundo no es igual?

Sí, habían sido seducidos.

Luego empezaron a llegar noticias de Alemania sobre lo que estaba pasando con los judíos. El *Svenska Dagbladet* había publicado numerosos artículos sobre la desaparición de miles de personas; Emil Persson había sido el autor de algunos de ellos. El Gobierno sueco había guardado silencio, pero el auge de la extrema derecha se había detenido en seco. Los partidos nazis suecos habían sido desenmascarados como lo que eran: un puñado de miserables delincuentes que se dedicaban a intimidar y a provocar peleas.

Sven Olov Lindholm debía haberle contado algo a Britta. Ella lo había cautivado. Había logrado sacarle información. Y ahora él estaba asustado.

La gente de su clase solo entendía un lenguaje, pensó Laura. Como sucedía con la mayoría de los grupos. Como sucedía, sin ir más lejos, con los alemanes con los que ellos negociaban. Solo entendían el lenguaje del poder. Si eras débil, te pisoteaban; en cambio, si eras fuerte, tenías alguna posibilidad. Tiempo atrás, uno de los alemanes del comité negociador se había interesado por ella en un sentido personal. Había intentado convencerla de que salieran a cenar y, ante sus negativas, reaccionó cada vez con mayor agresividad. Había empezado a esperarla fuera de la sala de negociación (Wallenberg solía arquear una ceja en señal de advertencia). Luego, una noche, el alemán se había apostado junto a la puerta de la habitación de su hotel. La había sujetado, tratando de forzarla.

Ella estaba preparada. Llevaba la llave de la habitación en la mano y le había pinchado en el ojo con ella. Por algo era la nieta de un militar. Había dejado al alemán en el pasillo, sangrando y doblado sobre sí mismo. Al día siguiente, ya no participó en las negociaciones. Nadie dijo nada, pero sus compatriotas del comité la miraban con una nueva actitud llena de respeto. El otro tipo no volvió a aparecer.

«CONFERENCIA DEL LÍDER NAZI DE SUECIA», decían los carteles frente al hotel Carlton. Laura entró. La sala estaba llena de jóvenes con camisa militar y pantalones de montar. También había muchas mujeres. Había oído que el partido había cosechado un gran éxito entre ellas. No es que las considerasen con derecho a tener ideas políticas, pero resultaban útiles para repartir folletos, llevar las banderas y demás.

Laura caminó hasta la parte de delante, se sentó en la primera fila, cruzó las piernas y esperó. Ella fue lo primero que vio Sven Olov al subir al estrado. Su boca se entreabrió un instante. Luego sonrió. «Te acosaré hasta que me digas todo lo que sabes —pensó Laura—. No dejaré de recordarte ese secreto que tanto te asusta y te seguiré acosando hasta que me veas como un peligro. Te acosaré, te acosaré y te acosaré...»

26

Jens

$\mathcal{H}$acía una mañana preciosa. El sol brillaba en lo alto. Jens se detuvo un momento en el portal para sentir su calor en la cara. El fin de semana había sido estupendo. Él y Kristina habían paseado por Estocolmo y habían salido con unos amigos. Los primeros días cálidos de primavera. El primer fin de semana de verdad desde hacía mucho tiempo. Al fondo, en un portal de la calle, había un hombre con un traje gris y un sombrero negro fumando un cigarrillo. Cuando Jens lo miró, cogió el periódico que llevaba doblado bajo el brazo, lo desplegó y empezó a leer. Probablemente era uno de los agentes que vigilaban al señor Enander, pensó Jens. Tendrían que hacerlo un poco mejor si pretendían pasar desapercibidos.

Al llegar al trabajo, una de las administrativas asomó la cabeza en su despacho para decirle que Günther había convocado una reunión de todo el personal de inmediato.

Jens cogió su cuaderno y un bolígrafo, y la siguió a una de las salas de reuniones.

Günther ya estaba de pie en la parte delantera. La gente fue desfilando hasta que se llenó la sala. Cuando los últimos encontraron asiento y guardaron silencio, empezó a hablar.

—Anoche murió Daniel Jonsson.

«¿Cómo?»

—La mayoría de ustedes lo conocían: era un archivero que estuvo trabajando en el ministerio durante una década. Lo que muy probablemente no sepan es que, durante un tiempo, Daniel sufrió un trastorno mental que al final le impedía distinguir la realidad de la ficción. La semana pasada se le concedió un permiso indefinido. Anoche, lamentablemente, se quitó la vida.

Jens sintió que el suelo se abría bajo sus pies. Empezaron a zumbarle los oídos. Tuvo que bajar la cabeza para serenarse. Cuando volvió a alzarla, vio que Christian Günther lo miraba directamente.

—Nos afligimos por la pérdida de Daniel Jonsson —continuó el ministro—, pero su muerte nos ha dejado también un problema. Por su posición, Daniel tenía acceso a todo tipo de material confidencial. Teniendo en cuenta los delirios que sufría, no sabemos si transmitió información a otras personas. No sabemos si instigó algo que todavía sigue en marcha sin él.

Jens se llevó la mano a la corbata. Se estremeció; tenía frío, náuseas. «La nota», pensó. Cuando Daniel acababa de desaparecer, él había introducido esa nota por el buzón de su puerta. ¿Qué había escrito? «Ponte en contacto conmigo, por favor»; y también, «yo te creo». Se maldijo a sí mismo. ¿Por qué había añadido esa frase? ¡Qué increíblemente idiota! Se había imaginado a Daniel solo, de baja, deprimido. Él siempre procuraba ser amable; ese era su problema, como le señalaban Kristina y Sven constantemente.

—Los Servicios de Seguridad se encargarán de la situación —añadió Günther—. Y en el curso de sus indagaciones, es posible que sean interrogados.

Solo entonces reparó Jens en los hombres de traje oscuro al fondo de la sala. Tres, de brazos cruzados.

—¿Alguna pregunta? —Günther recorrió a la concurrencia con la mirada.

—¿Cómo… se quitó la vida? —aventuró alguien.

—Se colgó en su apartamento. Su hermana lo ha encontrado esta mañana.

La sala se quedó en silencio.

—Quería comunicárselo yo personalmente —dijo Günther—. El funeral se celebrará la semana próxima, pero de eso se encarga su familia. Nosotros les hemos dado nuestro pésame, naturalmente. Pueden tomarse un descanso si lo necesitan.

La gente se puso en pie y se fue retirando entre un murmullo de voces consternadas.

Jens volvió a su despacho y se desplomó pesadamente en su silla. Daniel estaba muerto. Y la nota que él le había dejado estaba en su apartamento. ¿La habrían encontrado ya?

Daniel sufría delirios. Era posible que hubiera dado información a personas no autorizadas. Por ejemplo, sobre las llamadas telefónicas de las que le había hablado a él. ¿Cuántas «cosas sospechosas» había observado y transmitido a otros? Jens se recriminó a sí mismo por no haber tenido más cuidado.

Günther ya se lo había advertido; le había dicho que dejara las cosas como estaban. Y ahora que él sabía de qué habían versado aquellas conversaciones telefónicas, comprendía el porqué. Debería haberle hecho caso a Günther; haber confiado en su palabra, en vez de creer que él tenía razón. Y ahora estaba el problema de la nota que le había dejado a Daniel: «Yo te creo». El hecho mismo de que se la hubiera dejado después de la advertencia de Günther no caería nada bien.

Suspiró y trató de calmarse. La justicia acabaría prevaleciendo. Él lo creía así. Estaba seguro. Explicaría lo que había sucedido y sería escuchado.

Sonó el teléfono. Se apresuró a descolgar.

—Jens Regnell.

—Hola, soy Sven. Tengo una cosa tuya.

—¿El qué?

—Unos papeles. Te los olvidaste en mi apartamento el último día que viniste.

Hacía meses que no se veían en el apartamento de Sven.

—Pero...

—Y sé que los necesitas —dijo Sven—. Te espero en Köpmantorget, junto a la estatua de san Jorge y el dragón, dentro de diez minutos.

Sven estaba esperando junto a la estatua de bronce, con el dragón verde alzándose por encima de su cabeza. Tenía las manos metidas en los bolsillos del abrigo, a pesar del tiempo cálido que hacía.

—¿Qué pasa? —preguntó Jens con irritación.

Había tenido que acudir precipitadamente y el día, además, no estaba yendo nada bien. Sin embargo, durante el trayecto había pensado que tal vez Sven necesitaba su ayuda. Si no, ¿a qué venían tantas prisas?

—Creo que soy yo quien debería preguntártelo —dijo Sven, y sacó la mano del bolsillo. En ella tenía la nota que Jens le había dejado a Daniel Jonsson.

Él dejó escapar el aire, atónito.

—¿Cómo demonios tienes tú esto?

—Möller, mi ministro, me ha enviado a casa de Daniel cuando se ha enterado de lo ocurrido. La policía estaba allí, pero no había empezado a registrarla.

Seguía mirando la nota en la mano de su amigo.

—Estaba sobre su escritorio, Jens. Cualquiera podía verla.

—¿Y te la has llevado?

—Pues claro.

—No deberías haberlo hecho.

—Tú sabes que sí.

—No. —Jens negó con la cabeza—. No, no creo. Es ilegal.

Había una sonrisa burlona en la cara de Sven, aunque desapareció tan rápidamente como había aparecido.

—Eres demasiado ingenuo, Jens. Mucha gente está esperando la ocasión para acabar contigo.

Jens se encogió de hombros.

—Esta nota es del todo inocente. Puedo explicar por qué la escribí. Ya sé que lo has hecho pensando en lo que más me conviene, amigo mío. Pero llevarse algo de una escena que la policía está a punto de registrar... es absolutamente incorrecto.

—Escúchame, Jens: tú podrías llegar lejos, muy lejos. Ambos sabemos que podrías llegar arriba de todo. Y sería importante que lo lograras, porque cambiarías cosas. Pero terminar incriminado por algo tan nimio como esto...

Sven le tendió la nota. Jens retrocedió.

—No —dijo, alzando las manos—, no la voy a coger. No deberías haberlo hecho.

De vuelta en la oficina, se preguntó qué haría su amigo con la nota: ¿tratar de volver a dejarla en su sitio... o tirarla? Sven confiaba en él. Cuidaba de él. Ambos se habían cuidado mutuamente. Pero aquello..., aquello le asombraba. Sven sabía distinguir lo que estaba bien de lo que estaba mal.

Habría resultado muy fácil, dijo una vocecita en su interior. «Podrías haber cogido la nota. Nadie lo habría sabido nunca. Toda la historia habría quedado olvidada...»

¡No! Él sí lo habría sabido. Esa forma de pensar era la que siempre había combatido: la complacencia, los privilegios, las mentiras. Él no toleraría nada parecido. Nunca había seguido el camino más fácil, y no iba a empezar ahora.

Al otro lado del pasillo, la puerta del ministro de Exteriores estaba cerrada. Jens suspiró.

27

Monte Blackåsen

*S*andler estaba cansado; no había logrado dormir. Le habían robado. Un niño, nada menos. Un niño lapón. Rezongó al pensarlo. Al ver a aquel niño —el pelo negro caído sobre unos ojos más asustados que los de un conejo— se le habían pasado dos cosas por la cabeza: primero, que si ese niño se había atrevido a venir, debía necesitar el dinero de verdad; segundo, que él, pensándolo bien, no sabía a quién denunciarlo. «¿Me está robando… un niño?» No se veía a sí mismo haciendo eso. Debería haberlo hecho, desde luego. Solo confiaba en que su actitud no desatara una serie de robos porque la gente creyera que robarle al director era como quitarle caramelos a un bebé.

Y además estaba la inquietud dominante que había sentido desde la visita de Notholm, ahora redoblada por la insolencia del hombre que había ido a pagarle. El director se enfurecía al pensarlo. Notholm tramaba algo. Lo presentía con todas las fibras de su ser. Y por más que dijera su superior, no podía dejarlo correr. Era él quien estaba al mando. Si sucedía algo, toda la culpa recaería sobre sus hombros.

Sacó las piernas de la cama y se levantó. Se puso los pantalones, se metió la camisa por la cabeza y se la fue abotonando mientras bajaba las escaleras. No había nadie en su oficina, y observó que el niño había ajustado la ventana al salir.

La abrió, asomó la cabeza y gritó:

—¡Ensilla el caballo!

El mozo abrió la puerta del establo y asintió.

—¿El desayuno, señor? —preguntó el ama de llaves.

—Hoy no.

Salió afuera. Su perro estaba sentado junto a los peldaños de la entrada, agitando la cola.

—Maldito inútil de… —masculló; luego se ablandó y le dio unas palmaditas en la cabeza—. Yo tampoco fui capaz de ensañarme con él —reconoció ante el animal.

Encontró al capataz en su oficina. Hallberg frunció el ceño al verlo, pero le indicó la silla frente a él.

—¿Cómo van las cosas? —preguntó el director.

El capataz arqueó las cejas y tamborileó con un dedo sobre la carpeta que tenía delante. Charlar de naderías no iba con él.

—Me he estado preguntando una cosa —dijo Sandler.

—¿Sí?

—Notholm… nos arrienda unas tierras, unas tierras en la misma montaña. ¿Qué sabe usted de eso?

Hallberg entrelazó los dedos y se arrellanó en su silla. Tenía las manos grandes y callosas, con las uñas negras.

—Esas tierras llevan arrendadas mucho tiempo —dijo—. Quizá quince años.

—Pero Notholm no hace tanto que está aquí, ¿no? —El director recordaba haber oído que había llegado hacía pocos años y que se había quedado con el hotel.

—Antes de su llegada había un hombre llamado Ivarsson.

¿Otro hombre? ¿Qué clase de proyecto podía traspasarse? ¿Tal vez ese Ivarsson le había vendido el proyecto?

—¿Quién está con Notholm en esto?

—No lo sé.

—¿Para qué necesitan las tierras?

El capataz frunció los labios.

—No lo sé.

—¿No lo sabe?

—No, no lo sé.

Ambos habían alzado la voz. Luego se quedaron callados, mirándose a los ojos. Sandler inspiró con fuerza y procuró serenarse. No lograba comunicarse con aquel cabeza dura tan estrecho de miras…

—No es asunto nuestro —concluyó el capataz.

El director soltó un bufido.

—Está en la montaña misma. Imagine que algo sale mal. Solo imagíneselo.

—A nosotros nos han dicho que los dejemos en paz. Y no interfieren con nuestros trabajos. La ubicación ha sido escogida con ese fin.

—¿Quién nos ha dicho que los dejemos en paz?

El capataz se encogió de hombros.

—El Gobierno.

Hubo un breve silencio.

—¿Y si vamos y averiguamos qué hacen? —propuso Sandler.

—¿Quiere decir acercarse a ese lugar?

—¿No siente curiosidad?

Hallberg se levantó.

—No, debo confesarle que no. Ya sabe que estoy muy ocupado aquí. No tengo tiempo para una excursión absurda.

—Bueno —dijo el director, levantándose también—. Yo no creo que sea absurda.

Sandler tomó el camino de vuelta más largo para cabalgar a través del bosque. Había albergado la esperanza de encontrar un modo de entenderse con Hallberg, pero no iba a ser así. Debería haberse dado cuenta de que no podía hablar de estas cosas con aquel hombre. Era como un muro de piedra. Todo rebotaba contra él. Sandler decidió que averiguaría lo que estaban haciendo aquellos hombres en la montaña. Aunque tuviera que arreglárselas él solo. Al pasar junto al río, detrás de la escuela, vio a Notholm. Tiró de las riendas de su semental para que se detuviera. Notholm parecía estar esperando a alguien. Sandler ató al caballo a un arbolito y se acercó un poco bajo el amparo de la espesura.

Un chico, uno de los mayores —rubio, tan rapado que se le veía el cuero cabelludo— salió de la escuela. Él había visto a ese chaval no hacía mucho…

Ah, sí. El hijo de Georg. El chico a quien el capataz le había ofrecido un empleo en la mina.

—¿Dónde está el otro? —preguntó Notholm—. Tu amigo.

El chico se encogió de hombros y pateó el suelo. Tenía las mejillas arreboladas.

—Demasiado para él, ¿no? —Notholm se rio—. La mayoría de la gente es floja. Me alegra ver que tú no te has achantado.

El chico alzó la mirada hacia él.

«De algún modo —pensó Sandler—, Notholm había logrado convertirse en su amo.»

—Tenemos el cebo —prosiguió Notholm—, y yo ya he puesto la trampa. Será donde te dije. Esta noche. Quiero que estés allí.

El chico asintió.

—Claro.

Sandler observó cómo los dos se despedían. «Esta noche.»

28

Laura

Wallenberg ya le había advertido sobre la pierna. «Un sabotaje que salió mal —había dicho—. La bomba explotó antes de que los pasajeros pudieran bajar del tren. Si no hubiera sido porque había un médico en el tren, tu amigo no habría sobrevivido. Sus compañeros lo trajeron a Suecia, pero, por desgracia, se le infectó la pierna y tuvieron que amputársela.»

Sí, estaba preparada para lo de la pierna, pero no para lo de la cara.

Tuvo que hacer un esfuerzo para no reaccionar.

—Hola —dijo.

Karl-Henrik la miró. Le faltaba la mayor parte de la mandíbula. Tenía el cuello encogido en un lado y la cabeza inclinada. ¿Podía hablar al menos? Estaba apoyado en sus muletas en el umbral de su apartamento, con una pernera del pantalón sujeta con alfileres. Laura tragó saliva. Karl-Henrik había sido guapo. Un chico reservado, estricto. Pero guapo.

—Hola —dijo él por fin.

Hablaba por un lado de la boca y su voz había adquirido un tono metálico.

Britta habría reaccionado ruidosamente, con una explosión de amor y lágrimas que nadie habría sido capaz de resistir. Ella habría abrazado a Karl-Henrik, habría acariciado su rostro desfigurado y le habría dicho que aquello no importaba una mierda. Que todavía era un tipo despampanante, que seguía siendo él. Pero Laura no era Britta.

—No he sabido que estabas en Estocolmo hasta ahora —le dijo Laura como disculpándose—. Siento mucho lo ocurrido.

Hubo un silencio incómodo. Luego Karl-Henrik dijo:

—No lo sientas por esto. Siéntelo por el papel de los suecos en todo lo que está ocurriendo.

¿Acaso sabía que ella había estado trabajando con Wallenberg?, ¿que había negociado con los alemanes para proporcionarles el hierro que todo el mundo decía que estaba prolongando la guerra? Laura bajó la mirada.

Lo peor de todo no era su rostro, pensó cuando se sentaron, sino sus ojos. Estaban desnudos, expuestos. Tenía la sensación de estar mirando directamente su alma. Karl-Henrik siempre había mantenido las distancias con la gente. Laura se imaginó que ahora tenía que depender de la ayuda de otros y comprendió lo espantoso que debía de ser para él. Como una afrenta a su orgullo y un obstáculo a su independencia.

—¿Te has enterado de lo de Britta? —preguntó.

—Vino ese policía —dijo él.

—Yo quería pedirte que te reunieras con nosotros.

—¿Qué quieres decir con «nosotros»?

—Con Erik, con Matti y conmigo… Tenemos que hablar de esto. Tenemos que intentar entender qué le pasó.

Él levantó la cabeza: ni hablar.

—Por favor. Te necesito, Karl-Henrik. Te necesitamos. Ella era nuestra amiga. Antes de morir, le envió su tesis a una persona. Ahora resulta que la tesis se ha perdido, pero yo estaba pensando que nosotros juntos podríamos averiguar qué era lo que la asustaba… Quién la asustaba.

—No creo que pueda hacerlo —dijo él—. No creo que pueda concentrarme en el sufrimiento de una sola persona cuando sé lo que está pasando en el mundo en general… Cuando sé lo que está pasando en mi país…

—Pero quizá podamos entender el sufrimiento de una persona. No podemos abarcar el de todo el mundo. Por favor… Era tu amiga. Y tú eras el que tenía más sentido crítico de todos.

A Laura le vino a la cabeza una imagen de Karl-Henrik rodeado de libros, tomando notas furiosamente, con los ojos relucientes. «Mira, Laura. ¡Ven aquí! Mira esto…» Su entusiasmo resultaba contagioso.

Él siguió callado.

—Nosotros solíamos ser muy buenos pensando juntos, ¿recuerdas?

—Pues vaya para lo que nos sirvió —murmuró él, suspirando.

—Hazlo por Britta —suplicó ella.

—Está bien. Me reuniré con vosotros, pero solo una vez.

—Vendremos nosotros aquí —dijo Laura sin pensarlo. Tal vez él se ofendería—. Para que resulte más fácil —añadió débilmente, estropeándolo aún más.

Encontró a Matti en el Grand Hotel, el que quedaba junto a Saltsjöbaden, donde estaba alojado con la delegación de Finlandia. Los finlandeses habían rechazado una y otra vez las condiciones de paz de los soviéticos. Stalin no tardaría en perder la paciencia y en plantarse a las puertas de Suecia.

Esperó a Matti en el vestíbulo. Lo primero que pensó cuando llegó fue que ya no parecía un duendecillo, sino un hombre de negocios. Iba con un traje oscuro; su rostro se había vuelto serio; su picardía había sido reemplazada por un aire severo. No reconocía a este nuevo Matti. Recordó aquella boca caliente en la suya, unas palabras susurradas en su oído en son de burla: «Tú siempre observando. Nunca implicándote». Bueno, ahora me estoy implicando, pensó.

—Laura —dijo él.

La cogió del brazo y la llevó hacia la terraza. No quería que lo viesen con ella, dedujo Laura. En el pasado había sido más bien al revés, si acaso. Cuando estuvieron fuera, él la soltó y sonrió. En esa sonrisa había algo del antiguo Matti.

—Ha pasado mucho tiempo —le dijo él.

Ella le devolvió la sonrisa. Era cierto.

—He venido a verte por Britta.

Matti volvió a ponerse serio.

—Me gustaría que nos reuniéramos para hablar de ello.

Él alzó la mano.

—Me lo dijeron. Ya pensé que quizá vendrías, pero no es posible.

—¿Por qué?

—Por muchos motivos.

«Por lo que pasó —pensó Laura—. Perdónanos, por favor.»

—Estoy aquí representando a mi país —prosiguió él—. Finlandia está en guerra y nos encontramos en un momento crítico. No tengo ni el tiempo ni el espacio mental para implicarme en nada semejante.

—Pero…

—Si Finlandia pierde, Laura, la frontera rusa occidental será el mar Báltico. Piénsalo bien.

—Ella era amiga tuya. Una amiga a la que torturaron y luego mataron de un tiro.

Matti sonrió con suficiencia. ¿O era desprecio?

—Actualmente tengo muchos amigos de esa clase, Laura. La respuesta es no. —Volvió a apretarle el brazo—. Pero me ha alegrado verte —dijo, con un tono más amable. Le hizo una inclinación de cabeza y se alejó sin más.

—Ni hablar —le había dicho Erik cuando le explicó el objetivo de sus gestiones.

—¿En serio? —Laura se habría esperado esa respuesta de los demás, pero no de Erik.

—No me voy a meter en este asunto.

—¿Por qué no? Estamos hablando de Britta.

—Escucha, Laura: Britta está muerta. Han puesto una bomba en tu apartamento. No sé lo que pretendes hacer, pero tendría que ser la policía la que se encargara de indagar, no tú, ni yo, ni ningún otro neófito.

Y por mucho que ella había dicho, había sido en vano.

Laura se sentía decepcionada. Había creído firmemente que sería capaz de convencerlos. Se sentía mal por Karl-Henrik. No quería confesarle que los demás habían dicho que no. Bueno, pues ella no iba a cejar en su empeño.

Última gestión del día: Sven Olov Lindholm. Esta vez iba a hablar en un café de Södermalm. Ella se instaló en una mesa y tuvo el placer de comprobar que él la buscaba con la mirada cuando se levantó para empezar y que su rostro palidecía al localizarla entre los presentes. Laura sonrió y le lanzó un guiño. Todavía aquí, le dijo solo con los labios. Durante todo el tiempo que hiciera falta, pensó.

Su discurso fue exactamente igual: los comunistas y los noruegos. Bla, bla, bla. Los judíos. A ella le provocaba náuseas. Un hombrecillo, se dijo, tratando de parecer mayor.

Después, ya en la calle, la abordó un tipo calvo y fornido.

—Sven Olov quiere verla —dijo.

Ella lo siguió adentro otra vez, hasta un reservado situado al fondo del café. Ahí estaba él, bebiendo un vaso de agua.

—Le voy a decir lo que le conté a su amiga —dijo—, pero luego no quiero volverla a ver.

Dejó el vaso en la mesa con un golpe seco, como para subrayar lo que acababa de decir.

Ella asintió. Era lo único que necesitaba de él.

Sven Olov tenía la cara pálida y una expresión dura.

—Le expliqué que hay rumores, murmuraciones... que afirman que el Instituto Estatal de Biología Racial está trabajando en un proyecto, sí, pero que la organización que la patrocina es mucho más poderosa que un simple partido político.

—¿De quién se trata? —preguntó ella.

Él meneó la cabeza.

—No lo sé. Solo sé que el proyecto se considera vital para el futuro de Suecia.

—¿Por qué acudió Britta a usted?

Él se encogió de hombros.

—Porque la raza es el denominador común, supongo.

—¿Cómo se enteró ella de la existencia del proyecto?

—Eso no lo sé.

¿Qué había sido primero? ¿Britta había empezado a trabajar en su tesis y había descubierto algo durante la investigación? ¿O alguien le había dicho algo y ella se había puesto entonces a investigar?

Sven Olov Lindholm se echó hacia delante.

—Quien quiera que esté detrás de esto no se detendrá ante nada. Mire lo que le hicieron a su amiga. Yo, en su lugar, saldría corriendo con todas mis fuerzas en la dirección opuesta.

—Bueno, ¿qué has estado haciendo hoy? —le preguntó su padre durante la cena.

Estaban comiéndose un filete y bebiendo un vino tinto francés. La guerra parecía a millones de kilómetros de Villa Dahlgren.

—No mucho —dijo ella secamente.

Su padre habría podido hacer que Wallenberg rectificara, si hubiera querido. Debería haber salido en su defensa, pensó. Se acordó de una conversación que había mantenido con Britta después de iniciada la guerra, cuando quedó totalmente claro cómo era Hitler. Habían estado hablando de cómo reaccionaría la gente si surgiera un líder similar en Suecia; de si alguna persona —alguien poderoso, bien situado, con capacidad de persuasión— sería capaz de hacer que la gente escuchara y se opusiera a la corriente general. «Tu padre podría hacerlo —había dicho Britta—. ¿Verdad? Es lo bastante poderoso. Podría, si quisiera.» Había aguardado a que Laura asintiera, como si fuese importante para ella la idea de que su padre pudiera intervenir en el destino de la nación.

Laura había asentido. Su padre podría.

Ahora cayó en la cuenta de que su padre tal vez se alegraba de que ella hubiera perdido su trabajo.

—He estado buscando a varios antiguos amigos.

—¿Amigos de Britta o amigos tuyos? —preguntó él, llevándose un trozo de carne a la boca.

Ella se encogió de hombros.

—Amigos de las dos.

—¿Para qué?

Su padre había dejado de comer y la miraba por encima de las gafas, con una profunda arruga entre las cejas.

—No los veía desde hace años porque no tenía tiempo, pero ahora sí lo tengo.

—No creo que sea buena idea —dijo su padre—. Tienes que mantenerte alejada de Britta y del pasado. Este tipo de cosas…

—¿Te pueden acabar arrastrando? —terminó ella la frase, utilizando las palabras del profesor Lindahl.

—Así es —dijo él—. Créeme, Laura. Sea lo que sea, saldrás mejor parada si te mantienes lo más alejada posible de ellos. Es obvio que esa gente no se arredra ante nada. Déjalo todo en manos de la policía.

—¿Piensas buscar otro trabajo? —preguntó su abuelo.

—Hay una vacante en el banco —dijo su padre—. Me parece que serías la persona perfecta. El supervisor estaría encantado de recibirte cuando quieras. ¿Qué tal… mañana?

—He pensado que me tomaré un tiempo antes de empezar algo nuevo. Estos últimos años han sido agotadores.

Su padre seguía observándola.

—No fuerces las cosas —dijo—. Tuviste una suerte inmensa al sobrevivir, no nos engañemos. No vayas a darle motivos a nadie para volver a intentarlo.

29

Jens

—¿Jens Regnell?

La mujer le recordaba a alguien. Tenía el cabello oscuro y rizado y llevaba unas gruesas gafas. Sus rasgos eran muy marcados, con la nariz respingona y el mentón salido. Se le había acercado frente al ministerio cuando ya volvía a casa. Pese al tiempo templado, llevaba un abrigo grande y abultado.

—¿Sí?

—Me llamo Annika Jonsson. Soy…, era… la hermana de Daniel Jonsson. —Sus ojos parpadearon tras las gafas. Él identificó entonces el parecido—. Tengo que hablar con usted de su muerte.

En un acto reflejo, Jens volvió la cabeza para comprobar si alguien estaba vigilando.

—Finja que nos conocemos —dijo, cogiéndola del brazo y sonriendo. Ella se puso rígida, pero luego se dejó llevar—. ¿Le apetece beber algo? —preguntó.

La mujer asintió.

La llevó a un café junto a la orilla. Era primera hora de la tarde y, aparte de otra pareja, el café estaba desierto. Tampoco había café, solo sucedáneo: el elaborado con achicoria. Uno se acababa acostumbrando.

—¿Cómo me ha encontrado? —preguntó.

—Daniel se alegró mucho al recibir su nota. Me dijo que usted trabajaba con él. He pensado que quizá pueda ayudarme.

—¿Ayudarla… en qué?

—Daniel jamás se habría quitado la vida.

—Pero su estado mental…

—¡Su estado mental era perfecto!

La otra pareja se volvió a mirarlos.

—Perdone —susurró la mujer, abriendo mucho los ojos—. Daniel estaba asustado, pero no loco. Era católico. Creía que quitarse la vida es un pecado. Alguien le hizo eso.

—¿Por qué estaba asustado?

—No lo sé. Todo empezó cuando le obligaron a coger la baja. Eso es lo que dijo que había pasado: que le obligaron a coger la baja durante un tiempo.

—¿Quién? ¿Quién le obligó?

—Su jefe.

El director de Administración.

—Empezó a decir que le seguían. —La mujer captó la mirada de Jens y alzó la cabeza—. No, yo creo que le seguían de verdad. Un día vi por la ventana cómo venía Daniel a casa. Había un hombre caminando detrás de él. Daniel se paró un par de veces, para atarse el cordón del zapato y mirar hacia el agua; y en cada ocasión ese hombre se detuvo también.

—¿Le contó algo más?

—Yo le pregunté qué sucedía y lo único que me dijo fue que había descubierto algo en los archivos que se suponía que no debía saber, y que tener esa información era muy peligroso.

Jens pensó en las llamadas telefónicas del ministro y en los planes para organizar un pasaje a Suecia para los judíos noruegos y daneses.

—¿Se refirió a los judíos quizá?

Ella se subió las gafas con un dedo hasta lo alto de la nariz. Jens se estremeció. Daniel solía hacer ese gesto.

—No. Él me habló del legado de la historia; dijo que, según quien mande, la historia será recordada de un modo diferente. «Ellos la manipularán, Annika —dijo— por el supuesto bien de la nación.» Se enfadó al ver que yo no le creía. La historia es la historia, ¿no?

Jens pensó en Britta, en sus preguntas en el *nachspiel*. Curioso. En las ideas de Daniel resonaban las de Britta.

—No mencionaría por casualidad las reuniones de los tres reyes, ¿no? —preguntó, recordando la tesis de Britta—. Ya sabe, cuando los reyes de Dinamarca, Suecia y Noruega se reunieron para proclamar la neutralidad de nuestros países.

—Pues sí. —Ella parecía sorprendida—. ¿Cómo lo sabe?

A Jens se le encogió el corazón.

—Una simple conjetura —dijo con tono sombrío—. Cuénteme.

—No habló de la reunión en sí misma, y no fue conmigo, pero le oí hablar por teléfono. Estaba intentando localizar a la persona que supervisaba la relación con los clientes en el hotel donde se habían alojado los participantes.

—¿Recuerda el nombre?

—No... No estoy segura de que llegara a oírlo. —La mujer bajó la cabeza. Al volver a levantarla, tenía los ojos brillantes—. Yo me quedé en su casa la semana pasada. Sentí que necesitaba compañía. Pero ayer tuve que ir a mi apartamento para regar las plantas, y cuando he vuelto esta mañana...

Sus hombros se estremecieron y empezó a sollozar.

—Creo que esperaron a que me fuera. Él no se habría matado, y aún menos habría dejado que yo lo encontrase.

Υ

¿Quién habría participado en el encuentro de los tres reyes de 1914?, se preguntó Jens tras separarse de Annika. O más bien, ¿quién sabría lo que había ocurrido entre bastidores?

Los tres reyes seguían vivos, pero no era posible preguntárselo a ellos. Y sus consejeros, algunos todavía en ejercicio, se mantendrían leales a sus monarcas.

También habían participado los ministros de Exteriores de los tres países, recordó Jens, pero todos habían cambiado desde entonces. Günther ni siquiera había sido nombrado aún cuando se produjo el encuentro de 1939 (y de todas formas, tampoco se lo habría preguntado a él). De hecho, desde 1914 había habido nada menos que quince ministros de Exteriores en Suecia, cada uno con su propio secretario. Todos esos Gobiernos habían sido efímeros: una de las razones por las cuales la gente argumentaba que la democracia no era viable.

Pero ¿cómo encajaba eso con las conversaciones telefónicas y el intento de crear un corredor humanitario a Suecia para los judíos?

Annika pensaba que Daniel había sido asesinado. Pero difícilmente matas a alguien cuando pretendes salvar a un montón de gente… Algo no cuadraba.

Jens volvió al ministerio. Subió casi corriendo las escaleras hasta los archivos. No había vuelto a ver a Emilia Svenson, la sustituta de Daniel Jonsson, desde el día de su llegada. El ambiente acogedor de los archivos había persistido. Además de las macetas de flores y las fotos enmarcadas que ya había visto en otras ocasiones, ahora había un gran tarro de caramelos y un cuadro de rosas en la pared. Emilia estaba instalándose. En el aire flotaba un aroma a canela. Jens se alegró al ver que ella aún no había terminado su jornada.

—Necesito ayuda —le dijo.

Emilia cogió un bolígrafo. Su boca parecía temblar ligeramente. ¿Estaba nerviosa? ¿O es que acaso la habían prevenido sobre él y pedido que informase de las solicitudes que hiciera?

—Las reuniones de los tres reyes de 1914 y de 1939. Me gustaría ver qué tenemos sobre ellas: los participantes, las actas, los comunicados y demás. ¿Puede ayudarme?

—Por supuesto. ¿Es urgente?

Él vaciló.

—Sí. Y me gustaría que trate esta solicitud con discreción.

Ahora estaba exponiéndose claramente, al confiar en que ella le hiciera caso.

—Por supuesto —repitió Emilia.

—Esperaré en mi despacho.

Al volver a tomar asiento ante su escritorio, vio que encima había un papel doblado que no estaba allí cuando había salido. Lo desplegó. Había dos nombres escritos con rotulador negro. «Harald Largerheim» y «Jim Beckman». Entre paréntesis, después del primer nombre, decía: «Preguntar por Rebecka». Le dio la vuelta al papel. No había nada más. Qué extraño. No sabía quiénes eran esos hombres. ¿Quién habría dejado esa nota sobre su escritorio? Podría haber sido cualquier persona del ministerio, pensó. No se cerraban con llave los despachos.

Llamó a Kristina para decirle que llegaría tarde.

—¿Muy tarde? —preguntó ella.

Normalmente le daba igual.

—No lo sé seguro —dijo él.

—Es que tengo ganas de verte.

—Procuraré ir rápido —prometió Jens.

La puerta del despacho se abrió en ese momento. El ministro de Exteriores. Jens cortó la comunicación con Kristina, colgó el auricular y se levantó a medias, con el corazón en la boca. Es por la nota, pensó.

—Ah, qué bien —dijo Günther—. Todavía está aquí.

Jens miró hacia el pasillo. En cualquier momento aparecería Emilia con la caja de documentos. Se estremeció. ¿Y si ella decía lo que contenía? ¿Y si Günther lo preguntaba?

—Estaba terminando un trabajo —dijo—. ¿En qué puedo ayudarle?

—Mañana voy a pronunciar un discurso en el parlamento.

—¿Quiere que me lo lea?

—No, no hace falta. Ya lo ha leído Staffan. Pero necesitaba que alguien del Departamento Administrativo viniera conmigo para tomar notas y veo que se han ido todos.

—No se preocupe. Yo lo arreglaré para que alguien le acompañe mañana.

—A las diez.

—De acuerdo.

Pero Günther no se marchó todavía; se quedó apoyado en el marco de la puerta. Normalmente, esa familiaridad habría sido un sueño para Jens. Ahora mismo, era una pesadilla. Por favor, pensó. Por favor, Emilia, no hay prisa. No venga ahora.

—¿Se encuentra bien, Jens?

—Sí —dijo él, intentando sonreír.

—¿El asunto de Daniel no le ha afectado demasiado?

—No. O sea, es terrible. No sabía que estaba enfermo.

—Pocos los sabían. Le veo pálido. ¿No estará pillando un resfriado?

—No, qué va.

Günther asintió y se irguió de nuevo.

—Muy bien, pues —dijo—. Nos vemos mañana.

Salió, cerrando la puerta, y Jens se desplomó en su silla con las piernas temblorosas. «Joder —pensó—. Por los pelos.»

Unos minutos después, sonó un golpe en la puerta y entró Emilia Svensson con la caja de documentos que había pedido.

—Gracias —dijo él—. Los devolveré yo mismo cuando termine.

Al quedarse solo, puso la caja en el suelo para que no la viera nadie que entrara en el despacho. Aún seguía temblando al pensar que casi lo habían pillado.

El material era sorprendentemente liviano. Había un programa: en 1914, los reyes de Suecia, Noruega y Dinamarca habían pasado juntos un día y medio. Se habían reunido el viernes antes de mediodía y, tras el almuerzo, habían participado en varias recepciones públicas. Durante la cena se les habían sumado sus ministros de Exteriores. El sábado, los reyes habían asistido a un oficio religioso y luego habían visitado dos escuelas. Entre tanto, los ministros de Exteriores y sus ayudantes habían estado trabajando y habían alcanzado un consenso para redactar un comunicado. El anuncio que se había hecho tras ese primer encuentro establecía la neutralidad de los tres países. El que se emitió tras el segundo encuentro de los reyes, en 1939, repetía el mismo mensaje y declaraba que los tres países estaban decididos a preservar su derecho a mantener las relaciones comerciales habituales con todos los Estados —incluidos los que se hallaban en guerra— con el fin de proporcionar los medios necesarios a sus respectivos pueblos. En la Primera Guerra Mundial, Suecia no había comerciado con los países que se consideraban «culpables» y la población había pasado hambre. Las autoridades suecas habían jurado no repetir nunca más ese error. Por ello, durante la Segunda Guerra Mundial, las ventas de hierro a Alemania habían continuado. Jens pensó por un instante en Laura. Ese era su terreno.

No parecía haber habido ningún resultado tangible en aquellos encuentros, más allá de su valor simbólico. El sábado por la noche, los reyes habían partido de nuevo.

Al final de la carpeta había una nota referente a los alojamientos. El rey Christian había pernoctado en la casa del banquero Carl Herslow; el rey Haakon, en la casa de Louise Kockum, la viuda de un industrial; y el rey sueco, en la residencia del gobernador del condado.

A Jens le parecía poco probable que los monarcas hubieran podido hacer gran cosa entre bastidores. Cada uno tenía su séquito y se hallaba en público continuamente. Y los tres habían dormido en sitios distintos vigilados por soldados.

Pero los ministros de Exteriores se habían alojado todos en el hotel Kramer de Malmö. Eso le dio una idea.

El padrino de Kristina, Artur, respondió al segundo timbrazo.

—Artur Helsing.

—Hola, Artur. Soy Jens.

—Hola. —Artur parecía sorprendido—. ¿Va todo bien?

—Sí, sí. Te llamo porque tengo que hacerte una pregunta… de trabajo.

—Ah, vaya. —Artur se echó a reír—. Si yo puedo serle de ayuda a tu ministerio es que vamos mal.

—Creo que habías comentado que cuando tú estabas con tus negocios solías alojarte en el hotel Kramer de Malmö, ¿no?

—Exacto. ¿Y quién no lo habría hecho? Es un castillo francés en mitad de una ciudad sueca.

—Estoy aquí con las viejas notas del encuentro de los tres reyes en 1914. Ha pasado mucho tiempo, pero ¿por casualidad no recordarás a alguien que trabajara en el hotel entonces?

—Pues, de hecho, sí. Lo recuerdo bien porque él dice que el apogeo de su carrera fue cuando los ministros de Exteriores se alojaron allí y todo salió bien. Harald Lagerheim. Él era el responsable de las relaciones con los huéspedes en el hotel.

Jens desplegó el papel que había sobre su escritorio. Harald Lagerheim. Jim Becker. ¿Quién demonios lo habría dejado allí?

—¿Te suena un tal Jim Becker? —preguntó.

—Conozco a un Jim Becker, sí.

—¿Quién es?

—Estaba en los Servicios de Seguridad. Lo despidieron hace un par de años. Es una historia triste… Él era especialista en explosivos. Su hija murió en un accidente de coche, si mal no recuerdo. Él ya no volvió a ser el mismo.

—¿Y te dice algo el nombre «Rebecka»?

Artur se rio.

—Hay muchas Rebecka, Jens.

—¿Harald Lagerheim aún vive?

—Sí, aquí en Estocolmo. Vino aquí al retirarse. Jugamos juntos al *bridge*.

—¿Podrías presentarme y anunciarle mi visita con la más calurosa de tus recomendaciones?

—No hay ningún problema.

—Pregúntale si puedo ir a verle esta noche.

30

Monte Blackåsen

*E*l capataz permaneció sentado largo rato tras la visita del director. Él siempre había opinado que todo lo que pasara en la montaña debía quedar en la montaña. A la gente de Estocolmo no le hacía falta saber nada. Ellos ya recibían su hierro. No necesitaban implicarse. No tenían por qué conocer los conflictos, las dificultades técnicas, los problemas de los mineros… Él nunca había delatado a nadie; ni siquiera cuando habían tenido a aquel director alcohólico. Era como un código de honor. Su particular código de honor.

Pero él había hecho una promesa.

Se levantó para mirar por la ventana. Hombres caminando, cargando, levantando sacos, con las ropas y la cara negras de hollín. El estrépito era ensordecedor, pero ya estaba tan acostumbrado que no parecía oírlo.

La mina de Blackåsen. Su mina.

Sandler no era el peor director que hubiera visto, y habían pasado muchos por allí. Era joven. Joven y ambicioso. En su fuero interno, Hallberg comparaba a los directores con pavos reales. Una vez había visto uno pavoneándose en el Parque Real, haciendo ostentación del plumaje de su cola. Los jóvenes como Sandler eran tipos instruidos y ascendían rápidamente. Conocían las palabras adecuadas. Podían hablar del trabajo como si lo conocieran de primera mano. Pero en realidad nunca habían trabajado en la mina: no sabían cómo respiraba, ni ante qué estímulos reaccionaba, ni cómo obligarla a entregarte sus riquezas cuando se revolvía contra ti y empezaba a defenderse. No, no tenían ni idea. Para ellos, todo eran cálculos sobre el papel. Para él y para sus hombres, era una cuestión de vida o muerte. Si no sabías escuchar a la mina, si cometías un error, estabas perdido.

Volvió a su escritorio y se sentó pesadamente. Abrió uno de los cajones y hurgó hasta encontrar lo que buscaba al fondo de todo. Una tarjeta que había sido blanca en su día con un número de teléfono.

Por supuesto, él también se había preguntado qué andaban haciendo aquellos hombres en el otro lado de la montaña. Como le había dicho al director, ya llevaban allí más de una década. Al final, unos años atrás, su curiosidad se había acabado imponiendo. Habían excavado otra galería en la montaña, lo había conseguido ver desde lejos. Los había visto llevar cajas dentro. Él había supuesto que debía de ser armamento. Pensó que estaban experimentando, ensayando algo nuevo.

Cuando encontraron el cuerpo de George, se había preguntado si este, por algún motivo, había andado por allí. Si había ido demasiado lejos.

Pero esa gente no mataba.

—Si alguien pregunta más de la cuenta alguna vez —le había dicho el hombre de Estocolmo—, llame a este número para avisarnos. Especialmente si alguien insiste y no lo deja correr…

Él se había quedado la tarjeta, esta misma tarjeta. Aún recordaba que le había parecido tan nuevecita que había temido mancharla mientras el hombre seguía mirando. Un hombre con un traje negro y una camisa blanca: tan blanca que parecía imposible que la mugre de la mina pudiera rozarle siquiera.

Había asentido.

—No importa si es dentro de veinte o treinta años. Usted llame a este número.

Había vuelto a asentir.

—Es algo vital para Suecia.

Había jurado que así lo haría.

Y tenía la sensación de que le habían recompensado, porque había conservado su puesto todo este tiempo. Y cuando su hija había demostrado su capacidad, le habían ofrecido una educación universitaria. El antiguo director había actuado como si el dinero lo pusiera él, pero Hallberg había intuido que procedía de ese hombre, o esos hombres, de traje negro y camisa blanca de Estocolmo. Estaban recompensándole por su lealtad.

Volvió a mirar la tarjeta y sintió cierta opresión en el pecho. Lo que sucedía en la montaña se quedaba en la montaña. Pero él lo había jurado…

Levantó el auricular y marcó el número.

—Me llamo Hallberg —dijo—. Soy el capataz de la mina de hierro de Blackåsen…

Cuando colgó, sintió náuseas. Ahora había puesto algo en marcha. Algo que ya no se podía parar.

31

Laura

*H*abía quedado con Karl-Henrik en su apartamento, sin decirle que los demás no iban a venir. Hasta el último momento, había esperado que Erik la llamara y le dijera que había cambiado de idea, pero no lo había hecho. Laura no podía aceptar que no quisiera implicarse.

Llamó a la puerta con los nudillos. Esperó un rato y al final Karl-Henrik abrió.

—Bienvenida —dijo con su nueva voz, y retrocedió con las muletas en el angosto vestíbulo para dejarla pasar.

Luego avanzó lentamente por el pasillo y ella lo siguió.

En la sala de estar aguardaban, en completo silencio, Erik y Matti. Laura se detuvo en seco, sin poder creer lo que veía.

Matti se puso de pie.

—¿Tinto o blanco? —dijo.

Ella estaba anonada. ¡Habían venido! Se habían decidido por Britta. Notó que le escocían los ojos.

—Tinto —dijo Erik—. Ella siempre tomaba tinto.

—En realidad, para ser exactos, tomaba whisky —dijo Matti.

La cara de Erik se tensó visiblemente. ¿Se había disculpado alguna vez ante Matti por lo sucedido? No lo creía.

—Tinto está bien —se apresuró a decir.

Matti le sirvió un vaso.

—Nuestro amigo finlandés tiene prisa —dijo Erik—. Debe volver enseguida para apoyar el esfuerzo bélico alemán, así que será mejor que vayamos directamente al grano.

Ojalá fuera capaz de cerrar el pico, pensó Laura. No había necesidad de empeorar las cosas. Pero esa era la actitud de Erik por defecto cuando se sentía incómodo: pasar al ataque.

Matti alzó la barbilla.

—Finlandia está librando una guerra distinta. Nos estamos defendiendo frente a la agresión rusa. No tenemos ningún compromiso político con Alemania.

—¡Estáis combatiendo con ellos! —dijo Erik, que dio un puñetazo en la mesa que tenía delante—. Codo con codo. Estáis colaborando con los putos nazis.

—No estoy seguro de que los daneses lo hicieran mucho mejor —dijo Matti—. ¿Cuánto tiempo resististeis ante la invasión? Ah, es cierto, no lo hicisteis. Vi la película.

Había habido un noticiario, en efecto: los policías daneses dando la bienvenida a los alemanes, entregándoles sus armas, sonriendo, charlando con ellos. Laura lo había visto también, durante una pausa para el almuerzo.

—Nosotros solo estamos recuperando lo que nos arrebataron —dijo Matti.

Laura miró a Karl-Henrik. Él era el que más había perdido. Su rostro permanecía impasible, sin revelar ninguna emoción.

—Matti..., Erik... —dijo Laura, con una voz que sonó frágil en sus propios oídos—. No hablemos de la guerra, por favor. No nos pondremos de acuerdo en nada. ¿Es posible que dejemos el tema de lado? ¿Por Britta?

—Pides un imposible —dijo Erik—. La guerra es omnipresente.

Matti asintió. En este punto, opinaban lo mismo.

—Por favor —repitió ella.

Tras un silencio, Matti preguntó:

—Bueno, ¿qué tenemos?

—El informe de su autopsia. —Laura sacó el documento que le había dado Wallenberg—. El índice de su tesis doctoral, que envió a una persona del Ministerio de Asuntos Exteriores. Y una conversación…

Les contó lo que Sven Olov Lindholm le había dicho respecto al proyecto que estaba realizando el Instituto Estatal de Biología Racial. También les explicó que, después de andar haciendo preguntas, habían puesto una bomba en su apartamento.

—¿A quién le envió la tesis? —preguntó Erik.

—Al secretario del ministro de Exteriores —dijo Laura—. Al parecer lo habían invitado a un *nachspiele:* así fue como se conocieron.

El *nachspiele*. Todos guardaron silencio. Aquellos habían sido los mejores momentos, pensó Laura.

—¿Andreas estaba contigo cuando la encontraste? —Matti hojeó el informe de la autopsia e hizo una mueca.

Laura tuvo que mirar para otro lado al ver las fotos; luego asintió.

—Fue Andreas quien me avisó de que Britta había desaparecido. Y poco después desapareció él. Creo que estaba asustado.

Matti le tendió el informe a Erik, que levantó la cabeza.

—¿Y el índice de su tesis?

Laura sacó la hoja donde lo tenía anotado.

—El título era *Relaciones nórdicas a lo largo de los siglos: Dinamarca, Noruega y Suecia en un nuevo camino*. Y estos son los títulos de los capítulos —dijo, pasándole la hoja a Erik.

—Bah —contestó él, soltando un bufido—. Se puede esconder cualquier cosa detrás del título de un capítulo, todos lo sabemos. ¿Por qué no le envió la tesis entera?

—Se la envió. Pero, por desgracia, él la tiró.

—Menudo idiota.

Laura sintió que empezaba a irritarse.

—Se la mandó en frío, sin una nota. No tenía ni idea del motivo y la tiró. Tampoco es tan extraño, ¿no?

¿Estaba defendiendo a Jens? Ella misma se sorprendió. Carraspeó antes de proseguir.

—Doy por supuesto que Britta no tuvo tiempo de terminarla. No hay conclusión…

—Bueno —dijo Karl-Henrik—, el primer capítulo debía tratar de las diferentes constelaciones políticas que nuestros países han vivido a lo largo de los siglos: la Unión de Kalmar, en la que Dinamarca, Noruega y Suecia se hallaron bajo un solo rey; la unión de Noruega y Dinamarca; luego la de Noruega con Suecia…

—Solo Escandinavia —dijo Matti—. Finlandia no aparece por ningún lado en su tesis, a pesar de que mantuvo una unión con Suecia durante más tiempo que ningún otro país. Y en la reunión de 1939 no solo estuvieron los tres reyes escandinavos: Finlandia también participó, aunque solo sirviera para que nuestra solicitud de apoyo frente a la Unión Soviética fuera rechazada por vuestros países.

La amargura deformó el rostro de Matti hasta el punto de volverlo feo. Laura le entendía. Aquello era algo personal para él: tanto el proyecto en el que habían trabajado todos como lo que había ocurrido después; y también la negativa de Suecia a apoyar a Finlandia cuando había sido amenazada por la Unión Soviética. Al cabo de un mes, los soviéticos habían bombardeado Helsinki y había comenzado la que se llamó Guerra de Invierno.

—«Un nuevo camino» —continuó Karl-Henrik—. Eso podría referirse a cualquier cosa prácticamente. Hubo tantos cambios a lo largo del siglo XIX…

—Pero debe estar relacionado con las uniones, ¿no? —apuntó Matti.

—Quizás únicamente por su impacto en ellas —dijo Karl-Henrik, encogiéndose de hombros.

—¿Y si estaban planeando reunificarse? —preguntó Laura.

Karl-Henrik volvió a encogerse de hombros.

—Eso no lo sabemos.

—«Una nueva amenaza» —prosiguió Laura—. ¿Hitler?

—Podría ser —dijo Matti con aire escéptico—. O podría tratarse de una amenaza a ese «nuevo camino», sea lo que sea, mencionado en el capítulo anterior.

—¿Por qué demonios incluyó ahí una sección sobre el Reich? —preguntó Laura.

—Bueno, actualmente, Hitler controla dos de los tres países —dijo Karl-Henrik.

—Algunos dirían que los tres —murmuró Matti.

—¿Y por qué tan al principio de la tesis, antes de «un nuevo camino» y antes de «una nueva amenaza»?

Todos se quedaron callados, mirando los títulos de la hoja.

—Es absurdo —dijo Erik—. Solo estamos haciendo conjeturas.

Tenía razón.

—Me pregunto —dijo Laura, manifestando lo que había pensado al reunirse con Sven Olov Lindholm— si se tropezó con su descubrimiento, fuese cual fuese, mientras se documentaba, o si alguien le dio algún dato y ella empezó a investigar. Jens, el secretario del Ministerio de Exteriores, me dijo que Britta era una «golondrina».

—¿Eso qué es?

—Una espía, básicamente. Una mujer joven que se relaciona con personajes extranjeros en Suecia, gente importante, para recabar información.

Se hizo un silencio.

—¿Tú crees que habría sido capaz? —preguntó Erik.

—Ella odiaba a los alemanes —dijo Karl-Henrik con los ojos relucientes—. Habría hecho cualquier cosa para combatirlos.

Los odiaba, cierto. O más bien odiaba lo que habían hecho.

—Entonces es probable que esto tenga que ver con algo que descubrió a través de esa actividad —dijo Erik.

—¿Podríamos rehacer sus pasos? —preguntó Matti.

—También podríamos empezar por lo que te contó Lindholm —apuntó Karl-Henrik— e indagar en el Instituto Estatal de Biología Racial. Quizá esté todo relacionado con la raza.

—¿Qué proyecto sobre la raza justificaría el asesinato de Britta? —preguntó Erik—. Los proyectos raciales no son ningún secreto. Están aprobados por el Gobierno: solo hay que fijarse en la esterilización de los débiles mentales.

Laura se encogió de hombros.

—Lindholm me dijo que el proyecto se consideraba vital para el futuro de Suecia, y que se rumoreaba que la gente implicada en él no se detendría ante nada.

Se hizo un silencio.

Karl-Henrik fruncía el ceño.

—¿Qué estás pensando? —preguntó Laura.

—No puedo imaginar a Britta escribiendo una tesis sobre las uniones sin incluir a los lapones —dijo él—. Era una apasionada defensora de sus derechos.

—Los lapones… Andreas es lapón —dijo Laura.

Karl-Henrik se encogió de hombros. Volvió a hacerse el silencio.

—¿Y qué hay de nuestro proyecto? —preguntó Laura.

—Uf, no vayas a entrar en eso —dijo Erik con un bufido.

—Pero ¿y si tiene algo que ver con la muerte de Britta? En último término, ambos trabajos abordan el tema de la raza.

—Es la gran cuestión de nuestro tiempo —dijo Erik—.

Era lógico que el profesor la escogiera para nuestro proyecto. Pero ya veis con toda claridad que el de Britta era muy distinto.

Matti se levantó.

—Voy apurado de tiempo. Nos vamos esta noche, pero volveremos dentro de un par de semanas. Podemos vernos entonces.

Erik lo miró con un rictus de desprecio.

—¿Quién estaría enterado de un proyecto racial en el que estuvieran implicados los estratos más elevados de la sociedad? —preguntó Matti mientras se ponía los guantes.

Laura pensó en Jens.

—Yo quizá conozca a alguien que podría averiguarlo.

—¿Y quién podría saber más sobre su trabajo como golondrina?

—Quizá la misma persona —dijo Laura.

—Deberíamos averiguar con qué organizaciones está vinculado el Instituto Estatal de Biología Racial —sugirió Karl-Henrik—. Yo puedo encargarme. Tengo tiempo.

—Yo te ayudaré —se ofreció Erik.

—Debo irme —dijo Matti—. Pero seguiremos en contacto. Si es como dice Lindholm, estamos poniéndonos todos en peligro.

Tenía una expresión seria en la cara. Parecía más viejo. «La guerra te está haciendo polvo», pensó Laura. Toda la picardía y las bromas habían desaparecido.

Erik se levantó.

—Yo también me voy. ¿Tú, Laura?

—Dentro de un minuto —dijo ella.

Erik asintió y se despidieron.

—¿Cómo has conseguido que vinieran? —le preguntó a Karl-Henrik cuando se quedaron solos.

Él sonrió. Aunque su cara se torcía hacia un lado, sus ojos eran aquellos mismos ojos dulces de siempre.

—Me imaginé que quizá se negarían a tu petición. Es más difícil decirle que no a una víctima.

Laura sonrió. Habría deseado ponerle la mano en la mejilla, pero no sabía si él se lo permitiría. Quería decir algo amable.

—Me acuerdo de cuando venías por la noche al apartamento —dijo—. Nunca te comenté nada, pero me sentía bien sabiendo que estabas allí, en la biblioteca.

Karl-Henrik frunció el ceño.

—Nunca fui a tu apartamento de noche.

Laura sintió una oleada de temor.

—¿No eras tú?

—Por supuesto que no.

—¿Quién era, entonces?

—No tengo ni idea.

Ella pensó en esos pasos nocturnos, en los ceniceros llenos de colillas, en los vasos de whisky vacíos. Sintió miedo, aun a pesar de que había sido hacía mucho tiempo.

—¿Por qué creías que era yo? —preguntó él.

Sí, ¿por qué? ¿Por qué había creído que sabía lo que Karl-Henrik necesitaba? ¿Y por qué no lo había hablado con él?

Alguien, quizás un extraño, había entrado en su apartamento por la noche varias veces a la semana, y ella no tenía ni idea de quién era.

32

Jens

$\mathcal{H}$arald Lagerheim resultó ser lo contrario de Artur en muchos sentidos. Mientras que este era corpulento y jovial, Harald era huesudo y encorvado. Artur era simpático y generoso; Harald parecía un tipo receloso, con los ojos entornados y los labios comprimidos en una línea delgada.

—Soy Jens Regnell.

—Sí, Artur me ha llamado y me ha dicho que vendría.

—¿Puedo pasar? —preguntó Jens, al ver que el otro no hacía además de invitarlo.

Harald retrocedió hacia el interior; Jens lo siguió y, una vez en la cocina, tomó asiento en la silla que le indicó su anfitrión. El apartamento era pequeño, con las paredes pintadas de color marrón. La cocina no parecía utilizarse; quizás el hombre no cocinaba. Jens había esperado que el hogar de una persona dedicada a la relación con los huéspedes en un hotel estuviera más cuidado y denotara más atención a los detalles.

Harald se había quedado de pie, apoyado contra la encimera con los brazos cruzados.

—Trabajo en el Ministerio de Asuntos Exteriores —dijo Jens, echándose hacia delante, con las manos abiertas, tratando de establecer una conexión.

—Me lo ha dicho Artur.

—Estamos actualizando nuestros archivos sobre el encuentro de los tres reyes celebrado en el hotel Kramer de Malmö en 1914. ¿Usted era el encargado de relación con los huéspedes en ese momento?

Harald no respondió.

—¿Lo recuerda?

—Claro que lo recuerdo.

—Quizás esta pregunta le parezca extraña, pero ¿sabe si hubo otras conversaciones entre los ministros de Exteriores, además de la que celebraron para redactar el comunicado?

—¿Cómo voy a saberlo? —Harald parecía ofendido—. Las reuniones se llevaron a cabo con el máximo secreto. Nadie de mi equipo estaba al tanto de lo que sucedía, ni habría intentado averiguarlo. El hotel Kramer es una institución respetable.

Jens titubeó.

—A veces las cosas simplemente se saben: la gente oye cosas, observa detalles…

Harald se mofó.

—En otros sitios, quizá. Pero no en el hotel Kramer —dijo, y se apartó de la encimera, dando por terminada la conversación.

Jens se puso de pie.

—Dígame, ¿cuántos de ustedes van a venir? —le preguntó Harald, ya en el pasillo.

—¿Qué quiere decir?

—Usted es el segundo que viene a hacerme estas preguntas. ¿Cuántos más vendrán?

—¿Qué aspecto tenía el primero?

—Pelo gris alborotado. —Harald frunció la nariz—. Gafas… Desaliñado. No paraba de subirse las gafas con el dedo, como si fueran demasiado grandes. Corpulento. Él solo ocupaba toda mi cocina.

Daniel Jonsson, pensó Jens. Daniel había estado allí. Este hombre sabía algo. Lo presentía. Vaciló un momento.

—También quería preguntarle por Rebecka —dijo al fin.

Harald palideció, como si fuera a desmayarse. Cuando volvió a hablar, lo hizo con voz estrangulada.

—Usted es de lo peor que hay —le soltó—. No hubo nada inapropiado entre esa joven y yo. Fui eximido de toda culpa.

Jens se dio cuenta de que había puesto el dedo en el mayor secreto de su vida. Con esta información en la mano, de algún modo le obligaba a revelarle lo que se resistía a contar.

—Perdone —murmuró, a modo de disculpa.

Un intenso rubor cubría el cuello y las mejillas de Harald.

—No pretendía…

—Le contaré lo que sé. Luego quiero que se vaya y que no vuelva más. Dígaselo a Artur también; no quiero volver a verlo. —Harald hizo una pausa—. Los ministros de Exteriores estaban trabajando en algo tan secreto que ni siquiera nos permitieron servirles café o llevar el almuerzo al lugar de la reunión; enviaron a su propio personal a buscar la comida. Pero yo pude oír algo. Una conversación en el pasillo entre un ministro y su ayudante. No pretendía escucharlos. No quería saber lo que decían, pero estaban junto a mi despacho. Hablaban de crear una institución para estudiar eugenesia. «Ese será el instrumento —dijo uno de ellos—. El Gobierno tiene que aprobarlo», dijo el otro. Y entonces el primero replicó algo así como: «Nosotros somos el Gobierno». Así que no me sorprendió enterarme unos años después de que se había creado en Suecia el Instituto Estatal de Biología Racial.

—¿El instrumento para qué?

—No tengo ni idea. Y no sé nada más. Eso fue lo único que oí. Y ahora quiero que se vaya. No vuelva nunca más.

Jens se volvió en la puerta.

—Perdone —repitió.

Harald se había quedado abatido, con los hombros encorvados.

—Ella era simplemente una camarera excelente. Yo pretendía darle un descanso. La gente lo interpretó de otro modo. Y ella, que era muy influenciable, les hizo caso y me acusó. Un simple acto de bondad y mire adónde me llevó.

Jens encontró a Jim Becker en el jardín de su casa, en el sur de Estocolmo. La noche era la más templada que habían disfrutado desde hacía meses. Se acercaba el verano. El hombre estaba examinando un árbol florecido con las manos entrelazadas en la espalda.

Había sido Emilia Svensson quien le había encontrado la dirección a Jens; la mujer estaba resultando bastante eficiente. Él aún se sentía fatal por la conversación con Harald Largerheim. Quien le hubiera dejado la nota sobre su escritorio, fuese quien fuese, sabía cosas de la gente. Cosas malas. Si llegaba a recibir una segunda nota, no utilizaría esa información. Él no era así. Pasase lo que pasase.

Jim andaba por los setenta. Tenía la cara llena de arrugas y llevaba unas gafas cuadradas de montura metálica encaramadas en la punta de una nariz roma.

—¿Sí? —dijo cuando Jens abrió la cerca del jardín.

—¿Jim Becker?

—¿Sí?

—Soy Jens Regnell, del Ministerio de Asuntos Exteriores.

—Ah.

No se había sorprendido al verlo, pensó Jens. Era más bien como si hubiera sabido que él vendría tarde o temprano. A lo mejor también había recibido una visita de Daniel Jonsson.

Jens se le acercó y contempló el árbol lleno de flores rosadas. Había un aroma agridulce en el aire que le recordó el de las almendras trituradas.

—Un árbol precioso —dijo—. ¿Es un manzano?

—Un cerezo —respondió Jim—. Estoy pensando que tal vez tendré que cortarle una de las ramas más grandes. El árbol está envejeciendo. Cargar todo ese peso se vuelve más difícil.

—¡Qué lástima!

—Ley de vida. Bien, ¿en qué puedo ayudarle, Jens Regnell?

Él vaciló. Ese hombre había formado parte de los Servicios de Seguridad, así que no iba a mentirle.

—Estoy siguiendo una pista —dijo—. Me he enterado de que durante las reuniones de los tres reyes de 1914 y 1939 podría haber sucedido algo más de lo que se sabe hasta ahora. Pretendo averiguar de qué se trata.

—¿Y cómo ha conseguido mi nombre?

—Alguien dejó una nota en mi escritorio.

—¿De forma anónima?

—Sí.

—Lo cual debería decirle algo.

—Sí…, pero ¿qué?

—Alguien quiere que esto se sepa —dijo Jim—. Me pregunto quién será. Porque, ¿sabe?, la mayoría de gente quiere evitar a cualquier precio que se difunda este asunto.

—Entonces usted sabe lo que pasó. Cuéntemelo, por favor.

—No. Ya me involucré una vez, y resultó un error. No volveré a cometerlo de nuevo.

—Es importante.

Jim lo miró a los ojos. Los suyos eran amables y tranquilos. Parecía entristecido.

—Sí —asintió—, lo es.

—Ya ha muerto una mujer a causa de ello —dijo Jens—. Y un hombre.

Al decirlo, comprendió que era cierto. Ese era el motivo de que hubieran muerto Britta y Daniel. No un examante. No un trastorno mental. Era esto. Lo que Sven le había dicho no era cierto. Quien le hubiera dado esa información le había mentido.

—Más de dos —dijo Jim.

Hizo una inclinación de despedida y caminó hacia la casa. Jens se quedó bajo el árbol y vio cómo se cerraba la puerta.

Llegó a casa pasada la medianoche. Procuró cerrar la puerta sin hacer ruido.

—¿Jens?

Él dejó escapar el aire y entró en la sala. Kristina estaba en albornoz recostada en uno de los sofás, con una revista en la mano.

—¿Aún sigues despierta?

—Te he dicho que tenía ganas de verte.

—Lo siento. —Jens la besó en la coronilla—. Ha sido un día largo.

—Siéntate —dijo Kristina.

A él no le apetecía relajarse, pero obedeció y se sentó a su lado. Ella lo rodeó con los brazos.

—Günther te hace trabajar demasiado —dijo—. Hablaré con él la próxima vez que lo vea.

Jens intentó girarse para ver su expresión.

—Solo bromeaba —dijo ella—. Eres muy diligente, lo cual es bueno.

—Sí —dijo él, poniendo los pies sobre la mesita de café y tratando de relajarse.

Pero la agitación lo reconcomía por dentro y le crispaba los músculos. Estaba muy cerca de hallar las respuestas, lo sentía, y sin embargo, seguía muy lejos. Kristina lo abrazó con más fuerza. Jens sintió que no podía respirar.

Laura Dahlgren estaba esperándole en su despacho cuando llegó al día siguiente. Se había sentado sobre su escritorio, con las piernas cruzadas. Jens se sobresaltó.

—¿Cómo ha conseguido entrar? —dijo.

Normalmente, a las visitas las sentaban en la sala de espera y luego las anunciaban y acompañaban al despacho de la persona a la que querían ver.

—Soy una mujer de recursos —dijo ella, extendiendo las piernas y levantándose del escritorio.

Llevaba un suéter blanco y tenía el pelo rubio un poco alborotado por detrás, como si no hubiera tenido tiempo de peinarse bien. Sus grandes ojos grises lo miraron muy serios.

—Necesito su ayuda —dijo.

—¿Con qué?

—Con el mismo asunto del que hablamos la última vez.

Ella no debería estar aquí. Aquello empezaba a ser peligroso.

—¿Quién sabe que ha venido?

Laura mostró su negativa.

—Nadie.

Dejando aparte los guardias de la entrada, las secretarias…

—Nadie —repitió ella.

—Nuestro archivero murió hace unos días —dijo Jens—. Dijeron que fue un suicidio. Pero había estado indagando sobre el encuentro de los tres reyes de 1914. Algo sucedió allí.

Laura dio otro paso hacia él, situándose tan cerca que Jens pudo ver la diminuta cicatriz blanca de su labio.

—Antes de morir, Britta se reunió con Sven Olov Lindholm, el líder de la SSS. Él le contó que el Instituto Estatal

de Biología Racial estaba trabajando en un proyecto patrocinado por los estratos más elevados de la sociedad. —Hablaba
a borbotones, en voz baja—. Le dijo que era un proyecto
crucial para el futuro de Suecia y que se decía que la gente
involucrada en él no se detendría ante nada.

—En aquel encuentro de 1914 —le explicó Jens—, los
ministros de Exteriores estaban trabajando en un asunto secreto. Hablaron de la creación de una institución para estudiar eugenesia. Ese sería el instrumento, dijeron.

—¿El instrumento… para qué?

—No lo sé.

Laura se sacó del bolsillo un papel y lo desdobló.

—Nosotros hemos analizado los títulos de los capítulos
de la tesis de Britta. Podría tratarse de una especie de
unión…

—Me parece que si se estuviera preparando una unión
yo lo sabría —dijo Jens.

—Fuese lo que fuese, Britta debe de haber tenido una
fuente. Quizás alguien a quien conoció como golondrina.

—O quizá lo descubrió ella misma durante su investigación. Por cierto, ¿quiénes son «nosotros»?

—Unos antiguos compañeros de universidad. —Laura
captó su mirada—. No debe preocuparse. Ellos tienen que
perder incluso más que usted removiendo en todo esto.

—¿Más que su propia vida?

Ella se quedó callada.

—Supongo que tiene razón. En último término, eso es lo
que está en juego. Pero lo que quería decir simplemente es
que estos amigos son de fiar.

—A mí me dijeron que Britta fue asesinada por un examante —dijo Jens—. Y que ese antiguo amante también había colocado la bomba en su apartamento, porque creía que
usted había animado a Britta a dejarlo.

—Si tenía un amante, yo no lo conocía.

—¿Quién lleva la investigación de su asesinato? —preguntó él.

—El inspector Ackerman, de Upsala —dijo Laura—. Nosotros nos dedicaremos a investigar los vínculos que tiene el Instituto Estatal de Biología Racial con otros organismos, y trataremos de localizar a Andreas, el amigo de Britta que desapareció poco después de que ella fuese asesinada. ¿Podría mirar a ver qué encuentra sobre un proyecto racial en el que estarían metidos los «estratos más elevados de la sociedad»?

—No solo de nuestra sociedad, entonces —observó Jens.

—¿A qué se refiere?

—Bueno, ella menciona Dinamarca, Noruega y Suecia.

Laura reflexionó un momento.

—Sí —dijo, palideciendo—. Quizá tenga usted razón.

Jens pensó en las llamadas entre los tres países cuyo registro había desaparecido y en la reacción del ministro cuando le había preguntado al respecto. No era posible. Sven había dicho que habían hablado sobre los judíos. Pero Sven también había dicho que el asesinato de Britta era un crimen pasional.

Laura seguía mirándolo fijamente. Tenía el ceño fruncido y le había caído un mechón sobre un ojo. Él sintió el impulso de apartárselo.

—Sí —dijo—. Veré qué puedo hacer.

—¿Puede averiguar también con quién se relacionó Britta?

—No conozco a nadie… —musitó. Pero luego pensó en el padre de Sven—. Bueno, puedo intentarlo.

—Tenga cuidado —dijo ella.

Jens asintió.

—Si necesitara localizarme —añadió Laura—, puede llamar a mi casa con alguna excusa (yo les pediré que me avisen si llama), o bien acudir a esta dirección. —Le puso un papel en la mano y le cerró los dedos sobre él—. Ahí vive un amigo mío que puede localizarme. Simplemente asegúrese de que no le siguen.

—¿Y si usted necesita encontrarme a mí?

La cara de Laura se iluminó con una sonrisa.

—Me presentaré sin más.

—Tendrá que firmar abajo —dijo él—. La verán entrar.

—Buena suerte, Jens. Hablaremos pronto. Tenga cuidado.

Y dicho esto, desapareció.

Jens esperó un rato y luego bajó a la recepción.

—¿Me permite mirar el registro de entrada? —le pidió a la secretaria, inclinándose sobre su mesa y dedicándole su mejor sonrisa.

—Claro —dijo ella, devolviéndosela y acercándole el registro.

El nombre de Laura Dahlgren no figuraba allí.

Jens volvió a su despacho, llamó a la comisaría de Upsala y preguntó por el inspector Ackerman.

—Soy Jens Regnell, del Ministerio de Asuntos Exteriores —dijo cuando Ackerman se puso al teléfono—. Quería preguntarle si han detenido al culpable del asesinato de Britta Hallberg.

—¿Quién ha dicho que era?

—Jens Regnell. Soy el secretario del ministro de Exteriores.

—No, no hemos detenido a nadie —dijo el policía.

—Me habían dicho que habría una detención inminente.

—Entonces sabe usted más que yo. Este caso ha resultado ser un verdadero incordio. Es como si nos bloquearan el camino a cada paso que damos. Aún no tenemos ni idea de cuál fue el motivo del crimen.

33

Monte Blackåsen

*T*aneli pasó todo el día muerto de miedo. Cada pisada, cada crujido de una rama parecía anunciar la llegada del director de la mina al campamento, acompañado de la policía. Ese hombre lo había visto de cerca. No le costaría encontrarle.

Cuando lo había dejado solo en la sala de estar, él había considerado la idea de volver a poner el dinero en su sitio. Si no se lo quedaba, tal vez el director lo dejara en paz. Aunque, ¿por qué iba a hacerlo? La intención era tan mala como el acto en sí. ¡Él se había metido en su casa! Pero entonces pensó en Áslat y en su hermana. Y al final se guardó los billetes en la camisa, trepó por la ventana y salió corriendo. Ahora se sentía tremendamente angustiado. Le atormentaba tener ese dinero encima y no sabía dónde guardarlo. Si lo dejaba en la *kåta*, la cabaña donde vivían, su madre sin duda lo encontraría y lo llevaría a rastras ante los ancianos. Si lo escondía, podía encontrarlo alguien y creer que era un regalo de los espíritus. Finalmente, decidió llevarlo consigo, aunque le aterrorizaba que los billetes se le cayeran si se agachaba, o que acabaran destruidos si sudaba demasiado. Se movía por el campamento tan rígido como un palo, sin querer participar en nada, lanzando continuamente miradas hacia el camino del pueblo.

—¿Qué te pasa? —le preguntó Olet, con el ceño fruncido.

—Nada —musitó él.

Taneli y Olet debían arreglar el cercado de los renos. Los animales estaban lejos, en las montañas, con varios de los hombres. Era en esta época cuando criaban. El campamento de verano debía de ser una maravilla ahora: un lugar fresco y libre de insectos. Pero ellos seguían aquí, con el calor y los bichos, porque algunos hombres —como el padre de Taneli— se veían obligados a trabajar en la mina. Y no podían dejarlos allí y permitir que el grupo se dividiera. Los animales regresarían al final del verano, antes de que empezase el invierno; y para entonces el cercado debía estar en condiciones.

—No estás ayudando nada —protestó Olet.

Taneli había notado que su compañero se acercaba siempre que podía a una chica de la tribu llamada Sire. Si Olet no hubiera sido mucho mayor y él no hubiera estado tan angustiado con otras cosas, le habría hecho burla a cuenta de ello.

Se agachó para coger el martillo. Los billetes le raspaban en el estómago. Se puso a golpear una de las tablas y empezó a sudar. No podía mantener los billetes dentro de la camisa. No iba a funcionar. Dándole la espalda a Olet, los sacó, los metió en su gorra y la dejó doblada en el suelo.

—Te va a dar el sol en la cabeza —le dijo Olet—. En primavera ya pega muy fuerte.

Taneli masculló algo así como que se metiera en sus asuntos. El otro frunció el ceño, pero lo dejó correr.

Trabajaron toda la mañana, reemplazando las tablas viejas y podridas, y volviendo a clavar las que estaban sueltas.

—Hora de comer —dijo Olet al fin, mirando el cielo.

Taneli se secó la frente. Empezaba a hacer calor.

Antes de que pudiera impedírselo, Olet se agachó y le recogió la gorra.

—¡No! —gritó él.

Olet se detuvo en seco, pero no por el grito de Taneli.

—¿Qué es esto? —dijo lentamente, sacando el dinero.

—¡Es mío! —Taneli intentó arrebatarle los billetes de la mano, pero Olet la apartó.

—¿Qué es esto, Taneli? —repitió, ahora enojado—. ¿Doscientas coronas? ¿De dónde las has sacado?

—Olet. —Taneli procuró sonar razonable—. Es mío. Lo necesito. No puedes cogerlo.

Dio un paso adelante, pero Olet lo esquivó y alzó los billetes por encima de su cabeza. Le sacaba cinco años y era mucho más alto.

—Tienes que decírmelo.

—Se lo robé al director de la mina —le soltó Taneli a bocajarro, y tuvo la satisfacción de ver que Olet dejaba caer los billetes al suelo como si quemaran.

Él se agachó y los recogió.

—¿Te has vuelto loco? —preguntó Olet, con las mejillas rojas. Tenía los puños apretados, como dispuesto a pelear—. ¿Te das cuenta de lo que has hecho? ¿Qué crees que le harán a Nihkko?

¿A Nihkko?

—Tenía que hacerlo —dijo Taneli.

Olet lo miraba con cara crispada.

—Tenía que hacerlo —repitió Taneli—. Hay un hombre que sabe algo de Javanna, pero primero debo pagarle.

Olet se apartó.

—¿Es que no te he enseñado nada? —masculló.

Taneli alzó la voz.

—Dice que está viva. Que sabe dónde está. Tengo que averiguarlo. Debo intentarlo.

—Taneli. —Olet movió la cabeza con energía—. Nadie sabe dónde está tu hermana. Ese hombre te ha mentido.

—Por favor, Olet —suplicó él.

—¿Qué vas a hacer cuando vengan a buscarte?

—No lo sé.

—No podrás devolverles el dinero si se lo das a ese hombre.

Taneli agachó la cabeza.

—Te pondrán en el cepo. O te meterán en la cárcel.

—¿Y si la encuentro, Olet? ¿Y si la encuentro, qué?

Olet suspiró, pero su rostro se ablandó un poco. Los músculos en torno a su boca se relajaron.

—En esto estás tú solo —dijo.

Por lo menos eso quería decir que se lo iba a contar a Nihkko.

Al anochecer, Taneli estaba esperando en la arboleda donde había visto a Áslat la primera vez. El monte Blackå- sen ya solo era una mole oscura y silenciosa. El cielo tenía un tono entre azul claro y rosa pálido, con algunos cúmulos y destellos anaranjados alrededor del sol poniente. El andén del ferrocarril estaba lleno de soldados. Probablemente se acercaba otro tren alemán. Taneli estaba deseando que Áslat se diera prisa.

Sonó el crujido de una rama.

«Áslat.»

Taneli se volvió, aliviado.

Pero el hombre que se acercaba por el camino no era Áslat. Era aquel otro que había ido a tomarles medidas a los niños: el de los ojos azules vacíos. Iba a caballo y lo miraba fijamente.

«Hola», dijo el hombre solo con los labios.

¡Una trampa!

Taneli giró en redondo y echó a correr. No hacia el an- dén: los soldados lo apresarían enseguida. Tampoco hacia el pueblo, donde lo pararía la gente. Hacia el bosque. Era el único lugar donde podría esconderse.

Olet tenía razón, pensó.

Siguió corriendo, aún más deprisa.

A su espalda sonaba un redoble de cascos. Si se quedaba en el camino, el caballo lo arrollaría.

Había una senda más estrecha, un túnel de árboles.

La siguió.

Y de golpe se encontró en el suelo boca abajo. Alguien se le había sentado encima y le apresaba los brazos con las piernas.

—¡Ya lo tengo!

La voz de un chico. Jubilosa. Taneli intentó girarse para luchar, pero estaba atrapado.

—Buen trabajo —dijo el hombre.

Se acabó. Todo había terminado.

El chico le dio la vuelta y lo levantó. Sujetándole los brazos en la espalda, lo llevó frente al hombre de la mirada vacía. Él se retorcía, pero era en vano.

El hombre sonrió.

—Ahora eres mío.

Entonces sonó la voz de otro hombre:

—¡Suéltelo!

En el camino, por detrás, y también a caballo, estaba el director.

El de la mirada vacía soltó un gruñido.

—Director —masculló, sacando un arma. ¿Un revólver? Pero él no podía…

Sonó un disparo y Sandler cayó pesadamente del caballo, como el golpe de un saco de grano contra el suelo. Su montura relinchó y salió disparada por el camino que llevaba al pueblo.

¡Lo había matado!

Taneli quería gritar, pero no salía ningún sonido de su boca. ¡Había matado al director de la mina!

El chico le había soltado los brazos, como si también él estuviera consternado.

El hombre se volvió hacia ellos. Seguía sonriendo.

—Él mismo se ha puesto en la diana —dijo.

¿En la diana? ¡Era el director!

Inesperadamente, su caballo soltó un relincho agudo y se encabritó, lanzando coces al aire con las patas delanteras. El hombre no se lo esperaba y cayó hacia atrás. Pero tenía el pie enganchado en el estribo y, cuando el animal echó a galopar, se lo llevó a rastras por el camino.

El chico soltó del todo a Taneli y salió corriendo por el sendero, dejándolo solo con Sandler... y con Olet, que apareció entre la maleza, con el arco y las flechas en la mano.

—Le has dado al caballo —murmuró Taneli febrilmente.

Olet se había agachado junto a Sandler.

—Está vivo —dijo—, pero necesita ayuda.

Entre los dos cargaron con el director y lo llevaron a través del bosque. Pesaba mucho. Debían parar con frecuencia, dejarlo en el suelo y volver a levantarlo. Tenía una herida en el pecho y había un montón de sangre. Una mancha escarlata se extendía por su camisa.

—Lo llevaremos a su casa —dijo Olet—. Ellos llamarán al médico.

—Me has salvado —dijo Taneli—. Nos has salvado.

Olet no respondió.

Siguieron avanzando penosamente con su carga. A Taneli se le escurrían las piernas de Sandler. Le dolían los riñones.

—Necesito descansar —dijo. Volvieron a dejar el cuerpo en el suelo—. Yo solo quería que fuera cierto —musitó.

—Lo sé —dijo Olet.

—Pero Áslat sabía cosas de Javanna. Cosas que solamente podía saber si ella se las había contado.

El hombre que había disparado contra el director, pensó Taneli. Debía de ser él quien le había contado a Áslat esas cosas. Seguro que era él quien tenía a Javanna.

Al llegar a la villa de Sandler, llamaron a la puerta. El ama de llaves abrió y dio un grito al ver el cuerpo del director en los escalones.

—Lo hemos encontrado en el bosque —dijo Olet—. Necesita un médico.

Ya iban a irse cuando el director volvió en sí. Bruscamente, extendió una mano y sujetó a Taneli del brazo.

Había llegado el mozo del establo. Tanto él como el ama de llaves miraban ahora a Taneli.

El director seguía agarrándolo con fuerza.

Olet empezó a retroceder por el jardín, moviendo la cabeza a un lado y a otro.

34

Laura

«¿Cómo te las arreglarías para crear una religión en la que tú mismo pudieras creer?»

Todo el último año en la universidad, 1939, lo habían pasado debatiendo esa cuestión. ¿Qué haría falta para que se convirtieran en apasionados creyentes de una idea?

Laura lo recordaba ahora, en el tren a Upsala. Lo que al principio había parecido imposible se había vuelto luego más fácil.

—Entonces..., ¿nos inventamos un dios? —había preguntado Erik en el primer momento.

Era un crudo mes de enero. Lluvia y más lluvia. A nadie le apetecía salir, así que pasaban las tardes en el apartamento de Laura. En la radio, Hitler estaba pronunciando un discurso. Su voz era íntima y, a la vez, poderosa. Todos hablaban alemán, y resultaba fascinante escucharle.

—¿Alguna idea mejor? —rezongó Laura.

Erik los había dejado en ese punto.

—Bueno, los elementos obvios —dijo Karl-Henrik—. Un sistema común de creencias; historias y mitos que las respalden; rituales... La religión debe estar organizada para sobrevivir...

—Un relato de la creación, la búsqueda de la salvación, el

fin de los tiempos… —recitó Erik de carrerilla—. Todas las religiones son iguales básicamente.

—Esto es muy raro —dijo Britta.

—Todos los dioses fueron inventados —señaló Karl-Henrik.

Interesante, pensó Laura. Todos proclamaban ser ateos; y, sin embargo, suponer que el Dios de la Biblia había sido inventado parecía sacrílego.

—¿Y si no nos inventamos nada nuevo, pero tomamos la fe ásatrú y vemos lo que necesitaríamos para creérnosla? —dijo Karl-Henrik—. Al fin y al cabo, esa es la cuestión: ¿qué te haría falta para creer?

—¿Por qué ásatrú? —preguntó Britta.

—¿Por qué no? La conocemos bastante bien a estas alturas.

—Yo nunca creeré —murmuró Erik.

A su espalda, la voz de Hitler en la radio iba cobrando brío: «Tuvieron que transcurrir casi dos mil años para que las tribus germánicas dispersas se convirtieran en un solo pueblo; para que los numerosos territorios y estados forjaran un Reich. Ahora podemos considerar que este proceso de formación de la nación alemana ha llegado a su conclusión. La creación del Gran Reich Alemán representa la culminación de la lucha milenaria de nuestro pueblo para alcanzar la existencia».

Todos se habían callado para escuchar.

—Más allá de lo que pienses sobre él, hay que reconocerlo: es enormemente inspirador —dijo Britta.

—Pero ¿por qué? —preguntó Karl-Henrik—. ¿Qué es lo que la gente encuentra inspirador en él? ¿Por qué?

—El orgullo nacional… Ese sentimiento de creer que podrían lograr cualquier cosa.

—La superioridad —dijo Britta—. De Alemania, de su raza. El patriotismo. Te dan ganas de formar parte de ese movimiento.

—Son solo sentimientos. No ideología —masculló Erik.

—Pero funciona —dijo Matti—. Juega fuerte tanto con el pasado como con el futuro del pueblo alemán: tiene que funcionar.

—Está reescribiendo la historia —dijo Britta.

—En efecto —dijo Matti—. Y ellos le creen.

—¡Claro…, eso es! —exclamó Karl-Henrik lentamente.

—¿Qué?

—¿Y si, dentro de ásatrú, el elemento de la raza fuera más importante? La raza nórdica, su superioridad…

—No, a mí no me serviría —dijo Erik.

—Claro que sí —replicó Karl-Henrik—. ¿Y si ásatrú definiera una comunidad con más claridad y consiguiera que los creyentes se jurasen completa lealtad entre sí, además de jurársela a su territorio y a su fe? ¿No crees que eso podría estimularte?

—¿Como si tú también pudieras convertirte en un vikingo?

—Algo así.

—Sería interesante —dijo Laura, dudando todavía—. Pero no es suficiente. La gente necesita una misión. Una vocación.

—¡Exacto! Construyes todos los elementos en torno a los elegidos, a su superioridad intrínseca y…

—¿Y?

—A su derecho inherente a mandar.

—Y luego azuzas las emociones para que la gente actúe —dijo Britta, pensativa—. Un líder glorioso, incendiario.

—Manipulación —dijo Erik.

—Toda religión es una manipulación —señaló Karl-Henrik.

—Necesitarás una amenaza.

—Muy fácil. Todo lo que amenace a la raza superior.

Matti tenía una expresión extraña en la cara.

—¿Qué? —preguntó Laura.

—¿Crees que es eso lo que está haciendo?

—¿Quién?

—Hitler. Crear una religión.

—Pues claro —dijo Karl-Henrik—. Ya lo ha hecho. Solo has de escuchar las noticias.

—Maldito payaso… —masculló Erik.

Laura salió de la oficina de administración de la universidad con las manos vacías. Aunque la secretaria sabía que Andreas procedía de Blackåsen, no tenía su dirección ni ningún dato de su familia.

—¿No viven en… grupos? —dijo otra empleada de la oficina.

—Y viajan constantemente, ¿no? —añadió su compañera—. No tienen un hogar fijo.

Laura lo ignoraba. Pero sabía que los estudios de Andreas habían sido patrocinados por la Iglesia. Recordó que Britta se había referido a un sacerdote destinado allí, en el norte.

—No era mi tipo, pero hizo cosas buenas —había comentado.

Estaba de suerte, le dijo el ama de llaves de la casa parroquial. El arzobispo se encontraba en la ciudad. Laura cruzó la plaza adoquinada hasta la catedral. El sol estaba fuerte, así que se quitó la chaqueta de punto y se la dobló sobre el brazo. Echó una mirada a la Sociedad de Historia al pasar y se estremeció.

Sus zapatos resonaban en el suelo de piedra. Recordó una ocasión, en la época de la universidad, en la que andaba buscando a Erik. Otro alumno le dijo que estaba en la catedral, y, en efecto, lo había encontrado de pie en la nave principal, contemplando el techo abovedado junto a la tumba de Von Linné.

—¿Qué haces? —le había preguntado.

—Rindiendo culto —había dicho él, sorprendido, mirándola con ojos vidriosos. Apestaba a cerveza.

Ahora resultaba gracioso. Entonces ella había sentido que debía sacarlo de allí cuanto antes.

Hacía frío en el interior del templo, así que volvió a ponerse la chaqueta.

El arzobispo tenía una media sonrisa en la cara. Llevaba una sotana negra, con una gran cruz de plata en el pecho. Sus manos eran grandes, pero de aspecto suave.

—¿Le gustaría averiguar el paradero de un alumno lapón?

Sus voces sonaban de un modo extraño en la catedral, como amortiguadas y resonantes a la vez.

Laura no creía que el arzobispo la recordara de aquella ocasión en la que había intervenido en el *nachspiel*. Claro que, por otro lado, habían pasado diez años. Se preguntó cómo se sentiría ahora si supiera que su charla los había incitado a todos a volverse paganos.

—Fue patrocinado por la Iglesia local para estudiar aquí. Es amigo mío. Creo que podría tener problemas. Quizás haya vuelto a casa y me gustaría ofrecerle mi ayuda.

Un equilibrio perfecto, pensó: sincera, pero no demasiado.

—¿Es amigo… suyo? —El arzobispo alzó las cejas.

Ella asintió, bajando la mirada.

—Muy bien —dijo él—. Podemos llamar al sacerdote de allá, si quiere. Al fin y al cabo, cuidar de los más desvalidos de entre nosotros es un deber cristiano.

Laura aguardó mientras el arzobispo hablaba con la operadora y conseguía comunicarse. Alguien respondió al otro lado de la línea y ambos intercambiaron unas palabras de cortesía. Para un simple sacerdote siempre debía ser un *shock* que llamara el arzobispo, pensó.

Este tapó el auricular con la mano.

—¿Cuál era el nombre de su amigo?

—Andreas Lundius Lappo.

Él repitió el nombre. Tenía un cuaderno de cuero negro flexible donde tomó nota mientras hablaban. Una vez que terminaron y se despidieron, el arzobispo se volvió hacia ella.

—Conoce bien a ese chico —dijo—. Dice que es muy listo. Procede de uno de los grupos locales que pasan los veranos en las montañas y se trasladan más cerca de Blackåsen durante el invierno. Pero dice que el chico no ha vuelto a casa. Que no ha ido de visita a la iglesia.

Pero eso no significaba demasiado, pensó Laura. Quizás Andreas no quería que nadie lo viera.

—Le agradezco que lo haya intentado —dijo.

—Espero que consiga localizarlo —respondió el arzobispo.

Ella nunca le había hecho ni caso a Andreas. Pero lo encontraría, pensó, y entonces sí le haría caso.

Como la otra vez, encontró al inspector Ackerman en su oficina, sentado tras su escritorio. Él pareció sorprendido al verla. Sorprendido... y algo más.

—¿Qué hace usted aquí? —preguntó.

—Mi amiga, Britta...

Él se levantó y cerró la puerta.

—Me han retirado del caso. Ahora se encargan los Servicios de Seguridad.

Pensó en los dos agentes que habían ido a verla.

—Pero... ¿qué ha ocurrido?

—Ayer llamó un idiota del Ministerio de Exteriores y me preguntó si había detenido al asesino. Y a continuación se presentan dos tipos y me dicen que yo ya no llevo el caso. No querían conocer los detalles... ni preguntaron si había averiguado algo. Intenté hablarles de su amigo lapón, Andreas, que desapareció después del asesinato y que es una persona de interés para la investigación. Pero creo que ni me escucharon. Simplemente cogieron mis papeles, me dijeron que mi intervención en el caso había concluido y se marcharon.

—Pusieron una bomba en mi apartamento —dijo Laura, aunque no sabía muy bien a quiénes se refería. A unas sombras, pensó.

Él frunció los labios.

—Yo he sido acusado de fraude a través de una carta anónima.

—¿De fraude?

Él se encogió de hombros.

—Tengo la sensación de que no puedes meterte en este caso y salir indemne. —La miró con la frente fruncida en un montón de arrugas. Una sonrisa casi imperceptible se dibujó en la comisura de sus labios—. No se preocupe. No es la primera vez que me veo en un aprieto.

La sala de estar de Karl-Henrik estaba llena de papeles. Notas manuscritas en el sofá, en la mesa, en el suelo. Como en los viejos tiempos.

—Veo que ya has empezado —dijo Laura, sonriendo.

—He tenido suerte —dijo Karl-Henrik—. He encontrado a un noruego que antes trabajaba en la administración del Instituto Estatal de Biología Racial. Él ha visto la correspondencia del instituto, las actas de las reuniones… Es una mina de oro, aunque no se dé cuenta. Yo le hago preguntas y él me dice que no tiene ni idea…, y luego responde igualmente. —Se echó a reír con una risa rasposa.

—¿Y está dispuesto a atenderte y a responder tus preguntas?

—La gente se siente culpable —dijo Karl-Henrik sin darle importancia.

Ver las lesiones que había sufrido debía impresionar a los compatriotas que habían huido. Debía recordarles lo que los demás habían sacrificado.

—Es asombroso, Laura —dijo Karl-Henrik, que le pasó un papel lleno de círculos y líneas para que lo viera—. Ese instituto tiene sus tentáculos por todas partes. ¡Por todas partes! Cuanto más investigo, más vínculos encuentro. Con comités de antropología, con el Instituto de Genética Legal..., pero también con las universidades, los museos, los hospitales..., ¡incluso con la Academia Real de Bellas Artes! Y luego, si miras las personas que están relacionadas con el instituto, todas son figuras destacadas: hombres de negocios, políticos... Ya sé que la cuestión de la raza despierta un interés general hoy en día. Simplemente no sabía... lo organizado que está todo.

Ella pensó en el cuaderno negro del arzobispo.

—¿Y la Iglesia? —preguntó.

—Oh, sí —respondió él, señalándole un círculo negro en el papel.

Ellos también.

—Erik estuvo aquí —dijo Karl-Henrik.

—¿Ah, sí?

—Le encargué que investigara el lado danés del asunto. Los daneses han estado también muy activos.

¿De dónde sacaría Erik la información? Probablemente de los daneses que se ocultaban en Estocolmo.

—¿Has tenido suerte en tus averiguaciones sobre el paradero de Andreas? —preguntó Karl-Henrik.

Laura negó con la cabeza.

—En el norte no lo han visto. Aunque quizá no quiere que lo vean. A lo mejor está escondido.

—¿Qué vas a hacer, entonces?

—Voy a ir allí —respondió. La idea se consolidó mientras lo decía—. Quiero localizar a Andreas y hablar con la familia de Britta.

Karl-Henrik parecía radiante entre todos aquellos papeles. Le encantaba ese tipo de actividad. Indagar en un misterio, seguir un rastro. Entonces recordó que Erik había dicho en su día que Loki, el dios embaucador, los estaba siguiendo, y pensó en el visitante nocturno de su apartamento en Upsala.

—Vete con cuidado —le dijo a Karl-Henrik—. Si tienes la sensación de que te vigilan, dímelo.

Tampoco es que ella supiera lo que haría en tal caso.

—Yo he ido diciendo que estoy trabajando en un proyecto para el profesor Lindahl —dijo él, sonriendo—. Es una excusa que parece funcionar con todo el mundo.

Ya en casa, recibió una llamada de Emil Persson.

—Extraño asunto —le dijo el periodista.

—¿Cuál?

—La bomba en su apartamento. Nadie quiere reconocer que ocurrió. Y además su amiga está muerta.

—Sí. Así es.

Laura vaciló. Sería hacer un gran voto de confianza… Pero Emil había demostrado ser ecuánime. No había escogido el camino más cómodo en su labor periodística; bastaba leer sus artículos sobre los judíos desaparecidos para darse cuenta.

—Emil, ¿usted no ha oído que el Instituto Estatal de Biología Racial está metido en un nuevo proyecto?

—No. ¿Tiene algo que ver con esto?

—Quizá.

—Pondré las antenas, a ver si me entero de algo.

35

Jens

*S*e celebraba un cóctel en uno de los ministerios. Para «levantar la moral», había comentado el ministro con una sonrisita. Jens no sabía si lo había dicho en broma o no. Kristina le había acompañado y estaba a su lado, con una copa en una mano y la otra bajo su brazo. Llevaba un sencillo vestido negro y el pelo recogido detrás. Sonreía y saludaba a otros invitados; daba la impresión de conocer a más gente que él. El salón estaba decorado con arañas de cristal y arreglos florales, y las mesas del bufé estaban llenas de comida. Costaba creer que justo al otro lado del mar el mundo se hallaba en guerra y la gente se moría de hambre.

Jens estaba inquieto. Hoy había vuelto a encontrar algo en su escritorio. Había salido solo diez minutos para hablar con una de las administrativas sobre los horarios de un viaje y, al volver, lo había encontrado allí. La persona que le dejaba esos mensajes debía estar vigilándole. Esta vez se trataba de un dibujo: un esquema de una mina, con sus galerías y sus pozos. Solo había una palabra debajo: Blackåsen. No entendía por qué habían dejado aquello en su despacho. Sí le constaba que él no debería tener ese esquema. Se preguntaba hasta qué punto sería grave el hecho de que lo tuviera…, si podría considerarse espionaje. Pero ¿por qué dárselo a él?

No comprendía qué tenía que ver el plano de la mina con lo demás. «Alguien quiere que esto se sepa», había dicho Jim. Pero ¿qué? ¿Y quién?

—Encantado de verla de nuevo, señorita Bolander.

Christian Günther. Jens se irguió.

—Lo mismo digo —ronroneó Kristina.

—Él ya no nos deja que la veamos, ahora que son pareja.

—Me encargaré de que no siga siendo así —dijo ella, tocándole el brazo al ministro.

Günther miró entonces a Jens y bajó la voz.

—Un asunto triste lo de Daniel Jonsson.

Él asintió.

—¿Ya han hablado con usted los Servicios de Seguridad?

Jens se puso tenso. Intentó sonreír, pero tenía la mandíbula rígida.

—Aún no. ¿Lo harán?

—Es probable. Van a hablar con todos los que hayan tenido relación con los archivos.

Él asintió. Así que el ministro no sabía lo de la nota. Al menos todavía.

—¿Recuerda aquello que me preguntó hace un tiempo? —dijo Günther.

«¿Las llamadas telefónicas?»

—Sí —dijo Jens.

—Creo que sería mejor que no lo mencionara… A nadie.

«¿De veras?» Antes de que Jens pudiera seguir preguntando, el ministro de Exteriores le hizo una seña a un hombre corpulento con un traje gris que estaba un poco más allá. «¡Señor Richter!», dijo, y se alejó sin más.

—Es un hombre increíble —comentó Kristina, siguiéndolo con la mirada.

—¿Qué quieres decir?

—No te pongas celoso —dijo ella, sonriendo, y volvió a ponerle la mano bajo el brazo—. Es solo que lo encuentro brillante. Es la segunda vez que nos vemos y aún recuerda mi nombre. Deberíamos tratar de invitarlo. Organizar una gran fiesta.

Kristina era ambiciosa, pensó Jens. Por él, por ellos…

—No cae bien a la mayoría de los suecos —señaló.

—La mayoría de los suecos no lo han conocido.

Hacia la mitad de la velada —muchas conversaciones, muchas invitaciones hechas y recibidas—, Jens vio a Jim Becker en la mesa del bufé. Era la última persona que habría esperado encontrar allí.

—Voy a servirme un poco más de comida —le dijo a Kristina al oído y la dejó con un grupo.

Cogió un plato, se sirvió un sándwich y se acercó lentamente adonde estaba Jim.

—¡Qué coincidencia! —dijo en voz baja.

—A partir de ahora, señor Regnell, nada es una coincidencia —dijo él, con la vista fija en la bandeja de quesos de la que estaba sirviéndose una porción—. Reúnase conmigo fuera dentro de diez minutos. —Luego se dio la vuelta y se puso a hablar con la mujer que tenía al otro lado.

A la hora fijada, Jens lo encontró oculto a la sombra del edificio, con las manos en los bolsillos y el cuello del abrigo alzado.

—Me sorprende verle aquí —dijo.

Jim asintió.

—Ocultarse a plena vista puede funcionar bastante bien. Vamos a caminar.

La noche era cálida. Soplaba un viento suave sobre el puente. En la orilla, un hombre se rio a carcajadas y luego una mujer hizo otro tanto.

—Pasaron muchas más cosas en el encuentro de los reyes de 1914 de lo que se reveló públicamente —apuntó

Jim—. Dijeron que los ministros de Exteriores se habían pasado aquel sábado trabajando en la declaración de neutralidad, pero la verdad es que habían trabajado en otra cosa.

—¿En qué? —preguntó Jens.

—Desde hace bastante tiempo, algunas personas en Suecia, Noruega y Dinamarca han estado hablado de un Reich escandinavo bajo un líder fuerte. El encuentro de los ministros de aquel día fue la culminación de meses de trabajo para desarrollar un programa que, con el tiempo, debía conducir a los tres países hacia ese objetivo.

—Imposible.

—¿Por qué? Ya ha habido otras uniones antes.

—¿Y cómo encaja Alemania en todo esto?

—No encajaba en ese momento. Pero cuando Hitler se erigió más tarde en el líder alemán y quedó claro que iba a provocar una guerra, el comité decidió que los tres países debían mantenerse neutrales. El plan era esperar a que Alemania se autodestruyera en la guerra. Pensaban que una unión escandinava sería entonces capaz de imponerse a los alemanes y de extender su territorio hasta lo que había sido durante el reinado de Carlos XII, incluida toda la región Báltica y tal vez más allá.

Jens soltó un silbido. El Reich, pensó. La tesis de Britta no se refería en absoluto al Reich alemán.

—Todavía hay más. El programa tiene dos columnas vertebrales. Una es una unión escandinava bajo un solo líder, y la otra, una mejora continuada de la raza escandinava.

Jens sacudió la cabeza.

—¿Qué significa eso?

—Se considera que Escandinavia es uno de los pocos lugares que nunca ha sufrido una invasión extranjera y que ha conservado un único tipo racial desde el principio: una raza que es superior a todas las demás y que debe ser salvaguardada.

—¿Y cómo se proponen hacer tal cosa?

Jim se encogió de hombros.

—Con las medidas habituales: fomentar la reproducción de los mejores, evitar el mestizaje… Eliminar lo que no sea puramente escandinavo. Eliminarlo, pero también sacar de ahí conocimientos para el progreso de la ciencia.

A Jens se le quedó la boca seca.

—¿Sacar conocimientos…?

—Experimentos con humanos —dijo Jim—. Ahí fue cuando algunos de nosotros no pudimos quedarnos de brazos cruzados.

No podía ser cierto, pensó Jens. No en su propio país. «Miren en sus propios armarios», había dicho Schnurre. ¿Estaba enterado de aquello?

—¿Y qué pasó? —preguntó—. ¿Qué está pasando ahora?

—En el encuentro de 1939 se tomó la decisión de abandonar el programa. En los tres países había un nuevo liderazgo, nuevas ideas. El programa se consideraba un producto del pasado, una locura pasajera y vergonzosa. Hitler había iniciado su propio proyecto con ideas parecidas y la gente lo encontraba no necesariamente equivocado, pero sí demasiado brutal. Así que el programa se abandonó y se cerró.

Jens asintió.

—Solo que no fue así —dijo Jim—. Lo han mantenido vivo.

«Imposible.»

—¿Quiénes?

—Los burócratas, los fanáticos… Los que aún quieren llevarlo a cabo a cualquier precio. Los que odian todo lo que sea diferente. Los Gobiernos saben que sigue en marcha, pero han perdido el control.

—¿Quién está implicado?

—Ya no lo sabemos. El Instituto Estatal de Biología

Racial desempeña un papel central, desde luego; también algunos miembros de los Servicios de Seguridad de los tres países... Pero el programa ha adquirido una magnitud extraordinaria.

—¿Christian Günther también está metido? —Jens pensó en las llamadas telefónicas.

—No lo sé...

—¿Usted está... trabajando contra el programa?

Jim se mostró renuente.

—Durante un tiempo, sí. Pero... —Miró para otro lado—. A uno de los miembros de mi equipo lo mataron. Le pegaron un tiro. Un atraco que se complicó, dijeron. Y luego mi hija murió en un accidente de coche. Pero para entonces yo ya no tuve ninguna duda sobre lo que había ocurrido. No creo que nada ahora pueda parar el programa. Ha tomado vida propia. La gente involucrada es demasiado poderosa. Solo me he reunido con usted porque..., porque, si está decidido a arriesgarse, me siento obligado por todos los que han muerto a darle algo para que pueda seguir trabajando. Mi hija era muy obstinada. Creía firmemente en la distinción entre el bien y el mal. Si aún viviera ahora, no me habría permitido dejarlo..., sin importar cuáles fuesen las consecuencias.

—Lo siento mucho —dijo Jens.

Jim asintió.

—¿La mina de Blackåsen tiene algo que ver con todo esto? —preguntó Jens, pensando en el dibujo que había aparecido en su escritorio.

—Circularon rumores de que los experimentos con humanos se llevaban a cabo en el norte.

—Me pregunto por qué... —Era un zona aislada, sí, pero muy alejada.

—Los lapones —dijo Jim fríamente—. A ellos no se los considera escandinavos puros.

Jens resopló. Oh, Dios.

—Esto es demasiado grande, créame —añadió Jim—. Lo acabarán cazando. Pondrá en peligro a sus seres queridos. Será mejor que esté muy seguro antes de seguir adelante.

—No veo qué alternativa hay.

Jim se encogió de hombros.

—Como quiera. Lo que me inquieta, Jens, es esa nota de la que me habló: la nota en la que aparecía mi nombre. Alguien quiere que usted sepa todo esto. ¿Quién puede ser esa gente que trabaja en la sombra? ¿Y qué pretende?

—Quieren ayudarme —respondió Jens.

—No necesariamente —dijo Jim—. Siempre puede haber otros motivos para hacer que algo se sepa.

—¿Adónde habías ido? —preguntó Kristina cuando volvió.

Deseaba con toda su alma poder contarle sus descubrimientos a ella, a cualquier persona, en realidad.

—Me he entretenido hablando con un conocido —respondió—. Pero ya estoy aquí otra vez.

36

Monte Blackåsen

En torno a medianoche sonó un ligero golpe. Gunnar abrió los ojos. Ahí estaba otra vez. Venía de la ventana. Una especie de golpeteo. El padre de Gunnar se removió. Su madre suspiró profundamente. Sus hermanos estaban roncando. Gunnar se incorporó y se acercó a la puerta poco a poco. Giró la manija y esperó; el dormitorio seguía en silencio.

Fuera, al pie de los escalones, estaba Abraham. Bajo la luz de la luna, su cara estaba completamente blanca. Abraham se había vuelto a encontrar con Notholm; él, en cambio, se había negado después de lo que ese hombre le había hecho a la liebre. Su amigo le había llamado cobarde, pero Gunnar todavía tenía pesadillas con el pobre animal. Aun así, le había dado miedo decir que no; temía lo que Notholm pudiera hacer.

Bajó los escalones. Al acercarse, vio que su amigo había estado llorando. Tenía los ojos rojos y las mejillas sucias.

—¿Qué ha pasado?

Abraham se limitó a mover la cabeza.

Gunnar se estremeció y se abrazó a sí mismo. Un viento frío serpenteó por sus piernas desnudas.

—Abraham, ¿qué ha pasado?

—El señor Notholm tenía una pistola.

—¿Qué?

—Le ha disparado al director. ¡Lo ha matado!

Gunnar no podía creer lo que oía. Era imposible.

—¿Dónde está el director ahora? ¿Y el señor Notholm?

—No lo sé. Tengo que marcharme antes de que se sepa —le dijo Abraham—. Solo quería… —Se le quebró la voz—. El señor Notholm ha dicho que el director se había puesto en la diana.

Gunnar se estremeció. Las personas no eran presas a las que había que abatir

—Tú dile a mi madre que no he sido yo —dijo Abraham.

La madre de Abraham. Acababa de perder a su marido.

—Seguro que podemos solucionarlo —dijo Gunnar, aunque no estaba seguro en absoluto.

Abraham negaba con la cabeza.

—Esto no. Imposible.

—Pero ¿cómo te las arreglarás?

Abraham se encogió de hombros.

—Me las arreglaré. Tú prométeme que se lo dirás a mi madre.

—Te lo prometo.

Abraham se alejó. Gunnar lo siguió con la mirada hasta que dobló la esquina de la casa y desapareció.

Durante toda la mañana, Gunnar estuvo esperando que la actividad en la mina se interrumpiera. La muerte del director sería un acontecimiento tremendo en el pueblo; sobre todo si había sido asesinado. Lo que no podían imaginar era cuáles serían las consecuencias. Sin embargo, no sucedió nada. El pupitre de Abraham permaneció vacío. El profesor había preguntando a primera hora si alguien sabía dónde estaba, pero Gunnar no dijo nada.

Quizá Notholm había ocultado el cuerpo del director, pensó. Pero seguro que enseguida descubrirían que había desaparecido, ¿no?

Pese a todo, las explosiones de la dinamita y el zumbido de la cinta transportadora continuaron sin parar.

37

Laura

*L*aura estaba preparando una maleta. No sabía qué tiempo haría en Laponia. Era primavera, pero suponía que allá arriba aún haría frío. Tal vez incluso habría nieve.

Sonó un golpe en la puerta de su habitación.

—Tu abuelo dice que estás planeando un viaje. —Su padre había aparecido en el umbral. Seguramente acababa de volver del trabajo, porque aún llevaba corbata. Tenía el ceño fruncido.

—Me voy al norte.

—¿Por qué?

Ella se detuvo. La pregunta por sí sola sonaba acusadora, como si su padre estuviera regañando a una niña.

—Quiero averiguar qué ha pasado con Andreas, el amigo de Britta.

—Todavía con el asunto Britta —dijo él, con un gesto de desaprobación.

—¡Sí! —exclamó ella. Luego, con más calma, repitió—: Sí.

—Has perdido tu trabajo y tu apartamento, ¿y todavía quieres seguir con este asunto?

—Era mi mejor amiga.

—Pero no es sensato, Laura.

—Quizá yo no sea sensata. —Había un tono en su voz que ni siquiera ella reconocía.

—Estás actuando de una forma inmadura —dijo su padre—. Esperaba más de ti. Britta llevaba la vida de una mujer disoluta y acabó de mala manera.

Laura trató de ignorar aquel modo de referirse a su amiga.

—Alguien le contó a Britta que el Instituto Estatal de Biología Racial estaba trabajando en un proyecto crucial para el futuro de Suecia y que, según se decía, la gente involucrada en él no se detendría ante nada. Ella estaba siguiendo una pista. Escribió sobre ello en su tesis doctoral.

—¿El Instituto Estatal? —Su padre se mofó—. ¿Hablas en serio, Laura? No matan a nadie por un trabajo académico.

—Pero…

—No hay pero que valga. Piensa un poco. ¡Piensa, por favor!

—Si se trataba solo de su vida personal, ¿a qué venía la bomba en mi apartamento?

—No quiero que vayas —dijo él, volviéndose hacia la puerta—. De hecho, te ordeno que no lo hagas.

—No veo cómo puedes impedírmelo —replicó ella, pero su padre ya había salido, cerrando la puerta.

Mientras esperaba al tren en el andén, se sorprendió a sí misma mirando repetidamente hacia el edificio de la estación. No dejaba de imaginar que su padre aparecía de pronto, caminando a grandes zancadas, con el abrigo ondeando alrededor de sus piernas, y que se dirigía con decisión hacia ella para agarrarla del cuello y sacarla de allí. Absurdo. Pero había algo en el fondo de su mente…, un recuerdo. Ella era una niña entonces. ¿Desobediente…? ¿Había sucedido algo así?

No, estaba dando rienda suelta a su imaginación. Su padre era el hombre más comedido que conocía. De opiniones contundentes, sin duda. Enérgico, desde luego. Pero siempre de su lado. Estaba preocupado por ella, pensó. Por su única hija, que estaba poniéndose en peligro.

Un hombre emergió del edificio de la estación con los faldones del abrigo ondeando al viento. A ella se le encogió el corazón. Entonces vio quién era: Jens Regnell.

—He llegado a tiempo —dijo él, al acercarse.

—¿Cómo sabía que estaba aquí?

—Soy un hombre de recursos. —Sonrió—. He hablado con su abuelo por teléfono. Él me lo ha dicho.

Jens no tenía buen aspecto. Estaba pálido y tenía sombras oscuras bajo los ojos. Daba la impresión de que llevaba días sin dormir. Y, sin embargo, Laura no podía evitar sentirse atraída por él. Era apuesto, pero no era esa la razón. Su mirada vehemente, tal vez. Su rostro sincero.

—Tengo una información importante —dijo—. Y es horrible. Ni siquiera estoy seguro de que deba dársela.

—Cuénteme —le pidió ella.

Jens la miró a los ojos y luego asintió.

—En 1914, los ministros de Exteriores recibieron el encargo de estudiar las condiciones para crear conjuntamente un Reich escandinavo bajo un líder fuerte. La idea se basaba en la supuesta supremacía de la raza nórdica.

Laura recordó las palabras que Karl-Henrik había pronunciado años atrás: «Construyes todos los elementos en torno a los elegidos, a su superioridad intrínseca y... a su derecho inherente a mandar».

—Formaron un comité especial para trabajar con ese objetivo —prosiguió Jens.

El tren estaba entrando en la estación. Él se apresuró con su explicación, inclinándose para hablarle al oído.

—Había algo más en el programa, sin embargo. Querían mantener la pureza de la raza escandinava: fomentar la reproducción de los mejores, pero también eliminar a los peores.

Los pasajeros empezaron a bajar del tren, cargados de maletas y llevando a los niños de la mano.

—En 1939, en el segundo encuentro, decidieron abandonar el programa. Sin embargo, no han conseguido cerrarlo. Sigue en marcha, dirigido por sus principales partidarios. Forman toda una red, Laura. Y matan a quien se interpone en su camino.

Ella pensó en lo que había dicho Karl-Henrik: el instituto tenía tentáculos por todas partes.

—Realizan experimentos con humanos, Laura. Y al parecer lo hacen en el norte. Con los lapones.

De repente, la voz de Jens sonaba con demasiada fuerza en su oído. O tal vez lo que no soportaba era lo que le estaba diciendo. Apartó un poco la cabeza.

—¿Está seguro? —preguntó, con voz ronca.

Eso explicaría por qué se había ido Andreas. Si él lo sabía… Si Britta había muerto por esto… Había huido, no cabía duda. Sintió náuseas.

Jens asintió.

—No podría estar más seguro. Me lo ha contado un antiguo miembro de los Servicios de Seguridad. Y alguien dejó sobre mi escritorio un esquema de la mina de Blackåsen… Podría ser que lo hicieran allí, en la mina.

—¿Cómo?

—No lo sé. Quizás en una sección clausurada de las galerías…

El revisor bajó al andén.

—¡Todos los pasajeros al tren! —gritó.

Laura caminó hacia el vagón, acompañada por Jens.

—Preguntaré por allí —dijo.

—No lo haga, por favor. ¿Se imagina lo que podrían hacerle si esto es cierto?

—Entonces, ¿qué vamos a hacer?

Él la miró con incertidumbre.

—No lo sé. Necesitamos pruebas.

—¿Y si las tuviéramos?

—Las haríamos públicas —dijo Jens—. Si todo el mundo lo supiera, les resultaría imposible continuar. Somos un país neutral. Ahora la gente empieza reaccionar contra lo que Hitler está haciendo en Alemania y otros países. Sería un escándalo.

Laura volvió a pensar en el diagrama de Karl-Henrik. Había mucha gente implicada.

—¿No se limitarían a esconderse?

—Pero el programa se detendría, lo que es más importante, a fin de cuentas, ¿no? Mucho más que la posibilidad de que los responsables sean castigados.

Laura seguía caminando. Jens la sujetó del brazo, obligándola a volverse hacia él.

—No trate de encontrar pruebas por su cuenta. Sea sensata, por favor. Me inquieta pensar que nosotros no somos más que peones en este terrible asunto. Unos quieren mantenerlo oculto a toda costa. Otros quieren que se sepa. Y nosotros estamos en medio.

—¿Van a subir o no? —preguntó el revisor, acercándose.

—Sí —se apresuró a decir ella.

Miró a Jens y le puso la mano en la mejilla, pero no le salieron las palabras. Él le cogió la mano y se la apretó. Laura se limitó a asentir.

El tren avanzó hacia el norte. Al principio, Laura tenía la sensación de estar sobre ascuas. No paraba de tragar saliva y secarse los labios. Repetía una y otra vez para sí lo que Jens acababa de contarle, pasando de una cosa a otra y volviendo a empezar. Era increíble. Espantoso. Inmundo. No podía ser cierto. Y, sin embargo, probablemente lo era. ¿Y si lo hacían en la mina? Ella iba hacia allí. Pensó en el padre de Britta:

era el capataz de la mina. ¿Él lo sabía? ¿Era así como lo había descubierto Britta? ¿A través de su padre, que la consideraba una zorra?

Se arrellanó en el asiento y miró por la ventanilla sin ver realmente, dejando que el paisaje la calmara mientras atardecía. El cielo gris se extendía en el horizonte y los grupos de píceas que flanqueaban el tren por ambos lados eran de color oscuro. «Por aquí se transporta el hierro», pensó. No comprendía cómo no había ido aún a visitar aquella región.

Un Reich escandinavo basado en la supuesta supremacía de la raza nórdica.

No era difícil de creer.

Al fin y al cabo, era lo que les había sucedido a ellos en la universidad: habían empezado a creerlo.

Recordaba quién se había dado cuenta: Matti, por supuesto. Un finlandés, no un verdadero escandinavo.

Durante meses habían estudiado la raza escandinava para su proyecto sobre una nueva fe, buscando pruebas que confirmaran que se trataba de una raza superior. Las habían ido anotando como si fueran argumentos. Dinamarca, Suecia y Noruega nunca habían sucumbido a una conquista extranjera y, por tanto, contaban con un único tipo racial que se había mantenido puro desde el principio: altos, rubios… Matti les había sacado la lengua. Ellos habían registrado todas las conquistas de los vikingos y luego se habían interesado en especial por las victorias de Carlos XII. Eran un pueblo de conquistadores. Formularon la búsqueda de su nueva versión de ásatrú —la fe nórdica— en términos territoriales: se trataba de recuperar las tierras perdidas por Carlos XII. Los símbolos y mitos de su investigación llegaron a ser los dioses mismos y las narraciones contenidas en la Edda menor.

Era algo apasionante, había pensado ella. Los cinco se habían visto atrapados por aquel sentimiento estimulante. Cuanto más investigaban, más se entregaban a aquellas ideas. Más plausibles les parecían. Más trascendentales, incluso. Laura ya vislumbraba a un líder utilizando los argumentos que ellos estaban creando para excitar las emociones e instigar a las masas. Lo veía con toda claridad.

Un día, mientras estaban discutiendo sobre algo tan trivial que ahora ni siquiera lo recordaba, todos habían coincidido excepto Matti, que discrepaba claramente.

—Te equivocas —había dicho Britta.

—No lo creo. —Matti había respondido con ligereza.

Y Laura recordaba que ella misma se había enfadado de un modo desproporcionado por la ligereza de su tono. Él no entendía lo importante que era aquello. No lo entendía, simplemente.

—Cuatro contra uno —dijo Karl-Henrik.

—Aun así, no lo creo.

Todos se habían quedado callados e inmóviles. En un silencio nada apacible. Matti también se percató y se puso serio.

—Vamos, Matti —dijo Erik—. Acéptalo y ya está.

—No.

Entonces Karl-Henrik había murmurado algo así como que Matti obviamente no lo entendía…, no podía entenderlo. Laura lo recordaba porque le había sorprendido que aquello saliera de Karl-Henrik. Se lo habría esperado más bien de Erik, que era el más exaltado. Y también lo recordaba porque ella estaba de acuerdo. Matti no lo entendía. Era diferente. Yo me acosté con él, había pensado, sintiéndose avergonzada.

—Sois increíbles —había dicho Matti, recorriéndolos uno a uno con la mirada, como si de hecho estuviera viéndolos por primera vez. Laura había bajado la vista cuando él la había mirado a los ojos—. Realmente os creéis toda esta mierda.

38

Jens

*E*l padre de Sven estaba en el ejército. Parecía una versión impaciente y agresiva de su hijo. Se movía de un modo enérgico y su rostro pasaba rápidamente de una expresión a otra, como si toda la vivacidad se hubiera quedado en el padre y al hijo solo le hubiera correspondido una imitación barata de sus rasgos. ¿Sabría Magnus Feldt que su hijo era homosexual? Jens esperaba que sí y que lo aceptara.

Una noche de borrachera, en el pasillo que llevaba al baño, Jens había visto cómo un joven delgado le tocaba el brazo a Sven y luego bajaba la mano para demorarse en su bragueta. Este lo miraba con una sonrisa que nunca le había visto antes ni le había vuelto a ver; bueno, sonrió hasta que descubrió su presencia en el pasillo.

Sí, Jens sabía que Sven era homosexual, aunque nunca lo hubieran hablado. La homosexualidad todavía era ilegal, aún se consideraba un trastorno mental. Pero la cuestión nunca le había preocupado en lo más mínimo.

—Me alegro de que haya podido recibirme tan precipitadamente —dijo.

—Siempre que quieras —respondió Magnus—. Eres el mejor amigo de mi hijo… Y el secretario del ministro de Exteriores, además.

Se sentaron en la sala de estar, aunque el hombre enseguida volvió a ponerse de pie.

—¿Una copa?

—Claro —dijo Jens—. Lo que usted tome.

Magnus sirvió un par de cervezas y le pasó una.

—Bueno, ¿qué puedo hacer por ti? —Dio un sorbo a su vaso y chasqueó los labios, mostrando los dientes.

—Es un asunto delicado —dijo Jens.

Magnus se echó a reír.

—Con una guerra en nuestras fronteras, todo es delicado.

—Tiene que ver con las «golondrinas».

El hombre abrió la boca y volvió a cerrarla.

—Así que Sven te lo ha contado.

—No, no… Yo conocía su existencia por otra fuente. Pero confiaba en que usted, por su posición en el Ejército, estuviera informado —dijo Jens con cuidado, tal como había previsto para no crearle problemas a Sven—. He pensado que sería muy extraño que no estuviera al corriente.

—Quizá sepa algo —reconoció Magnus.

—Estoy interesado en una joven en particular… Su nombre era Britta Hallberg. Se supone que estaba en el programa, pero la mataron hace un mes.

—Sí, algo he oído.

—¿Tiene idea de con quién se relacionaba? Profesionalmente, quiero decir… Como trabajo para Christian Günther, me gustaría estar informado.

—¿Sobre las golondrinas y sus relaciones? Yo no estoy involucrado en la gestión del programa.

—¿Hay alguna posibilidad de que pueda averiguarlo?

—Seguramente sí.

—No se lo diga a nadie, por favor… Es delicado.

Magnus sonrió.

—Más para mí que para ti.

٣

Hacía una noche cálida y agradable. En el Kungsträd-gården, los cerezos habían estallado en nubes rosadas. Se sentó en uno de los bancos. En esa ciudad tan bella, su propia ciudad, el mal discurría subterráneamente. Era como si toda la sociedad estuviera edificada sobre una mentira. Pensó en Laura y en su viaje al norte. Quizá debería haberla acompañado. Había sucedido todo tan deprisa que no había tenido tiempo de pensarlo. Pero ella era inteligente. Sabría actuar con cautela. O eso esperaba. Le habría gustado contactar con ella, pero debería esperar hasta su regreso. «Si no tengo noticias suyas en una semana, iré a buscarla», se prometió a sí mismo.

Ahora sabían de qué se trataba, pero no quién estaba implicado o cómo intentar pararlo. Laura le había dicho que sus amigos estaban intentando averiguar las relaciones del Instituto Estatal de Biología Racial con otros organismos, pero, aun así…, ¿qué iban a hacer al respecto?

Necesitaban pruebas, pensó. De momento, todo eran datos de oídas.

Se recostó en el respaldo del banco. Por encima de su cabeza, había un dosel de flores blancas y rosadas. Iban a ir a por él. Sabía demasiado. ¿Estaba preparado? No, no lo estaba. Quizá perdería la vida por esto. Pero no era posible saberlo y quedarse al margen. Aunque Kristina tal vez estuviera en peligro…

Se incorporó. En el caso de Jim, habían matado a las personas de su entorno, no a él.

Tenía que darse prisa.

Al abrir la puerta del apartamento, oyó risas femeninas. Dejó escapar un largo y lento suspiro.

—¿Jens? —Kristina salió al pasillo, seguida por Barbro Cassel—. Ya nos estábamos despidiendo.

Ambas mujeres tenían las mejillas encendidas. Jens sujetó a Kristina por la cintura y hundió la cara en su melena. Estaba bien. Todo seguía en orden.

—Ajá —dijo ella—. Creo que alguien me ha echado de menos.

—Así es —dijo Jens, soltándola—. Por mí no te vayas —añadió, mirando a Barbro.

—No —dijo ella—. Es que tengo que marcharme. Ya me iba.

Se volvió para darle un abrazo a Kristina y le dirigió una sonrisa a Jens.

—Esperemos que la próxima vez pueda verte más tiempo.

—¿Qué tal el día? —le preguntó Kristina una vez que se quedaron solos en la sala de estar.

—Interesante —respondió él, colgando su chaqueta.

—Oh, no —dijo ella.

—¿Qué pasa?

Kristina salió al pasillo con una bufanda amarilla.

—Barbro se la ha olvidado.

—Ya voy yo —dijo Jens.

Cogió la bufanda, bajó corriendo las escaleras y la alcanzó junto a la entrada del edificio.

—Te has olvidado esto —dijo.

—Ay, gracias. Es mi bufanda preferida.

Al fondo de la calle, en uno de los portales, Jens vio al hombre del sombrero fumando.

—Tienes que decirles que se les nota demasiado —dijo Jens, señalando al hombre con la barbilla.

—¿Cómo? —Barbro lo miró.

—La vigilancia del señor Enander. Kristina me lo contó, aunque no debería haberlo hecho —se apresuró a añadir.

Barbro tenía una expresión extraña en la cara.

—La verdad es que no sé de qué me hablas, Jens.

Antes de que él pudiera responder, se abrió la puerta a su espalda y apareció Kristina.

—Y también te has dejado los guantes —dijo, dándoselos a su amiga—. Estaban en el estante de los sombreros.

—¡Dios mío! —dijo Barbro—. No sé dónde tengo la cabeza.

Jens siguió a Kristina por la escalera. La puerta principal se cerró con un golpe a su espalda, sobresaltándole. Se sentía un poco mareado. Barbro había reaccionado como si realmente no entendiera lo que le decía. Pero si ella no le había contado a Kristina lo del señor Enander, ¿quién había sido? Recordó entonces las dos tazas de café que había visto en el fregadero aquel día, cuando vio salir a Schnurre de su edificio.

39

Monte Blackåsen

Sandler nunca había sentido un dolor semejante. El lado derecho de su cuerpo le quemaba. Cada inspiración y espiración le resultaba penosa. Pero sobreviviría. Eso había dicho el doctor Ingemarsson. «El pulmón se le ha colapsado», le había explicado cuando recuperó el conocimiento. «Se lo he expandido con oxígeno. Debe llevar el tubo dentro durante un par de días; luego cerraremos la herida.»

Contempló la obra del médico en su pecho. Un tubo de plástico salía de su cuerpo y desembocaba en una botella de agua que había en el suelo. El agua burbujeaba a medida que respiraba. En la zona donde entraba el tubo en su pecho había varias largas suturas de color negro. «Para sellar la piel», dijo el médico cuando las señaló.

—¿Y la bala?

—No creo que la encontremos. Pero no hace falta.

Sandler se imaginó a sí mismo viviendo con una bala dentro durante el resto de su vida.

El médico quería informar del incidente a la policía, pero él se había negado en redondo. Su superior le había ordenado que dejara las cosas como estaban, que no agitara las aguas, y avisar a la policía supondría sin duda remover-las. También le había dicho que el acceso de aquellos hombres al monte Blackåsen había sido autorizado al más alto nivel. No, fuese lo que fuese lo que estuviera pasando, debía resolverlo él solo. Pero el tipo le había pegado un tiro. Le había metido un balazo de verdad.

—No podemos dejar que un asesino ande suelto por nuestro pueblo —dijo el médico, recogiendo su maletín.

—No se lo permitiremos —dijo él—. Yo me encargaré.

—Quizá dispare contra otra persona.

—¡He dicho que yo me encargaré!

El director había alzado la voz. Su corazón latía acelerado. Él se ocupaba de este pueblo. Tenía derecho a decidir. El médico le sostuvo la mirada tras las gafas de montura metálica.

—Muy bien —dijo.

El director seguía al mando.

—No le explique a nadie lo ocurrido.

—¿Qué quiere que hagamos con el niño? —preguntó el ama de llaves, retorciéndose las manos, cuando el médico se fue.

Sandler tenía que preguntarle a ese niño qué quería Notholm de él.

—Dele una habitación —dijo.

—Eso es muy raro —apuntó la mujer.

—He dicho que le prepare una habitación —insistió él, alzando la voz por segunda vez y quedándose sin aliento. Su pecho empezó a silbar. Boqueó para tomar aire.

Maldita sea, pensó cuando el ama de llaves se retiró. Aún seguía al mando, pero apenas. La gente cuestionaba sus decisiones a diestro y siniestro.

Cerró los ojos ante el dolor que le desgarraba por dentro. El médico pretendía darle morfina, pero él se había negado también. Necesitaba mantener la cabeza clara.

¿Por qué había intentado Notholm capturar al niño? Al menos ahora estaba a salvo en su casa.

Abrió los ojos. El tipo le había tiroteado. A sangre fría, sin temer las consecuencias. ¿Con qué clase de apoyos contaba ese hombre?

Sandler intentó incorporarse, pero no lo consiguió; el dolor le atravesaba el costado como si estuvieran apuñalándole.

—Tráiganme al niño —gritó—. ¡Tráiganme al niño!

El ama de llaves abrió la puerta.

—¡Señor! —exclamó, al ver que intentaba levantarse—. ¡Debería guardar reposo!

—Quiero hablar con el niño lapón —dijo—. Y que el mozo del establo me traiga la pistola.

Ella abrió la boca.

—¡Rápido! —ordenó.

La mujer volvió a cerrarla.

Si conseguía entender lo que sucedía, pensó Sandler, le resultaría más fácil decidir lo que había que hacer.

Trató de concentrarse y respirar despacio para mitigar el dolor.

El niño lapón abrió la puerta. No era mucho más alto que la manija. Sandler quiso indicarle que pasara, pero descubrió que no podía levantar el brazo.

—Entra y siéntate —dijo, señalando con la barbilla el sillón que había junto al pie de la cama.

El niño se sentó y toqueteó los reposabrazos torneados; luego se detuvo en seco, poniendo las manos sobre su regazo.

—¿Cómo te llamas? —preguntó el director.

—Taneli —respondió él.

Sandler asintió.

—Dime, ¿qué ocurría en el bosque?

Taneli vaciló. No sabía si debía contárselo todo. Pero si el director formara parte de aquella trama, no habría intentado salvarle, ¿no? Le habían pegado un tiro por su culpa.

—Cuenta. Me lo debes —dijo Sandler.

Sí, pensó Taneli, así era.

—Creo que están robando gente —dijo.

—¿Robando gente? ¿Qué quieres decir?

—Mi hermana desapareció. Y otros también han desaparecido. Otros lapones. Había un hombre… que me dijo que, si le daba doscientas coronas, me diría dónde la tenían encerrada. Pero cuando volví a buscarlo, no estaba allí. Estaba ese otro hombre. Me parece que era una trampa.

Por eso había cogido el dinero, pensó Sandler. Para salvar a su hermana. Pero… ¿«robar» gente? ¿Lapones? No tenía sentido. ¿Para qué los querían?

Taneli se sacó los billetes de la camisa y se los dio.

—Lo siento —dijo, sosteniéndole la mirada.

—Está bien —replicó Sandler—. Robar, no, claro. —Trató de adoptar una expresión severa—. Eso no está bien. Pero lo entiendo… ¿Por qué quería atraparte el señor Notholm?

—¿El señor Notholm?

—El hombre que intentó apresarte.

—Creo que era porque dije que yo no quería tener un cráneo sueco —respondió Taneli.

—¿Qué podía importarle a él que no quisieras tener un cráneo sueco? —preguntó Sandler, perplejo.

Pensó en los manejos del doctor Öhrnberg con Notholm. Öhrnberg era especialista en eugenesia y dirigía la rama local del Instituto Estatal de Biología Racial.

—Ese hombre estaba con los que vinieron a medirnos. Yo dije que no quería un cráneo sueco. Me parece que se enfadó. —El niño se encogió de hombros.

¿Notholm podía ser tan mezquino como para enfadarse por eso? Sandler ya conocía la respuesta.

—Ese otro hombre que yo esperaba encontrar en el bosque…, Áslat…, sabe cosas de mi hermana que solo ella podría haberle contado. Si es el señor Notholm el que lo organizó todo, debe de ser él quien le contó esas cosas a Áslat. O sea, que debe de ser él quien tiene encerrada a mi hermana.

Sonó un golpe en la puerta, entró el mozo con el revólver y se lo tendió a Sandler con el ceño fruncido. El director no hizo caso de su inquietud, comprobó que el arma estuviera cargada y la dejó sobre la mesita de noche.

—Será mejor que duermas aquí —le dijo a Taneli cuando el mozo se retiró. Ahora estaba adormilado y le costaba un gran esfuerzo hablar. Notholm y Öhrnberg... Debía pensar bien todo aquello. Y se encargaría de resolverlo, pero no ahora—. No sé hasta dónde llegan los apoyos del señor Notholm en este pueblo, sencillamente. Quiero que te mantengas a salvo.

«Vete si quieres», pensó. Se sentía tan cansado que no le importaba nada. Cerró los ojos; luego recordó el revólver cargado sobre la mesilla. ¿Y si el niño le disparaba?

No importaba, pensó. No importaba. Lo peor ya había ocurrido.

Sandler estuvo muchas horas dormido, despertándose solo durante breves momentos. No sabía cuánto tiempo había pasado así. Miró alrededor. El niño lapón, Taneli, estaba dormido en el suelo, junto a la ventana. Era solo un crío, pensó. La luz que entraba arrojaba sombras sobre su rostro. Tenía unas pestañas tan tupidas que parecían plumas.

Taneli abrió los ojos.

—Buenos días —dijo Sandler.

—Buenos días.

—Siento que no te hayamos dado una cama.

El niño sonrió.

—Nosotros no usamos cama —dijo.

No, claro.

El ama de llaves entró con el desayuno. Le ayudó a sentarse, ahuecó las almohadas y puso la bandeja sobre su regazo.

—Traiga también desayuno para el niño —dijo él.

Ella apretó los labios, pero asintió.

—¿Cuánto tiempo he dormido?

—Dos días —dijo la mujer—. El médico ha venido a verle varias veces. Ha dicho que ya se esperaba que durmiera mucho.

Hizo una pausa y le arregló la colcha.

—Corre un rumor por el pueblo —añadió, antes de retirarse.

—¿Qué rumor?

—Que está muerto, señor.

Eso sí que no podía permitirlo.

—Dígale al doctor Ingemarsson que venga a sacarme este tubo —le ordenó.

El médico le retiró el tubo y suturó el orificio.

—Reposo absoluto —dijo— durante una semana, o más.

Taneli los observaba. Si al médico le sorprendía verle allí, no dijo nada.

—Tengo que salir a dar una vuelta —dijo el director, intentando moverse. Maldita sea, le dolía de verdad.

—Una semana —repitió el médico, sin ayudarle.

En cuanto se hubo retirado, Sandler miró al niño.

—Tienes que ayudarme a levantarme —dijo.

—Pero el médico…

—El doctor Ingemarsson no tiene ni idea del problema al que nos enfrentamos. No puede parecer que estoy perdiendo el control. No sé lo que podría desatarse si llegan a pensarlo. ¿Me quieres ayudar?

El niño le ayudó a levantarse y a vestirse.

—Maldita sea —masculló Sandler por lo bajo—. ¡Joder!

El dolor era tan agudo que tenía la sensación de que iba a desmayarse. Pero debía salir a toda costa: solo para que lo vieran. ¿Quién sabía lo que podrían hacer, si no?

Caminaron por la calle principal: el director y el niño. Cuando llevaban recorrido solo un tramo, vieron a Hallberg con un grupo de hombres. Sandler estaba exhausto. Se había precipitado, era demasiado pronto. Su costado izquierdo aullaba de dolor, pero él se obligó a seguir adelante, consciente de que la gente lo estaba observando. Sentía el impulso de apoyarse en el niño, pero no lo hizo. Como si intuyera lo que ocurría, Taneli se acercó más. Al alcance de la mano.

—Así que aquí está —dijo el capataz.

—Claro. ¿Dónde iba a estar?

—Había oído que estaba enfermo.

Enfermo. No muerto.

—Tonterías —dijo Sandler. Notaba que estaba sudado y quería secarse la frente, pero no lo hizo.

Otro hombre se acercaba por la calle. ¡Notholm! Taneli se puso rígido. Sandler sintió que también se tensaba. Pero Notholm no se atrevería a hacer nada aquí…, ¿no?

El capataz también estaba mirando a Notholm.

—Dios mío —dijo—. ¿Qué le ha ocurrido?

El lado derecho del rostro de Notholm era una gran llaga y el ojo derecho lo tenía cerrado por la hinchazón. Caminaba cojeando y llevaba un brazo pegado al cuerpo.

—Me caí del caballo —dijo, mirando a Sandler.

—Tiene que haber sido una caída tremenda —dijo el capataz.

—Sí.

Hallberg se volvió hacia el director.

—Bueno, tenemos cosas de que hablar. Cuando tenga tiempo.

—Bien. Ya pasaré a verle.

Cuando el capataz y su equipo se alejaron, Sandler y Notholm se miraron a los ojos.

—Se lo dije: solo debía dejar las cosas como estaban.

—Usted me disparó. Y lo pagará.

Era una declaración de guerra.

—Vendremos a por usted otra vez. Y si no soy yo, será otro. —Notholm miró con toda intención al niño—. Y luego, un día…

Sandler le puso la mano en el hombro a Taneli.

—Yo no estaría tan seguro de eso.

40

Laura

Se despertó sin tener ni idea de la hora que era. Conciliar el sueño no había sido fácil. No sabía cuándo se había puesto el sol finalmente…, si es que se había puesto, porque la luz del día había persistido mientras ella se pasaba las horas dando vueltas y vueltas en la cama. El estrépito de la mina de Blackåsen era incesante: el chirrido de la trituradora, las detonaciones, los retumbos de la maquinaria. ¿Cómo diablos podía vivir la gente aquí? El Winter Palace era decente, pero las cortinas de la habitación resultaban inútiles. El hotel quedaba a un paso de la estación. La noche anterior, al llegar, había visto soldados armados apostados en el andén para vigilar los trenes.

Miró su reloj. Las ocho. Perfecto. Había llamado por adelantado y acordado una cita para esta mañana con el director de la mina, Rolf Sandler.

No estaba segura de cómo debía actuar. Ante todo, tenía que encontrar a Andreas, aunque no quería ponerlo en peligro. Y luego estaba lo del esquema de la mina que habían dejado sobre el escritorio de Jens: la posibilidad de que los experimentos con humanos se llevasen a cabo allí. El director tenía que estar enterado… Era su mina, al fin y al cabo.

—Empieza siempre por arriba y luego vas bajando —le

había enseñado alguien. ¿Wallenberg? Probablemente. Le resultaría más fácil hacer preguntas a la gente una vez que pudiera alegar que había hablado con el hombre que estaba al mando.

Debía reconocer que estaba asustada, pensó.

Al bajar los escalones del hotel, descubrió que el aire era sorprendentemente frío. «Es un poco más abajo», había dicho el recepcionista, señalando con el brazo. Al otro lado de la calle estaba el monte Blackåsen. La noche anterior, cuando el tren se aproximaba y lo vio de lejos, no le había parecido gran cosa; una mole negra y roma, con las laderas recortadas en terrazas. Pero luego, cuando se habían acercado un poco más, lo había visto en toda su magnitud, con la cantera abierta en su base. Menudo monstruo, había pensado.

A su padre le habría encantado ver todo esto, se dijo ahora, aunque después frunció el ceño. Debería explicarle lo que sucedía cuando volviera. Él se quedaría tan consternado como ella. Seguro que podría ayudarla.

Echó a andar hacia la casa del director. Hacía frío, pero tenía las manos sudadas. Procuró no pensar en la conversación que iba a mantener enseguida. Intentó imaginarse a su amiga pavoneándose por esa calle: la falda corta, la larga melena rubia. No lo conseguía. Quizá Britta había cambiado al trasladarse a Upsala. Aunque, por otro lado, no podía imaginarla fingiendo ser lo que no era.

El pueblo no existiría de no ser por la mina. Qué vida, pensó. La gente atraída por el trabajo en la mina. Viviendo de ella. Dependiendo de ella. Britta, con su vitalidad y su tendencia a cuestionar las cosas, debía de haber odiado este lugar en todos los aspectos. Debía de haberse sentido encerrada, constreñida. Aunque estaba todo verde; y las casas eran bonitas. El pueblo resultaba más agradable de lo que se esperaba, de hecho.

Llegó a la casa y llamó a la puerta.

Un hombre alto y moreno se acercó por el jardín. Cojeaba. Era su pierna, pensó. Aunque también tenía el brazo pegado al costado, así que quizá fueran sus costillas.

—Perdone —dijo él—. He tenido que hacer una visita rápida a la mina. Yo soy el director, Rolf Sandler. Pase, por favor.

A Laura le pareció que era un hombre guapísimo. Probablemente, el hombre más guapo que había visto en su vida. Su barba era oscura y pulcra; su pelo, tupido. Tenía la tez de un tono cálido y unos ojos de color azul claro. Sin embargo, parecía preocupado por algo. ¿Por qué daba esa impresión? Por las arrugas de su frente, tal vez. Por el aire cansado de sus ojos. Aunque, por otro lado, ser el jefe de la mina debía de acarrear muchas responsabilidades.

«Lo sabe —pensó—. Es su mina. Tiene que saberlo.»

Sandler abrió la puerta de su estudio y la invitó a pasar.

—Tomaremos café —dijo, volviéndose hacia una mujer que apareció al fondo del pasillo—. Es un gran placer —continuó, mirando a Laura de nuevo—. Por supuesto he visto su nombre en cartas y otros documentos, pero conocerla en persona es una agradable sorpresa.

Le cogió la mano.

—Es muy amable por recibirme de forma tan precipitada —dijo ella, apartando la mano.

Sandler le señaló el sofá y ambos se sentaron. El ama de llaves llegó con una bandeja de café.

—Bueno, ¿qué la trae por aquí? —preguntó él.

—Estoy buscando al amigo de una amiga —dijo—. Un hombre lapón que ha desaparecido.

Él inspiró hondo. Aunque Laura no estaba del todo segura, parecía como si hubiera sofocado una exclamación.

Tras un momento de titubeo, ella prosiguió:

—Es un estudiante de Teología de la Universidad de Upsala, pero procede de aquí, de Blackåsen.

Sandler volvió a mirarles, ahora con cara inexpresiva.

—No creo que lo conozca. No llevo mucho tiempo aquí… Creía que su visita estaba relacionada con la mina.

Ella negó con la cabeza.

—Esta vez no.

—¿Por qué lo busca? Si no le importa que se lo pregunte…

—Era amigo de una amiga mía.

—¿Era? —De repente, el director tenía una arruga en el entrecejo.

Laura vaciló.

—Mi amiga murió.

—¿Quiere decir…?

—Fue asesinada.

—¿Y ese joven está relacionado con su muerte? ¿Cree que fue él quien la mató?

—¡No! No lo creo. Solo que desapareció después. Yo confiaba en que él supiera algo.

—¿Dice que desapareció? —Sandler suspiró. La arruga de su entrecejo se volvió más profunda.

Ella asintió y cambió de tema.

—El Instituto Estatal de Biología Racial trabaja aquí, ¿no?

—Con la población lapona, sí —respondió él lentamente.

—¿A qué se dedican?

—Lo habitual: mediciones, estudios y demás.

Laura asintió. No podía decir nada más.

El director la miraba como evaluándola.

—¿Esto… tiene alguna relación con la muerte de su amiga? —preguntó finalmente.

Debía mentirle. No quedaba otro remedio. Pero el director parecía totalmente honesto. ¿Cómo saber en quién confiar?

«No puedes confiar en nadie», se respondió a sí misma. En nadie. Y, sin embargo, ella siempre se había fiado de su instinto.

—Creo que sí —reconoció.

El director soltó un suspiro. Se levantó con esfuerzo del sofá, impulsándose con una mano, fue a la puerta del otro extremo y la abrió. «¿Taneli?», dijo, asomándose en el umbral.

Apareció un niño de pelo y ojos oscuros. Por sus ropas, Laura dedujo que era lapón.

—Hemos tenido algunos… incidentes aquí —le dijo Sandler—. ¿Podría contarnos su historia desde el principio, por favor?

Ella titubeó.

Los ojos del director eran de un azul penetrante.

—Créame, comprendo el riesgo que está corriendo. —Se desabrochó la camisa y le mostró el vendaje que tenía alrededor del pecho—. Aunque no sé muy bien lo que está pasando, estoy seguro de que me dispararon por eso.

Notó cómo el dolor se transparentaba en su rostro: la frente brillante, la mirada tensa.

Debía arriesgarse. Así pues, les contó toda la historia a los dos: la muerte de Britta, los encuentros de los tres reyes, el proyecto del Reich escandinavo y —tras un momento de vacilación: había un niño presente, pero el director la animó con un gesto a continuar— los experimentos con humanos que tal vez se llevaban a cabo en la mina.

Al concluir, vio que Sandler se había tapado la boca con el puño. Luego dejó caer la mano sobre su rodilla.

—Esto lo explica todo.

El niño había bajado la cabeza con abatimiento. El director le puso la mano en el hombro.

—Algunos lapones han desaparecido. Su hermana es una de ellos.

Laura se sintió desolada. Le habría gustado poder consolarlo de algún modo, pero no se le ocurría ninguno.

—Hay una zona en la mina —prosiguió Sandler— que me han obligado a arrendar… al dueño del Winter Palace.

Creo que se trata de ellos. ¿No hay nadie que pueda intervenir? ¿El Gobierno? ¿Los Servicios de Seguridad?

Ella negó con la cabeza.

—También están implicados…, o al menos algunas facciones de ellos. Necesitamos pruebas para poder denunciarlos públicamente. No vemos ninguna otra posibilidad.

—¿Quiénes están involucrados aquí?

Laura volvió a negar con la cabeza.

—El instituto, obviamente. Aparte de eso, no lo sé.

—Pero necesitarán personal… —murmuró Sandler, frunciendo el ceño—. ¿Y ese joven lapón que ha desaparecido?

—Nosotros confiábamos en que él supiera quiénes son. Pero desapareció inmediatamente después de la muerte de Britta.

—¿Cómo se llama? —preguntó el niño.

—Andreas Lundius.

—Lo conozco —dijo él—. Andreas Lappo. Bueno, conozco a su familia. No viven muy lejos. Yo puedo llevarte allí.

—¿De veras?

Taneli asintió.

—¿Cómo iremos?

Él se miró los zapatos.

—Habrá que andar —dijo, titubeando—. Por el bosque.

—No hay problema —dijo Laura.

—Son unos dos días.

—Puedo hacerlo.

—Yo no la puedo acompañar —dijo Sandler—. Me inquieta lo que podría pasar si me voy del pueblo. La situación aquí es delicada. Además —hizo una mueca, llevándose la mano al costado—, no creo que fuera de mucha ayuda en este estado.

—Mañana por la mañana —dijo el niño—. Saldremos temprano.

Ella asintió. Estaría lista.

—Yo pensaba ir a ver a la familia de Britta —le dijo al director antes de marcharse, para ver qué opinaba.

—¿Quiénes son?

—Su padre es el capataz de la mina.

—¿Hallberg? ¿Era su hija? —Sandler frunció el ceño—. Yo, en su lugar, no iría —dijo—. Yo le veo cada día. Y nunca me ha dicho que su hija hubiera muerto. En un momento dado, intenté hablar con él de esa zona de la mina; le propuse que fuéramos a inspeccionarla. Él se negó en redondo. Me temo que ahora mismo no sabemos quién está implicado y quién no.

Ese era el problema. Que no lo sabían.

41

Jens

—*S*iento llamar tan tarde.

Jens había descolgado el teléfono todavía medio dormido y sin saber lo que hacía. Era en mitad de la noche. Una voz femenina.

—¿Quién es? —dijo.

—Soy Julie, la vecina de tu padre. Te llamo por tu padre, querido. Está en el hospital.

—¿Por qué? ¿Está bien?

—Lo he encontrado en el porche. Quizás un ataque al corazón. Se lo han llevado al hospital Karolinksa. No creen que vaya a superarlo.

Se maldijo a sí mismo durante todo el trayecto al hospital. Han sido ellos, pensó. Su padre no tenía ningún problema de corazón. De hecho, estaba extraordinariamente bien de salud para su edad. Había temido por Kristina, pero no se le había pasado por la imaginación que pudieran atacar a su padre. Si moría… Ah, no podía ni pensarlo.

La madre de Jens había muerto de cáncer hacía diez años. Desde entonces, su padre y él se habían quedado solos. En realidad, su madre había pasado enferma tanto tiempo que prácticamente siempre habían estado ellos dos solos. Ahora mismo le vino la imagen de ese hombre de pelo gris, ligeramente encorvado, preparando con torpes dedos unos sándwiches de pan de molde con gruesas lonchas de queso.

Sin él, seré huérfano, pensó, y el dolor resultó tan agudo y nítido que lo atravesó como un cuchillo, arrancándole una mueca. No, su padre no. Cualquiera salvo su padre.

Entró corriendo por la puerta principal del edificio de ladrillo rojo y buscó la zona de urgencias. El hospital olía a desinfectante. Las luces eran intensas, los pasillos estaban impolutos. En el mostrador de recepción había una enfermera de pie.

—Estoy buscando a mi padre —dijo—. Lo han ingresado esta noche. Henrik Regnell.

Ella miró el registro. Pasó una página.

—No tengo a nadie con ese nombre —dijo.

—Mírelo otra vez —le pidió Jens.

Ella sujetó el registro y recorrió los nombres con el dedo.

—No —dijo—. No ha ingresado ningún paciente llamado Henrik Regnell. De hecho, no ha habido ingresos en toda la noche. El último paciente llegó por la tarde.

—¡Pero si me han llamado!

—¿Quién le ha llamado?

—Su vecina.

—¿Podría ser que lo hayan llevado a otro hospital?

—No lo sé. Quizá. Ella ha dicho el Karolinska.

La enfermera le hizo una indicación con la mirada.

Había un teléfono público en la pared. Impulsado por una idea repentina, Jens se acercó y marcó el número.

Un timbrazo, dos, tres… Luego la voz soñolienta de su padre:

—¿Quién es?

—¿Papá? —La voz de Jens se quebró. Apoyó la frente contra el frío metal del teléfono.

—¿Jens? ¿Qué ocurre?

—Nada, papá. —Jens apretó los párpados para impedir que se le saltaran las lágrimas—. Es que tenía un momento libre… y he pensado en llamar para ver cómo estabas.

Su padre se echó a reír.

—Ningún problema por aquí, Jens. Dejando aparte que acabas de despertarme a las dos de la mañana.

—Perdona —gimió Jens.

—Era broma. Siempre me alegra oír tu voz. ¿Estás bien?

—Sí. Oye una cosa, ¿tú tienes una vecina llamada Julie?

—No, aquí solo hay hombres viejos, ya lo sabes.

Eso era: tres viejos con la piel curtida que se reunían para tomar café junto a las barcas cada mañana y cada tarde desde que se habían jubilado; sin hablar demasiado, simplemente para contemplar juntos el mar. Claro que lo sabía.

—Se me había olvidado.

—Extraña pregunta en mitad de la noche.

—Sí, supongo.

—Ven a verme algún día, Jens.

—Vendré pronto, papá. Pero hasta entonces… ten cuidado, por favor.

—Siempre tengo cuidado, Jens. Soy un viejo.

Al colgar, Jens vio que la enfermera lo observaba.

—Falsa alarma —dijo.

—Qué estresante —respondió ella.

—Sí. Mucho.

—¿Cómo ha sido?

—Todavía no lo sé muy bien.

Cruzó el pasillo de nuevo hasta la puerta principal. Había sido una advertencia, no cabía duda. «No es posible mantener completamente a salvo a tus seres queridos. Si sigues adelante…» La mujer que había llamado podía ser cualquiera. Así era como empezaba la cosa. Y ya no pararía hasta que terminara… de un modo u otro.

Y

Sven estaba en su apartamento cuando Jens fue a buscarle horas más tarde. Él no se había ido a casa al salir del hospital. Había encontrado un café abierto toda la noche y se había entretenido con una sola cerveza hasta que había amanecido. Cuando despertara, Kristina encontraría la cama vacía a su lado. ¿A cuál de sus seres queridos le arrebatarían primero? Tenía que dejarlo. Debía parar de preguntar e indagar, volver al trabajo y hacerlo lo mejor posible con Christian Günther. Al fin y al cabo, ¿quién era él para ocuparse de este asunto? ¿Qué había creído que iba a conseguir? Aunque, por otro lado, ¿cómo podía hacer caso omiso? Si lo dejaba correr…, todo esto continuaría. Si todos dejaban de indagar, ¿hasta dónde llegaría la cosa? ¿Y cómo podía uno dejarlo, además, sabiendo lo que sucedía, lo que le estaban haciendo a la gente?

—Tienes una pinta horrible —dijo Sven al abrir la puerta—. ¿Va todo bien entre tú y Kristina?

—Sí. Pero todo lo demás va fatal.

—Pasa.

Sven le preparó una taza de café. Llevaba unos pantalones de algodón y una camisa de color azul claro con el botón superior desabrochado. Sábado por la mañana. Jens se sentó a la mesa de la cocina.

—Te mintieron —dijo—. Quien te dijo que Britta había sido asesinada por un examante, que Daniel se había suicidado y que esas llamadas telefónicas eran para organizar un corredor seguro para los judíos… te mintió.

—Lo dudo mucho —dijo Sven.

Jens le contó toda la historia de principio a fin. Hacia la mitad, Sven tomó asiento frente a él.

—Por Dios, Jens, no sé —dijo, cuando hubo concluido—. ¿Una gran conspiración? ¿Experimentos con humanos? ¿Asesinatos por motivos raciales? ¡No puedo creer que sea cierto!

—Lo es.

Sven seguía con cara de incredulidad.

Jens frunció el ceño.

—Es cierto —repitió—, empezando por la muerte de Britta y por la bomba en el apartamento de Laura.

—Eso fue obra de un antiguo amante…

—Yo le llamé, Sven; llamé al policía. Me dijo que no sabía de qué le estaba hablando.

—Si vuelves a llamar, verás que ese policía ha sido apartado de su puesto. Me enteré ayer. Es un jugador, al parecer, que descuidaba su trabajo. Y está bajo investigación por fraude. El policía que ahora lleva el caso te dirá que fue un examante, estoy seguro. Ya lo han detenido.

—¿Cómo se llama?

—No lo recuerdo. Puedo averiguarlo… Pero llama tú mismo y verás que tengo razón.

—¿Y ese hombre que perdió a su hija? ¿Y la llamada de esta noche sobre mi padre?

—Esa mujer debió de equivocarse de número. No llegó a mencionar el nombre de tu padre, ¿verdad?

Jens recordó la llamada y tuvo que reconocer que era cierto: no lo había mencionado. Pero aun así no le cabía ninguna duda. Habían sido ellos. Aquello era una amenaza, no una persona que se equivoca de número.

—En cuanto a ese hombre que perdió a su hija, cuando estamos afligidos vemos lo que queremos ver, Jens. A veces resulta más fácil culpar a otro de nuestra desgracia que aceptar que fue un simple accidente.

—A Daniel le seguían en los días anteriores a su muerte. Su propia hermana…

—Daniel estaba enfermo, Jens.

Él hizo una pausa. Sven se había inclinado hacia delante, con los codos en las rodillas, sus ojos azules muy abiertos y una expresión de intensa concentración en la cara.

—¿Por qué tratas de invalidar todo lo que digo? —preguntó.

Sven se echó hacia atrás y alzó las manos como para aplacarlo.

—No es verdad. Simplemente no creo que tengas razón.

Sven no se creía nada de todo aquello. ¿O se trataba de otra cosa? ¿Por qué no estaba dispuesto a considerar la idea, ni a escucharla siquiera?

Sven suspiró.

—No hay ni una sola prueba de lo que me has contado. Y todo puede explicarse de un modo razonable. —Ahora adoptó una expresión de inquietud—. Me preocupas, amigo mío. Has estado bajo mucha presión últimamente. Quizá…

Jens se levantó.

—A mí no me pasa nada. Yo pensaba que tú, precisamente tú, me creerías.

Sven movió la cabeza lentamente.

—Ay, Jens, ojalá pudiera. Escucha, amigo mío. Ahora empieza el fin de semana. Necesitas relajarte.

Jens salió de su casa dando un portazo. Una vez en la calle, se detuvo e inspiró hondo. Pero eso no le produjo ningún alivio. No podía relajarse. Estaba todo mal, pensó. Todo mal.

42

Monte Blackåsen

*E*sa mujer del sur, Laura, se alojaba en el Winter Palace. A Taneli no se le podría ocurrir un lugar peor, ahora que sabían la verdad sobre el señor Notholm. Pero el director había dicho que si se cambiaba de alojamiento despertaría sospechas, y ella había estado de acuerdo. Taneli se preguntó si habría conseguido conciliar el sueño.

Estaba esperándola sentado sobre una gran roca del bosque que quedaba detrás del hotel. Era temprano. «A primera hora de la mañana» podía significar algo distinto para Laura, claro. Él, por su parte, debería haber avisado a sus padres, pensó. Se preguntaba si estarían preocupados y qué les habría contado Olet. Pero el pueblo era muy pequeño, y de un modo u otro se enterarían de dónde estaba. Aunque no sabrían por qué. Olet también andaría por ahí buscando a Raija, estaba seguro. De repente, echó tanto de menos su casa que se le encogió el corazón. Bueno, iría allí cuando volvieran, decidió.

Laura apareció por la esquina del edificio. Su cabellera rubia tenía un brillo plateado a la luz de la mañana. Era alta, advirtió. Llevaba pantalones y una chaqueta, y había reemplazado sus zapatos por un par de botas pesadas.

—Bien hecho —le dijo Taneli, señalándolas.

—Son botas de hombre —dijo ella. Alzando un pie—. Pero me vienen bien. Deben de empezar muy jóvenes en la mina.

Taneli se encogió de hombros. No lo sabía.

—Me estaba preguntando una cosa —dijo ella, mientras echaban a andar—. Dijiste dos días a pie… ¿Dónde dormiremos?

—En el bosque —dijo Taneli.

—¿Y qué comeremos?

—Ya encontraremos algo.

Ella miró hacia el hotel como si fuese a cambiar de idea, pero no dijo nada más. Al emprender la marcha, Taneli volvió la cabeza. Tenía la sensación de que la montaña oscura y roma los observaba atentamente, como meditando. Pensó en lo que tal vez tenía encerrado en sus entrañas y recordó lo que su padre le había dicho: que el espíritu de la montaña era voluble, injusto en el castigo, fácil de enfurecer, difícil de complacer. Pero mantener a gente cautiva… ¿Cómo podías hacer algo así?, pensó, sintiendo la presión de la montaña en la espalda. Apretó el paso, deseando alejarse.

Caminaron todo el día. Al principio iban en silencio. Ambos tenían cosas en que pensar. Luego se pusieron a hablar; primero de naderías: del tiempo, de la región. Taneli le señalaba los rastros de los animales. Le mostraba las flores y raíces comestibles. Siempre que tropezaban con un arroyo, le decía que debían beber hasta saciarse. La cara de la mujer era seria. Su modo de hablar también. ¿Alguna vez se reía? Era el tipo de persona a la que te daban ganas de hacer reír. En sus ojos grises, en torno a las pupilas, había estrellitas. Taneli pensó que tal vez fuera una señal. Las estrellas que guiaban su camino.

A mediodía, Taneli empezó a temer que alguien los estuviera siguiendo. Pero no se veía ni se oía nada; era más bien una sensación. Tal vez fuese el pasado de la mujer, que planeaba tras ella y trataba de decirle algo.

Al atardecer, Laura empezó a sentirse cansada. Tropezaba, iba más lenta y no paraba de agitar las manos para ahuyentar a los mosquitos. Taneli anunció que era hora de detenerse. Montó una hoguera y la encendió. No tanto para combatir el frío como para disfrutar de su luz y el humo. Frente a ellos, el agua azul del río borboteaba cargada de nieve derretida. Los sonidos de la naturaleza producían una sensación de paz. La tierra estaba sembrada de piedras y hierba nueva. Había un grupo de abedules en la loma a su espalda: árboles jóvenes y esbeltos. Las hojas surgían de cada brote, aún pequeñas, pero con un reluciente tono verde.

—Siéntate de cara al humo —le dijo Taneli a Laura—. Los ojos te escocerán un poco, pero los bichos se mantendrán alejados.

Debía construirle un refugio para pasar la noche, pensó el niño. Cerca del fuego, para que el humo siguiera protegiéndola.

—Voy a buscar algo para comer —dijo.

Vio que ella se había quitado las botas y se frotaba los pies, haciendo muecas de dolor.

Tardó un rato, pero encontró un urogallo. Cuando volvió con él, Laura abrió los ojos de par en par y observó cómo lo desplumaba y le quitaba las tripas. El niño lo ensartó después en una rama y lo puso sobre el fuego. Poco después, el claro empezó a oler a carne asada. Cuando estuvo lista, él le pasó un pedazo clavado en un palo. Laura lo probó.

—Está buena —comentó, sorprendida y alzando las cejas.

Taneli asintió y ambos se pusieron a comer.

—¿Cuándo desapareció tu hermana? —preguntó ella cuando ya tuvieron el estómago lleno.

—En invierno —dijo él—. Pero aún está viva.

Le resultaba extraño hablar de aquello con una desconocida. Se quedó callado un rato, pensando en su familia.

—¿Cómo sabes que no está muerta? —La voz de Laura había cobrado un tono amable.

—Simplemente lo sé —dijo él—. Mi hermana es especial para nuestro pueblo. Quizá por eso no la han matado.

—¿Y tú por qué estás con el director?

—Él me salvó —le dijo Taneli—. Y luego nosotros lo salvamos a él.

Así había sido, y ahora ellos dos tenían un vínculo, pensó Taneli. Pero no le importaba. Le gustaba ese hombre tan alto. Había demostrado que era bueno por debajo de su severidad.

No podían quedarse a dormir en el mismo sitio donde habían comido. Los restos podían atraer a otros animales más grandes. Arrojó las tripas al río, apagó el fuego, lo recogió todo e indicó a Laura que lo siguiera.

Cruzaron el río. Enseguida encontró otro claro para pasar la noche. Encendió una nueva hoguera y luego le construyó a ella un refugio con ramas de pícea.

Laura se recostó, pero sus ojos grises seguían abiertos de par en par.

—Duerme —le dijo él—. Yo vigilaré.

Ella sonrió por primera vez.

—Gracias, Taneli.

43

Laura

*L*aura había pensado que jamás lograría dormir a la intemperie, con una hoguera al lado y los mosquitos zumbando en su oído, pero lo había conseguido. Al principio, no supo dónde estaba; luego vio al niño, todavía sentado, observándola. Debía de haber pasado despierto toda la noche. Se sintió mal. Era solo un niño. Ella era la adulta. Debería haber sido ella la que se quedabra despierta. Pero él sonrió.

—Buenos días.

—Buenos días.

Había tenido suerte. Taneli era un buen guía. O, al menos, lo parecía. Aunque, por otro lado, ahora estaban en las profundidades del bosque, así que… ¿quién sabía?

—¿Está muy lejos? —preguntó.

—No mucho. Medio día hacia allí —dijo señalando.

Echaron a andar. Hoy brillaba el sol, y Laura notó que se le estaba calentando el cuero cabelludo. Ahora caminaban cuesta arriba, por una pendiente empinada, y debía inclinarse hacia delante y afirmar bien los pies para no resbalar. El bosque era de pino y pícea. Olía bien, con una fragancia fresca de verdor. Nunca había imaginado que un bosque pudiera oler así.

Taneli se detuvo de improviso.

—¿Qué pasa? —preguntó ella.

Él se llevó un dedo a los labios. Arrugó la frente.

—¿Qué? —susurró Laura.

—Oigo a alguien —respondió él, también susurrando—. Alguien que camina en esta dirección.

Ella sintió una palpitación en la garganta.

—¿Nos siguen?

Taneli tenía una expresión seria en la cara.

—Quizá.

La cogió de la mano y la guio por un sendero lateral hasta que llegaron a un río.

—Caminaremos por el agua —dijo—. Quítate las botas.

Ella obedeció y lo siguió por el agua gélida. El lecho del río estaba lleno de piedras aguzadas, lo que le arrancaba muecas de dolor. Llegaron a un tramo donde las piedras eran grandes y resbaladizas. Taneli se volvió para cogerla de la mano y Laura siguió adelante apoyándose en aquel niño que parecía capaz de caminar por cualquier parte, mientras que ella a duras penas conseguía avanzar.

Ya ni notaba los pies a causa de la frialdad del agua.

Al cabo de media hora, él asintió para sí.

—Con esto debería bastar —dijo.

Salieron del río y volvieron a ponerse el calzado.

Ahora caminaron más deprisa. De vez en cuando, Taneli se detenía un momento y escuchaba; luego asentía, como indicando que estaban a salvo.

Por fin, a primera hora de la tarde, como Taneli había dicho, emergieron del bosque, por encima de la línea de los árboles, y entraron en el sector pelado de la montaña. Pegadas a la ladera, había viviendas: estructuras de madera con forma de tienda. El barranco siguiente estaba lleno de gente y de renos. Ella se quedó un momento observando cómo se movían los animales y las personas siguiendo unas pautas que desconocía.

—Es aquí —dijo Taneli.

Laura lo siguió. Un hombre se adelantó y salió a su encuentro: un lapón con pantalones de cuero y un gorro tejido con una gran borla de colores en lo alto.

—Estamos buscando a Andreas Lappo Lundius —dijo ella.

El hombre la examinó con suspicacia y luego miró ceñudo a Taneli, probablemente por haberla llevado allí.

—Es importante —dijo el niño—. Si no, no habríamos venido.

—Está con los animales —respondió el hombre finalmente, señalando la zona cercada del valle.

—Los renos están criando —dijo Taneli.

Ella reparó en una hembra que acababa de dar a luz. Estaba tendida en el suelo, y el pequeño y oscuro ternero intentaba ponerse de pie a su lado. El milagro de la vida, pensó Laura, conmovida.

En la zona cercada había mucho ajetreo. Los niños y las mujeres se afanaban ayudando a los animales. Transcurrió todavía un rato antes de que ella divisara a Andreas. Estaba más lejos, sentado sobre un tronco con los hombres.

A medida que se acercaban, se fue haciendo un silencio en medio del jaleo. Todos —hombres, mujeres y niños— tenían los ojos fijos en ella. Entonces Andreas se levantó. Alzó la mano, como diciendo que no había problema, y caminó hacia ellos.

Llevaba unos pantalones de cuero manchados de sangre a la altura del muslo. También sus manos estaban ensangrentadas; con una sujetaba un cuchillo. Aquí era otro hombre y estaba en su elemento. Un hombre, no un chico. Alto, tranquilo. Britta debía de haberlo visto así, pensó Laura. No era extraño que hubiera percibido algo en él que los demás no habían sido capaces de ver.

—Tú —dijo Andreas.

Ella asintió.

—Te fuiste de repente.

Él recorrió de un vistazo a su gente y a los animales que estaban pastando. Era un panorama cotidiano para él, pero exótico para los demás.

—Sé lo que está ocurriendo —dijo Laura—. Bueno, eso creo. Pero no sé quiénes son. Ni dónde lo hacen. —«Ni tampoco qué hacer ahora», pensó sin decirlo.

Andreas tampoco dijo nada.

—¿Cómo lo averiguasteis Britta y tú? —preguntó ella.

Él continuó callado.

—Por favor, Andreas.

—Me sorprende que te importe —dijo al fin, mirándola con sus ojos negros.

—Bueno, estoy aquí —dijo ella.

Él suspiró, volvió a mirar a su tribu y pareció decidirse.

—Empezó hace muchos años —dijo—. Quizás incluso diez. Algunos de los nuestros desaparecían y nadie volvía a verlos. Nosotros pensamos que tal vez se trataba de fieras salvajes… Pensamos que incluso podía tratarse de algo más espantoso. Después, en algunas ocasiones, encontramos los cuerpos.

Ella aguardó.

—Sus cuerpos habían sido… cortados —dijo, frunciendo el ceño, como si no fuera capaz de comprenderlo— de las maneras más horribles. A veces —añadió, señalándose el pecho— les faltaban las vísceras. Órganos como el corazón o los pulmones. Podían tener la cabeza abierta y vaciada.

—¿No se lo dijisteis a la policía?

—La policía no hizo nada. También se lo dijimos a la compañía minera. Ellos son la ley aquí.

Laura pensó en el director. Pero él era nuevo en el puesto.

—¿Y?

—Nada. Para ellos, con tal de que seamos los suficientes para que continúe el trabajo…

—¿Cuántos? —preguntó ella, notando un gusto a bilis.

—En nuestras tierras, yo he contado más de cien —dijo—. Pero luego nos enteramos de que estaba pasando lo mismo en Noruega. Gente desaparecida. Cuerpos mutilados.

Hizo una pausa antes de continuar.

—Se lo conté a Britta, que era amiga mía, al fin y al cabo. Yo creía que no se podía hacer gran cosa. —Se encogió de hombros—. Pero entonces, el pasado otoño, ella conoció a alguien que sabía más.

Debía de ser alguien que conoció en Upsala o tal vez en Estocolmo. Quizá Sven Olov Lindholm, pensó Laura. Pero él no le había dado la impresión de saber mucho.

—Él le explicó lo que le estaba pasando al pueblo lapón. Luego, justo antes de su muerte, le dio pruebas.

—¿Qué clase de pruebas?

Andreas se encogió de hombros.

—Ella dijo que eran fotografías, nombres de gente implicada.

—¿Y dónde están ahora?

Él negó con la cabeza.

—Lo tenía todo Britta. Se fue a Estocolmo a enseñárselo a alguien que, según decía, tenía el suficiente poder para cambiar las cosas.

«Alguien con el poder suficiente para cambiar las cosas...» ¿Quién podía ser? ¿Jens Regnell? No: si él la hubiera visto, se lo habría contado.

—La única persona que mencionó entre los implicados era su profesor —dijo Andreas.

Laura no pudo contener una exclamación.

—¿El profesor Lindahl?

—En efecto.

Qué horror. No podía ser cierto. ¿O quizá sí? De repente, una serie de cosas encajaban. Ellos habían confiado en él. Se sintió desolada.

—¿Tienes idea de quién era esa persona que le dio las pruebas? —preguntó.

—No. Ella lo llamaba su «amigo incómodo».

La primera persona que le vino a la cabeza a Laura fue Erik, aunque no sabía por qué.

Britta había sido una golondrina. Tenía que ser algún amigo que había hecho mientras desempeñaba ese papel. ¿Tal vez alguien que trabajaba en los Servicios de Seguridad?

—¿Sabes lo que pretendía hacer con las pruebas?

—Ella me dijo que las haríamos públicas. Esa persona que según ella tenía poder para cambiar las cosas iba a ayudarla.

La misma idea que se nos ocurrió a nosotros, pensó Laura. Pero esa persona a la que había recurrido debía estar también involucrada, y Britta había quedado atrapada.

Andreas había empezado a mirar hacia el espeso bosque de una pequeña elevación situada por detrás de ellos. Entornó los ojos. Abrió la boca. Parecía sorprendido, inerme.

—¿Por qué lo has traído hasta aquí? —dijo.

—¿Cómo?

Taneli sujetó del brazo a Laura.

Andreas seguía escrutando el bosque. Ella se volvió, pero no vio nada, aparte de árboles y sombras.

Entonces Andreas giró en redondo, como para echar a correr. Y mientras lo hacía, su cabeza se venció hacia un lado y se derrumbó en el suelo, con el cuello torcido y la cara destrozada. Después, les llegó el estampido de un disparo.

Todo sucedió muy deprisa. Taneli movía la boca, gritándole algo a Laura. Por detrás de él, los animales de la zona vallada habían entrado en pánico y corrían alrededor de la cerca. Las mujeres laponas cogieron a los niños y salieron disparadas; los hombres soltaron los utensilios, lo dejaron todo tirado. No había dónde esconderse en la ladera pelada.

Entonces Taneli le tiró del pelo y el dolor hizo que Laura volviera en sí. La algarabía era insoportable: balidos horribles, redoble de cascos, gente gritando. Taneli la arrastró hacia la cerca y la obligó a tumbarse en el suelo, detrás de los animales.

—Le han pegado un tiro —musitó Laura, consternada, sin saber en realidad a quiénes se refería.

Andreas había visto a alguien antes de caer. Se restregó los ojos y vio su mano manchada con la sangre del joven lapón.

—Él ha visto algo… —Y luego, dándose cuenta con horror de lo que había sucedido, añadió—: Hemos sido nosotros. Yo. ¡Los hemos traído hasta aquí! ¡He sido yo!

Taneli miraba el bosque que quedaba más abajo.

—Tenemos que irnos.

Laura temblaba de pies a cabeza. Andreas estaba muerto, y era por su culpa.

—Vamos —dijo el niño—. ¡Ahora!

Echaron a correr de nuevo hacia la línea de árboles por donde habían llegado.

Debía de haber sido un francotirador, pensó Laura. Mientras ella y Taneli subían por la ladera y llegaban al campamento por un lado, los que los habían seguido habían cruzado el valle y alcanzado el campamento desde abajo.

Continuaron corriendo y se adentraron en el bosque. Cuando pensaba que ya no podía más, Taneli se detuvo.

—¿Nos están siguiendo? —preguntó Laura.

Él aguzó el oído largo rato.

—No —dijo.

¿Por qué no los seguían?, pensó ella. ¿Por qué no la seguían y la mataban también? Era ella la que andaba haciendo preguntas. ¿Por qué no habían continuado disparando?

Salió un gemido de sus labios. «He sido yo», pensó.

—La culpa no es tuya —dijo el niño.

—Yo los he traído aquí —respondió Laura. Le dolía la cabeza. No lograba pensar con claridad—. Ellos no sabían dónde estaba Andreas hasta que nosotros lo hemos encontrado. Y ahora está muerto.

Se cogió la cabeza con las manos. Luego se irguió.

—El director —dijo—. Él sabía que veníamos aquí. Era el único que lo sabía.

El niño se volvió hacia ella.

—No ha sido él —dijo.

Le puso la mano en el brazo, una mano infantil de uñas mugrientas. Laura habría preferido que la apartara. No quería su consuelo; no lo merecía.

—Nosotros no lo podíamos saber —añadió Taneli.

Caminaron en silencio hasta que cayó la noche, y montaron otro campamento. Una vez más, el niño encontró comida, pero Laura no podía comer. Andreas había muerto. Se tumbó en el suelo, mientras que Taneli permanecía sentado junto al fuego, como en la noche anterior. Pero ella no podía dormir. Quizá no podría volver a dormir nunca más. Por primera vez desde hacía mucho tiempo, añoró la presencia de su madre. Se volvió de espaldas al fuego, para que el niño no le viera la cara.

44

Jens

*D*os agentes de los Servicios de Seguridad estaban esperándole en su oficina cuando llegó. Jens se preguntó cuánto tiempo llevarían allí y si ya habrían estado registrando sus cosas. Se sentía violentado. Y asustado. Muy asustado. ¿Conocían su implicación en el asunto? ¿Estaban aquí por la muerte de Daniel o por lo que él había averiguado?

—¿En qué puedo ayudarlos? —preguntó, tirando el maletín sobre el escritorio con aplomo (o eso esperaba).

El más viejo de los dos agentes, un tipo de pelo plateado con una gran nariz hinchada, respondió:

—Nos gustaría hablar con usted de su colega.

—Daniel Jonsson —añadió el otro. Un tipo más joven, de pelo oscuro y aspecto honrado.

—Una historia trágica —dijo Jens—. No sabía que estuviera enfermo.

El viejo asintió.

—Muy enfermo. Delirante. Andaba con teorías de la conspiración…, ya sabe. —Frunció los labios—. Me sorprende que usted no lo notara. Me han dicho que trabajaba con él estrechamente.

—A mí me parecía un hombre diligente. No me dio ningún motivo de inquietud.

—La gente puede… contaminarse cuando trabaja con alguien así. También empieza a ver cosas que no existen.

—Yo no —dijo él.

—¿Seguro?

—Estoy totalmente seguro de que solo veo lo que hay.

El viejo hizo una pausa. Luego se rio.

—Así que va a jugar esa carta.

¿Jugar esa carta? Él no quería jugar a nada. Pero ¿qué alternativa tenía? No sucederá aquí, pensó. Esto es el ministerio. Aquí no me pasará nada.

Cuando abandonaron su oficina, se levantó y se asomó para mirar. Los dos hombres caminaron por el pasillo hasta el despacho del ministro. En cuanto llamaron a la puerta, Günther les hizo pasar. Jens aguardó largo rato, pero los agentes no salieron mientras él estuvo vigilando.

Había sido un día largo. Ya era tarde cuando Jens salió por fin. Lo asaltaron mientras volvía a casa a pie. No sabía bien en qué momento se había dado cuenta de que lo seguían, pero al entrar en la ciudad vieja ya no tuvo ninguna duda. La calle estaba vacía. Debería haber tomado otra. Él era consciente de que más pronto que tarde irían a por él, así que debería haber sido más precavido. Alargó el paso. Uno de sus perseguidores se echó a reír. La risa reverberó por la calle desierta.

¿Debía echar a correr? Volvió la cabeza. Eran tres. Jóvenes, de movimientos ágiles. Seguros de sí mismos. Caminando deprisa. No debían de ser policías; parecían demasiado espabilados para eso: eran matones a sueldo. No podría dejarlos atrás corriendo. Desde luego no a los tres.

Mantuvo la cabeza gacha y apretó el paso. De vez en cuando levantaba la vista con la esperanza de ver a alguna persona, pero la calle seguía tan desierta como al principio.

Tenía que intentarlo. Echó a correr con todas sus fuerzas.

Los tres hombres gritaron y sus zapatos resonaron en el pavimento mientras iban tras él.

Jens corrió todo lo que pudo, pero ellos eran más rápidos. Se estaban acercando y no había ninguna salida.

Cuando ya los tenía justo detrás, se revolvió y lanzó un golpe con su maletín. El primer hombre soltó un grito y se agachó con la mano en la nariz.

Jens retrocedió, pero recibió el primer puñetazo en la mejilla y fue como si le hubiera explotado la cara. «No me voy a rendir —pensó—. No tan fácilmente.» Se lanzó hacia delante, sujetando al que le había pegado. Se tambalearon juntos unos segundos, antes de que el tercero le golpeara en la parte posterior de la cabeza con un objeto pesado, haciendo que cayera de rodillas. Ahora la visión se le emborronó. El que tenía delante le agarró la cabeza con las manos y le estampó un rodillazo en la nariz. Sonó un crujido: un ruido sordo, profundo, que pareció atravesar su cráneo hasta la nuca.

Estaba sangrando. Tenía las manos rojas. Las patadas le llovían sin piedad, golpeándole por todo el estómago y por la espalda. Primero estaba a gatas, pero luego se puso de lado, tratando de acurrucarse y protegerse la cabeza.

Antes de que perdiera el conocimiento, lo que a estas alturas parecía más bien una bendición, uno de los agresores se inclinó a su lado.

—Último aviso, secretario —susurró—. Último aviso.

Cuando se despertó, no sabía dónde estaba. Después se dio cuenta de que yacía en una de las travesías laterales, detrás de un montón de leña. Todas las ventanas por encima de su cabeza estaban a oscuras. Se sentó con cautela. Se le revolvía el estómago y la cabeza le daba vueltas, pero todo seguía en su sitio. Se tocó la cara e hizo una mueca. Las costillas lo estaban matando. Y los riñones, y las nalgas. Había una botella vacía de vodka a su lado. Por el tufo que desprendía, debían habérsela vaciado encima antes de irse. Se puso de rodillas y, apoyándose en la pared, se levantó. Pensó que iba a vomitar, así que apretó los párpados y esperó a que se le pasaran las náuseas. Madre mía, pensó. Pero sobreviviría. Solo había recibido una tremenda paliza.

Echó a andar hacia su casa. No quedaba lejos, pero en ese estado era lo mismo que si estuviera en la otra punta de la ciudad.

Se tambaleaba y tenía que apoyarse en la pared para avanzar. Al verlo, cualquiera habría dicho que estaba borracho.

Subió a trompicones las escaleras de su apartamento. Al entrar, vio que estaba todo oscuro. Había una nota en la mesita del pasillo: «Me quedo a dormir en casa. Tengo trabajo. Kristina. Besos».

Jens se rio sin saber de qué. Era típico, simplemente.

Captó un atisbo de sí mismo en el espejo de encima de la mesa: ambos ojos hinchados, la nariz y una ceja ensangrentadas; sangre en la cara; sangre en la boca. Heridas en las mejillas y en la frente. Seguramente necesitaba un médico.

Entró cojeando en la sala de estar. Cogió una botella de whisky, se desplomó en el sofá y quitó el tapón. Dio un trago y apoyó la cabeza en el respaldo.

Normalmente habría llamado a Sven, pero esta vez no pensaba hacerlo. No quería oír cómo le encontraba una explicación razonable al incidente. Y Kristina, pensó... ¿Por qué ni siquiera consideraba la idea de llamarla?

45

Monte Blackåsen

*L*levaban cuatro días fuera. Sandler ya esperaba algo así, pero al mismo tiempo temía que algo hubiera salido mal. Él, por su parte, andaba siempre ojo avizor. Cualquier ruido lo sobresaltaba. Notholm le había disparado, y había dicho que volvería a hacerlo. Pero no lo había visto desde aquel día. Tal vez había seguido a Laura y a Taneli. Si no vuelven, yo...

Ahí concluía su plan. ¿Qué diablos podía hacer? Había otros que estaban de su parte, o eso le había dicho Laura Dahlgren. Pero ella no le había dado ningún nombre. «Mejor que no —le dijo—. Cuanto menos sepamos cada uno, mejor.»

Él estaba de acuerdo. Solo que si ella no regresaba, no sabía a quién recurrir.

Su superior en la industria minera había sido como un mentor para él durante mucho tiempo. Pero cuando le había planteado la cuestión de las tierras que arrendaban a Notholm, se había negado a seguir hablando. ¿Sabía lo que sucedía? ¿Estaba involucrado? ¿O él también se limitaba a cumplir órdenes sin saber lo que implicaban?

La magnitud de lo que pretendían combatir lo abrumó. Alzó la mirada hacia la negra mole de piedra y se le encogió el pecho al imaginar lo que ocurría en su interior.

Se encontraba al pie de la montaña con Hallberg, analizando la abertura de un nuevo túnel. Le costaba concentrarse. El aire era frío, pero él tenía calor. Se sentía febril. Tiritaba. Sin embargo, las cosas debían continuar como de costumbre. Si no mantenía su fachada habitual, la gente se haría preguntas. El capataz estaba señalándole algo en un mapa, pero Sandler había dejado de escucharle. ¿Ese hombre acababa de perder a una hija? Se sorprendió estudiándolo atentamente hasta que Hallberg dejó de hablar y frunció el ceño.

—¿Qué? —dijo.

—He oído un rumor sobre su hija.

El capataz se tocó los lados de la boca con los dedos ennegrecidos.

—Sí —dijo al fin.

—Lo siento. No lo sabía.

—Ella se lo buscó —dijo él, sin apartar los ojos de la montaña.

Sandler no podía creerlo.

—¿Cómo dice?

—Tenía problemas —dijo el capataz—. Era más lista de lo que le convenía. Se creía mejor que… todo esto. —Continuaba mirando la montaña—. El anterior director decidió que debía estudiar —añadió, como si sus estudios hubieran sido un problema.

Ese era el *quid* de la cuestión, pensó Sandler. Seguramente, el capataz se habría sentido más satisfecho si su hija hubiera sido tonta; si no hubiera tenido perspectivas y se hubiera quedado allí con ellos.

Tal vez todos los hombres de la mina estaban confabulados para encubrir algo…, para mantener el secreto. Aunque implicara sacrificar a sus hijas.

No. No podía ser. Pero algunos sin duda debían trabajar para Notholm y Öhrnberg; debían ayudarlos a que todo funcionara. La cuestión era quién.

Ahora estaba sudando. Notó que una gota le corría por la espalda.

—No siempre sabemos lo que hay realmente en el corazón de los demás —dijo—. Mis condolencias.

Entonces sintió una punzada de dolor en el pecho que le hizo encorvarse. El pulso se le estaba acelerando; notaba palpitaciones en los oídos. El capataz lo sujetó del brazo, ayudándole a mantenerse en pie.

—¿Se encuentra bien, director? —preguntó.

—Claro —dijo Sandler con un esfuerzo—. Es un espasmo muscular. Me pasa a veces.

Apartó el brazo que le sostenía Hallberg.

Sin mirar, dedujo que la herida había empezado a sangrar. Se envolvió mejor con la chaqueta para que la camisa quedara bien tapada.

Cuando llegó a casa, ellos ya habían regresado. Sandler lo captó intuitivamente. Los encontró en su oficina. La señorita Dahlgren se levantó al verle entrar; Taneli ya estaba de pie.

Ambos estaban pálidos y con las ropas sucias. La chica llevaba el pelo recogido detrás.

—¿Qué ha ocurrido? —Sandler se dejó caer en un sillón, gimiendo por el esfuerzo.

—Le han pegado un tiro —respondió ella, con las manos entrelazadas delante, como si tuviera que sostener algo.

—¿A quién?

—A Andreas. La culpa es mía. Debieron seguirnos.

—¿Quién le disparó?

Laura negó con la cabeza.

—No lo sé. Solo tuvo tiempo de confirmar lo que ya sabemos.

—Dios mío —dijo el director.

—No se detendrán ante nada —dijo—. Ha muerto por mi culpa.

Sandler mostró su disconformidad. No era cierto, pero habría de pasar tiempo para que ella lo comprendiera.

—Usted y Taneli siguen vivos —dijo.

—Lo sé. —Laura asintió y lo miró a los ojos, como preguntándole por qué. ¿Por qué aún seguía viva?

¿Por qué?

—¿Qué piensa hacer ahora?

Ella suspiró.

—Esta noche volveré en tren a Estocolmo —dijo.

—Pero no puedes irte —dijo el niño—. Ellos todavía los tienen encerrados. Tienen a mi hermana.

Sandler y Laura volvieron a mirarse. Ninguno de los dos creía que la chica pudiera estar viva todavía.

—Debo irme para poder hacer algo —dijo Laura—. No veo otra forma de parar esto que conseguir que el mundo lo sepa. Britta pensaba lo mismo. Si se hace público, se verán a obligados a dejarlo. Pero necesitamos pruebas. En este momento, solo tenemos una historia. Necesitamos algo más. ¿Usted piensa pedir que se investigue el asesinato de Andreas?

—No lo sé —dijo Sandler con sinceridad—. Normalmente, los lapones se las arreglan por su propia cuenta. Hablaré con el jefe de policía, a ver qué se puede hacer.

Ambos se quedaron callados.

—¿Qué hará usted cuando vuelva? —le preguntó él.

—Hemos de arreglárnoslas para entrar en el edificio del Instituto Estatal de Upsala. Seguro que allí habrá algo. Mientras…

Sandler esperó.

—No lo sé —acabó reconociendo Laura.

—Mientras, nos mantendremos firmes —dijo él.

46

Laura

*S*u abuelo aún estaba levantado cuando llegó a casa, cansada del viaje en tren y atribulada por el sentimiento de culpa y la pérdida.

—Tu padre está muy disgustado contigo.

Ella permaneció un momento callada.

—Ya lo sé —dijo al fin.

Ahora mismo, todo el mundo está disgustado conmigo, pensó. Incluida yo misma, sobre todo. Colgó la chaqueta en el perchero y cogió su maleta.

—Está enfadado, Laura.

—Lo sé. Se preocupa por mí. Pero exagera.

Su abuelo permaneció en el pasillo. Laura se detuvo. Él titubeó, como si estuviera sopesando sus palabras.

—Creo que deberías tener un poco más cuidado con tu padre.

—¿Cómo? —dijo, ella frunciendo el ceño. No entendía.

Su abuelo había entrelazado las manos y ahora bajó la vista hacia ellas. Laura volvió a dejar la maleta.

—Tu padre es un hombre muy enérgico. A decir verdad, no se me ocurre ninguna ocasión en la que no se haya salido con la suya. Yo nunca sé lo que tiene entre manos, desde luego, pero últimamente… estoy preocupado.

—¿Preocupado? ¿Por qué?

—Tu padre puede ser despiadado con quienes se interponen en su camino. Cuanto más viejo se hace, más pronunciado se vuelve ese rasgo de su carácter.

Laura no entendía muy bien lo que su abuelo estaba diciéndole. Él conocía la estrecha relación que tenía con su padre.

—No conmigo —dijo.

—Laura. —Su abuelo se llevó la mano al corazón y ella creyó por un momento que iba a desfallecer—. Tú eres especial para él, es cierto. Hasta ahora te has librado de su ira. Pero no sabes de lo que es capaz. —La miraba con fijeza—. Yo, en tu lugar, no le decepcionaría.

Ella titubeó; luego le dio una palmadita en el hombro, cogió la maleta de nuevo y se dirigió hacia las escaleras.

Su padre aún estaba leyendo el periódico en la cocina cuando Laura bajó a desayunar a la mañana siguiente.

—Buenos días —dijo.

Él no respondió.

Le había hecho lo mismo otras veces después de una discusión. Castigarla con su silencio, pensó. Pero ella le haría entrar en razón. Se sirvió una taza de café y se sentó frente a él.

—Te desobedecí —reconoció—. Y había peligro, sin duda. Pero hemos descubierto cosas. Es algo muy grande, padre.

Él dobló el periódico y la miró con furia.

—Britta estaba tras una pista —dijo Laura—. En el encuentro de los tres reyes de 1914 se formó un comité especial para estudiar la creación de un Reich escandinavo bajo un líder fuerte. Lo hicieron basándose en la supuesta supremacía de la raza nórdica.

Su padre seguía en su sitio. Ceñudo, pero escuchándola. Era buena señal.

—Pero había algo más en ese proyecto. Estaban trabajando para mantener la pureza de la raza fomentando la reproducción de los mejores, pero también eliminando a los peores. Y lo siguen haciendo hoy en día.

»Fui allí, al norte, para ver a Andreas, el amigo de Britta. Él sabía lo que están haciendo y lo mataron de un tiro por hablar conmigo. —Se le quebró la voz—. Por eso murió Britta. Por confiar en la persona equivocada. Ella se lo contó a alguien que debía estar involucrado.

La cara de su padre permanecía inexpresiva; Laura no sabía lo que estaba pensando.

—Es la verdad —repitió, esforzándose para no llorar.

—¿Tienes alguna prueba? —dijo su padre.

—Yo estaba allí. Le alcanzaron delante de mis narices.

Su padre meneó la cabeza.

—Quiero decir, algo que pueda sostenerse ante un tribunal.

—No —reconoció ella—. Britta sí tenía pruebas. Pero han desaparecido. Tú podrías ayudar. —Se echó hacia delante y lo miró a los ojos—. Con todos tus contactos...

—Escucha, Laura —la interrumpió—. Soy el gobernador del Banco Central Sueco. ¿Qué crees que sucedería si empezara a indagar sobre unas posibles prácticas raciales dudosas en nuestro país? ¿Cuáles crees que serían las consecuencias si eso se llegara a saber?

—Está muriendo gente. Personas con las que han hecho experimentos.

—¿Cómo puedes ser tan ingenua? —Su padre palideció—. Estamos en mitad de una guerra. ¡De una guerra mundial! Tú sabes hasta qué punto es posible una invasión soviética. O aliada. Todo pende de un hilo. ¿Qué crees que harían esas potencias si se enterasen de lo que me acabas

de contar? Solo están esperando una excusa. Nos destrui-
rían. Como nación. Como pueblo.

—Pero…

—No. Tú tienes un deber, Laura. Un deber con tu país,
maldita sea. ¡Con tu país! Con tus conciudadanos. No con
Britta ni con algunos amigos. Y desde luego no con el pueblo lapón.

47

Jens

*J*ens parecía un boxeador. Tenía la cara hinchada y la nariz torcida. Se palpó con cuidado e hizo una mueca de dolor. Al menos la ceja había dejado de sangrarle. Obviamente no podía ir al trabajo con ese aspecto.

Llamó al ministro de Exteriores, casi esperando que no respondiera y pudiera dejar un mensaje a las administrativas.

—Günther.

—Hola —dijo—. Estoy enfermo. —Tosió—. Una gripe terrible.

—Hace días que no tiene buen aspecto —dijo el ministro—. Tal vez se está exigiendo demasiado.

«¿Estás enterado? —se preguntó Jens—. ¿Ya sabes lo que me ha ocurrido?»

—Quizás esté unos días de baja —dijo. Volvió a captar un atisbo de su rostro en el espejo del pasillo—. Incluso una semana.

—Tómese su tiempo —dijo Günther—. Estas cosas pueden ser contagiosas.

Llamó al apartamento de Kristina, porque no quería que viniera y se llevara un susto al verle, pero nadie respondió.

Se tumbó en el sofá, aunque tuvo que hacerlo lentamente. Cada hueso de su cuerpo aullaba de dolor. O sea, que así es como te sentías cuando te daban una paliza, pensó. Él siempre se las había arreglado para salir de cualquier conflicto hablando, de manera que nunca había pasado por esta experiencia.

Una experiencia catártica, en cierto sentido, pensó, y no tuvo más remedio que reírse.

Argh, las costillas le dolían. Se puso la mano en el costado y cerró los ojos. ¿Seguiría indagando?

¿Cómo podía no hacerlo?

«No lo voy a pensar ahora —se dijo—. Dejémoslo para mañana.»

El apartamento estaba caldeado. Entraba una débil claridad por las ventanas. Se fue relajando poco a poco…

Entonces sonó el timbre. Se levantó y se acercó con cautela a la puerta.

¿Y si eran ellos, decididos a rematar la faena? Cogió el paraguas que estaba junto al perchero.

—¿Quién es? —dijo.

—Sven.

Abrió la puerta.

Su amigo le miró la cara.

—Dios mío —musitó, consternado. Solo después reparó en el paraguas que Jens tenía en la mano—. ¿Vas a salir?

—No. Simplemente… —Jens dejó el paraguas en su sitio.

—He oído que estabas enfermo —dijo Sven—, que tenías la gripe, y se me ha ocurrido pasar a verte.

—Bueno, ahora ya lo sabes —dijo Jens.

Sven movió la cabeza suspicaz.

—No puedo creerlo. ¿Me dejas pasar?

Jens titubeó.

—Solo quiero hablar contigo. Sobre lo que me contaste el otro día.

Jens no quería oír otra explicación razonable de lo que le estaba sucediendo.

—Hice mal al no querer escucharte —dijo Sven—. Lo siento. Yo… —Se restregó la frente con el puño—. Supongo que también estoy asustado, Jens.

¿Asustado? Hizo pasar a Sven y cerró la puerta.

—Con mis inclinaciones, soy un blanco fácil. Siempre siento que no debo dar motivos para que la gente vaya a por mí.

El nudo que Jens tenía en el pecho empezó a disolverse.

—Soy un blanco bastante fácil para un chantaje. —Sven soltó una risita forzada.

—Entiendo —dijo Jens, con una voz que a él mismo le sonó apagada—. Gracias por decírmelo. Yo…

Ambos bajaron la cabeza. Jens temía ponerse a llorar. Sven nunca se había referido a su homosexualidad.

—Gracias por decírmelo —repitió.

Su amigo carraspeó y levantó la cabeza.

—Pero he reconsiderado mi posición —dijo—. Si mi mejor amigo necesita ayuda, vale la pena arriesgarse. Así que vuelve a contarme toda la historia, por favor.

Fueron a la sala de estar y Jens se lo explicó todo, desde el principio hasta lo ocurrido la noche anterior.

—¿Quién crees que está implicado? —preguntó Sven cuando él hubo concluido.

Jens se encogió de hombros.

—No sé. ¿Quién te dijo de qué iban las llamadas del ministro y que habían detenido al asesino de Britta?

—Un tipo de los Servicios de Seguridad. Es el contacto de Möller.

—Ya lo ves. Están en todas partes.

—¿Qué piensas hacer ahora?

—Recuperarme —respondió Jens—. Reorganizarme. No lo sé —reconoció.

—¿Y qué puedo hacer yo?

—Quizá mantener los oídos bien abiertos. O tratar de saber quién está metido en esto… No lo sé, Sven, la verdad. Pero ve con cuidado, por favor. Como puedes ver, sean quienes sean, no se andan con bromas. Lo que me has contado hoy…, ellos no vacilarían en utilizarlo.

—¿Puedo hacer algo por ti ahora? ¿Necesitas alguna cosa?

—Solo descansar. No pienso hacer nada más.

Sven asintió y se levantó.

—Cuídate, amigo mío. Hablaremos pronto.

48

Monte Blackåsen

Al abrir la puerta de la cocina, Gunnar vio que su madre estaba sentada con la de Abraham. Inmediatamente giró en redondo para volver a salir.

—¿Hijo?

¿Su padre también estaba allí a pesar de que era día laborable? Aquello iba en serio.

—Sí, padre —dijo, volviéndose hacia los tres adultos.

La madre de Abraham tenía la cara completamente blanca y los ojos enrojecidos. Se había quedado en los huesos desde la última vez que la había visto. Cuando ella lo miró con atención, Gunnar se dio cuenta de que no era capaz de sostenerle la mirada. Bajó la cabeza. Sus zapatos estaban sucios y desgastados.

—Frida ha venido a vernos —le dijo su madre—. Abraham lleva desaparecido una semana. ¿Tú sabes algo?

—No —murmuró.

Alzó la cabeza. Su padre lo estaba mirando con los ojos entornados. Gunnar sabía de sobra que no le convenía que se enfadara. Su hermana siempre había chocado con él. Menudas discusiones habían tenido…

—¿Gunnar? —dijo su padre.

Él suspiró.

—Abraham dijo que había ocurrido algo cuando se fue con el señor Notholm.

Los adultos se miraron entre sí. Él percibió su confusión.

—¿Por qué se fue con el señor Notholm? —preguntó su padre.

—El señor Notholm nos pidió que le hiciéramos un trabajo… Solo Abraham le dijo que sí. No sé lo que pasó, pero Abraham dijo que el señor Notholm había matado al director.

La madre de Gunnar se tapó la boca, horrorizada. Al ver que la madre de Abraham soltaba un gemido, se volvió hacia ella y le puso la mano en el hombro.

—Abraham me pidió que sobre todo le dijera que él no había tenido nada que ver —dijo Gunnar, mirándola. Necesitó carraspear antes de añadir—: Con el asesinato.

—Pero el director está vivo —dijo su padre, arrugando la frente.

Gunnar asintió.

—¿Y adónde se fue? —clamó la madre de Abraham.

—Dijo que se iba al sur. Que se las arreglaría. —Esas palabras sonaron patéticas incluso en sus propios oídos.

—Él sí se las arreglará —dijo la mujer con una risotada ronca, y empezó a rascarse las manos, que ya tenía en carne viva.

Gunnar no soportaba mirarla. Se hacía sangre al rascar y sus uñas iban dejando largas rayas rojas. Sintió que se le revolvía el estómago. Estaba deseando que su madre le dijera que parase. Al final, la mujer se tapó la cara con las manos y empezó a mecerse adelante y atrás.

—Yo no estaba allí. No sé lo que pasó —soltó Gunnar.

Su padre dijo en voz baja, dirigiéndose a su madre:

—Yo vi al director. Era evidente que sufría dolores. Y el señor Notholm también estaba herido.

—El señor Notholm dijo que el director se había puesto él mismo en la diana —dijo Gunnar.

Su madre ahogó un grito.

—Pero si el director es el que manda en el pueblo... —Se echó hacia delante, sosteniéndose en el brazo de su marido—. Él podría hacer que encerraran al señor Notholm en el calabozo, si quisiera —susurró—. Ni siquiera necesita un motivo.

—Quizás esta vez haya alguna razón que se lo impide —dijo su padre.

Gunnar se quedó pasmado al ver su cara. Parecía enfermo.

49

Laura

*L*os miembros del grupo y Jens Regnell estaban sentados en la sala de estar de Karl-Henrik. Laura y Jens ya se habían explicado largamente. Él, con su cara hinchada y amoratada, constituía un permanente recordatorio del poder de las fuerzas a las que se enfrentaban.

—Un Reich escandinavo —dijo Karl-Henrik al fin, meneando la cabeza. Su voz parecía rebosante de algo parecido a la admiración—. Lo que más me ha impresionado al trazar el esquema de las relaciones del instituto con otros organismos ha sido la amplitud de sus tentáculos. He encontrado vínculos prácticamente con todos los sectores de la sociedad: el financiero, el académico, el político, el militar... Es algo inacabable.

Todas sus notas estaban fijadas en la pared, formando una gigantesca telaraña de nombres. Matti se había puesto de pie para examinarlas y seguía las líneas con los dedos, mascullando por lo bajo cuando reconocía algún nombre.

—Estrictamente, basándonos en este esquema, no podemos saber con certeza quién dirige el intento de implantar un Reich escandinavo —dijo Karl-Henrik—. Estas son las personas y las organizaciones que tienen relación con el instituto. Algunas quizá no estén al corriente. Otras simplemente pueden haber quedado seducidas por esa visión de poder…

Se encogió de hombros.

—El profesor Lindahl está justo en el centro —dijo Laura, que se había apostado junto a la ventana. Notó una ligera corriente de aire y se protegió abrazándose—. ¿Cómo podemos averiguar quién más está implicado?

—No sé si deberíamos intentarlo —dijo Erik.

Matti se volvió para mirarlo. Laura hizo una pausa, porque no estaba segura de haber oído bien.

—¿Cómo puedes decir eso? —preguntó finalmente.

—Ya has oído lo que le han dicho. —Erik señaló a Jens—. Es algo demasiado grande. No podemos hacer nada.

¿Acaso tenía miedo? Parecía en tensión, como si estuviera temiendo que todos se lanzaran contra él. Laura nunca lo había visto asustado. Erik no le temía a nada ni a nadie.

—Siempre es posible hacer algo —dijo ella—. Al menos debemos intentarlo.

—¿Y conseguir que te maten? Ya han puesto una bomba en tu casa y te han tiroteado. ¿Qué más hará falta para que te detengas?

Las campanas de la iglesia vecina empezaron a sonar, como subrayando sus palabras. Laura se giró para mirar a la gente que salía del templo. Un funeral. Todo el mundo vestido de negro. Vio al sacerdote en los escalones de la entrada estrechando manos y ofreciendo su consuelo.

—En realidad, esa fue una de las cosas que me pareció extraña —dijo, volviéndose de nuevo hacia los demás—. Que a mí no me quieran matar.

—¿Cómo que no? —dijo Matti.

—Solo hubo un disparo: el que mató a Andreas. Y, sin embargo, podrían habernos matado fácilmente a mí y a Taneli, el niño que venía conmigo.

—¿Y la otra cosa? —preguntó Matti.

—¿Cómo?

—Has dicho que esa fue una de las cosas que te extrañaron. ¿Cuál fue la otra?

—Ah, sí. La otra fue que Andreas dijo antes de morir: «¿Por qué lo has traído hasta aquí?». Como si hubiera visto al asesino en el bosque y lo hubiera reconocido.

—¿El director de la mina o el dueño del hotel? —dijo Erik.

—Quizá —dijo ella—. Pero sin duda era alguien que él conocía.

—¿Por qué no intentaron matarte a ti? —repitió Karl-Henrik.

—Tal vez porque eso habría sido más grave, ¿no? Porque no habrían podido reducirlo a un asunto local —apuntó Jens.

—No lo sé —dijo Laura—. Pero, en todo caso, ¿qué hacemos ahora? ¿Cómo podemos pararlo? ¿Y si resulta que todavía tienen a gente encerrada allí, en el norte?

—Hemos de descabezar la organización —dijo Jens.

Matti se sentó.

—¿No crees que sería como con la Hidra, que por cada cabeza que cortáramos saldrían otras dos? Además, ¿cómo cortamos una cabeza? Supongo que hablas en sentido figurado.

Jens suspiró. Laura entendía ese escepticismo. Ella también quería que los culpables fueran castigados. Quería que los llevaran ante la justicia. Y no obstante… Miró a sus amigos, todos bien vestidos, atildados. Ninguno tenía poder real. No un poder como ese. No eran lo bastante fuertes.

—Necesitamos fotografías o algo tangible —dijo Matti—. Y un periódico dispuesto a publicarlo.

—Yo conozco a un periodista —dijo Laura, pensando en Emil Persson—. Trabaja para uno de los grandes periódicos. Él estaría dispuesto.

—¿A pesar del riesgo que iba a correr?

Ella asintió. Sí, lo haría.

—¿Quién es? —preguntó Erik.

—No lo conoces.

—¿Y las pruebas? —dijo Jens.

—Para eso hemos de ir a la guarida de la Hidra —dijo Laura.

Erik la estaba esperando en la acera cuando salió de la casa de Karl-Henrik. El día siguiente por la noche, habían acordado, harían una visita al instituto.

—¿Qué te pasa? —le preguntó él.

Laura no quería contárselo. Ella veneraba a su padre. Nunca lo había criticado. Solo de pensarlo se sentía desleal.

Suspiró.

—Se lo conté a mi padre —dijo—. Esperaba que nos ayudara.

—¿Y no?

Ella negó con la cabeza.

—Me dijo que era una irresponsabilidad seguir adelante: que si esto se llegara a saber, pondríamos al país en peligro.

La expresión de Erik revelaba lo que estaba pensando.

—Tú estás de acuerdo —dijo Laura.

Él se encogió de hombros.

Ella bajó la cabeza. ¿Y si tenían razón? ¿Y si aquello ponía a Suecia en peligro?

—Pero ha muerto gente. Empezando por nuestra mejor amiga. Britta creía que valía la pena luchar.

—Ella no habría querido que nos pusiéramos en peligro —dijo Erik.

Laura permaneció callada.

—Sobre todo tú. A ti te quería mucho.

Erik parecía avergonzado: tenía las manos hundidas en los bolsillos y no la miraba a los ojos. Ella lo entendió de golpe.

—Eras tú —dijo—. Era contigo con quien tenía una relación.

Él miró para otro lado.

—¿Por qué no me lo contaste?

—Se terminó hace mucho.

—¿Por qué se terminó?

Erik suspiró.

—Yo lo había deseado durante mucho tiempo. Y entonces, un día, sin más, ella me llamó. Supongo que, cuando por fin sucedió, la realidad no estuvo a la altura de mis sueños. Lo intentamos, pero enseguida estuvimos de acuerdo en que no había nada que hacer. —Le salía una voz ronca—. Simplemente no era lo que tenía previsto el destino.

«¿Por qué?» le había preguntado Laura a Britta una vez. Estaban sentadas en un banco del parque, junto al río. «¿Por qué no sales con Erik?»

Britta tenía los ojos fijos en la otra orilla. Parecía ausente.

—No —le dijo, bajando la cabeza.

—Pero ¿por qué? —insistió ella.

—Hay algo en él —respondió Britta—. Como una oscuridad. Algo de su pasado.

—Todos tenemos algo oscuro en nuestro pasado —había dicho Laura—. Tú, Karl-Henrik, Matti… Todos estamos marcados en algún sentido, lo cual no quiere decir que no pueda haber luz en el futuro.

—Pero en Erik hay algo despiadado —dijo Britta.

«Despiadado» era una palabra muy fuerte. Erik era insensible, impetuoso. Podía llegar a ser tremendamente irritante. Pero ¿despiadado? No.

—Ha tenido que lidiar con muchas cosas —dijo Britta.

Y, pese a todo, había cambiado de idea, pensó Laura, y lo había intentado. Pero Britta rara vez cambiaba de idea. Debía de sentirse tan sola, tan desesperada, que estaba dispuesta a intentar algo que antes había creído que no funcionaría.

Se le llenaron los ojos de lágrimas y se apretó los párpados con los dedos para detener el llanto.

50

Jens

Sonó el timbre. Había una mujer en el rellano, pero se había vuelto hacia la ventana. Una melenita negra oscilando sobre los hombros, una chaqueta de punto y una falda de lana. Cuando ella oyó que se abría la puerta, se volvió, ladeando la cadera. Barbro Cassel. De inmediato, abrió la boca y abrió los ojos sorprendida.

—Dios mío, Jens. ¿Qué te ha pasado?

—El lugar y el momento equivocado —dijo él.

Barbro se le acercó y le tocó la mejilla con un dedo.

—Qué terrible. ¿Te encuentras bien?

—He tenido días mejores —dijo Jens—. ¿Qué puedo hacer por ti?

Ella se mordió el labio.

—No sabía si debía venir. Te he llamado al trabajo, pero me han dicho que estabas enfermo.

Jens aguardó.

—El otro día me preguntaste por el señor... ¿Enander? Y dijiste que Kristina te había contado algo de mí, a pesar de que no debería haberlo hecho, ¿no?

—Sí.

—No tengo ni idea de lo que está diciendo y he pensado que quizás era importante que lo supieras.

A él se le encogió el corazón. No quería que fuese cierto.

—Kristina me dijo que tú espías a los alemanes... A Schnurre en especial. Me dijo que Schnurre había recogido un paquete del señor Enander aquí, en este edificio, y que por eso estaban vigilándolo los Servicios de Seguridad.

Barbro tenía la mirada velada. Parecía entristecida.

—No es verdad, Jens. Yo no soy una espía. No conozco al señor Enander. Y siento decirlo, pero sé muy bien con quién se relaciona Schnurre y con quién no, y la única persona que él conoce en este edificio es a Kristina.

Alguien estaba dando golpes en otro piso. *Pam, pam, pam.* Jens se concentró en ese ruido..., no quería oír nada más.

—De hecho, fue precisamente Kristina quien me consiguió el trabajo con Schnurre. Me dijo que lo conocía de los negocios de su padre.

Jens bajó la cabeza. Era peor de lo que había pensado. Kristina trabajaba para Schnurre, ahora estaba completamente seguro. Y él era el secretario del ministro de Asuntos Exteriores. Se preguntó qué debía de haberle contado durante toda su relación. ¿Cómo había sido Kristina capaz de algo así? ¿Y por qué?

Volvió a sonar en su cabeza lo que un día le había dicho: «Te guste o no te guste, tal vez ganen esta guerra y tengamos que aprender a llevarnos bien con ellos».

Kristina era ambiciosa y se había curado en salud.

Vio que Barbro lo miraba atentamente.

—Está bien —dijo—. Gracias.

Ella asintió y se volvió hacia la puerta.

—¿Por qué me lo has contado? —dijo Jens—. Ella es tu amiga.

Barbro se volvió.

—Yo no soy una espía, Jens, y no quiero que me acusen

de serlo. ¿Te imaginas lo que me pasaría si Schnurre oyera ese rumor? —Sacudió la cabeza—. Estaría muerta antes de terminar el día.

Sven había acertado al desconfiar de Kristina, pensó Jens, mientras caminaba a grandes zancadas hacia la casa de ella. Por eso Kristina había tratado de meter cizaña entre ellos. Él mismo, en el fondo, ya había intuido cómo era. ¿Cómo podía haber sido tan idiota para no confiar en su propia intuición? Sí, lo había sabido desde el principio. Se le ocurrió que debía llamar a los Servicios de Seguridad y explicarles lo que acababa de descubrir; pero, por otro lado, en estos momentos tampoco es que se fiara mucho de ellos precisamente.

—¿Jens? —La voz de Kristina sonó llena de alegría cuando salió a recibirle—. ¡Qué agradable…! Dios mío, ¿qué te ha ocurrido?

Igual que Barbro, extendió la mano para tocarle la mejilla. Él dio un paso atrás.

—¿Cómo has podido? —dijo en voz baja.

—¿Qué? —Kristina parecía sorprendida.

¿Cuántas veces la había visto relacionarse con la gente que conocían? Encantadora, inteligente, preocupada…, era capaz de interpretar todos los papeles. Ahora le vinieron de golpe las imágenes: Kristina saludando al ministro de Exteriores, haciendo de anfitriona en sus cenas. Siempre esforzándose. Actuando. La gente la creía. Y le envidiaba a él por el don de gentes de su prometida.

—Lo sé todo —dijo—. Trabajas para Schnurre.

—¿Para Schnurre…, el alemán? —Kristina hizo una pausa; luego estalló en carcajadas. Calurosamente, como si él acabara de decir algo muy gracioso. Sus ojos brillaban.

Él permaneció callado.

—Jens... —Todavía tenía media sonrisa en los labios, como si esperara que él se sumara a sus risas, deseando que le dijera que todo había sido una broma.

—Schnurre no fue a ver al señor Enander. Vino a verte a ti.

—¡No es cierto!

Jens alzó las manos para que no siguiera.

—Ese día, cuando volví a casa y vi a Schnurre saliendo del edificio, había dos tazas de café en el fregadero. Dos. Pero estabas tú sola.

Ella lo miró, ahora muy seria.

—Mira, sé que has estado bajo mucha presión últimamente, pero esto... es un disparate, Jens. ¿Yo trabajando para los alemanes? ¡Ni hablar!

—Entonces, ¿quién vino a verte?

—Una amiga —dijo ella.

—¿Quién?

—No la conoces.

—Tú no tienes amigas. —Ahora estaba siendo cruel, deseando devolverle una parte del dolor que sentía. Había confiado en ella, y ella le había engañado. Peor: lo había utilizado.

Kristina insistió.

—No sé quién te estará contando esas historias, y quizá tengas razón: a lo mejor resulta que no tengo amigas. Pero acusarme de trabajar para Alemania... Estamos prometidos, Jens. Debes confiar en mí. Todo lo que he hecho, lo he hecho por ti... —Alzó un dedo para que no la interrumpiera—. Y no, eso no llega hasta el extremo de meterme en la cama con los alemanes. Tengo mis límites, ¿sabes?

Si ella estaba diciendo la verdad, entonces Barbro Cassel le había mentido. ¿Por qué habría hecho una cosa así? No veía ningún motivo.

Kristina parecía sincera, y Jens quería confiar en ella. Pero se daba cuenta de que había desconfiado desde hacía mucho, quizá desde siempre. No estaba tan seguro de que ella tuviera límites: esa era la cuestión. Y él sí los tenía, en cambio.

—No sé qué pensar —dijo con franqueza.

Ella soltó un largo y lento suspiro.

—Bueno —dijo con voz estrangulada—. Entonces creo que está todo dicho. —Extendió su trémula mano izquierda, se quitó el anillo de oro que llevaba puesto y se lo tendió.

Él lo cogió.

—Yo te amo, Jens —dijo—. De veras. Te sigo amando.

Jens quería decir que él también la había amado, pero descubrió que no era capaz de hablar.

51

Monte Blackåsen

—*E*n la diana. —El capataz no podía sentirse peor. Jamás debería haber hecho aquella llamada. ¿En qué demonios estaba pensando?

Tenía que parar aquello antes de que fuera demasiado tarde. Rectificaría; mentiría si era preciso.

Buscó la pequeña tarjeta blanca y marcó el número.

—Aquí Hallberg, de la mina Blackåsen —dijo.

Era una mujer la que respondió; la otra vez había sido un hombre.

—Supongo que se ha equivocado de número —dijo, riendo—. Esto es una tienda de costura de Estocolmo. A menos que quiera hacer un encargo…

El capataz se disculpó, colgó y volvió a marcar. Respondió la misma mujer. Esta vez él lo intentó.

—Necesito hablar con esa gente sobre la mina de Blackåsen —dijo.

—Estimado señor —dijo ella—, aquí nadie sabe nada de ninguna mina. Nosotras hacemos vestidos.

Él notó que le sudaba la frente.

—Insisto —dijo—. Dígales que interrumpan lo que hayan puesto en marcha.

—No puedo decirle nada a nadie. —La mujer bajó la

voz—. Pero según mi experiencia, una vez que las cosas han empezado, ya no se pueden parar: deben seguir su curso, ¿no?

El capataz colgó violentamente y soltó una maldición.

¿Qué había hecho? Su llamada conseguiría que el director acabara muerto. Lo había colocado «en la diana». Suspiró lentamente. Le temblaban las manos.

No. Así no.

Se levantó, apartando la silla con tal energía que cayó hacia atrás con estrépito. Fue a la puerta y gritó:

—¡Manfred!

Manfred se acercó con la gorra en la mano.

—Quiero que un hombre vigile la estación —le dijo Hallberg—. Quiero saber si llega alguien con la intención de quedarse en el pueblo. Y quiero que un par de hombres vigilen al director. Que lo protejan. Creo que podría estar en peligro.

Se detuvo, esperando las preguntas inevitables.

—¿Tiene que ver con la muerte de Georg? —dijo Manfred.

Hallberg lo miró sorprendido. No esperaba esa pregunta.

—Creo que sí —dijo tras una pausa—. Sí, eso creo. Diles a tus hombres que no pierdan de vista al director.

Cuando Manfred se retiró, volvió a sentarse. Tendría que hablar con el director, lo cual no le hacía ninguna gracia.

—Yo soy el responsable de que le hayan intentado matar —dijo en voz alta.

No habían pasado más de dos horas cuando Manfred volvió.

—Han llegado cuatro hombres en el tren de Estocolmo —dijo—. Trajeados. Con sombrero. Están en el Winter Palace.

—Cuatro... ¿Y el director?

Manfred asintió.

—Harald, Egon e Ivar están delante de su casa.

—Que no lo pierdan de vista —repitió el capataz.

—¿Y si vienen a por él?

—Que los detengan, cueste lo que cueste.

Manfred titubeó.

—Hay un niño en la casa.

—¿Un niño?

—Un lapón.

Eso era raro. ¿Qué hacía un niño lapón con el director?
El capataz se encogió de hombros.

—Da igual. Eso no cambia nada —dijo.

52

Laura

*E*n medio de todo el misterio, estaba contenta. Contenta por el hecho de que se hubieran encontrado de nuevo: ella, Erik, Matti y Karl-Henrik. Porque era así, ¿no? Como en los viejos tiempos. Aunque faltaba Britta, claro. O sea, que no era realmente como en los viejos tiempos.

En la universidad, las cosas se habían estropeado de mala manera. Debía reconocer que había creído que nunca volverían a dirigirse la palabra.

Tras aquella primera pelea, había visto a Matti en clase, pero se habían evitado. Él había pasado de largo, sin dedicarles una mirada siquiera.

Tendría que haber sido más sensato, había pensado ella.

Pero ¿más sensato que quién?

No era lógica la rabia que habían sentido. Porque era eso: pura rabia. Estaban furiosos con Matti por haber mantenido un punto de vista opuesto al suyo, por ser diferente, por ser finlandés. Por existir.

Sí. Por existir.

Y las cosas, en lugar de calmarse, todavía empeoraron. Ella lo percibía en el modo de Erik de seguirlo con la mirada cuando entraba. Lo notaba en la forma que tenía Karl-Henrik de evitarlo. Lo notaba en sí misma.

Entonces, una mañana, Matti apareció en la facultad con un ojo hinchado, la mejilla amoratada y el labio partido. Laura tropezó con él en el pasillo.

—¿Qué te ha pasado?

—Bueno, tú deberías saberlo —masculló él, sorteándola para seguir adelante.

—Espera. —Laura le dio alcance—. ¿Qué quieres decir?

Él la miró, estudiándola. Había una solemnidad en su actitud que nunca le había visto.

—Tú sabes quién ha sido —afirmó.

—No. —Ella negó con la cabeza y, de repente, entendió lo que quería decir—. ¿Nosotros? No es posible.

Matti no dijo nada.

—¿Erik? —preguntó—. ¿Karl-Henrik?

—Acompañados de una pandilla.

Laura no podía creerlo, pero la mirada de Matti indicaba que estaba asustado.

—Lo siento muchísimo —susurró, pero él ya se había ido.

Esa noche, la despertó alguien que estaba metiéndose en su cama. Se incorporó de golpe, ahogando un grito.

—Soy yo —dijo Britta, con voz risueña—. Deberías acostumbrarte a que la gente entre y salga de tu cama; si no, no deberías dejar abierta la puerta de noche.

—Ay, Dios. Me has dado un buen susto. —Laura volvió a desplomarse sobre la almohada, todavía con el corazón palpitante.

Britta apoyó la cabeza en su hombro. Llevaba un par de días sin ir a clase. Una migraña, había alegado. Laura suponía que había estado con alguien.

—Hoy he visto a Matti —dijo.

—¿Ajá?

—Le han dado una paliza. Me ha dicho que habían sido Erik y Karl-Henrik.

Britta se incorporó sobre un codo.

—No pueden haber sido ellos…, ¿verdad?

Ella deseaba responder que no.

—Tal vez sí —reconoció al fin.

Britta ya se estaba levantando.

—Vístete.

—¿Ahora?

—Sí, ahora. —Empezó a deambular por la habitación—. ¿Qué demonios creen que hacen? —masculló—. Han llevado la cosa demasiado lejos.

Cuando Laura estuvo vestida, Britta la cogió de la mano y la arrastró fuera.

—Todavía estaban en el club cuando yo me he ido —dijo.

Encontraron a Erik y a Karl-Henrik en el club Main Street. Erik estaba en la barra, rodeado de un grupo de jóvenes, llevando la voz cantante. Karl-Henrik se había apoyado en la pared del fondo y los observaba con un vaso en la mano.

—¿Qué coño habéis hecho? —dijo Britta, tras apartar a empujones el corrillo de amigos.

Erik se interrumpió.

—¿Cómo?

—Ven conmigo. Y tú también —ordenó a Karl-Henrik.

Salieron a la calle.

—¿Qué le habéis hecho a Matti? —insistió Britta.

—Nada —protestó Erik. Se había llevado afuera su cerveza, le dio un trago.

—No me vengas con esas. —Britta miró furiosa a Erik y luego a Karl-Henrik.

—Estaba poniéndose quisquilloso —musitó este último.

Britta abrió la boca y luego la cerró.

—No, no es cierto. Hemos tenido diferencias de opinión en otras ocasiones, miles de veces. Eso nunca ha representado el menor problema. De hecho, a nosotros nos gusta el debate. Sed sinceros, esto ha sido diferente.

—¿Qué quieres decir? —preguntó Erik.

—Que hemos adoptado los valores del proyecto. Ahora juzgamos a Matti de otra forma porque es finlandés y no escandinavo. Eso se tiene que acabar.

—¡Debemos proteger el proyecto! —dijo Erik, alzando la voz.

—Pero ¿qué coño te pasa? —gritó Britta. En el otro lado de la acera, una pareja se apresuró a pasar de largo, lanzando miradas alarmadas hacia ellos—. ¿Así que nos enfadamos con un amigo porque no es de la clase adecuada?

—Nosotros conocemos la superioridad de la raza escandinava. Solo alguien de esa raza puede formar parte de este nuevo mundo.

—Nosotros nos inventamos todo eso. ¡Nos lo inventamos! No es la verdad. —Britta tenía las mejillas rojas—. ¡Es solo una película de superhéroes de mierda!

Erik había palidecido.

—Será mejor que cierres la boca.

—O si no, ¿qué? —dijo Britta en voz baja—. ¿También me vas a dar una paliza a mí?

Se miraron fijamente.

—Ah, en cuanto a tu precioso proyecto… —dijo ella—. Para que lo sepas, he quemado todas nuestras notas antes de venir.

Erik arrojó a la pared su vaso, que estalló en mil pedazos.

—Dime que tú no estuviste metido —le dijo Britta a Karl-Henrik, una vez que Erik se alejó furioso.

—Yo no creía que fuera en serio —murmuró—. No creía que fueran a hacerlo de verdad. No pensaba que fueran a hacerle daño. No…

De vuelta en el apartamento, Britta quemó las notas del proyecto. Todas. Todos sus apuntes: una buena hoguera. Laura le fue pasando las páginas, una a una. Britta no dejó de llorar mientras lo hacía.

Al día siguiente, Alemania invadió Dinamarca y Noruega, y ya no tuvieron ocasión de arreglarlo.

Había sido un buen gesto de parte de Matti no sacar el tema cuando se reencontraron. ¿Cómo se sentían Erik y Karl-
Henrik al respecto? Seguramente como ella: avergonzados.

Durante un breve periodo habían permitido que la locura
se apoderase de ellos. Era el signo de los tiempos. Por suerte,
habían recuperado la cordura. Pero, obviamente, no todo el
mundo la había recuperado.

53

Jens

Jens, Laura, Matti y Erik estaban en el mismo tren vesper-
tino a Upsala, pero no se sentaban juntos, porque habían
pensado que cuatro personas viajando en grupo llamarían
más la atención que cuatro personas aisladas. Jens había tomado asiento a varias filas de distancia de Laura. Estaba leyendo un periódico, aunque no había pasado las páginas ni
una sola vez. El cuerpo aún le dolía con una sorda molestia.
Laura estaba sentada al otro lado del vagón, mirando por la
ventanilla. Parecía tranquila, imperturbable, como si se diri-
giera a una conferencia y no a cometer un allanamiento.
¿Cómo demonios se las arreglaba? Erik iba en el siguiente
vagón y Matti debía de estar en el siguiente. Él había tenido
dudas de que Erik fuera a acompañarlos, pero a la hora acor-
dada lo había visto aparecer en el andén. Había tenido que
contenerse para no saludarle.

Los miembros del grupo le parecían muy diferentes entre
sí. Unos amigos más bien improbables. Erik era impetuoso,
un idiota en muchos sentidos, al menos en su opinión. Matti
parecía más serio, un tipo totalmente concentrado en su trabajo en favor de Finlandia. Karl-Henrik era el cerebro más
dotado, el analista. Y Laura...

Eran amigos improbables y, sin embargo, resultaba

evidente la estrecha relación que los unía. Algo se había interpuesto entre ellos en un momento determinado, de eso estaba seguro. Parecían creer que ya no eran tan amigos, pero se equivocaban. Rara vez había visto Jens a unas personas que se relacionaran entre sí como ellos lo hacían. Daban la impresión de saber lo que necesitaba cada cual antes de que se dijera en voz alta. Matti caminaba a veces cerca de Laura, como para apoyarla silenciosamente. A Karl-Henrik le bastaba con mirar a Erik para hacer que se calmara. Erik era capaz de lograr que los otros tres se troncharan de risa. Laura decidía quién debía hablar. Les daba la palabra con la mirada. Jens se preguntaba qué papel habría desempeñado Britta.

Se bajaron del tren en Upsala. La mayoría de los pasajeros eran jóvenes, probablemente estudiantes. Jens miró alrededor. Era imposible saber si los estaban siguiendo. Soplaba un viento frío de cara. Él tomó la calle que llevaba al río Fyrisån. Habían decidido que cada uno esperaría por su cuenta hasta que fuera medianoche, momento en el que se reunirían todos frente a la catedral.

Hacia el final de Bangårdsgatan, entró en uno de los bares y pidió una cerveza. La camarera le dedicó una larga mirada, pero no dijo nada.

Jens procuró no pensar, porque no tenía nada bueno que decirse. En lugar de eso, observó a la gente del local, todos tan jóvenes, tan despreocupados. ¡Si supieran! Él habría deseado no saberlo. Uno mismo no sabía cómo reaccionaría frente a una cosa así. No lo sabía, sencillamente. Erik había propuesto no hacer nada. ¿Y no era eso lo que sucedía en el mundo en general? Si no estabas implicado directamente, mirabas para otro lado.

Antes de medianoche, se levantó y salió al frío de la calle. A través de la ventana, vio que alguien había ocupado ya su mesa. Como si él nunca hubiera estado allí.

Υ

La plaza estaba desierta y la catedral pareció alzarse ante él a medida que se aproximaba. Dios está vigilando, pensó, aunque Jens no creía mucho en Dios.

Se reunió con los demás en el lateral del templo. Erik le cogió la mano a Laura y se la apretó. Jens sintió una punzada, pero no entendió por qué.

—¿Estás segura de esto? —preguntó Erik—. Una vez que entremos, ya no habrá vuelta atrás. Todavía podemos dejarlo.

—No, no podemos —dijo Laura—. No podemos saberlo y quedarnos de brazos cruzados.

—Tal vez habría otra forma...

Ella se mantuvo firme.

—Ya lo hemos hablado. Este es el único camino que queda.

—No habrá vuelta atrás —repitió él—. Hasta ahora, has tenido suerte. Después de esto, puede pasar cualquier cosa.

—Lo sé —dijo ella.

Matti asintió. Jens también.

—Tú no tienes por qué venir —dijo Laura.

Erik contestó:

—Si vosotros vais, yo también.

Se acercaron al edificio por un lado y siguieron el muro de piedra hasta la parte trasera. Aquello había sido antes un colegio, recordó Jens que habían comentado. Matti se encargó de probar todas las ventanas del primer piso, empujándolas con cuidado. Estaban de suerte: una de ellas había quedado entornada. Matti metió las manos bajo el bastidor y lo levantó. Luego se agachó y puso una rodilla para que pudieran izarse. Uno tras otro, treparon y se colaron por la ventana. Cuando llegó su turno, se encaramó él solo en el alféizar.

Se hallaban en una especie de oficina. Escritorios y sillas. Las paredes estaban cubiertas de estanterías llenas de libros. Sobre uno de los escritorios había una calavera. Jens confió en que fuese una reproducción.

—Es un edificio muy grande —susurró Matti—, con cuatro plantas. Propongo que nos dividamos y registremos una cada uno.

—¿Qué estamos buscando? —susurró Erik.

—Fotografías, informes o algo parecido —dijo Matti—. Algo que podamos llevarnos. Yo me encargo de la última planta.

—Yo de la tercera —apuntó Laura—. Y tú puedes ocuparte de la segunda —le dijo a Erik.

Jens asintió.

—Entonces yo me quedó en esta.

Los demás se dirigieron a la puerta, la abrieron y aguardaron un momento, pero el edificio estaba en silencio.

Jens encendió la lámpara de un escritorio y empezó a revisarlos uno a uno, pero no encontró nada de interés. Abrió un cajón. Estaba lleno de papeles. Aquello iba a ser interminable. Por encima de su cabeza, oyó que se abría una puerta. Erik.

La persona que ocupaba ese escritorio parecía estar trabajando en mediciones de cráneos. Los cajones contenían hojas con largas columnas de datos: maxilar, frente, circunferencia. Había un instrumento encima del escritorio. ¿Unas pinzas con números? Debían de servir para tomar medidas. El metal estaba muy frío al tacto.

El segundo escritorio contenía más o menos lo mismo. Estaba perdiendo demasiado tiempo.

Le llegó de arriba una especie de chirrido.

En la pared, entre dos estanterías, había una puerta. ¿Un almacén? Probó la manija, pero estaba cerrado. Fue abriendo al azar los cajones superiores de los escritorios más cercanos. En uno de ellos encontró una llave.

Conteniendo el aliento, la metió en la cerradura y vio que giraba sin problemas. Abrió la puerta. Encontró un interruptor y lo pulsó. Al encenderse la luz, vio frente a él una escalera de caracol que bajaba a un sótano. El corazón empezó a palpitarle más deprisa. Bajó lentamente, sin dejar de volverse hacia la puerta, temiendo que se cerrase de golpe y que quedara atrapado. Sabía que solo eran imaginaciones suyas, pero la sensación era muy fuerte, casi como una premonición.

Abajo había una especie de mesa quirúrgica, como las de los hospitales, y un solo escritorio. Los estantes estaban llenos de frascos. Fue a mirar y se arrepintió en el acto. Órganos en formol: hígados, cerebros. Dio media vuelta con un escalofrío.

El escritorio estaba cubierto de fotografías. Sin poder contenerse, dio un grito. Nunca podría sacarse de la cabeza aquellas imágenes. Cuerpos con heridas abiertas, o bien toscamente suturados; cuerpos ennegrecidos por quemaduras, o quizás a causa de un veneno. Cuerpos con miembros mutilados, sin vísceras. Caras descarnadas, deformadas por el dolor.

Se obligó a mirarlo todo; revolvió entre los papeles, examinó los libros. Luego fue a buscar a los demás. No cierres la puerta, no me dejes aquí encerrado, rogó mientras subía los últimos peldaños.

La expresión de Erik se endureció al verlo llegar.

—He encontrado algo —dijo Jens.

Avisaron a los demás. Todos lo siguieron por la escalera de caracol hasta el sótano. Al ver las fotos, reaccionaron del mismo modo que él. Matti se volvió a uno lado, con un gemido. Laura se quedó lívida. Erik se apoyó en el escritorio.

—Estas fotos no son una prueba —dijo tras unos momentos—. Podrían justificarse de algún modo.

—Pero esto sí lo es —soltó Jens, que cogió un libro que había encontrado antes de subir a buscarlos.

Las manos le temblaban.

—«Sujeto cinco —leyó—, se desmaya al ser abierto sin anestesia, muere de hemorragia a los diez minutos.» —Pasó la página—. «Sujeto treinta y tres, muere de hambre tras una semana. Sujeto treinta y cuatro, mantenido con agua, muere al cabo de cuatro semanas.» Hay fotografías de cada uno. —Tenía la voz ronca—. Y también he encontrado esto. —Cogió otro libro—. Hay nombres, cantidades de dinero. Creo que podría ser la lista de las personas implicadas.

—Y mirad aquí —dijo Matti, sacando una carpeta de la estantería que había frente al escritorio. La etiqueta de la tapa decía «Nuestro manifiesto». Matti leyó en voz alta—: «La raza escandinava ha sido dejada de lado mucho tiempo y obligada a vivir como todas las demás razas, con los mismos problemas…»

Laura se tapó la boca con la mano.

—Pero esto procede de nuestro proyecto. Y nosotros lo quemamos todo. ¿Cómo ha podido acabar aquí?

—No tenemos mucho tiempo —dijo Matti.

—Será mejor que nos lo llevemos todo —señaló Jens—, o al menos todo lo que podamos, para que no se nos escape nada. ¿Cuándo hablaremos con el periodista?

—Mañana por la tarde —dijo Laura—. Bueno, hoy, en realidad. Hemos quedado en el apartamento de Karl-Henrik.

Laura lloraba mientras guardaban los documentos en las bolsas que habían traído; lágrimas silenciosas que resbalaban por sus mejillas y caían sobre sus manos. Jens no soportaba verla así, pero no podía hacer nada para consolarla. Había personas haciendo aquellas cosas a otras personas. Era inconcebible.

Antes de abandonar el edificio, se cercioraron de cerrar con llave la puerta del sótano.

—Así ganaremos una hora o dos antes de que se den cuenta —dijo Matti.

Salieron por donde habían entrado y luego cerraron la ventana. Mientras caminaban hacia la estación, Jens se sentía contaminado por la infamia que encerraba el sótano del instituto. Había visto allí el rostro del mal, y saber lo que unos seres humanos estaban haciendo a otros seres humanos iba a quedársele grabado a fuego.

Amanecía cuando llegaron al apartamento de Karl-Henrik. Le entregaron las bolsas con las fotos, los libros y las carpetas.

—Es espantoso —le dijo Jens, mirándolo a los ojos. Pero no había palabras capaces de describir lo que habían traído. Bajó la cabeza, sin añadir nada más, y le dio su bolsa.

—Id a casa a dormir un poco —dijo Karl-Henrik—, y volved más tarde.

54

Monte Blackåsen

*O*tro sueño. Taneli se incorporó bruscamente. En la cama se dibujaba la silueta del director, que respiraba con un leve silbido. Había soñado de nuevo con Javanna. Un clamor de voces apenas humanas, tanto de hombres como de mujeres. Gemidos, gritos, gorgoteos. Los gemidos rebosaban temor. Los gritos debían llevar sonando mucho tiempo, porque las voces eran roncas y se acababan quebrando. Los gorgoteos eran lo peor. Surgían cuando ya no se oía nada más. Eran como suspiros que nacían de pechos vacíos, de algo que se había roto para siempre. Y entonces, imponiéndose sobre todo lo demás, la voz de Javanna: «Ya no queda mucho tiempo».

—¿Qué quieres decir? —había preguntado él.

«Date prisa, hermanito. Date prisa.»

—¿Qué quieres decir? ¿¡Qué quieres decir!?

Pero todo había vuelto al silencio. Y después se había despertado. ¿Por qué no quedaba tiempo? Y que se diera prisa… ¿cómo?

Taneli había apretado los dientes con tanta fuerza que notó que le dolían al relajar los músculos de la boca. Se levantó con sigilo para no despertar al director. No le gustaba esa respiración rasposa que le salía. Sonaba como si estuviera enfermo. Pero el médico había dicho que se pondría bien.

Se escabulló por la casa. Algunas tablas crujían, pero estaba seguro de que el director no oiría nada.

Abrió la puerta principal y salió a hurtadillas.

El cielo nocturno sobre el monte Blackåsen estaba tan claro como si fuera de día. Pronto no habría noche. Taneli añoraba el campamento. No le parecía natural dormir encerrado, lejos de todos los seres vivos. Sobre todo ahora, en primavera.

Titubeó. Había algo raro ahí fuera. Tardó unos momentos, pero acabó distinguiéndolo. Tres hombres. Mineros. ¿Estaban vigilando la casa del director? Eso parecía. Ellos todavía no le habían visto. No eran muy buenos vigilantes, pensó.

Se agazapó, bajó ágilmente los escalones y se deslizó pegado a la fachada. En la esquina, se detuvo y miró atrás. No, no se habían dado cuenta.

Empezó a cruzar el pueblo con la inquietud de que alguien lo viera. El señor Notholm quizá. Decidió ir por el bosque y enseguida notó el suelo mullido bajo sus pies. Aspiró la fragancia de los pinos, de la resina y las hojas secas.

No tenía planeado adónde iba, pero pronto se dio cuenta de que solo había un destino posible: las tierras que el director había dicho que el señor Notholm le arrendaba.

En la ladera de la montaña había un agujero de entrada. Varios hombres se hallaban cerca, junto a una reata de caballos.

Taneli se agazapó tras un tronco grande para observarlos.

Del agujero salían lapones cargados con cajas, bajaban la cuesta y las colocaban en los sacos que llevaban los caballos sobre el lomo. Sí, eran lapones. Pero no se parecían a ninguno que él hubiera visto antes. Estos estaban en los huesos. Caminaban penosamente, con las rodillas vacilando bajo el peso. Parecían ancianos. Era la gente desaparecida, estaba seguro.

Taneli se incorporó. Quería ver a Javanna. Pero no había niños. Ni mujeres. Solo hombres.

Un hombre montado a caballo hizo chasquear un látigo en el aire.

—¡Más rápido! —gritó.

¡El señor Notholm!

Taneli vio que se volvía hacia otro hombre, también a caballo.

—No puedo creer que nos esté usted obligando a trasladarnos —masculló.

El otro iba con un traje negro y permanecía apoyado sobre el cuello del caballo, con los brazos cruzados.

—¿Y qué esperaba? —dijo, impertérrito—. Se están acercando demasiado.

—Podríamos haberle cerrado la boca —dijo Notholm.

—Él no es el único —dijo el otro hombre—. Y basta de discutir.

—Hay muchas cosas que recoger —protestó Notholm.

—Pues será mejor que se dé prisa.

Estaban trasladándose. ¡Eso era lo que quería decir Javanna! Cuando se hubieran trasladado, ya no podría encontrarlos.

Taneli volvió sobre sus pasos. Primero lentamente; luego echó a correr. Tenía que despertar al director.

—Acaba de salir —dijo el ama de llaves, apretando los labios. Seguía mirándolo con desconfianza—. Ha ido a ver al capataz.

Taneli giró en redondo, abrió la puerta y corrió a buscarlo.

Lo vio al fondo de la calle, acercándose a la mina. El capataz estaba esperándole y el director extendió el brazo para darle la mano.

Entonces, de repente, cayó de rodillas, como para rezar.

—¡Socorro! —gritó el capataz mientras se agachaba y trataba de mantenerlo erguido.

Taneli se detuvo.

Vio que acudían rápidamente varios hombres.

Empezó a correr de nuevo y llegó enseguida junto al director. Le tocó la mano. Estaba ardiendo. Notó que el capataz lo miraba, aunque no dijo nada. Alguien trajo una camilla. Con mucho cuidado, colocaron al director sobre ella.

—Tiene la piel muy caliente —dijo el niño.

—¡Tú! —gritó el capataz a un joven—. Ve a avisar al doctor Ingemarsson. Que vaya a la casa del director. Y vosotros, daos prisa —ordenó a los que llevaban la camilla.

Ellos volvieron a paso ligero hacia la villa. El director yacía completamente inmóvil. Quizás estuviera muerto, pensó Taneli.

El ama de llaves los recibió en el vestíbulo y los siguió en silencio hasta el dormitorio.

El director tenía la piel enrojecida y la pechera de la camisa empapada de sudor.

El capataz y Taneli se miraron.

El médico llegó y subió a toda prisa los escalones de la entrada, con el abrigo ondeando a su espalda.

—Todos fuera —dijo.

55

Laura

Laura no podía dormir. Estaba acostada en la habitación de su infancia. El lugar más seguro de la Tierra…, solo que ya no lo parecía. La casa estaba en silencio. No había nadie despierto cuando había vuelto, aunque de todos modos ella habría evitado a su padre si se lo hubiera encontrado. No entendía cómo era capaz de dejar de lado el hecho de que estuviera muriendo gente. Muriendo, sufriendo torturas. ¡Por supuesto que había que sacarlo a la luz! Después de todo, él era el hombre que siempre la había apoyado. Que le había enseñado todo lo que sabía. Que la había educado. Que siempre tenía la respuesta adecuada… Ella siempre había confiado en su opinión.

Duerme, se dijo. Lo necesitas. Solo unas horas. Duerme.

Y esas fotos… Se le encogió el estómago. Se volvió del otro lado, como para evitar aquellas imágenes, y acabó tapándose la cara con las manos. «Sujeto treinta y tres…» Todavía no era capaz de comprenderlo. Quería revisar el registro de nombres línea por línea; quería saber exactamente quién estaba implicado. Por otra parte, el proyecto que ellos habían elaborado para el profesor Lindahl aparecía citado en el manifiesto. Ella lo había leído en el trayecto de vuelta y muchos párrafos procedían directamente de allí. Recordaba muy bien haber escrito aquellas palabras. En todo caso, ella se encargaría de que pagaran por lo que habían hecho. Empezando por el profesor Lindahl. Los había traicionado. En el tren, Erik había ojeado la lista de nombres, pero a ella le había dado miedo sacar los demás documentos en público. Los revisaría aquel día con Emil. Él los ayudaría. Sacaría todos aquellos nombres a la luz para que la sociedad se ocupara de ellos. Los culpables acabarían pagando. Y entonces su padre comprendería.

En el viaje de vuelta, Matti se había sentado a su lado.

—Era por mi origen finlandés —le había dicho—; por eso se metía conmigo el profesor Lindahl. Dejaba caer que yo no valía tanto como el resto y que acabaría siendo un lastre para vosotros. No paraba de preguntar por qué no era capaz de ver las cosas igual. O si sencillamente no quería reconocerlo. Siempre me lo preguntaba, como si estuviera realmente interesado. Y yo acabé pensando que no estaba a vuestra altura.

Laura sintió retrospectivamente una punzada de dolor por el joven Matti que ella había conocido. El profesor había adoptado aquella actitud… Y luego sus amigos habían seguido por la misma pendiente. Qué espanto.

—¿Por qué no nos lo dijiste?

—¿Me habríais escuchado?

Ella había tenido que reconocer que no.

—Es curioso, sin embargo —dijo Matti—. Cuando tuvimos esa pelea, yo me quedé con la sensación de que la culpa era mía y de que os había acabado lastrando.

Hizo una pausa, pero Laura no sabía qué decir.

—Estamos perdiendo la guerra, Laura —añadió—. Suecia acabará teniendo a la Unión Soviética como vecina, y de Finlandia no quedará ni rastro.

—¿Estás seguro? —susurró ella.

—Oh, sí. —Matti tenía la cara gris—. Esta guerra se lo llevará todo por delante.

—Tú aún estás aquí, con nosotros, esta noche —dijo Laura.

—Si algo estoy aprendiendo de todo esto —respondió él— es lo importante que es cada batalla. Si no luchas con lo que se interpone en tu camino, ¿cómo puedes vivir contigo mismo?

—¡Laura!

Jens se le acercó en la acera, frente al apartamento de Karl-Henrik. Tenía el mismo aspecto que debía de tener ella: cansado y pálido, con los cardenales todavía en la cara. Su pelo rubio estaba erizado, como si también él se hubiera pasado las horas dando vueltas y vueltas, sin poder dormir.

—Al final, has venido —dijo ella.

Jens había dicho que pensaba volver al trabajo.

—No podía perdérmelo —reconoció—. En el trabajo creen que tengo la gripe —añadió, avergonzado—. ¿Cómo estás?

—He tenido días mejores —dijo Laura, mirándolo a los ojos—. ¿Y tú?

Él se limitó a encogerse de hombros.

Ella suspiró.

—Será mejor que subamos. Emil vendrá dentro de una hora. Quiero ver la lista de nombres antes de que llegue.

Subieron por la escalera y llamaron al timbre.

—Dice que tiene espacio para publicar mañana —dijo ella.

—¿Ya sabe de qué se trata?

—Solo le he dicho que es algo muy gordo y peligroso y que provocará un tremendo escándalo. Parece que le ha gustado la idea —añadió Laura con ironía.

—Hay personas así —dijo Jens.

Sí. No hacía mucho, ella misma había sido así.

Volvió a llamar al timbre.

—¿Emil ha hecho antes algo similar? —preguntó él, aunque luego se dio cuenta de la incongruencia. No podía haber nada similar.

—Ha escrito artículos sobre el destino de los judíos en Alemania que provocaron bastante revuelo. Es joven, tremendamente ambicioso. Él no lo hará por los mismos motivos que nosotros —dijo Laura.

Frunció el ceño.

—¿Por qué no abre la puerta?

Jens se encogió de hombros.

—¿Tal vez está enfermo?

Quizá se haya caído. Moviéndose con las muletas, y estando solo, era posible. Tal vez se había hecho daño. Laura giró el pomo de la puerta. Estaba abierta.

—¿Karl-Henrik? —dijo desde el umbral.

No hubo respuesta. Intercambiaron una mirada. Ella se humedeció los labios. Algo pasaba.

Jens pasó delante.

—¿Karl-Henrik? —dijo.

Nada. Jens cruzó el pasillo. Al asomarse a la sala de estar, se volvió para impedir que Laura entrara, pero era demasiado tarde. Ella ya estaba a su lado, mirándolo todo.

La sala estaba destrozada. Habían destripado el sofá y los sillones, dejando todo el relleno fuera. Habían sacado los libros de las estanterías y los habían tirado por el suelo. Y además, había sangre. Un gran charco y un rastro rojo que iba hacia la cocina.

Laura no podía respirar.

Jens saltó por encima del reguero de sangre y lo siguió. Karl-Henrik estaba en la cocina boca abajo. Se agachó para tomarle el pulso. Luego alzó los ojos hacia Laura, asintiendo. Habían llegado demasiado tarde.

Jens se le acercó, tal vez para abrazarla, pero ella lo apartó. Se apoyó en la pared, se dejó resbalar hasta el suelo y miró a su amigo. No había tenido la menor posibilidad. Demasiada sangre. Se tapó la cara con las manos. ¡No, Karl-Henrik, no!

Apretó los párpados con todas sus fuerzas. El pecho se le encogía de dolor. Karl-Henrik estaba muerto. Jamás deberían de haberlo dejado solo. Jamás deberían...

Los documentos.

Se obligó a recomponerse y a abrir los ojos. Haciendo un esfuerzo, apartó la mirada del cuerpo de su amigo, tendido en el suelo. Antes había visto que las estanterías estaban vacías y que todas las notas de Karl-Henrik habían desaparecido. Se levantó y, con piernas temblorosas, recorrió la sala de estar buscando las bolsas que ellos habían traído por la mañana. Nada. Miró en el dormitorio. Tampoco estaban allí. Todo el material que habían conseguido reunir había desaparecido. Joder.

Suspiró. Joder, joder, joder. No estaban las notas, ni las carpetas ni las fotografías. Se lo habían llevado todo. Su amigo estaba muerto y las pruebas habían desaparecido.

Volvió a la sala de estar. Jens parecía haber llegado a la misma conclusión, porque la miró desalentado.

Habían matado a Karl-Henrik ahí, en medio de la habitación. Sus muletas estaban tiradas en el otro lado. Justo por encima, el yeso de la pared se veía resquebrajado. Debían de haberlas lanzado violentamente. Entre los destrozos y el asesinato, los vecinos tenían que haber oído algo. Ellos le habían dejado a Karl-Henrik las bolsas a las siete de la mañana. Ahora la sangre estaba seca y de color marrón. Laura no sabía nada de ciencia forense, pero pensó que debían de haber matado a su amigo poco después de que ellos se fueran. Tal vez alguien había visto a los asesinos.

¿Cómo se habían enterado?, se preguntó. ¿Quién los había avisado? ¿Por qué, por qué habían tenido que matarlo…?

Era capaz de ver a Karl-Henrik arrastrándose por el suelo con los brazos y tuvo que cerrar los ojos un momento. Se le partía el corazón al imaginarse la escena.

—Debemos irnos —dijo Jens—. Si viene la policía mientras estamos aquí, seremos los principales sospechosos.

Laura entró de nuevo en la cocina, se agachó junto a Karl-Henrik y le puso la mano en la espalda. «Debería habértelo dicho —pensó—. Debería haberte dicho lo importante que eras.»

—Vamos —dijo Jens—. Me sorprende que no hayan venido ya. Con todo el alboroto, alguien debe haberlos llamado.

Ella se incorporó.

—¿Cómo crees que lo sabían? —preguntó mientras bajaban corriendo las escaleras.

¡Sonaban sirenas! ¡Ya llegaban! Jens la arrastró de la mano. Salieron del edificio rápidamente y se dirigieron a un café cercano. Entraron y ocuparon una mesa. Laura tenía el corazón palpitante. Temblaba y se estremecía por el *shock*.

—¿Té? —preguntó la camarera.

—Sí —dijo Jens—. Dos.

A través de la ventana, presenciaron la llegada de la policía: dos coches patrulla, un montón de agentes entrando y saliendo del edificio.

—Parece cosa de brujería —dijo Jens, totalmente consternado—. Como si se las arreglaran para ir siempre un paso por delante de nosotros. No lo entiendo…

—¡Emil! —exclamó Laura.

Se habían olvidado por completo del joven periodista. Y ahora lo vieron en la acera. Con gabardina, sombrero y un maletín bajo el brazo. Jens se incorporó a medias, pero Laura lo sujetó y lo obligó a sentarse de nuevo. Emil vio los coches de policía y redujo el paso. Bajando la cabeza, continuó caminando y pasó de largo frente al edificio.

—Un tipo listo —murmuró Jens.

—Yo le dije que se mantuviera alejado de la policía.

La camarera trajo el té. Laura tenía las manos temblorosas. Jens le puso la suya encima. Debían parecer una pareja cualquiera tomándose un té, tal vez apenados por una mala noticia: problemas de trabajo quizá, o la muerte de un familiar. Ella inspiró hondo y dejó escapar el aire lentamente.

—Ha desaparecido todo —dijo él—. ¿Qué hacemos ahora?

56

Jens

—Solo nosotros lo sabíamos —dijo Laura—. Solo nosotros. A menos que uno de vosotros se lo contase a alguien.

Matti y Erik negaron con la cabeza. Jens también. No se lo habían dicho a nadie. Por supuesto que no.

Se habían reunido en su apartamento, en la ciudad vieja. Afuera el cielo estaba cubierto de nubarrones oscuros.

—Karl-Henrik ha muerto —dijo Laura. La voz se le quebró.

Jens deseaba ponerle la mano en el hombro, pero fue Matti quien se le acercó.

—Tal vez el periodista… —apuntó Erik.

—No seas idiota —explotó ella—. ¡Esto era la noticia de su vida!

—Podrían habernos seguido —dijo Matti—. Tal vez tenían a alguien vigilando el instituto. Alguien que no llegamos a ver.

—Dos de nuestros amigos han muerto —dijo Laura—. Y ha sido todo en vano. ¡No tenemos nada!

Cerró los ojos; volvió a abrirlos.

—Pero nosotros aún estamos vivos. ¿Por qué?

—Quizás a causa de él —murmuró Erik, señalando a Jens.

—¿Qué quieres decir? —preguntó este.

—Él trabaja en el Ministerio de Asuntos Exteriores. ¿Cómo sabemos que no está involucrado?

Jens sintió que se erizaba. No, no iba a dejarse arrastrar a una discusión con aquel payaso.

—No lo estoy, pero es verdad: no podéis saberlo. Del mismo modo que no podemos saber si tú estás implicado. —Se volvió hacia Laura—. O incluso tú. En todo caso, solo quedamos nosotros cuatro. Hemos de conservar la confianza entre nosotros.

—Si ellos lo saben, ¿por qué no vienen a buscarnos? —dijo ella—. ¿Por qué estamos a salvo?

—No lo estamos —respondió Matti lentamente—. Mira lo que le ha pasado a Karl-Henrik.

—Yo creo que eso es… una novedad —dijo Laura.

—No necesitan venir a buscarnos —dijo Jens, con una voz que incluso a él le sonó cansada—. Si ahora le contaras la historia a la gente, ¿quién te creería? Estoy seguro de que si encontramos otras pruebas y logramos conservarlas, ellos no vacilarán. Pero en este momento —añadió, encogiéndose de hombros—, la triste realidad es que no les hace falta.

—Ya no nos queda ninguna pista —dijo Laura.

—Bueno, aún está vuestro profesor… ¿Cómo se llamaba?

—Lindahl.

Matti asintió.

—No conseguiremos pillarle —dijo ella—. Cuando lo teníamos como tutor, a mí me daba la sensación de que él iba siempre un paso por delante de nosotros.

—Entonces supongo que debemos situarnos dos o tres pasos por delante de él —dijo Jens.

Inesperadamente, el sol se abrió paso entre las nubes con una luz resplandeciente. Laura, Erik y Matti estaban lívidos de cansancio. Jens supuso que debía tener el mismo aspecto. Muertos. Parecían muertos.

Υ

Esa tarde, Jens pasó por la oficina para decir que ya se había recuperado y que volvería al día siguiente. Sobre su escritorio había dos mensajes: Magnus Feldt, el padre de Sven, había intentado contactar con él. Jens estaba tan agotado que podría haberse dormido de pie, pero le llamó igualmente.

Magnus carraspeó. Hablar por teléfono no era ideal, sobre todo tratándose de un asunto políticamente peligroso. Jens se lo imaginó deambulando, lleno de energía e inquietud.

—Ajá —dijo—. Bueno, te llamé por lo de tu amiga.

Hablaba con vaguedad, pensó Jens.

—Ya lo suponía.

—Pensé que te interesaría acompañarme a ver a alguien.

El orondo prócer del cuadro colgado en la pared miraba fijamente a Jens, como siempre: con arrogancia.

—Me encantaría.

—En el 132 de Valhallavägen. Nos vemos delante dentro de media hora, ¿de acuerdo?

El estómago del prócer se inflaba bajo la cadena de oro. Su mirada seguía diciendo: «No es suficiente, no es suficiente».

Al terminar la llamada, Jens se acercó al cuadro, lo descolgó y lo puso de cara a la pared.

A su espalda, alguien carraspeó.

Christian Günther.

—Así que ya ha vuelto —dijo, mirando el cuadro en el suelo—. ¿Ya se le ha pasado del todo esa gripe?

—Del todo —dijo Jens.

Las heridas de la cara se le habían curado en gran parte, pero aún tenía sombras oscuras bajo los ojos. Günther se acercó un poco más para observarlo, como si estuviera fijándose en eso precisamente.

—Bien. Schnurre preguntó ayer por usted cuando nos vimos.

Jens sintió un escalofrío.

—¿Por mí? ¿Por qué?

—No sé —dijo Günther—. Dijo que tenía algo para usted. ¿Sabe de qué se puede tratar?

—No tengo la menor idea —respondió Jens.

—Bueno, le sugiero que le llame. Estos alemanes, cuando no consiguen lo que quieren… Y luego quiero saber de qué se trataba.

Jens pensó en Barbro. Y en Britta, que ahora estaba muerta.

—De acuerdo —dijo.

—Jens… —empezó Günther.

—¿Sí?

El ministro miró para otro lado.

—Nada —dijo—. Nos vemos mañana.

Jens recorrió las concurridas callecitas comerciales de Norrmalm, pasando junto al mercado Östermalm, con sus torres y su tejado de cristal, junto al parque Humlegården y la Biblioteca Real. Todo hermoso, magnífico, aunque él nunca volvería a mirar nada de aquello del mismo modo.

Cuando llegó al edificio gris e insignificante de Valhallavägen, Magnus Feldt ya le estaba esperando frente al portal.

—Vamos —dijo, empujando la puerta.

La oficina estaba en un piso normal, con dos secretarias en el vestíbulo. Magnus pasó frente a ellas con una inclinación y entró en lo que resultó ser un despacho.

—Jens —dijo— este es el comandante Ternberg, del C-Bureau.

El comandante Ternberg era un hombre de mediana edad, con el pelo corto y los ojos hundidos. Tenía un rostro inexpresivo. Le estrechó la mano a Jens.

—El comandante Ternberg dirige las operaciones encubiertas relacionadas con Alemania.

Ternberg frunció el ceño. Magnus había dicho demasiado.

—Bueno, yo esperaré en el pasillo —dijo Magnus.

—Si me reúno con usted es solo por Magnus —dijo Ternberg—. Supongo que huelga decir que esta reunión no se ha producido. Nosotros no existimos.

Jens asintió.

—Ustedes no existen —repitió.

—Así que quiere información sobre la señorita Hallberg.

Jens volvió a asentir.

—Britta fue una recluta insólita. Nosotros preferimos que tengan un empleo: secretarias, traductoras... Suelen ser más eficaces. Ella fue, de hecho, la primera que reclutamos con educación superior.

Jens se estremeció. Ya lo veía: jóvenes ingenuas, atraídas con alguna promesa, que espiaban a hombres mayores y más astutos que ellas y luego ya no podían escapar. Y desde luego ese hombre no iba a ayudarlas.

—Pero resulta que hay personajes como Karl Schnurre —dijo el comandante Ternberg—. Y él no soporta a los idiotas.

Schnurre. De nuevo.

—A Britta la reclutaron con la única misión de aproximarse a Karl Schnurre.

—¿Y funcionó?

—Oh, sí. Ya lo creo. Solo tuvimos que sentarla a su lado en una cena. Con eso bastó. A *herr* Schnurre le gustó mucho. Disfrutaba discutiendo con ella.

—¿Y luego?

—Luego nada —dijo Ternberg—. Britta murió. Perdimos a nuestra fuente —añadió, encogiéndose de hombros.

Jens apretó los labios con rabia. La muerte de Britta no significaba nada para ese hombre.

—¿Cree que él la mató? —preguntó.

—Sabemos con certeza que él no fue. No estaba en Suecia el día que la mataron.

—Podría haber contratado a alguien.

Ternberg se encogió de hombros.

—Por supuesto. Pero nosotros no vamos a investigar esa posibilidad. Ahora estamos intentando encontrar para él a otra persona igualmente eficaz. Eso nos resultará más valioso que tratar de incriminarle por la muerte de una mujer.

Jens se quedó sin palabras.

—Ya veo lo que está pensando —prosiguió Ternberg—. Y, no obstante, sin nosotros, Suecia no tendría acceso a lo que están pensando y planeando las grandes potencias. Y, a fin de cuentas, en esta fase de la guerra, para un país pequeño como el nuestro, la información lo es todo. Deje de indagar sobre la señorita Hallberg. Desde una perspectiva más amplia de las cosas, su muerte tiene muy poca importancia.

Jens pensó en Kristina, pero no iba a preguntarle sobre ella. No le deseaba a nadie caer en las garras de aquel hombre.

—Yo no soy una espía —había dicho Barbro—. Y no quiero que me acusen de serlo. ¿Te imaginas lo que me pasaría si Schnurre oyera ese rumor? Estaría muerta antes de terminar el día.

Britta había sido amiga de Schnurre. Y ahora estaba muerta. Sabían por qué motivo había muerto, pero aun así no dejaba de ser una tremenda coincidencia.

57

Monte Blackåsen

*E*l niño deambulaba por la sala, retorciéndose las manos.

—Se pondrá bien —dijo el capataz, aunque él no tenía ni idea.

—Tiene que ponerse bien. ¡Tiene que ponerse bien!

El doctor no bajaba. Aquello iba a prolongarse, pensó Hallberg.

—¿Tú qué haces aquí, de todos modos? —preguntó—. ¿Por qué no estás con tu gente?

—Es una larga historia —dijo Taneli.

—Tenemos tiempo.

—No sé si debo contártelo. ¿Y si eres uno de ellos?

Era para mondarse, pensó el capataz. Ese niño lapón, aquí en la casa del director, poniéndose melodramático. Pero luego pensó en su pregunta y se puso más serio.

—Bueno —dijo, sentándose—, solo hay un modo de averiguarlo.

El niño se mordió el labio. El capataz percibió sus dudas y procuró adoptar una expresión más amable y relajada. «A mí puedes contármelo.»

—¿Conoces al señor Notholm? —preguntó Taneli.

—Lo odio a muerte —dijo el capataz.

La respuesta pareció complacer al niño.

—Yo también —dijo—. Mi hermana desapareció en invierno, pero la cosa empezó antes.

Cuando Taneli concluyó, Hallberg sintió náuseas. Su hija..., ¿por eso había muerto? Él siempre había supuesto que aquello había tenido que ver con una expareja o algo parecido. «No siempre sabemos lo que hay realmente en el corazón de los demás», le había dicho el director. Quizá tuviera razón.

Hallberg había adorado a su hija mientras era pequeña. Se moría de ganas de volver de la mina para verla dando sus primeros pasitos hacia él con aquellas piernas rollizas, para verla sonreír cuando la alzaba en brazos y sentir cómo enterraba la cara en su cuello. La había querido tanto tanto...

Y luego se convirtió en una marisabidilla de diez años, y más tarde en una adolescente descarada, todavía una sabelotodo. Cuando lo miraba a él, a su padre, a sus hermanos, a todo lo que la rodeaba, se le veía en la cara lo que pensaba con tanta claridad como si lo hubiera dicho en voz alta: ella era mejor que aquello; mejor que ellos. Y les guardaba rencor.

Había salido totalmente distinta de ellos, como si la hubieran cambiado por otra en la cuna. Inteligente, sin duda, pero demasiado egoísta para usar esa inteligencia en algo bueno.

Y, sin embargo, en este caso... Había luchado contra una injusticia. Y por eso había acabado muerta.

En contra de lo que suponía la mayoría de la gente, el capataz sentía un gran respeto por los lapones. Estaba horrorizado con lo que el niño acababa de contarle.

Y al parecer su hija había reaccionado igual que él. Sintió que se le partía el corazón. Si hubiera estado solo, se habría tapado la cara con las manos y habría llorado. Por ella, por él mismo, por la pérdida.

Carraspeó.

El niño seguía mirándole con expresión inquieta.

—Escucha. Esto es lo que quiero que hagas… —le dijo el capataz.

58

Laura

*L*aura estaba deseando volver a casa para lamerse las heridas y dormir un poco, pero al acercarse por la calle sintió angustia en el pecho. La casa, que normalmente brillaba con todo su esplendor en medio de ese exuberante paraje junto a un mar reluciente, parecía extrañamente silenciosa. Aunque aún era de día, las cortinas opacas estaban echadas.

Abrió la puerta. En lugar de gritar: «¡Ya estoy en casa!», como solía hacer, se detuvo en la entrada y aguzó el oído.

No había nadie, pensó, suspirando.

Cruzó el pasillo y se asomó a la cocina. Allí estaba su padre.

—Vaya, mira quién está aquí —dijo.

Ella aguardó.

—Creo que sigues sin hacerme caso —le dijo él.

Laura bajó la cabeza, pensando en Karl-Henrik tendido en el suelo sobre un charco de sangre.

Su padre frunció el ceño.

—¿Alguna vez te he dado un mal consejo?

—No.

Era cierto: nunca.

—Entonces, ¿por qué no quieres escucharme esta vez?

—Porque se trata de personas —dijo ella—. Esto es real. Otro amigo mío ha muerto esta mañana.

—¡Pues déjalo ya! Por el amor de Dios, Laura. ¡Déjalo!

—¿Cómo podría dejarlo? Y tú, ¿cómo puedes saberlo y negarte a ayudar?

—Vas a hacer daño a tu país de un modo que ni siquiera puedes imaginar. Nunca te he pedido nada, pero ahora te pido esto: déjalo.

Ella negó con la cabeza.

—Laura. —Su padre inspiró hondo, como para tratar de serenarse—. Me lo debes. Con todo lo que he hecho por ti… ¿Quién se las arregló para que entraras en la universidad?

Ella titubeó.

—Entré gracias a mis calificaciones…

—Ah, ¿crees que con eso bastó? No, fue necesaria una «donación» a la universidad. ¿Y quién se encargó de que el profesor Lindahl te incluyera en su pequeño cenáculo? Y el trabajo con Wallenberg, ¿quién te lo consiguió?

Laura estaba anonadada. ¿Había sido todo por su padre? ¿Ella no había logrado nada por su propia cuenta?

—Te has movido por la vida usando mi cuenta bancaria, mi reputación, mi nombre. Por ti misma, no eres nada. Y ahora te estoy pidiendo, niña estúpida, una sola cosa: que dejes correr este asunto. Antes de que sea demasiado tarde y se produzca un daño irreparable.

«Despiadado» lo había llamado el abuelo, pensó Laura.

—¿Es eso lo que hiciste con mi madre? —preguntó en voz baja.

Él soltó un resoplido.

—¿Fue así como conseguiste que se marchara cuando ella se negó a satisfacer tus deseos? ¿Presionándola, amenazándola, menospreciándola…?

—Tú eres igual que ella —dijo su padre.

Laura apretó los puños.

—¿Qué hiciste para que se fuera? —preguntó.

Él se levantó de la silla.

—¡Yo no hice que se fuera! —gritó—. Una mañana desapareció sin más. No se le ocurrió llevarte con ella, ¿verdad? Fui yo quien te crio. Te lo he dado todo, me he encargado de hacer realidad tus deseos… Pero no te he educado para esto…

—¿Para qué? —Ella también gritaba ahora.

—¡Para disgustarme!

Ya estaba todo dicho, no hacía falta nada más. Laura retrocedió lentamente y salió de la cocina, con la cabeza baja.

59

Jens

Jens estaba volviendo a su apartamento, en la ciudad vieja, pero al llegar junto al agua se detuvo. Debía averiguar qué tenía Schnurre para él. La delegación comercial alemana quedaba a dos pasos de la sede del Ministerio de Exteriores. Un sitio muy cercano, por si se producía una ocupación. Al entrar en el edificio con la bandera nazi ondeando en lo alto, sintió náuseas. Preguntó por el señor Schnurre confiando en que estuviera y, al mismo tiempo, deseando que hubiera salido.

—Jens —dijo Schnurre cuando lo hicieron pasar a su despacho—, tiene un aspecto absolutamente espantoso.

—Sí —dijo él; debía de ser así.

—¡Café! —gritó Schnurre imperiosamente.

Jens se sobresaltó.

Aguardaron en silencio hasta que, tras unos momentos, entró una mujer con una bandeja y sirvió un par de tazas.

—Bueno, ¿a qué debo este placer?

El corpulento alemán se arrellanó en su sillón, con las manos apoyadas sobre el escritorio y las yemas de los dedos juntas.

—Usted preguntó por mí.

—Ah. Cierto. Así es —dijo Schnurre, sin explicarse más.

—Y yo quería hacerle una pregunta —añadió Jens, procurando sonar tranquilo, aunque su corazón palpitaba con fuerza. Si se equivocaba, causaría un daño enorme. Si acertaba, la cosa tampoco sería mucho mejor.

—Dígame.

—¿Recuerda la cena en mi…, en la casa de Kristina Bolander?

—Por supuesto.

—Cuando ya se iba, usted me preguntó si pensaba que los suecos estaban limpios. «Deberían haber mirado en sus propios armarios», me dijo.

—Ah, eso —dijo Schnurre, agitando las manos como si no fuera nada de particular, solo un comentario intrascendente. Pero ahora había otra expresión en sus pequeños ojos. Una actitud vigilante. Calculadora. Jens vio con claridad por qué era el emisario de Hitler en Estocolmo. Sintió un escalofrío.

—Me gustaría saber qué quería decir —dijo Jens.

Schnurre dio un sorbo de café sin apartar los ojos de los suyos.

—Creo que yo sé una parte —continuó Jens—, pero tengo que saber quién está implicado.

—¿Quién? —Schnurre seguía mirándole fijamente—. Más bien la pregunta sería quién no lo está.

—Usted sabe. Conoce los detalles —dijo Jens.

Jim Becker había dicho que el programa había cobrado una magnitud inaudita. ¿Estaba implicado Christian Günther? ¿Sus colegas? ¿Sus amigos?

Schnurre encendió un puro. Se arrellanó otra vez, arrancándole un crujido al sillón, y soltó una bocanada de humo hacia el techo.

—Claro que sé —dijo—. Por eso quería hablar con usted. Hemos seguido a distancia sus esfuerzos. Ah, Jens. Usted tal vez crea que Alemania está en las últimas, pero aún tenemos dientes afilados. La red alemana en este país es muy sólida.

»El núcleo de ese proyecto coincide extraordinariamente con el nuestro. Dejando de lado la idea de que los países escandinavos se unan para combatir a Alemania, claro.

»Su rey tenía una estrecha relación con nuestro emperador. Él le explicó el verdadero desenlace del encuentro de 1914. Después, en 1922, Suecia creó el Instituto Estatal de Biología Racial. Fue el primer país del mundo en hacer algo semejante. En muchos sentidos, Suecia ha constituido un modelo para nosotros. Un modelo para el mundo.

Jens sintió náuseas.

—Pero después, al cambiar los líderes, los tres países flaquearon. Intentaron parecer más santos que nadie. Neutrales. —Schnurre soltó una risotada postiza—. La última vez que le planteamos el tema a su rey, él reaccionó como si no supiera de qué estábamos hablando.

»Sí, es cierto. El proyecto no se ha detenido. Ahora mismo, dos de los tres países escandinavos están bajo nuestro mando: precisamente para evitar esa posible unión. Sin embargo, por lo que nosotros deducimos, aquí, en Suecia, existe una especie de Gobierno en la sombra que dirige el Gobierno oficial. Hay burócratas que influyen en las decisiones y que luego las implementan según sus deseos. Nosotros queremos terminar con eso. ¡No podemos permitir que nadie siga trabajando con la intención de derrocar al Reich!

Jens jamás se habría imaginado que acabaría encontrándose en el mismo lado que los alemanes.

—Nombres —dijo, sin reconocer su propia voz—. Necesito nombres.

—Haré algo todavía mejor —le dijo Schnurre, levantándose del sillón.

Se acercó a la pared y descolgó un cuadro, detrás del cual había una caja fuerte. Dejó el puro en el cenicero del escritorio, introdujo la combinación, abrió la puerta de la caja y sacó una carpeta grande.

—Le daré lo que necesita —añadió.

—¿Tiene pruebas?

—Pues claro.

Jens no sabía qué decir. Si aceptaba aquello, estaría haciéndoles el trabajo a los alemanes; si no, aquel proyecto maligno continuaría. Era su única oportunidad.

—¿Qué hay ahí? —preguntó.

—Fotos, nombres… —El alemán se encogió de hombros—. Pero le ruego que vaya con cuidado. Ya se lo di a otra persona, y acabó muerta.

—Britta Hallberg.

Schnurre asintió.

—Ella estaba muy interesada en el asunto.

—Usted era su «amigo incómodo» —dijo Jens, recordando las palabras de Laura.

—Sí, solía llamarme así —asintió el alemán.

—Entonces, ¿no la mató usted?

Schnurre abrió mucho los ojos.

—¿Por qué iba a matarla? Britta quería lo mismo que yo. Además, me caía bien. Estaba enterada de la desaparición de gente en el norte y yo alimenté su interés. La última vez que la vi, al parecer había descubierto el nombre de una persona involucrada. Estaba muy alterada, pero dijo que tenía un plan. Solo necesitaba pruebas. Así que le di las pruebas que necesitaba. Y entonces la atraparon… —añadió, bajando la cabeza.

Él tenía que saberlo:

—¿Qué me dice de Kristina? ¿Cómo la conoció?

Schnurre movió un dedo rechoncho.

—¿Es usted un amante suspicaz? Yo conozco un poco a su padre, simplemente.

—¿Ella… no trabaja para usted?

—No, por Dios. Pero sí otra persona que tiene usted cerca. ¿Conoce al señor Enander? Vive en su mismo edificio. Ahora estoy contándole secretos…

A partir de ese momento, Jens estaría ligado a Schnurre. Nadie hacía ningún favor sin exigir algo a cambio. Barbro había mentido. Y Kristina quizá no tuviera nada que ver con el asunto, después de todo. Tampoco es que importara. Kristina y él habían terminado. Por muchos motivos.

—Deduzco que Barbro ha estado contando mentiras —dijo Schnurre—. Probablemente está asustada por el lío en el que se ha metido ella sola. Britta era mejor que ella. —Suspiró de un modo teatral—. Nunca pretendió ser lo que no era. Y yo la respetaba por eso. «Estoy aquí para espiarle», me dijo la primera vez que nos vimos. Supongo que son los tiempos. La mayoría de la gente tiene más de un amo.

Pobre Barbro, pensó Jens. Se había dejado llevar por el temor de que Schnurre descubriera algo que ya sabía.

Este se echó hacia delante y le tendió la gruesa carpeta.

—Tenga cuidado, Jens —le aconsejó—. Levante la manta con cautela cuando quiera ver qué o quién hay debajo. Le vigilan. En cuanto salga del edificio, estará corriendo contra reloj.

Al salir de la delegación comercial alemana, la carpeta que llevaba bajo el brazo le pareció demasiado evidente y se la metió dentro de la chaqueta. Una mujer que paseaba a su perro lo siguió con la mirada. Un par de hombres salieron del Grand Hotel cuando él pasaba y subieron al coche que los estaba esperando. Jens cruzó la calle para caminar junto al agua. Al llegar al famoso restaurante Operakällaren, alguien gritó su nombre desde lo alto de la escalera: «¡Jens!».

Él se limitó a alzar la mano. No tenía tiempo de pararse.

Un hombre caminaba por el otro lado de Strömgatan, en la misma dirección y al mismo ritmo. ¿Sería uno de ellos?

No había nadie más en los alrededores. Jens apretó el paso. El hombre de la otra acera hizo otro tanto.

Llegó a la altura de la sede del Ministerio de Exteriores y pensó en subir a su oficina, pero entonces el hombre que había creído que le seguía giró bruscamente, subió las escaleras del edificio de la ópera, saludó a una mujer y la besó en la mejilla.

Fantasmas, pensó Jens. Estaba viendo fantasmas. Debía deshacerse de aquella maldita carpeta.

Tomó por Malmtorgsgatan y vio a tres hombres caminando a su espalda.

Echó a correr; primero despacio, luego con todas sus fuerzas. Cruzó Jacobsgatan, con los faldones de la chaqueta ondeando, y siguió por Karduansmakargatan. No paró hasta cruzar las puertas de las oficinas del *Svenska Dagbladet*.

—¿Emil Persson, por favor? —le dijo al recepcionista, todavía sin aliento.

El corazón le palpitaba. Afuera, la calle estaba desierta. Se acercó a la ventana. No veía a nadie.

Apareció Emil.

—Da la impresión de que ha venido corriendo —dijo.

Jens se encogió de hombros.

—¿Le apetece beber algo? —preguntó el periodista.

Él negó con la cabeza. Solo quería dejar la carpeta y acabar de una vez con el asunto.

Entonces los tres hombres que había visto en Malmtorgsgatan entraron en recepción. Emil captó la mirada de Jens.

—Venga —dijo. Abrió una puerta y entraron en lo que debía de ser la planta de impresión. Las rotativas trabajaban a toda velocidad. Olía a aceite y a papel.

—Tenga —dijo Jens, ofreciéndole la carpeta al periodista.

Emil la cogió. La abrió y hojeó las páginas.

—Haga lo que haga, no se descuide —le dijo Jens—. Manténgase alerta. Mire a su espalda todo el tiempo. Tiene una sola oportunidad de publicar esto. Una. Luego irán a por usted. No se detendrán ante nada.

Emil frunció el ceño.

—Hablo en serio —dijo Jens.

El periodista se humedeció los labios.

—Ahora vuelvo a mi oficina —dijo—. Se publicará mañana. Aquella puerta —añadió, señalando la del fondo— da a la parte trasera. Quizá le convenga salir por ahí.

60

Monte Blackåsen

La sala de estar del director era grande y luminosa. Gunnar se detuvo en el umbral. Las cortinas eran de un amarillo lustroso; el escritorio era de una madera oscura reluciente. Había un aparador con botellas de cristal centelleante en lo alto y una alfombra estampada en el suelo. Él nunca había visto una habitación semejante.

—Entra —dijo su padre, como si estuviera en su casa.

Gunnar obedeció, haciéndose a un lado para no pisar la alfombra.

A continuación entraron una serie de mineros que trabajaban para su padre. Cada uno se detuvo como él en el umbral, observando la pulcritud, la luz, los vivaces colores de la estancia. Cada uno evitó poner los pies en la alfombra.

La puerta se fue abriendo y cerrando una y otra vez, y la sala se llenó de hombres con ropa de faena. Pero su padre no empezó aún. Estaba esperando algo, pensó Gunnar. O a alguien.

El doctor Ingemarsson bajó por la escalera. Si le sorprendió ver a tantos hombres reunidos allí, no lo demostró.

—Infección —dijo con tono sombrío—. No tenemos penicilina. Le he dado sulfamida. Ahora debemos confiar en que surta efecto. De momento, yo me quedaré con él.

Después de pedirle al ama de llaves que subiera más agua caliente, volvió arriba.

Todos los hombres miraron al capataz, moviendo los pies, aguardando.

Entonces sonó un ligero golpe en la puerta.

El capataz fue a abrir. Oyeron que saludaba a alguien y decía que entraran todos.

¡Los lapones!

¿Era a ellos a quien estaba esperando su padre?

Entraron con sus pantalones de cuero, sus largas camisas tejidas y sus gorros característicos. Una larga hilera de hombres, y también un chico como él.

Los mineros se retiraron hacia la pared del fondo.

—Bueno —dijo el capataz, y comenzó.

Estuvo hablando largo rato. Cuando se detuvo, la sala se había quedado tan silenciosa que nadie habría dicho que estaba llena de hombres.

Gunnar pensó en el señor Notholm y en la liebre, y sintió náuseas. Estaban en Suecia. Y, sin embargo, aquello era exactamente igual que lo que hacía Hitler. Lo habían leído en el periódico, entre los suspiros y lamentos de su madre. ¿Era por eso por lo que había muerto su hermana?

Todo seguía en silencio.

El capataz miraba a sus hombres; Gunnar captaba lo que estaba pensando. Buscad en vuestro corazón. Sentid compasión. Pensad en la justicia. Su padre se había empleado a fondo. Había expuesto los hechos y había dejado claro su punto de vista. Pero algunos de sus hombres aún odiaban a los lapones. Los temían, tal como se teme todo lo que es diferente. Algunos estarían incluso dispuestos a suscribir la opinión de que los lapones eran inferiores a ellos.

Después de lo que pareció una eternidad, Robert, uno de los mineros más veteranos, carraspeó.

—Bueno —dijo lentamente, con su voz cantarina—, no podemos permitir algo así. No en nuestra montaña.

Los que lo rodeaban empezaron a asentir. «Cierto», dijo uno. «Sí», remachó otro. Los lapones alzaron la cabeza. Su padre suspiró con alivio. Sus hombres se habían manifestado.

Entre todos, urdieron un plan. Harían todo lo posible para evitar un baño de sangre.

—¿Sabemos cuántos hombres son?

—No —dijo el capataz— Y no lo sabremos hasta esta noche. Tendremos que improvisar, porque no tenemos mucho tiempo. Tu gente —le dijo a Nihkko— debe encargarse de que los lapones capturados sepan lo que está ocurriendo. No quiero que se dejen matar. Apresaremos a los guardias uno a uno. Los cuatro hombres que han llegado de Estocolmo…, supongo que son policías o algo parecido. Debemos andarnos con cuidado.

—Hay que asegurarse de que el señor Notholm esté allí —dijo el chico lapón, y Gunnar, a su lado, asintió—. Hay que apresarlo a él primero. Y encargarse de que no escape.

—Así lo haremos —dijo el capataz con tono sombrío.

—¿Y qué hacemos con ellos, una vez capturados? —Era un tipo calvo y fornido el que había preguntado.

—Matémoslos —dijo otro minero.

—Entonces seríamos iguales que ellos —replicó el capataz—. Bill, ¿tienes sitio en el calabozo?

—Por supuesto, pero si lo que has dicho es cierto, ¿no los liberará enseguida algún mandamás?

El capataz se quedó callado. Bill tenía razón.

—¿Podríamos esconderlos sin que nadie lo sepa? —preguntó al fin.

—¿Durante cuánto tiempo?

El capataz volvió a encogerse de hombros.

La sala se quedó de nuevo en silencio. Luego intervino Bill.

—No necesito recordaros los riesgos. Si alguno de nosotros se va de la lengua…

—Yo digo que votemos —dijo el capataz—. Si alguien tiene dudas, que hable ahora. De lo contrario, estaremos todos igualmente implicados. Los que estén a favor que levanten la mano.

Una marea de brazos se alzó frente a él. Sin vacilación, con energía. No había dudas.

—¿Se lo diremos al director? —preguntó Bill.

—No. No se lo diremos a nadie que no haya tomado parte en la decisión. Entre tú y yo nos ocuparemos de esto, Bill. Destruiremos ese montaje sin que nadie pueda saber lo que ha ocurrido. Será como si nunca hubiera sucedido. Y luego fingiremos no saber nada. O estaremos en peligro. ¿Entendido?

Hubo un murmullo de aprobación.

—Bueno, pues en marcha.

61

Laura

Laura evitaba a su padre. Él solo la había querido mientras había cumplido sus deseos. Todo lo que ella era, todo lo que había hecho, incluso discutir con él, había estado bien mientras no cuestionara su autoridad. Ahora lo veía claro. Mientras no pensara por sí misma.

¿Tenía razón en lo referente a Suecia?

Suponía que sí, en cierto sentido. Ella estaba tomando partido y destrozando a su familia. Si tenían éxito, su país también quedaría destrozado. No estaba claro lo que quedaría después. Mucha gente actuaría como su padre: preferiría no ver la realidad. Pero ella no creía tener otra alternativa.

Britta y Karl-Henrik habrían estado de acuerdo.

Eso la reconfortaba. Como si el criterio moral de sus amigos fuera más sólido que el suyo y mereciera ser atendido.

El verano había llegado a Upsala. Estaba todo verde y exuberante. Era primera hora de la mañana. La gente que se dirigía al trabajo o a la universidad vestía con ropa ligera. El profesor Lindahl estaba en la facultad. Laura lo había comprobado llamando previamente a su oficina. Había acordado con Jens que esperarían hasta que apareciera, sin importar lo que tardase.

Este ya le había explicado que Schnurre le había entregado una carpeta llena de pruebas y que Emil había prometido publicarlo todo en el periódico de aquel mismo día.

—Bueno, ¿cuál es plan? —le preguntó él, mientras caminaban hacia el edificio de la universidad.

Tenía erizado su pelo rubio. Se le veía demacrado, agotado.

—No lo sé —reconoció Laura—. Solo quiero oírselo decir, ver cómo confiesa la verdad.

—¿Esta vez no has convocado a Erik ni a Matti? —preguntó Jens.

—No.

—¿Por qué?

—No lo sé… Pensaba… No nos imaginaba a todos juntos enfrentándonos con él.

Pasaron junto al café donde Britta se había reunido con Sven Olov Lindholm. Había algo acerca de aquella reunión con el dirigente nazi sueco que aún no le encajaba; algo que debería ver, pero no veía.

Esperaron frente al aula donde les habían dicho que el profesor Lindahl iba a dar su siguiente clase. El recinto sin estudiantes producía una extraña sensación de vacío. El corazón de Laura palpitaba acelerado. Estaba asustada. Le parecía notar incluso el olor del miedo, y recordó la última vez que lo había percibido. Ese olor lo tenía Britta cuando se habían visto en el café de Estocolmo. Ahora lo tenía ella.

Jens la miró. Luego le cogió la mano. Permanecieron sentados así, con las manos entrelazadas. A ella la emoción le daba ganas de llorar. Habría deseado apoyar la cabeza en el hombro de Jens y olvidar todo lo que había ocurrido…, todo lo que los había conducido a este punto. Pero entonces sonaron en la escalera unos pasos amortiguados y ellos se soltaron.

Como siempre, el profesor Lindahl iba vestido de negro. Llevaba el pelo blanco peinado hacia un lado. Al verlos, entreabrió sus labios carnosos y abrió de par en par aquellos ojos de colores diferentes.

—Laura Dahlgren —dijo con voz meliflua—. Qué agradable verla de nuevo. —Miró a Jens—. Y también está usted aquí. Bienvenido.

Ella tuvo la impresión de que Lindahl no se sentía sorprendido en absoluto por su visita, ni tampoco por el hecho de que Jens la acompañara. Debían haberle advertido que se presentarían allí. Abrió la puerta del aula y los invitó a pasar.

—Bueno —dijo—, aquí están. Confieso que estoy sorprendido.

—¿De veras? —preguntó ella.

—Usted nunca se ha comprometido con nada, Laura. Yo habría dicho que los obstáculos que ha encontrado en su camino ya la habrían detenido a estas alturas.

A ella se le encogió el corazón. Así que lo sabía. Pues claro que lo sabía. Sus amigos muertos, su apartamento saltando por los aires…, ¿eran simples «obstáculos» para él?

—La causa valía la pena esta vez —dijo.

Él asintió.

—Bueno, debería sentirse orgullosa de sí misma. Nos ha dado bastante trabajo. De hecho, nos ha ayudado. Nos ha mostrado los puntos débiles de nuestros sistemas. Ahora, gracias a usted, los mejoraremos.

—¿Por qué?

Él se echó a reír.

—¿Pretende que le hable de las múltiples razones que explican un programa como este? ¿Del fracaso de la democracia, del debilitamiento de nuestra propia raza, de la contaminación progresiva de la élite, del continuo declive de la sabiduría hacia una estupidez integral?

»Usted reconocía en su día la importancia de la existencia de una élite. Al fin y al cabo, su propio trabajo, el que realizó con sus amigos sobre ásatrú, nos ha servido como inspiración. Y no olvide, Laura, que usted es hija de todo esto.

—¿Hija de todo esto?

El profesor Falk había acertado, pensó ella. Se había temido lo que Lindahl tramaba; había captado la influencia que ejercía sobre ellos. Quizás había tratado de protegerlos.

Entonces cayó en la cuenta.

—¡Era usted quien venía a mi apartamento cada noche! ¡Usted leyó nuestro trabajo!

—En efecto —dijo él—. Y no me disgustó.

—Usted nos manipuló en esa dirección.

—Todos reunían las condiciones necesarias. Simplemente no se me ocurrió que serían tan convencionales. Formaban un grupo compacto de amigos. No me di cuenta de que esa relación tan estrecha podría provocar que los perdiera a todos a la vez —dijo con tono de reproche, ladeando la cabeza.

Él le había dado sus nombres al inspector Ackerman, pensó Laura. Le había hablado del interés que tenían en la fe nórdica y del final abrupto del grupo. Para él, era todo un juego. Y siempre había estado seguro de que acabaría cayendo de pie.

Jens había permanecido sentado en silencio, con la cabeza gacha, pero ahora alzó la mirada.

—¿Se da cuenta de que acabará pagándolo? Igual que Alemania, cuando se venga abajo.

—Tal vez.

—Hoy mismo saldrá todo en los periódicos. Y usted no puede hacer nada para impedirlo.

Lindahl asintió.

—Ya me lo han advertido, sí. Pero si compra el periódico, verá que no hay nada. Emil Persson ha emprendido esta mañana un largo viaje.

Laura vio que Jens palidecía.

—Se ha ido de viaje —repitió el profesor—. Nadie sabe cuándo volverá.

—Encontraremos a otro.

—Ah, antes de irse, Emil ha entregado todos sus materiales. Él mismo se ha dado cuenta de que, por su propio bien, no debía conservarlos. No, no habrá ningún artículo. Ni ahora ni más adelante. Usted le pasó el resultado de su mejor intento. Y no ha sido suficiente.

Jens abrió la boca, pero Lindahl alzó un dedo.

—Y creo que también descubrirá que su contacto alemán no volverá a colaborar. Ya se la ha jugado dos veces en vano por este asunto. Hemos tenido que recordarle lo que implica interferir en los asuntos de otro Estado.

—Le acabaremos atrapando —le amenazó Jens.

—Ahora será más difícil —dijo Lindahl—. Pero tengo cierto interés en ver cómo lo intenta.

62

Jens

Jens estaba en un café de Östermalm. Ya iba por la quinta cerveza, o tal vez por la sexta. También se había tomado unos cuantos vasos de whisky. Necesito una copa, había pensado al principio. Y una vez que había empezado, se había dado cuenta de que lo que necesitaba era beber y beber para olvidar. Para intentar olvidar, aunque fuera durante un rato, lo que estaba ocurriendo.

—Se han salido con la suya —se dijo.

Una vez más. El local se tambaleó. Jens frunció el ceño y trató de concentrarse en su vaso, pero se le desenfocaba una y otra vez. Estaba borracho.

Apoyó la cabeza en la mesa y respiró lentamente, notando el frescor de la superficie de madera contra su frente.

—Estamos cerrando, señor —dijo la camarera.

Él volvió a erguirse.

—De acuerdo —dijo—. Estoy bien.

—Afuera hay un hombre esperándole en un coche.

Había un Volvo negro aparcado junto a la acera. Jens reconoció el coche de inmediato. El cristal descendió silenciosamente y Christian Günther se asomó por la ventanilla.

—Le llevo a casa —dijo.

—Estoy borracho —respondió Jens—. Un poco borracho.

—No le culpo —dijo Günther.

—Muy borracho, de hecho —reconoció él.

Günther le abrió la puerta del coche.

—No he ido demasiado al trabajo últimamente.

—Tampoco le culpo por eso.

Jens se secó la boca con la mano y subió al asiento trasero junto al ministro. Debía de apestar a alcohol y a tabaco. Günther contempló el agua por la ventanilla; luego se volvió hacia él.

—Ha hecho un buen trabajo —dijo—. Todo lo que me esperaba e incluso más.

Jens se sintió confuso.

—¿Qué?

—Ha hecho un buen trabajo —repitió Günther.

Sus palabras se abrieron paso a través de la niebla.

—Era usted —dijo Jens—. Era usted quien dejó esas pistas en mi escritorio.

—Pretendía ayudarle.

¡Era Günther! Él estaba de su lado.

—¿Y aquellas llamadas telefónicas? —preguntó.

—Estuvimos hablando de este asunto —reconoció Günther—. O más bien de cómo detenerlo. Todos los ministros de Exteriores actuales de los países escandinavos asumieron el cargo después de que se creara el programa.

—Hemos fracasado.

—Usted ha estado muy cerca de denunciarlo. Más cerca que ninguno de nosotros.

—¿Y ahora qué?

—Seguimos adelante —le dijo Günther—. Y quiero que se una a nosotros.

Jens habría sido capaz de echarse a llorar: Christian Günther no formaba parte del horror que él había presenciado. Habían hecho un buen trabajo. Y la cosa aún no había terminado. Por encima de todo, no estaba solo.

Ya habían llegado a su apartamento. El coche se detuvo.

—Encontraremos el modo —dijo Günther—, no vamos a permitir que se imponga este horrible plan.

Jens asintió.

—Gracias.

—Ahora procure dormir un poco.

63

Monte Blackåsen

Taneli se había tumbado detrás de una gran roca. Cerca de él estaban Olet, el capataz y varios hombres más. Igual que en la noche anterior, había mucho ajetreo en la zona: prisioneros lapones sacando cajas de la abertura de la mina y cargándolas sobre los caballos. El sol, justo sobre la línea del horizonte, le confería a la escena un aire surrealista.

Taneli contó a los hombres armados. Eran seis montados a caballo, con los rifles en ristre. Dos del pueblo y cuatro con traje a los que nunca había visto. Había otros dos hombres en la entrada de la mina. No sabían cuántos podría haber en la galería. Y tampoco veía al señor Notholm.

Se incorporó un poco. ¿Dónde se habría metido?

¡Allí! Montado en su caballo en la linde del bosque. ¿Por qué estaba tan lejos? Vigilándolo todo, pero sin participar.

Al cabo de un momento, vio que se acercaba a los guardias.

—Voy a volver ahora —dijo—. Nos vemos luego.

¿Adónde volvía? ¿Al pueblo?

—No vaya a estropearlo —dijo uno de los hombres trajeados.

Notholm frunció el ceño.

—Por supuesto que no —dijo.

El capataz arrugó la frente.

—Yo iré tras él —dijo—. Peter y Hans venís conmigo. Los demás os quedáis aquí. Cada uno ya sabe lo que debe hacer.

Dicho esto, se fue con sus hombres a buscar los caballos.

Tened cuidado, pensó Taneli. Notholm es un malvado.

—¿Seguro que es buena idea dejarlo en sus manos? —le dijo uno de los hombres trajeados a un compañero—. Habría sido mejor que nos ocupáramos nosotros mismos.

El otro se encogió de hombros.

—Está lo bastante motivado —dijo—. Y el tipo está enfermo. No puede resultar muy difícil, ¿no?

Se oyó el aullido de un lobo. Nihkko, pensó Taneli.

—¿Qué ha sido eso? —preguntó uno de los guardias.

—Un lobo —dijo otro, riéndose—. ¿Estás asustado?

—Ha sonado muy cerca —murmuró el primero.

—Bueno, si tan preocupado estás, ve a echar un vistazo —dijo su compañero.

—De acuerdo.

El hombre espoleó su caballo y se dirigió hacia la parte del bosque donde estaban escondidos Nihkko y los demás. Ellos se encargarían de desmontarlo y silenciarlo.

—¿John? —gritó su compañero, tras un rato—. ¿John?

—Se ha ido a cazar al lobo —se burló otro.

—O a cagar, más bien —masculló un tercero.

Sonó un alboroto entre los matorrales: un aleteo, un grito y un crujido de ramas.

—¡John!

—Es solo un urogallo levantando el vuelo —dijo uno de los hombres del pueblo—. Vuestro amigo debe de haberlo espantado.

Ahora todos se habían vuelto a mirar hacia la espesura. Taneli contuvo la respiración ante lo que se avecinaba. Olet se levantó de su lado. Se acercó con cautela hasta donde estaban los lapones capturados, cogió una caja y la cargó a lomos de un caballo. Al mismo tiempo, tres mineros desmontaron a otros tantos guardias y ocuparon sus puestos. Todo con gran sigilo, moviéndose como sombras. Los tres se alejaron un poco con los caballos y procuraron mantener la cara oculta para que no los descubrieran.

—¡Eh, tú! —gritó de pronto uno de otros guardias, uno de los hombres del pueblo.

Taneli contuvo el aliento. El guardia apuntó a Olet con su rifle.

Él se acercó con la cabeza gacha.

—No te había visto antes —dijo el guardia.

—Vamos —soltó otro guardia—, ¿cómo puedes decir eso?

—Es cierto —dijo el primero—. Míralo bien. Está más gordo que los demás.

—Estás empezando a ver visiones. ¿Cómo íbamos a tener un preso nuevo?

El primer guarda masculló algo, pero bajó el arma.

Nihkko y sus hombres se lanzaron rápidamente a desmontarlos a ambos, aunque no sin que uno de ellos consiguiera pegar un grito antes de que lo silenciaran.

—¿Qué pasa ahí abajo? —preguntó un guardia desde la entrada de la mina.

—¡Nada! —gritó uno de los mineros—. Es John, que no para quieto sobre su caballo. Antes eran los lobos y ahora es el caballo. —Soltó una risotada y los demás mineros lo secundaron.

«Por favor —pensó Taneli—. No vengas a comprobarlo.»

—Malditos aficionados —respondió el guardia de la entrada.

Taneli suspiró con alivio.

Una hilera de lapones se unió a hurtadillas a los prisioneros. «No reaccionéis», pensó Taneli. Ellos se mantuvieron impasibles. Con el aspecto que tenían…, quizá ya ni podían reaccionar. Los miembros de la tribu subieron la cuesta con la cabeza gacha. Los mineros observaban atentamente.

Un ataque rápido. Dos guardias más derribados, dos más atados. Ahora los únicos que quedaban eran los del interior de la galería.

Los mineros subieron corriendo la cuesta hasta la entrada, sumándose a los lapones.

Taneli corrió con ellos. Tenía que estar allí. Tenía que encontrar a su hermana.

Al acercarse más a los prisioneros, vio que los habían matado de hambre. Tenían las ropas hechas jirones y la cabeza rapada. Sus ojos parecían botones negros en aquellos rostros demacrados.

—Ahora ya puedes sentarte —le dijo un minero a uno de los presos, quitándole la caja de los hombros.

El otro lo miró con ojos vacíos.

—Se ha terminado —dijo el minero—. Ya eres libre.

Taneli siguió a los lapones y a los mineros hacia las profundidades de la tierra. La galería descendía por una pendiente. Cada vez hacía más frío.

Muy pronto el firme de tierra pasó a ser de cemento. Luego se convirtió en un suelo de baldosas. Olía a antiséptico, igual que en una clínica. Había habitaciones a cada lado, con camas de hospital, instrumentos quirúrgicos y anaqueles repletos de tarros de cristal.

El pasillo desembocaba en una estancia más grande llena de jaulas. Estaban todas vacías, salvo la última, donde había cuatro chicas. Los huesos les sobresalían tanto bajo la piel que resultaba doloroso mirar. Estaban desnudas y cubiertas de suciedad.

Los hombres forcejeaban a su alrededor con otros guardias, pero Taneli corrió hacia la jaula. Hacia su hermana.

Cuando se acercó, ella alzó la cabeza. Soltó un graznido que no parecía humano. Un chillido ahogado. Un grito de pájaro.

Él empezó a tironear de la cadena que había en la puerta.

—Espera.

Uno de los mineros había encontrado unas tenazas y cortó la cadena. Entre los dos abrieron la puerta. Javanna fue la primera en salir a rastras. Intentó ponerse de pie, pero no podía. Taneli le rodeó la cintura con el brazo y la ayudó. No había palabras.

—Javanna —susurró.

Sonaron disparos. Todos se quedaron paralizados. Un hombre salió de una puerta lateral con un rifle. Uno de los mineros cayó al suelo. Dos. Entonces Nihkko se abalanzó rápidamente sobre él. Un fulgor plateado, un gorgoteo…, y el hombre cayó.

Luego todo quedó en silencio. Hasta que alguien rompió a llorar.

64

Laura

Laura estaba sentada en el muelle, frente a la casa de su padre. Hacía una tarde cálida y en el aire se mezclaba el olor a salitre con el de los manzanos en flor. El agua oscura se movía lentamente, gorgoteando al golpear los pilares de madera.

No había nada que hacer. No quedaba ninguna esperanza. Las pruebas habían desaparecido de nuevo. ¿Con qué habrían amenazado a Emil? El profesor Lindahl había acabado ganando. ¿Cómo era posible que ella no hubiera visto cómo era de verdad? Habían hablado mucho de la élite durante aquel año, y entonces a ella le había parecido todo acertado.

—La mayoría de los suecos se quedaron atrapados por esa retórica —le había dicho Jens en el trayecto de vuelta, cuando ella había tratado de expresar su sentimiento de culpa—. Nadie suponía que la cosa llegaría tan lejos.

—Ellos creen que estamos derrotados —dijo Laura.

—Pero no es así —replicó él, aunque luego suspiró y se quedó callado.

Laura habría deseado que Karl-Henrik estuviera con ellos. A él se le daba bien vislumbrar un camino para seguir adelante.

No creía que fuera a ser capaz de enfrentarse a su padre. Ahora que sabía lo que pensaba de ella, ¿cómo iba a hacerlo? En el fondo, Laura siempre había esperado que él acabara reconociendo que había hecho que su madre se fuera. Así habría sido todo más fácil. Pero resultaba que su madre sencillamente se había ido, sin tratar de llevársela consigo.

Durante años, Laura había confiado secretamente en que su madre iría a buscarla algún día. Tal vez cuando cumpliera los dieciocho. «Te lo voy a explicar todo. Este es el motivo por el que no he estado contigo…»

En su decimoctavo cumpleaños, había llegado en efecto un grueso sobre blanco dirigido a ella. Estaba sobre la mesa junto con los regalos y el pastel. El corazón le había dado un brinco en el pecho. Sin pensarlo siquiera, su padre lo había cogido y lo había abierto…, como si todo el correo que llegaba allí fuera para él. «¿Podrás creerlo?», había dicho riendo y agitando las hojas en el aire. «Te invitan a comprar acciones de L. M. Ericsson. ¿Qué te parece?»

Fue entonces cuando comprendió que nunca se cumpliría su sueño. Algo se rompió en su interior en ese momento, lo notó con toda claridad. Su madre no había mirado atrás ni una vez. Quizás hasta había olvidado en qué día había nacido su hija.

El tiempo le había confirmado una y otra vez que su madre no iba a volver a buscarla.

El tiempo.

Un momento…

Eso era lo que no encajaba de la reunión entre Britta y Sven Olov Lindholm. Britta se había reunido con él el jueves y había muerto el lunes. Después de meses investigando para su tesis, y tras esa reunión, ella había dado pasos que habían desembocado en su muerte cuatro días más tarde. Pero todo había partido de su conversación con Sven Olov. Recordó lo que este había dicho que le había contado

a Britta: «Rumores de un proyecto… Al más alto nivel…
No se detendrán ante nada».

No era suficiente. Britta no habría tenido ni idea de lo
que debía hacer a continuación. Como tampoco la había tenido ella misma. Algo había sucedido aquel fin de semana
que le había costado la vida. Tal vez Sven Olov le había contado algo más. Algo que no le había explicado a ella.

Encontró a Sven Olov cuando estaba preparándose para
una conferencia nocturna en una sombría sala de paredes
grises.

Al verla, él soltó un ruidoso suspiro.

—Le dije que no quería volver a hablar con usted. —Abrió
su maletín y empezó a lanzar montones de documentos sobre la mesa que tenía delante.

—Le contó a Britta más cosas de lo que me explicó —dijo
Laura.

Él no respondió y continuó vaciando el maletín. Un periódico. Un bolígrafo.

—Le dio un nombre —aventuró ella—. Un punto de
partida.

Sven Olov dejó de moverse. Se irguió para mirarla y cruzó los brazos.

—Fue saber ese nombre lo que provocó su muerte —dijo
Laura—. Y entonces usted se asustó.

Todavía nada.

—No le dejaré en paz hasta que me lo diga.

—La matarán.

Ella se encogió de hombros.

—Eso no es problema suyo.

—Y me matarán a mí también.

—No lo creo. Nadie vino a buscarle después de que hablara
con Britta. Y tampoco nadie vendrá ahora. Yo no lo contaré.

Él suspiró y se quedó en suspenso. Parecía preguntarse cómo se había metido en aquella situación. Luego la miró a los ojos.

—Le hablé de un danés que al parecer estaba trabajando para esa organización.

¿Un danés?

—Un tal Erik Anker —dijo a regañadientes—. Por algún motivo, ese nombre la alteró muchísimo.

Laura encontró a Erik en el Grand Hotel. Durante todo el trayecto intentó negarlo. No podía tratarse de él. Erik había amado a Britta. Estaba con ella cuando su apartamento había volado por los aires. Había…

Por cada argumento a favor, sin embargo, había otro en contra.

Esta vez sus ojos no se iluminaron cuando la vio. Laura se acercó a la barra y se plantó junto a él. Las mujeres que lo rodeaban iban arregladas como para una fiesta veraniega: vestidos preciosos, flores en el pelo. Estaban bebiendo champán. ¡Champán!

—Te ofrecería una copa —dijo Erik— si creyera que has venido a tomar una.

—¿Cómo pudiste?

Él se inclinó hacia ella y le rodeó la muñeca con los dedos. Sin presionar. Aunque dolía igualmente.

—Mira el mundo en el que vivimos, Laura —dijo—. El profesor Lindahl nos enseñó que debemos preservar lo que es escandinavo. Si no, dentro de unas décadas no quedará nada de nosotros.

—Esa gente… —Se le ahogó la voz—. Dios mío, Erik…

—El mundo se desmorona. Los sistemas actuales no son lo bastante fuertes. La raza escandinava tiene una oportunidad, pero no si resulta manchada por otras razas. Escandinavia podría convertirse de nuevo en una nación poderosa. ¿No te lo imaginas? ¿No te das cuenta de lo trascendental que es?

—Nuestro proyecto… —musitó ella.

—Una vez que empezamos, resultó obvio. El profesor Lindahl estuvo de acuerdo. Dijo que el proyecto podía ser útil en un nivel mucho más alto.

—¿Cómo pudiste? —repitió Laura, ahora llorando.

—Para ti es muy fácil —dijo él, con un rictus amargo—. Tú nunca has tenido que luchar por nada.

—¿Y Britta?

Erik la soltó, hizo una mueca y se restregó la frente con los nudillos.

Ella sintió que se mareaba. Le entraron náuseas.

—Dime que no fuiste tú —suplicó—. ¡Por favor, Erik, dime que no fuiste tú!

Se sujetó de la barra para mantener el equilibrio. Lo miró atentamente: sus ojos negros, sus mejillas hundidas. No podía creerlo. Él la había matado. Torturado. El amante de Britta, el chico que la adoraba, se había acabado convirtiendo en su peor pesadilla.

—Todo fue por su maldita tesis —dijo Erik—. Estaba obsesionada. Intenté convencerla de que lo dejara, pero ella se negó. Alguien le estaba pasando pistas sobre la red y, finalmente, le proporcionó pruebas. También consiguió mi nombre… a través de su informador o de otra persona. ¡Se puso como loca! Por suerte, se lo llevó todo a tu padre. Él me llamó…

—¿A mi padre?

Erik suspiró y bajó la cabeza.

Laura sintió que el bar se tambaleaba bajo sus pies. Le zumbaban los oídos, no veía con claridad.

—No te creo —dijo, temblando.

—Cree lo que quieras —dijo él—. Tu padre me llamó y me dijo que me librara del problema.

Ni siquiera conseguía asimilar sus palabras. No podía ser cierto. No podía serlo. Pero aquello explicaba muchas cosas. La negativa de su padre a implicarse. Sus intentos de anularla. El hecho mismo de que aún estuviera viva...

—Pero no pudimos encontrar su tesis. Estábamos convencidos de que ella debía haber escrito allí sobre lo que estábamos haciendo, pero la tesis había desaparecido. Pensamos que te la había enviado a ti.

—La bomba —dijo Laura.

Él asintió.

—Mi misión era mantenerte alejada de allí. Estuve a punto de no lograrlo. Ella debería haberme hecho caso, Laura. Y todos vosotros también —dijo Erik—. Nosotros teníamos la razón en nuestro proyecto. Pero lo que intentasteis, por el contrario, fue acabar con él. —Ahora sus ojos brillaban.

—El ojo... Su cuerpo en la Sociedad de Historia... Eran mensajes para nosotros —concluyó Laura.

—Nunca quisisteis verlo —dijo él, otra vez con un tono amargo—. Vosotros lo habíais tenido todo desde el principio. Pero os negasteis a ver lo importante que era para Escandinavia y para todos nosotros.

Laura se inclinó casi hasta caerse.

—Britta no lo tuvo todo desde el principio —dijo—. Ya lo sabes. Ella nació en una ciudad minera. ¡Era hija de un minero, por el amor de Dios!

—Se aferró a ti como por derecho propio —dijo él—. Como si ese fuera el lugar que le correspondía. —Soltó un bufido—. Yo no era lo bastante bueno para ella y, sin embargo, estábamos hechos de la misma pasta.

Ahora Laura veía toda la secuencia con claridad. Su padre quedándose con las pruebas de Britta, prometiendo ayudarla. Llamando a Erik. Y Erik, en la universidad, sonriendo a las mujeres de la oficina de administración y cogiendo del gancho la llave de la Sociedad de Historia.

—¿Dónde la mataste? —preguntó.

—En el instituto —respondió él—. Le dije que necesitaba verla una última vez…, por los viejos tiempos.

Laura estaba consternada. Britta todavía confiaba en él; quizá todavía lo amaba. Había acudido a esa última cita sin pensar en ningún momento que pudiera hacerle daño. Se imaginó a Erik llevando a Britta en brazos a través de la plaza, abriendo la puerta de la Sociedad de Historia.

—¿Quién mató a Andreas?

Erik se encogió de hombros. Había sido él. Claro, pensó Laura. Él había estado en el ejército. Era allí donde había aprendido a disparar.

—¿Y a Karl-Henrik?

Erik volvió a encogerse de hombros.

—Me caes bien, Laura —dijo—. Esperaba que acabaras entrando en razón, o que al menos comprendieras que debías dejar correr todo el asunto.

Erik ahora parecía distinto. Ya no era el estudiante, el amigo, el compañero de borracheras. Ahora era un policía, un soldado, alguien dispuesto a lo que hiciera falta.

Mirándola, prosiguió.

—Yo habría podido matarte mil veces, Laura, pero tu padre no me lo permitió. Me dijo mil veces que no. En Laponia te tuve en la mirilla de mi rifle. Habría sido muy fácil. Le advertí que te estabas acercando demasiado, pero él dijo que nunca llegarías al fondo del asunto. No sin su ayuda. Y ya ves donde estamos ahora, Laura. Mira lo que has hecho.

Ella se irguió.

—¿Te vas? —Erik hizo una inclinación—. Bueno, ya nos veremos. Tal vez antes de lo que te imaginas.

La miró a los ojos; fijamente, con frialdad. Ella notó al alejarse que la seguía con la mirada.

Bajó al primer piso y empezó a correr. Empujó las pesadas puertas y se apresuró a bajar los escalones de la entrada. En un lado del hotel, vomitó. Cuando ya no le quedó nada que sacar, se derrumbó en la acera con la cara en las rodillas y el pecho jadeante. Erik había torturado a Britta mientras aún estaba viva. Y luego la había matado. Todo con la aprobación de su padre. Y ella…, ella era hija de todo aquello. Recordó la nota garabateada que había encontrado en la habitación de Britta: «Peor es ese mal que podría parecer normal». Con la palabra «normal» tachada y reemplazada por «bueno».

Caminó. Caminó a través de Estocolmo y de la noche cálida, siempre junto al agua, en dirección a Djursholm. Lloró durante todo el trayecto. A veces tenía que pararse y apoyarse en una pared, tan violentamente sollozaba. Por fin, ya bien entrada la madrugada, llegó frente a la casa de su padre. Tomó la amplia avenida de olmos y caminó hasta la mansión, notando el olor del mar y de los manzanos. Había sido tan feliz allí; se había sentido tan protegida. Lo había tenido todo.

No sabía bien por qué había ido hasta allí. No sería capaz de ejercer ninguna influencia. Y, sin embargo, tenía que hablar con él. Tenía que decirle que lo sabía todo y que le daba asco.

Subió los escalones del porche.

Oyó que se movía una de las sillas y sofocó un grito.

—Soy yo. —Era la voz de su abuelo. Estaba sentado, envuelto en una manta.

—¿Qué ocurre? ¿Dónde está mi padre? —preguntó ella.

—Ay, Laura. Se ha metido en su despacho y ha cerrado con llave. He oído un disparo… ¿Qué ha hecho, Laura?

65

Jens

*C*uando Laura le llamó, Jens tenía un tremendo dolor de cabeza y no dejaba de maldecirse. Se levantó y se vistió. Se bebió tres vasos de agua y bajó corriendo las escaleras. Laura le había enviado al chófer de su padre para que lo recogiera; el coche ya estaba en la calle, frente al portal. Le habría gustado tener tiempo de cepillarse los dientes y peinarse.

Cuando el coche entró en el sendero de acceso, Laura salió a recibirlo.

—Se acaban de llevar su cuerpo —dijo.

Tenía la cara hinchada y los ojos enrojecidos. Él la rodeó con sus brazos y la atrajo hacia sí.

—¿Qué ha ocurrido? —preguntó.

Ella se apartó.

—Erik forma parte de la organización, me lo dijo Sven Olov Lindholm. Y Cuando fui a buscarle, Erik me explicó lo de mi padre. Yo venía a hablar con él…, creo. Pero cuando llegué ya era demasiado tarde.

Erik. En cierto modo, Jens se sintió aliviado. No se trataba de hechicería ni de un mal omnisciente: ese era el motivo de que la red hubiera ido siempre un paso por delante de ellos. Erik.

Aunque fuera demasiado prematuro, tuvo que preguntarlo.

—¿Crees que habrá algo en su despacho?

—No. —Laura negó con la cabeza—. Ya lo he registrado. Antes de llamar a la policía. No quería que nadie se llevara nada.

Se estremeció al imaginársela pasando por encima del cadáver de su padre para registrar sus pertenencias. Ella ya había tenido que soportar demasiado. Aunque, por otra parte, era más fuerte de lo que ella misma creía.

Se sentaron en los escalones del porche. Les llegaban unos trinos desde los olmos. Pájaros proclamando a los cuatro vientos que habían sobrevivido a otra noche.

—Mi padre… debe de haber sentido que no tenía alternativa —dijo ella, secándose las lágrimas—. Seguramente, Erik le dijo que yo lo sabía. Y entonces…

Soltó un sollozo y se tapó la cara con la mano. Jens volvió a rodearla con un brazo.

—No podía haber acabado de otro modo —dijo—. Una vez que escogió ese camino, ya no le quedaba otra salida.

La continuó sujetando hasta que pasó lo peor. Entonces le contó lo de Christian Günther.

—Es agradable saber que no solo somos nosotros los que estamos luchando contra esa gente —dijo Laura.

Él asintió. Los adultos se habían terminado implicando.

—No me habría imaginado que pudiera hacer esto —dijo ella, volviendo a referirse a su padre.

—¿No hubo ningún indicio?

—Jamás. Él siempre decía: «Seguimos adelante». Nunca se daba por vencido. Nunca. Y pegarse un tiro es brutal. —Se encogió de hombros—. A él le gustaba la pulcritud. No ha dejado ninguna nota. Más bien habría supuesto que querría dejarme claro que él tenía razón.

—Lo siento.

—Es como si mi identidad se hubiera desvanecido. Su hija… es lo único que he sido durante toda mi vida.

—Tú eres mucho más que simplemente su hija —dijo Jens. Y, midiendo sus palabras, porque no quería empeorar las cosas, añadió—: Tal vez su muerte te abra un nuevo camino. En un sentido que nunca habrías creído posible.

Laura no respondió. Pero él notó que se erguía, como si se preparara para afrontar ese nuevo día.

66

Monte Blackåsen

*E*l Winter Palace, el hotel del pueblo, estaba completamente a oscuras. La puerta estaba cerrada. Hallberg le hizo una seña a uno de sus hombres, que la reventó de una patada.

Se levantó una nube de polvo cuando empujaron la puerta. El pasillo estaba desierto y no había nadie en el mostrador de recepción. Una casa fantasmal, pensó el capataz, aunque él no creía en fantasmas.

—¿Notholm? —gritó.

El tipo ya debía de saber que estaban allí.

Todo continuó en silencio.

—¿Es posible que se haya ido? —preguntó uno de sus hombres.

Hallberg no lo creía.

—¡El director! —exclamó, cayendo de golpe en la cuenta—. Es allí a donde ha ido.

Los tres cruzaron el pueblo corriendo. Entraron en el jardín de la villa. La grava crujía bajo sus pies.

Encontraron a sus compañeros en el suelo. Parecía que estuvieran dormidos, pero Harald sangraba por la cabeza y el cuerpo de Ivar estaba retorcido en una extraña posición. Notholm había llegado antes que ellos.

Hallberg se llevó un dedo a los labios.

—Voy yo —susurró.

Una vez dentro, subió con sigilo los escalones hacia el dormitorio del director.

Empujó la puerta con un dedo, empuñando la pistola, y se encontró de frente con otra pistola.

—Tire el arma —dijo Notholm—, o el director morirá.

Hallberg obedeció. Notholm volvió su pistola hacia Sandler.

—Despierte —dijo, pinchándole con el cañón—. ¡Despierte!

—Está enfermo —dijo el capataz.

Con el rabillo del ojo, vio que se abría otra puerta detrás de Notholm. El doctor Ingemarsson.

—¡Cállese! —gritó Notholm, apuntando de nuevo al capataz—. Quiero que sepa lo que ocurre, que sepa que ha perdido.

Se volvió de nuevo hacia el director.

El médico se aproximó sin hacer ruido. Tenía algo en la mano —¿un bastón?— y se lo puso a Notholm en la espalda.

—Tire el arma.

Notholm tardó unos instantes en tirar su pistola. Hallberg se abalanzó sobre él, lo derribó y gritó a sus hombres que subieran.

—Un bastón —le dijo al doctor Ingemarsson después.

Él se echó a reír.

—No le habría permitido que matara a un hombre al que acabo de salvar.

—¿Y la infección?

—Ha tenido suerte. Está respondiendo a las sulfamidas. Creo que se repondrá.

Hallberg asintió.

—Nosotros nos ocuparemos de Notholm.

—¿Eso qué significa?

El capataz titubeó.

—En realidad, prefiero no saberlo —dijo el médico.

—Digamos que no se quedará en Blackåsen —respondió Hallberg.

—Suélteme —exigió Notholm cuando lo sacaron fuera—. No sabe con quién se enfrenta. Vendrán a buscarle. Ya lo verá.

—Hacedle callar —dijo el capataz.

Encontraron al doctor Öhrnberg en su casa, profundamente dormido.

—Tenemos también a Notholm —le dijeron mientras se vestía.

—Ustedes no lo comprenden —dijo Öhrnberg—. Es por el bien de la ciencia. Por Suecia.

Hallberg lo comprendía todo demasiado bien. Notholm era solo una persona sádica que se había vuelto maligna porque le habían dado la oportunidad para ello. Ese médico, en cambio, era un auténtico ideólogo: un hombre al servicio de una causa. Todo en nombre de la ciencia.

Enterraron a los mineros muertos en el cementerio, detrás de la iglesia.

—Iré a ver a sus viudas por la mañana —dijo el capataz—. Les explicaré que ha habido un accidente en la mina.

Sus hombres asintieron. Ellos no se irían de la lengua, aunque las cosas que habían descubierto esa noche les atormentarían durante años. Pero no hablarían.

Hallberg habría deseado explicarles a las familias la verdadera causa por la que habían muerto aquellos hombres, pero era meterse en un terreno resbaladizo. No podía contárselo a nadie. Los habían enterrado en tumbas anónimas y pensaba decirles a sus parientes que no habían hallado los restos. Aunque eso también le incomodaba.

—Lo hablaré con el director —dijo—. Quizá podamos abrir un fondo para las viudas… Son unas cuantas.

Luego miró a Bill. A él y a Bill les tocaba la parte más difícil. Para ellos, el asunto no se había acabado, ni mucho menos. Bill le sostuvo la mirada sin vacilar.

—Notholm, Öhrnberg y los hombres que vinieron en el tren se han marchado —le repitió Hallberg—. Antes de irse, dijeron que se dirigían al sur.

El medicó se acercó.

—Un accidente en la mina —dijo el capataz, carraspeando y señalando las tumbas.

—¿Alguien más ha resultado herido? —preguntó el médico.

—No —negó él con la cabeza.

—El director quiere verle.

—¿Se ha despertado?

—Sí. Hace un momento… No le he contado lo de Notholm.

—Bien hecho —dijo Hallberg—. Tal vez le afectaría.

—Exacto.

El médico alzó la mano.

—Bueno, yo me vuelvo a casa. Avísenme si me necesitan.

Sandler estaba recostado sobre las almohadas. Tenía el torso desnudo, con un gran vendaje, y el rostro lívido, pero le brillaban los ojos.

—Me han dicho que Taneli…, el chico que estaba aquí… se ha ido —dijo.

Hallberg asintió.

—Se ha vuelto a casa. Ya era hora. Consiguió lo que quería. Lo verá por ahí.

—¿Qué ha pasado mientras estaba dormido? —preguntó el director.

—No mucho. —El capataz se encogió de hombros.

—¿Cómo que no mucho?

—Notholm se ha ido —dijo él—. El doctor Öhrnberg también.

—¿De veras?

Hallberg asintió.

—Dijeron que se iban al sur, que ya no querían seguir arrendando esas tierras de la montaña.

Ah, vaya… El director alzó la barbilla.

—Ahora las cosas serán más fáciles —le dijo el capataz.

—¿Usted cree?

—Estoy seguro.

67

Laura

Ya había registrado la casa entera dos veces cuando encontró la caja. Estaba escondida en el despacho de su padre, detrás de unos libros de la estantería. Contenía cartas dirigidas a ella. A la pequeña Laura. Luego, a la niña y a la adolescente… Gruesos sobres blancos, como el que había llegado en su decimoctavo cumpleaños.

Yo solo quiero verte. Hacerte una breve visita. Pero él no me deja. Creo que sería capaz de hacerte daño a ti, o tal vez a mí, si lo intentara…

Antes de que nos casáramos, era sensible y encantador. Y caí en la trampa. Solo rezo para que te quiera lo bastante y no te haga las mismas cosas que a mí…

Nosotras éramos posesiones suyas. Intenté llevarte conmigo, pero tú eras suya y él no me lo permitió…

Páginas y páginas con la letra de su madre y la tinta emborronada con lo que debían de haber sido sus lágrimas. Ahora Laura añadía las suyas.

Su abuelo también las había leído.

—Lo siento mucho —le había dicho—. No sabía nada. De veras que no lo sabía.

Todos aquellos años perdidos.

Las lágrimas habían llegado más tarde, cuando su abuelo ya se había ido a la cama. Había llorado tanto que sentía como si se hubiera vaciado. Las manos le temblaban; los brazos le pesaban. ¿Cómo podía haber hecho aquello su propio padre? Estaba sentada frente a la ventana panorámica de la sala de estar mientras atardecía. Las luces estaban apagadas y las sombras iban avanzando desde el jardín.

Había una dirección en las cartas. Una calle del sur de Estocolmo. Iría a ver a su madre…, suponiendo que no fuera demasiado tarde. La última carta estaba fechada dos años atrás.

Oyó un crujido en el piso de arriba y se puso rígida. La habitación de su abuelo estaba en la planta baja. Ninguno de los criados dormía en la casa. ¿Tal vez había oído mal? No. Estaba segura de que había sonado un crujido en las habitaciones de arriba.

Contuvo el aliento. Notó que se le ponía la piel de gallina. Había entrado alguien…, habían venido a por ella.

A tientas, encontró la pistola en el diván que tenía al lado. No la pistola con la que se había matado su padre; esa se la había llevado la policía. La otra. La que guardaba para situaciones de emergencia. Laura la había cargado antes. Ahora retiró el seguro y se deslizó hacia la puerta con el máximo sigilo.

El pasillo estaba oscuro y silencioso. La escalera que subía al segundo piso se curvaba al final, y cada esquina se hallaba sumida en las sombras. Se acercó lentamente.

Debería detenerse. Llamar a la policía. Despertar a su abuelo. Salir de allí. Pero había un intruso en la casa, ahí mismo, y no había tiempo para nada.

Subió el primer peldaño, apuntando la pistola hacia arriba, y luego el segundo. Cada dos peldaños se detenía a escuchar. Todo estaba en silencio. Pero había una presencia arriba. Tan palpable como si pudiera verla.

Al llegar al rellano, volvió a detenerse. Allí había cinco habitaciones y el despacho de su padre. Abrió con cautela esta última puerta. La luz de la luna que entraba por la ventana se reflejaba en el escritorio, pero la estancia estaba vacía.

En mi habitación, pensó. Está en mi habitación.

Caminó por el pasillo en aquella dirección. La puerta estaba entreabierta. Atisbó en el interior. Una sombra junto a la ventana.

Apretó el gatillo. Una vez. Y otra y otra y otra.

Erik había entrado por la ventana de su habitación, trepando primero por la salida de incendios hasta el tejado y luego descolgándose por el balcón. Pero no llevaba nada encima: ni un arma ni una cuerda. Nada. Laura no lo entendía. Si había venido a matarla, no iba preparado. Y debía haberla oído acercarse. Parecía como si hubiera querido que lo matara, pensó. «La única de nosotros que probablemente sería capaz de matar es Laura.» Recordó a Britta alzando su copa para brindar. «Seguramente es mejor que te mate alguien conocido», había dicho Erik. Al verlo ahora tendido en el suelo de su habitación, como si no fuese más que un chico, sintió una tremenda oleada de dolor. Por él, por Britta, por sí misma…, por todos aquellos atrapados en aquella red y sus siniestros actos.

68

Jens

Se reunieron en un sótano de un edificio del centro de Estocolmo. Veinte hombres y mujeres. Estaban presentes el primer ministro y el ministro de Asuntos Sociales. También el líder de la oposición.

El ministro de Exteriores se plantó delante de los demás.

—Todos los datos que tenemos nos dicen lo mismo. El profesor Lindahl formaba parte del grupo que montó la red en 1914: un joven profesor con una mente brillante reclutado para echar una mano. Contribuyó a crear el Instituto Estatal de Biología Racial. Cuando el proyecto se canceló oficialmente, él siguió adelante. Tenía contactos e información. En los círculos más activos, se referían a su líder como «el Profesor». Se trataba de él, estamos seguros. Por desgracia, su colaborador más estrecho parece haber sido Dahlgren, el director del Banco Central. Desde ahí se desviaba el dinero de un modo indirecto.

Christian Günther hizo una pausa, se quitó las gafas y las limpió con un pañuelo.

—Nunca imaginé que podríamos encontrarnos en una situación semejante —reconoció, suspirando, y volvió a ponerse las gafas—. Hoy vamos a detener a Lindahl utilizando una de las secciones de los Servicios de Seguridad que todavía nos son leales. Empezaremos por él y luego nos ocuparemos de la red con celeridad y decisión. Le obligaremos a darnos otros nombres y acabaremos con ellos de una vez por todas.

Hubo un murmullo de excitación entre los presentes.

—Pero ahora vamos a esperar.

La tensión en el ambiente era enorme. El primer ministro y el ministro de Asuntos Sociales se reunieron con Günther en la parte de delante. Tres nuevos reyes, pensó Jens.

Reflexionó sobre la organización a la que se enfrentaban. Era asombroso lo arraigada que estaba en la sociedad, con tentáculos por todas partes. No había modo de saber si una persona era fiable o no, pensó. El padre de Laura y Erik se lo habían demostrado claramente.

Al cabo de una hora, sonó el teléfono. Respondió Günther.

Se hizo un gran silencio mientras escuchaba. Finalmente dijo «Gracias» y colgó el auricular.

—El profesor Lindahl ya no está con nosotros —dijo.

Todo el mundo prorrumpió en vítores y aplausos.

—¿Ya no está con nosotros? —preguntó Jens.

Nadie le oyó. Se abrió paso hacia la parte delantera. El ministro de Exteriores estaba rodeado de un corrillo de gente que se había acercado a felicitarlo.

Jens le tocó el brazo.

—¿Ya no está con nosotros? —repitió—. ¿Eso qué significa?

Günther estaba sonriendo cuando se volvió hacia él.

—Estaba muerto cuando llegaron allí. Se ha suicidado.

—¿Suicidado? —Jens frunció el ceño.

Günther asintió.

—Así será más difícil encontrar a los demás, pero con tal de que nadie continúe con el proyecto… —dijo, y se volvió hacia el grupo que lo rodeaba.

El profesor Lindahl no le había dado ninguna impresión de

querer suicidarse, pensó Jens. Y a Laura le había sorprendido que su padre se hubiera pegado un tiro sin dejar una nota.

Jens sintió que le fallaban las rodillas.

Escrutó el rostro severo de Christian Günther, con esas gafas metálicas redondas; los rasgos romos del primer ministro, sus ojos agazapados bajo unas cejas tupidas; el aspecto del ministro de Asuntos Sociales, con el pelo oscuro repeinado y una gran arruga entre los ojos. Esas caras normalmente serias, abrumadas por el peso de múltiples responsabilidades, ahora sonrientes y relajadas.

Había alguien más detrás de todo aquel asunto, pensó. Alguien mucho más poderoso. Y ese alguien sabía que se habían acercado. Y ahora estaba haciendo limpieza.

A su alrededor, el alboroto de las conversaciones excitadas resultaba casi ensordecedor. Sonó el tapón de una botella de champán.

Jens calibró entonces la red en su auténtica dimensión. Un grueso cable que transmitía una corriente subterránea: negro, silencioso, chisporroteando levemente, pero todavía ahí.

«No se ha acabado —pensó—. Han cambiado de forma, y tal vez no los reconozcamos la próxima vez. Pero todavía siguen ahí.»

Laponia, junio de 1943

*J*avanna volvió a casa acompañada por su hermano.

Los lapones se alegraron por los que habían vuelto. Después se lamentaron por los que habían perdido. Esta vez Stallo se había llevado consigo a muchos.

«Ha cambiado de forma —piensa Javanna—. Ha adoptado la peor de todas hasta ahora. Pero hay una cosa que merece ser celebrada por encima de todo: que los colonos decidieran ponerse de su lado. Eso no lo olvidarán nunca.»

En parte, ella desearía proclamar a los cuatro vientos todo lo que le pasó. Todos esos recuerdos que aún le arrancan gritos por las noches. Pero Nihkko y el capataz no se lo permiten. La guerra aún no ha terminado. Simplemente se ha alejado del pueblo. Así pues, Javanna guarda silencio. Todos lo guardan. Muy pronto, nadie murmura siquiera sobre lo ocurrido.

Taneli quiere ir a despedir al director como es debido. Ambos volverán a verse, desde luego, pero él dice que tiene que ir a verle ahora. Javanna se ofrece a acompañarlo al pueblo. Ya está recobrando fuerzas y es capaz de recorrer esa distancia por sí sola. Así que ahí está, esperando a su hermano junto al hotel vacío, el Winter Palace.

Alza la vista hacia el monte Blackåsen, hacia su negra cumbre recortada.

«Así será —piensa—. Entre todos, te dominaremos.»

Y la montaña responde: «Ya veremos. Ya veremos».

Nota de la autora
y trasfondo histórico

*D*esde hace tiempo sabía que quería escribir sobre Escandinavia durante la Segunda Guerra Mundial. Me fascinaba que unos países que habían formado parte de varias uniones políticas hubieran terminado adoptando posiciones tan distintas. Cuanto más leía sobre el tema, sin embargo, más horrorizada me sentía. El pensamiento racial imperaba en esa época en todo el mundo como una disciplina científica. En 1922, Suecia fue el primer país del mundo en crear un instituto racial para estudiar eugenesia y genética humana, aunque no fue ni mucho menos el único. Algunas cosas me sorprendieron de verdad (por ejemplo, la «J» roja estampada en los pasaportes de los judíos a instancias de los países neutrales, Suecia y Suiza, para identificar más fácilmente y denegar la entrada a aquellos que querían cruzar sus fronteras; o la existencia de campos de trabajo en Suecia para los comunistas y en Finlandia para los prisioneros de guerra rusos). Y me pregunté hasta qué extremos, bajo las circunstancias «adecuadas» (o sea, incorrectas), habría estado dispuesta la gente a llevar ese pensamiento. ¿Dónde habrían trazado la línea?

En 2016, la artista finlandesa Minna L. Henriksson, en colaboración con el arqueólogo Fredrik Svanberg, presentó en el museo de Historia Sueca de Estocolmo una asombrosa instalación titulada «El despliegue de la ciencia racial nórdica», que describe las organizaciones y a las personas implicadas en la ciencia racial en los países nórdicos desde 1850 hasta 1945. La magnitud del fenómeno es extraordinaria. Hay fotos *online*, y les animo a verlas, o a visitar la instalación en persona, si pueden. Para mí, verla en Estocolmo en la primavera de 2017 fue uno de los momentos clave en la investigación para este libro.

La trama de la novela es pura ficción. Los dos encuentros de los tres reyes tuvieron lugar, pero su objetivo era solo proclamar la neutralidad de sus países respectivos. Algunos de los personajes históricos existieron, pero no estuvieron implicados en un proyecto como el que se describe en el libro. Que se sepa, no ha habido experimentos con humanos en Suecia. He aquí algunos de los hechos básicos:

Los lapones

Durante el siglo xix y principios del xx, las autoridades noruegas suprimieron la cultura lapona, a la que calificaron «de atrasada». Sus tierras se declararon propiedad del Estado. Los colonos lapones debían demostrar que hablaban noruego para tener derecho a reclamar tierras de cultivo.

En Suecia, la actitud fue quizá menos combativa, pero los lapones se consideraban racialmente «inferiores» al resto de la población e incapaces de decidir su propio destino. Durante ese periodo, había profesores suecos que seguían a los pastores lapones de renos para proporcionar educación a los niños de acuerdo con el principio «los lapones seguirán siendo lapones»; es decir, los niños no debían recibir una educación suficiente para volverse «civilizados» ni debían asistir a los colegios suecos. Las regiones laponas eran cada vez más explotadas por las minas, entonces nuevas, de Kiruna y Gällivare, así como por la construcción de la línea férrea Luleå-Narvik. A los lapones que no poseían rebaños de renos se les negaban los derechos de su pueblo. No podían cazar ni pescar en las tierras en las que habían vivido siempre sus antepasados.

En Rusia, la existencia de los lapones se vio brutalmente interrumpida por la colectivización de la cría de renos y de la agricultura en general.

Durante la Segunda Guerra Mundial, los lapones fueron utilizados como guías tanto por los alemanes como por los aliados, pues conocían muy bien Laponia y eran capaces de cubrir largas distancias con esquís.

Mina Kiruna

He escogido el nombre «monte Blackåsen» para referirme a la mina de la novela, porque *La estudiante de Historia* es una continuación (muy elástica) de mis dos libros anteriores, cada uno de los cuales describe esta montaña en una época distinta. Pero la historia de la explotación minera corresponde, de hecho, a la mina Kiruna. Durante la Segunda Guerra Mundial, el mineral extraído en esta mina fue a parar en gran parte a Alemania. Las negociaciones con los alemanes las llevaba Jacob Wallenberg, junto con Gunnar Hägglöf, del Gobierno sueco. Efectivamente, Suecia se hallaba bajo una tremenda presión tanto por parte de Alemania como de los aliados.

Me he tomado ciertas libertades en lo referente al pueblo situado en los alrededores de la mina.

El Instituto Estatal de Biología Racial

Este instituto —el primero de sus características— se creó para estudiar eugenesia y genética humana en 1922. Su misión era analizar a la población de Suecia desde una perspectiva racial. Los científicos intentaron sacar conclusiones a partir de la acción del entorno y de la herencia biológica. La medición de cráneos, las fotografías y los exámenes físicos se realizaban para intentar hallar pruebas de los efectos negativos de la mezcla de razas. El primer director del instituto se volvió cada vez más antisemita. En 1936, el propio Gobierno sueco tomó el control de la institución.

La esterilización forzada se practicó en Suecia entre 1934 y 2013, a veces por la fuerza, aunque más a menudo mediante la persuasión o la coerción administrativa. Eran sometidos a esterilización los enfermos mentales, las personas con discapacidades físicas o mentales y aquellas consideradas personas antisociales. El objetivo era la higiene racial, el ahorro de fondos, la salud pública y el control de los sujetos antisociales.

Detalles adicionales

Christian Günther fue el ministro de Exteriores sueco durante la Segunda Guerra Mundial. Entre 1940 y 1941 trabajó en un acercamiento sueco-alemán hasta el punto de poner en peligro la seguridad de Suecia. Un año más tarde, ofreció refugio a los judíos frente al Holocausto.

Karl Schnurre fue un diplomático nazi clave en las relaciones de Suecia con Alemania, descrito en ocasiones como el «representante especial de Hitler».

La expresión «artesanos eficientes» fue acuñada por Gustaf Hjärne, profesor de Historia de la Universidad de Upsala desde 1889 hasta 1913 y presidente de la Sociedad de Historia desde 1884 hasta 1914. Era en el *nachspiele* donde parecía sentirse más a sus anchas.

La Sociedad de Historia de Upsala ofrecía conferencias en la Ekman's House a finales de los años cuarenta. Al terminar, los participantes solían salir a cenar. El restaurante del hotel Gillet era uno de los locales favoritos.

Agradecimientos

La estudiante de historia me ha llevado tres años de trabajo, y estoy muy agradecida a muchísimas personas.

Gracias a mis agentes, Janelle Andrews y Alexandra Cliff, y al equipo de Peters, Fraser and Dunlop: vuestros consejos son extremadamente valiosos, y me asombra cómo sabéis distinguir cuándo apretar y cuándo no.

Gracias a Jennifer Lambert, de Harper Collins Canadá, por ser una editora tan brillante y alentadora. Me siento muy agradecida por todo el tiempo que has dedicado a este libro y también por el hecho de que aún sigas conmigo.

Estoy en deuda con la extraordinaria Sara Sarre, de la Blue Pencil Agency, por leer y comentar numerosas versiones del libro, y también a la perseverante Lorna Read, por detectar todos los errores que yo no había visto.

Durante el periodo de investigación de este libro, tuve la fortuna de mantener conversaciones inestimables. Tener la oportunidad de aprender y hablar con personas entendidas es uno de los mejores aspectos de este oficio. Y quiero dar unas gracias muy especiales a Emir O. Filipovic, medievalista de la Universidad de Sarajevo; a Ivar Grahn, actor sueco; Henrik Hallgren, *godi* de la asamblea sueca de Forn Sed;[2] a Gunnar y

---

2. Un «godi» era un sacerdote y caudillo tribal de la antigua Escandinavia. La asamblea sueca de Forn Sed, anteriormente asamblea sueca ásatrú, es una organización neopagana fundada en 1994.

Elma Olovsson, fundadores de Geoprodukter, en Kiruna; y al profesor emérito Rolf Torstendahl, de la Universidad de Upsala. Gracias también a Carina Adolfsson que se tomó el tiempo de leer un borrador primerizo. Todos los errores son míos.

Gracias a mis amigas de escritura: Mary Chamberlain, Vivien Graveson, Laura McClelland, Saskia Sarginson y Lauren Trimble por leer tantos borradores del libro. Vuestra creatividad y sabios consejos han sido de inestimable valor. No puedo creer que sigamos juntas después de tanto tiempo. De hecho, ¡no puedo imaginarme la vida sin vosotras! ¡Ya casi han pasado diez años!

Como siempre, estoy agradecida a Fergal Keane por prestarme su escritorio en Londres y por su *sagesse:* sin él ni siquiera me dedicaría a escribir.

Gracias a todas aquellas personas sin las cuales la vida cotidiana sencillamente no funcionaría: Monika Linder, Sofia Fredriksson, Raquel González y Miguel Duarte; las chicas de mi calle: Amy, Jenna, Karen, Lemonie y Tanis (¡os veo cada día!); y Erin y Erik en Calgary.

Gracias a Anna y Maja por ser tan pacientes mientras vuestra mami estaba escribiendo y viajando para investigar. («Con tal de que termines en verano.») Gracias a mi suegro, John Taylor, por leer los primeros borradores y ayudarme en las cuestiones médicas. Gracias a mi marido, David, por mantener el orden en casa y por ser mi auténtico compañero de aventuras. A fin de cuentas, sin ti nada funcionaría.

Fuentes

Arnstad, Henrik, *Spelaren Christian Günther* [«El jugador Christian Günther»], Malmö, Arx Förlag AB, 2006, 2014.

Bergman, Jan, *Sekreterarklubben –C-byråns Kvinnliga Agenter under Andra Världskriget* [«El club de las secretarias. Las agentes femeninas del C-Bureau durante la Segunda Guerra Mundial»], Estocolmo, Norstedts, 2014. ¡Un libro asombroso sobre un tema en gran parte desconocido!

Boëthius, Maria-Pia, *Heder och samvete* [«Honor y conciencia»], Estocolmo, Ordfront Förlag, 1999.

Grant, Madison, *The passing of the great race, Centenary Edition*, Whithorn, UK, Ostara Publicationes, 2016.

Hagglöf, Gunnar, *Svensk Krigshandels Politiki under Andra Världskriget* [«Política comercial sueca en la Segunda Guerra Mundial»], Estocolmo, P.A. Norstedt&Söners Förlag, 1958.

Lindgren, Astrid, *Krigsdagböcker 1939-1945* [«Diarios de guerra 1939-1945»], Estocolmo, Salikon Förlag, 2015.

Lindholm, Ernst, *Byn på grytbottnen* [«Un pueblo en el fondo de la olla»], Arbetarkultur Förlag, 1953. El retrato del estruendo continuo en un pueblo minero procede de aquí.

Ludvigsson, David, ed., *Historiker i vardag och i fest. Historiska föreningen in Uppsala 1862-2012* [«Historiadores en el trabajo y en el ocio. La Sociedad de Historia de Upsala 1862-2012»], Departamento de Historia, Universidad de Upsala, 2012.

McCoy, Daniel, *The viking spirit: an introduction to norse mythology and religion*, CreateSpace Independent Publishing Platform, 2016. Mimir, «el recordador» procede de la página web de McCoy, https://norse-mythology.org/.